늘 건강하세요!

중증외상센터

GOLDEN HOUR

골든 아워

한산이가
지음

중증외상센터

GOLDEN
HOUR

골든 아워 VI

몬스터

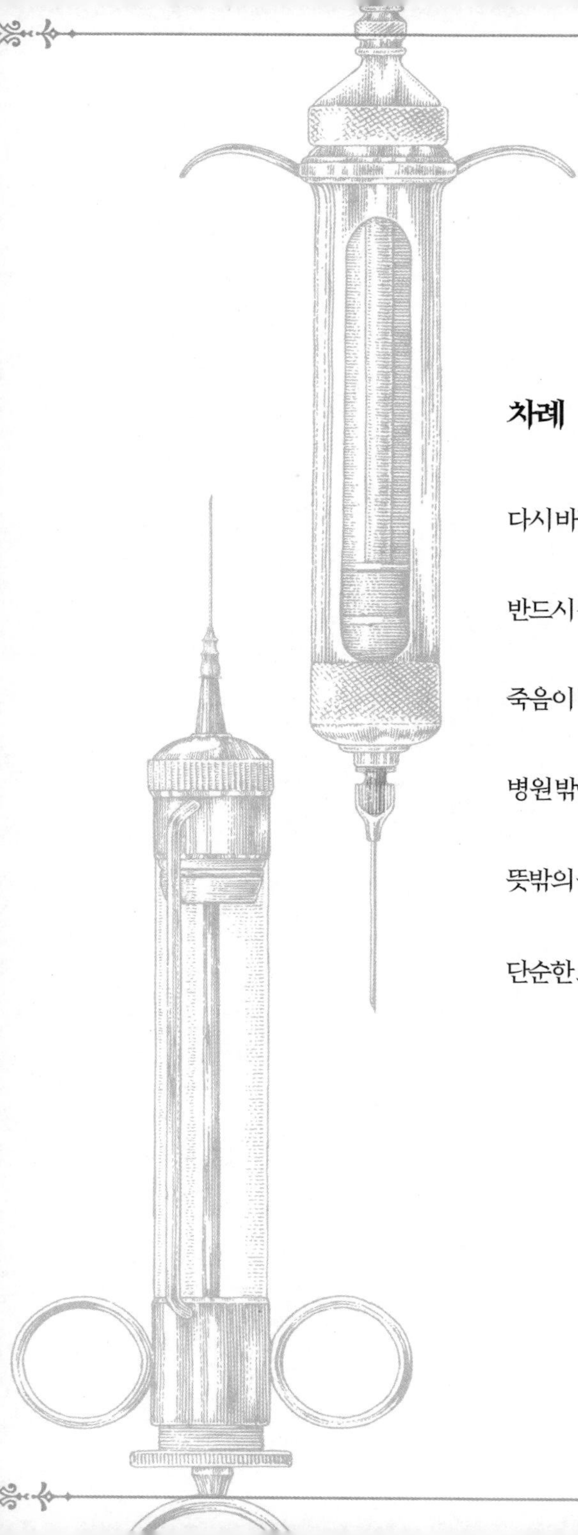

차례

다시 바닥부터

"후."

중년이라기엔 머리가 희끗희끗하고, 그렇다고 노인이라고 하기엔 너무 정정해 보이는 사내가 한숨을 쉬었다. 엄청나게 짙은 한숨이었는데, 뭔가 세상 모든 회한이 담겨 있는 듯한 그런 한숨이었다.

"하아……."

담배라도 한 개비 물어야 할 것 같은 표정이었으나 사내의 손에 들려 있는 건 담배가 아니라 커피잔이었다. 지금은 새벽이다. 그것도 3시. 사내는 마치 지금이야말로 잠에서 깨어나야 할 시간이라는 듯한 표정으로 커피를 마셨다.

"에이, 더워."

사내, 한유림은 짜증 가득한 얼굴로 고개를 휘휘 털었다. 타다다다닥! 바로 옆에선 벌레가 튀겨지는 듯한 소리가 끊임없이 들려오고 있었다.

'새벽 3시에……. 왜 이렇게 덥냐고.'

원래 여름에 더운 곳이라는 말을 듣기는 했지만, 아무리 그래도 너무 더웠다. 한유림은 그나마 얼음이 있는 게 다행이라고 생각하며 커피를 다시 한 모금 마셨다. 그가 몸을 기대고 있던 난

간에서 나무가 쪼개지는 듯한 소리가 들려왔다. 그런데도 한유림은 별걱정하지 않았다. 이 난간에 못질한 사람은 다름 아닌 자신이었으니까. 무너질 염려는 없단 뜻이었다.

"후."

한유림은 또다시 한숨을 내쉬고는 고개를 돌렸다. 시멘트를 대강 발라서 만든 3층 건물 옥탑방이 눈에 들어왔다. 페인트칠도 되어 있었지만, 날씨가 궂어서 그런지 여기저기 벗겨진 부분이 많았다. 무척이나 허름한 건물이라는 건데, 그래도 이 근처에서 이만한 건물도 찾기 어려웠다. 일단 화장실 하나만큼은 쓸 만했으니까.

"어디 갔어? 그새."

건물 안쪽에서 짜증 섞인 목소리가 들려왔다.

'에이……. 저놈 저거…….'

딱 듣기만 해도 성질 더러운 사람이라는 걸 알 수 있는 목소리였다. 한유림은 그런 인간이 자신을 찾고 있다는 걸 알면서도 전혀 움직이지 않았다.

"또 나갔지, 이 양반."

물론 계속 버티진 못했다. 문이 벌컥 열리고 나타난 얼굴이 너무 험상궂었기 때문이다. 게다가 근육도 무시무시했는데, 웃통은 벗고 있었다. 당연한 일이긴 했다. 여긴 더웠으니까.

"얼씨구, 얼씨구. 혼자 CF 찍고 앉았네. 이 새벽에 커피를 왜 마셔?"

"졸리니까 마시지! 나라고 미쳤다고 이 시간에 커피 마시고 싶겠어?"

"와. 이제 바락바락 대드네."

"애초에 내가 너보다 나이도 더 많거든? 그리고 나 전직 장관이야! 장관!"

"일 못 해서 2년도 못 해먹고 잘린 장관이지."

"그, 그게 아니라……. 와, 말을 어떻게 이렇게 하지?"

한유림은 얼굴이 붉어지도록 소리쳤다. 정말 억울하다는 표정이었다.

"내, 내가 중증외상센터 활성화를 위해서 얼마나……, 얼마나 노력했는데."

그날. 그러니까 박성민이 대통령 후보에서 대통령 당선인이 됐던 날, 강혁이 박성민에게 했던 말을 한유림은 아직도 잊을 수가 없었다.

'연륜도 있고, 학벌도 좋고, 중증외상센터에 대한 지식과 경험도 있는 의사가 있습니다. 정치적인 면도 있는 사람이니까, 저보다 오히려 나을 겁니다. 본인도 엄청 원하고 있을 게 분명하고요.'

당시 강혁은, 무려 보건복지부 장관직을 일언지하에 거절했었다. 자기는 환자를 보는 사람이지 정치하는 사람이 아니란 이유였는데, 그러면서 추천한 사람이 바로 한유림이었다.

'제가 몇 달 동안 대충 굴렸거든요. 아시죠? 한유림. 이 사람 나름 인맥도 좋아요. 한림원 쪽이랑도 연이 있고.'

알고 보니 강혁은 이미 박성민이 자신에게 보건복지부 장관직을 줄 것이란 사실을 눈치채고 있었던 모양이다. 거절하면서 추천할 사람까지 준비해놓은 것을 보면 알 수 있었다. 당연하게도 박성민은 긍정적으로 검토하게 됐고, 그 결과 한유림은 팔자에도 없는 기조실장에 이어 상상도 하지 못했던 보건복지부 장관직에 오르고야 말았다. 개인적으로도, 한 씨 가문에게도 영광이었지만……. 정말이지 더럽게 힘든 2년이었다.

"내, 내가! 그 시간 동안!"

물론 강혁도 그러한 사실을 모르진 않았다. 한유림이 죽도록 일해준 결과를 강혁이 제일 가까이에서 보았으니까.

"에헤이. 알지, 내가 알지. 장난 좀 쳤다고 또 울어, 울기를."

"어, 억울하니까 그렇지! 내, 내가 정말."

"알아요, 알아. 들어와, 들어와. 밖에 모기 많아. 선풍기 바람이나 쐐요."

"흐, 흐흑."

강혁은 어린애 달래듯 한유림의 어깨를 토닥거리며 건물 안으로 들어갔다. 건물 안은 새카만 어둠만이 가득했던 밖과는 달리 꽤 밝았다. 특히 한쪽 복도는 지나친 거 아닌가 싶을 정도로 밝았는데, 강혁과 한유림이 진료 보는 공간으로 쓰는 곳이었다. 병원이라는 뜻이었다.

"자자, 일단 여기 앉고."

한유림은 복도 끝에 놓인 소파에 정말이지 털썩 소리가 나도록 주저앉았다.

"힘들어."

그러곤 누가 봐도 힘들어 보이는 기색으로 힘들단 얘기를 내뱉었다. 제아무리 강혁이라고 해도 그 얼굴을 보곤 차마 다른 말을 꺼낼 수는 없었다.

“그렇게 힘들어요?”

“힘들지, 그럼. 안 힘들겠어? 나 60이야. 60. 낼모레 60이 아니라 올해 환갑이라고.”

“아니, 나이랑 힘든 거랑 뭔 상관이에요.”

“이, 이…….”

“장난이고, 장난이에요. 어이구, 눈에 힘 좀 빼요. 그러다 눈알 터져.”

“너……, 너 일부러 나 그때 검진받게 한 거지? 건강 괜찮으면 빼돌리려고!”

한유림은 눈을 부라리며 강혁을 바라보았다. 사비까지 털어다 주면서 모든 검진을 다 시켜줘서 고맙단 생각을 했었는데, 알고 보니 다 꿍꿍이가 있었다.

“건강도 확인 안 하고 데려올 수는 없잖아요. 여기 뭐 병원도 없는데.”

“이…….”

한유림은 ‘악마 같은 놈’이라고 욕을 하려다가 애써 집어삼켰다. 이곳에서 강혁을 부르는 말이 떠올랐기 때문이었다.

‘난폭한 천사라…… 이거지.’

뭔 별명이 이런가 싶을 수도 있겠지만, 실제로 강혁을 따라다니다보면 무슨 말인지 딱 알 수 있었다. 백강혁은 그야말로 난폭한 천사 그 자체였으니까.

"아무튼, 방금 수술한 환자는 상태 좋아요. 더 볼 건 없겠어."

"어? 그럼 나 자도 돼?"

"응. 자도 됩니다. 다시 열까 했는데……. 다시 보니까 역시 난 천재야. 수술이 너무 잘됐어."

"이런 시발. 그럼 아까 왜 그렇게 성질을 냈어?"

한유림은 조금 전까지 자신이 들이켰던 커피를 뱉을 방법은 없는 건가, 후회하면서 소리쳤다. 강혁은 그런 한유림을 보며 껄껄 웃었다.

"왜 이렇게 입이 험해지셨어그래."

"이……."

"환자 수술 잘됐다는 게 그렇게 화낼 일이에요?"

"아니, 아까 너는……, 너도 미친 듯이 소리쳤잖아!"

"잘못될 줄 알아서 그랬지. 잘된 줄 알았으면 안 그랬죠."

"난 다시 들어갈 줄 알고 커피 마셨단 말이야! 지금 잠 안 와!"

"덜 피곤한가 보다, 그럼."

"야, 이."

한유림은 어처구니가 없다는 얼굴로 그 자리에 재차 허물어지듯 주저앉았다. 덜 피곤하다니. 이게 저 새끼 입에서 나와도 되는 말인가 싶었다.

'아니지……, 아니야……. 내 입이 방정이었지…….'

보건복지부 장관에서 물러날 땐 기분이 너무 좋았더랬다. 불명예스러운 퇴진이 아니라, 해야 할 일을 다 마치고 하게 된 퇴진이지 않은가. 심지어 이렇게 단기간에 중증외상센터가 자리 잡은 나라는 없다고, 다른 나라에서 견학을 오기도 했다. 그중에는 절대 따라잡을 수 없을 거라고 여겼던 일본도 있었다. 한유림이 물러날 때 즈음에는 대한민국 중증외상센터 시스템이 무려 세계 3위 내에 들어가 있었다.

'그때……, 그 말은 하지 말걸.'

사람이 너무 기분이 좋으면 실수를 하게 되는 법이었다. 그전까지는 그런 사실을 미처 알지 못했는데, 그때 딱 알게 되었다.

'이제 저는 한 사람의 의사로 돌아가 여생을 봉사하며 살도록 하겠습니다. 중증외상센터 시스템의 혜택을 받지 못하는 곳을 찾아가도록 하겠습니다.'

그땐 설마 그런 곳이 있을까 싶었다. 대한민국 내 모든 센터에 헬기가 구비되어 있었고, 도서 지역에도 헬기 이착륙장이 구비되어 있었으니까.

'외국을 들먹거릴 줄이야.'

그 말을 하고 일주일간 한유림은 자신이 죽고 못 사는 딸 한지영과 여행을 다녀왔더랬다.

'어이구, 우리 한 교수님.'

돌아오던 날 집 앞에는 못 보던 차가 하나 서 있었는데, 그 차 옆에는 새카만 옷을 입은 백강혁이 서 있었다. 장관직을 할 때도 심심하면 봤던 둘이었기 때문에, 그리 놀랄 일은 아니었다. 하지만 이상한 일이긴 했다.

'월요일이잖아? 어떻게 된 거야?'

'아, 때려치웠어요.'

'응? 뭘?'

'센터장. 때려치웠어요. 이제 재원이도 그렇고 강행이도 그렇고, 장미랑 경원이도 있고. 꼭 내가 있어야 할 거 같진 않아서.'

'어……?'

갑작스러운 일이었지만 지극히 백강혁스러운 일이기도 했다. 그가 말했던 대로 이제 제자들의 실력이 많이 올라왔으니까. 강혁보다 잘하지는 않았지만, 적어도 살아야 할 사람은 살릴 수 있을 정도의 능력을 갖추게 되었다.

'그래서 내가 있어야 할 곳으로 가려는데, 보니까 우리 한 교수님이 더 훌륭한 사람이더라고.'

'무, 무슨 소리야.'

'봉사하며 산다면서요.'

그리고 정신을 차려 보니 이곳이었다. 파키스탄 한구. 세계에서 가장 낙후된 곳 중 하나. 아프가니스탄 접경 지대이자 심심하면 폭탄 테러가 일어나는 곳. 한유림은 바로 그곳에 있었다. 다른 사람도 아닌 백강혁과 함께.

"난 잡니다."

강혁은 넋이 나간 얼굴을 한 한유림의 어깨를 툭툭 치고는 방 안으로 들어갔다. 끼이익. 오래된 나무문이 내지르는 비명이 들렸다. 그러곤 곧이어 강혁의 코 고는 소리가 들려왔다.

'피곤하겠지…….'

생각해보면 한국대학교 병원에서도 매일 같이 잤던 둘 아닌가.

'그 힘든 일을 하면서도 코는 안 골았는데…….'

강혁은 이곳 한구의 병원에 오고 나서부터는 거의 매일같이 코를 골았다. 늙어서 그런가 싶기도 하겠지만, 그보다 여긴 정말로 힘들었다. 한유림은 그런 생각을 하며 계단을 내려갔다. 또 밖으로 나갈까 하는 생각도 했지만, 사실 이곳에서 외부에 모습을 드러내는 건 상당히 위험한 일이었다. 특히 한유림처럼 누가 봐도 외국인 같은 사람은 더더욱 그러했다.

'탈레반이 있을 줄이야.'

저 멀리 대한민국에 있을 때 탈레반은 정말이지 남 얘기였다. 아니, 아예 다 끝난 얘기인 줄 알았다. 오사마 빈 라덴도 죽었으니까. 하지만 이곳은 여전히 탈레반으로 인해 신음하고 있었다.

"아, 닥터 한. 잠이 안 오세요?"

2층으로 내려가자, 카심이 인사를 건네왔다. 파키스탄 현지인 출신으로, 영국 케임브리지 대학교 간호학과를 졸업하고 이곳으로 건너온 재원이었다.

"아……. 카심. 수술 더 할 줄 알고 커피를 마셨더니……."

"너무 무리하지 마세요. 내일은 닥터 백하고 제인에게 맡기시고 좀 쉬세요."

"그래야 할까봐. 이래서는……. 잠을 못 잘 거 같아."

예전에는 머리만 대면 잠들곤 했는데, 요즘은 어떻게 된 게 일정 시간이 지나가면 눈이 더 말똥해지는 느낌이었다. 거기에 카페인까지, 그것도 쓰디쓴 파키스탄 커피를 들이부었으니 잠이 올 턱이 없었다.

"저는 잘됐네요. 그렇지 않아도 혼자 당직 서느라 심심했는데."

"눈 붙여야 하는데, 방해하는 거 아니야?"

"저 내일부터 3일간 휴가예요. 이슬라마바드로 가요."

"좋겠다……."

한유림은 진심으로 부럽다는 눈빛으로 카심을 바라보았다. 물론 카심이 간다고 하는 이슬라마바드란 곳도 그렇게 별천지 같은 곳은 아니었다. 하지만 거긴 적어도 이곳 한구처럼 폭탄이 터지는 곳은 아니었다. 자유로이 외출할 수 있었고, 운이 좋으면 아주 맛 좋은 식당에서 식사도 즐길 수 있었다.

"닥터 한은 휴가 안 가세요?"

"휴가는…… 무슨. 저놈이 가야 말이지."

한유림은 고개를 내젓고는 천장을 가리켰다. 강혁이 잠들어 있는 방이었다.

"그건 그렇네요."

카심은 알 만하다는 얼굴로 고개를 끄덕였다. 강혁과 한유림이 이곳 한구 병원에 온 건 겨우 일주일쯤 전이었다. 둘을 처음 보았을 때 든 생각은 이랬다.

'오, 한국인?'

여기까지 오는 한국인은 극히 드물었기 때문이었다. 게다가 의사라니. 처음 보는 상대였다. 그래서인지 오히려 기대감이 적었는데, 웬걸. 단 하루 만에 강혁은 병원 간판 의사가 되었고, 방금은 총싸움을 하다 실려 온 환자 둘을 모조리 살려내는 기염을 토했다.

“대단하신 분인 거 같아요.”

“뭐, 저놈? 뭐……. 대단하긴 하지.”

“아니, 대단한 정도가 아니라……. 저런 의사는 처음 봐요.”

“음, 무리는 아니지.”

물론 ‘국경없는의사회’에는 훌륭한 의사들이 아주 많이 있었다. 실력뿐만이 아니고, 인성마저 뛰어난 의사들이 정말, 정말 많이 있었다. 하지만 그중에 강혁 같은 사람이 있을까. 그건 아닐 터였다. 강혁은 그냥 세계 최고였으니까.

“닥터 한. 닥터 한도 대단한 의사예요. 아까……. 다 봤어요.”

“나? 나야 저놈에 비하면 아무것도 아니지.”

“그렇게 말씀하시면 닥터 제인이 속상해할걸요?”

“제인? 음……. 제인도 나쁜 의사는 아니야. 다만…….”

강혁에게 배우지 못했을 뿐이었다. 그리고 그 차이는 하늘과 땅 차이라고 할 정도로 제법 컸다.

“뭐, 저희는 다행이에요. 한구는……. 가끔 정말 크게 다친 사람들이 나오니까요.”

“그렇겠지. 아까만 해도……. 나는 동네 사람들끼리 싸우다 총 쐈다는 얘기는 처음 들었어.”

“큰 문제예요. 정말 큰 문제…….”

한유림은 한숨 짓는 카심을 보면서 아까 그가 했던 말을 떠올렸다.

‘이 빌어먹을 놈의 칼라쉬노브!’

칼라쉬노브. 일명 AK-47이라고 하는 이 총은 일반인들에게도 퍼져 있었다. 이웃끼리 싸우는 일은 대한민국에서도 흔하디흔한 일이지만, 대한민국에서는 멱살이나 잡고 끝날 일이 여기서는 총질로 끝난다는 게 가장 큰 문제였다.

"아, 그런데 여긴 어쩌다가 오시게 된 거예요?"

"응? 백 교수가 얘기 안 했나?"

"백 교수님보다는……, 다른 분들에게 들었죠. 이슬라마바드의 루터 팀장에게, 주로."

하나는 한국대학교 병원 중증외상센터장. 다른 하나는 대한민국 전직 보건복지부 장관. 국경없는의사회에는 워낙 다양한 사람이 오는 편이긴 했지만, 이렇게 독특한 이력을 가진 사람들은 처음이었다. 특히 한유림이 그러했다. 세상에 전직 장관이라니. 그것도 대한민국의.

"아……. 뭐 대강 신상에 대해서만 들었겠구만."

"네."

"우리 오고 난 일주일 동안은……. 이럴 만한 시간이 없기도 했고."

"네. 병원 개원하고 바로 오신 거라서요."

사실 개원이라는 말에는 어폐가 좀 있었다. 이 병원은 지어진 지 50년도 더 된 병원이었으니까. 다만 이 병원을 운영했어야 할 정부가 내버려두는 바람에 거의 폐건물 상태로 있었던 것을 국경없는의사회에서 헐값에 인수해 다시 진료를 보기 시작했을 뿐이었다. 아직도 내부는 너저분하기 그지없었지만, 그나마 하루에

200명 가까운 환자를 볼 수 있게 되었다.

"그래, 여길 어떻게 오게 됐냐……, 이거지?"

"네."

"다 얘기하자면 너무 긴데."

한유림은 먼눈을 하고 밖을 바라보았다. 서울이었다면 아무리 새벽이라 해도 한두 군데쯤 훤한 곳이 보였을 텐데, 여긴 캄캄하기만 했다.

'하긴, 여기 밝은 곳이 있으면 그것도 큰일이지.'

아직 한유림은 겪어본 적이 없었지만. 이곳에 1년 넘게 있었다는 제인의 말에 따르면 폭탄 테러가 간간이 있어왔다고 했다.

"대강이라도 해주세요."

"그래. 음. 뭐……. 사실 특별할 것도 없는 얘기야."

한유림은 자신의 딸 지영과 여행을 다녀온 그날, 강혁에게 납치당했다. 물론 자신을 제외하고는 그 누구도 그렇게 생각하고 있는 것 같진 않았다. 만약 그랬다면 경찰이 강혁을 때려눕히고 자신을 구해주지 않았겠는가.

"우리나라에도…… 국경없는의사회 지부가 있더라고."

"얼마 전에 생겼죠. 덕분에 한국인 출신 활동가들이 많이 늘었다고 들었습니다."

정말 생각보다 많은 사람이 국경없는의사회에서 활동 중이었다.

"면접 보더니 파리로 오라고 하더라? 난 그때 처음 알았어. 국경없는의사회가 프랑스에서 만들어졌다는 걸."

"아……. 그건 저도 그랬어요."

어쩐지 모집 요강에 '영어 또는 프랑스어 능통'이 쓰여 있더라니. 한유림은 프랑스에도 구호가 필요할 정도로 어려운 곳이 있나 했던 자신의 멍청함을 탓하며 파리로 향했다.

"파리에서 교육받다가……. 첫 발령을 여기로 받은 거야."

"어? 첫 발령을 여기로?"

'여길 첫 발령으로……. 백 교수님이 원했던 모양인데.'

첫 발령으로 한구 병원에 보내다니. 오는 사람이 간절히 원하지 않았다면 결코 그런 일은 없었을 터였다. 여긴 현재 국경없는의사회에서 나가 있는 지역 중에서도 아주 낙후되고 위험한 편에 속하는 곳이었으니까.

"왜? 뭐 잘못된 거야?"

"아, 아뇨."

"근데 나는 왜 그 흰 조끼 안 줄까? 그거 멋지던데."

"못 받으셨어요?"

"어. 여기서는 입으면 안 된다고 해서."

"아……. 여기서는 안 돼요. 큰일 나요."

"왜?"

"외국인들에 대한 감정이 그렇게 좋진 않거든요."

국경없는의사회야 봉사를 하고 있지만, 다국적군은 전쟁을 벌이지 않았던가. 물론 아프가니스탄에 숨은 탈레반을 소탕한다는 명분이 있긴 했지만, 바로 인접한 지역의 민간인들, 그것도 직접 생명의 위협을 받는 민간인들에게 낯선 외국인이 환영받기는 어려운 것이다.

“미군으로 보진 않겠지만……. 적어도 블랙 워터스 같은 군수 기업 쪽 인사로 볼 가능성은 커요.”

“아……. 그렇군. 그래서 이런 옷을 입어야 하는군…….”

한유림은 고개를 가로저으며 바지를 내려다보았다. 현지식 바지였는데, 솔직히 그렇게 편하진 않았다.

“하암. 얘기하다보니 졸리네. 미안한데 난 좀 자러 갈게.”

한유림은 절로 나오는 하품이 반갑다는 듯한 얼굴로 몸을 일으켰다. 하지만 계단을 따라 숙소로 올라가진 못했다. 콰아앙! 어디선가 너무도 부자연스러운 충격음이 들려왔기 때문이었다.

“이런, 시발.”

한유림으로서는 난생처음 들어보는 소음이었다. 하지만 본능적으로 알 수 있었다. 이건 폭발이라는 것을. 한구 지역에 이만한 소음이 일어날 만한 산업이라고는 눈 씻고 찾아봐도 없었다. 더구나 이 시간에. 떠올릴 수 있는 건 오직 하나, 폭탄이었다.

“백 교수…….”

“아, 망했네.”

강혁을 깨우려 했는데, 강혁은 이미 비척거리며 내려오는 중이었다. 벌써 가운을 걸친 그의 얼굴엔 피로가 가득했다. 하지만 눈빛만은 날카로웠다.

“거리가 얼마나 되는 거지?”

이미 밖을 내다보고 있었다. 소리만으로도 방향을 특정했는지 한 곳을 바라보고 있었는데, 그 너머에서 과연 넘실거리는 불길을 발견할 수 있었다.

"저긴……. 쿠람 경계선 같은데요."

"하긴 한구 내에서 터뜨릴 수는 없지. 얼마나 걸릴까?"

"모르겠습니다. 일단 현장 안전 확보가 우선이라……. 여건이 되면 되는 대로 실어 올 겁니다."

"이런 제기랄."

강혁은 욕설을 내뱉으며 밖을 내다보았다. 한유림은 그가 그렇게 곧장 밖으로 나갈까 두려워 팔을 잡았다. 하지만 강혁은 그저 우뚝 서 있을 따름이었다.

'아직 여기 돌아가는 사정을 몰라……. 그런데 방금 폭탄 터진 곳으로 가는 건…….'

그건 그냥 죽음으로 가는 지름길이었다.

"아무튼, 알았어. 우린 1층에서 준비하도록 하자고. 카심, 너도 좀 도와줘. 여기 아직 간호사들이……."

"네, 알고 있습니다. 빨리 가죠."

"그래."

폭탄 테러. 대한민국 국민에게도 아주 낯설지만은 않은 단어였다. 뉴스에서 몇 번인가 접해본 경험이 있을 테니까.

파키스탄 쿠람, 한구 접경 지역에서 폭탄 테러가 발생하여 8명이 사망하였고, 14명이 이송되어 치료 중이며 실종된 12명에 대한 구조 작업이 진행 중입니다.

예를 들면 이런 뉴스들. 대부분 제목만 보고 지나치거나, 클릭한 후 잠시 '여기는 왜 이러냐, 맨날' 하며 한숨을 쉬는 정도였을 거다.

"으아아아악!"

하지만 단지 기사 몇 줄로 접하는 것이 아니라 직접 그 참사를 보게 된다면 어떤 마음이 들까.

"여, 여기! 내……. 내 친구 좀!"

한유림은 알 수 없었다. 1층에 간이로 차려진 응급 진료소에서 그들을 직접 받으면서도 그랬다.

'이게……. 이게 대체 무슨 일일까…….'

실려 오는 환자 중엔 아무도, 정말 아무도 무장한 사람이 없었다. 그냥 길거리를 오가다 마주치게 되는 평범한 사람들뿐이었다. 심지어 아이도 있었다.

"한 교수님! 넋 놓고 있지 말고 이리로! 벨트 풀고 와요!"

"어, 어! 알았어!"

다행히 한유림은 혹독한 수련을 받아온 몸이었다. 그것도 저 백강혁에게. 덕분에 금세 정신을 차리고 강혁에게 달려갈 수 있었다. 거기서 마주친 환자는 두 다리가 날아가 있었다.

"한 교수님이 우측!"

"어."

예전 같았으면 이런 환자를 마주하는 것만으로 정신이 나갔을 텐데, 지금은 몸이 저절로 움직였다. 풀어두었던 벨트를 이용해 우측 다리 절단 면 위쪽을 조였다.

"피는 멈췄지?"

"어."

"그럼……."

강혁은 한유림에게서 눈을 뗀 후, 환자를 바라보았다. 양쪽 다리가 다 잘린 그는 알 수 없는 언어로 비명을 질러대고 있었다. 이 사람에게 미래가 있을까. 사지 멀쩡한 사람조차 살아가기 힘겨운 곳이 바로 이곳 한구이지 않은가. 안타깝지만 그러기 쉽진 않을 터였다.

'어쩔 수 없어. 행정팀에 맡긴다.'

강혁도 돕고 싶었다. 그러기 위해 이곳에 왔고. 하지만 아직은 시기상조였다. 아직은 강혁에게 그럴 만한 능력이 없었으니까.

"일단 간호팀에 맡기고 저기로 갑시다."

"어? 아, 수술은……."

"지금 수술을 하겠다고? 저 환자들 안 보여요?"

"그, 그래. 그렇지."

강혁은 한유림을 질질 끌고서 다른 이들에게로 달려갔다. 이미 병원 1층은 꽉 찬 지 오래였고, 밖에 쳐둔 천막까지 꽉꽉 들어차고 있었다. 뉴스에는 '12명 정도의 부상자가 있었다'라고 보도가 나가겠지만, 그건 정말 죽음이 임박한 이들의 숫자일 뿐이다. 그 몇 배가 넘는 환자들이 몰려와 있었다.

"어어! 거기 당신! 먼저 검문받고 들어가!"

심지어 이게 전부가 아니었다. 아직 병원 밖에 있는 사람들이 더 많았다. 지금까지 들어오지 못한 이유는 입구에 있는 가드들이 그들을 막아섰기 때문이다. 병원으로 오는 환자를 막다니, 이게 무슨 미친 소리인가 싶을 수도 있겠지만 여기선 그래야만 했다.

'요즘엔……. 폭탄 테러 양상이 변했어요.'

이슬라마바드의 팀장이 해준 말이었다. 예전 같았으면 그냥 한 번 터지면 그걸로 끝이었는데, 이젠 환자들이 몰린, 그러니까 새로이 취약점이 된 병원에 또다시 폭탄이 터지기도 한다는 것이다.

'악마도 그런 짓은 하지 않을 거라고 했던가.'

"여기……. 여기 눌러! 일단, 일단 봉합한다!"

그사이 강혁은 벌써 다른 환자 앞에 있었다. 복부에 칼날같이 날카로운 쇳조각이 박힌 환자였는데, 다행히 주요 장기를 다치진 않은 상황이었다. 혈압도 버티고 있었고, 무엇보다 의식이 있었다.

"최대한 천천히 숨 쉬라고 해줘요!"

"네!"

강혁은 현지 간호사에게 지시를 내린 후, 빠르게 마취 주사를 찔렀다. 언제 봐도 예술 같은 그의 손놀림에 상처 주변의 피부가 모조리 마취되었다.

"뽑아!"

그러곤 한유림과 함께 쇳조각을 뽑았다. 그와 동시에 피가 왈칵 쏟아져 나왔는데, 다행히 그리 오래가진 않았다. 강혁이 왼손으로 가장 피가 많이 나오는 곳, 즉 혈관을 틀어쥔 덕이었다. 나머지는 그냥 줄줄 새어 나오는 수준이었다.

"소독!"

"어, 어!"

한유림은 베타딘을 줄줄 들이부었다. 반쯤 하얗게 센 머리카락이 무색하게 느껴질 만큼이나 빠릿빠릿한 몸놀림이었다.

"이제 봉합!"

"오케이."

더군다나 실력도 좋았다. 어지간한 술기에서는 강혁과 비교해도 손색이 없을 지경이었다. 팔자에 없던 장관 노릇 하느라 2년이나 진료 공백이 있었던 것을 생각해보면 놀라울 지경이었다.

'몸이 그냥 움직여…….'

달리 생각해보면 강혁 밑에서 얼마나 혹독하게 수련받았는지 알 수 있는 광경이기도 했다.

"됐어. 여기 수액이랑 항생제 달고……. 또 저리로 갑시다."

강혁은 그렇게 한유림과 함께 거의 15분 만에 환자 하나를 정리하고선 또 다른 환자에게로 다가갔다. 너무 서두르는 거 아닌가 싶겠지만, 벌써 그사이에 하나가 죽어나갔다.

"제인! 그쪽은 어때?"

강혁은 안타까움에 혀를 찬 후, 반대편을 향해 외쳤다. 이곳 한구 병원에서 벌써 1년도 넘게 근무해온, 그야말로 베테랑 의사 제인이 거기 있었다.

"그럭저럭!"

그녀가 이끄는 팀은 이런 폭탄 테러를 벌써 서너 번 겪어본 경험이 있었다. 단순 실력만 따지자면야 당연히 강혁이나 한유림이 몇 배는 더 위였지만, 몇 번의 경험이 격차를 많이 줄여주었다.

“좋아. 그럼 저쪽은 믿고 맡기고.”

그 말은 곧 절반가량은 저쪽으로 갔다는 뜻이었다. 그것만으로도 홀가분한지 강혁의 어깨가 한결 가벼워 보였다. 한유림으로서는 정말 어이가 없는 상황이었다.

‘그래……. 백번 양보해서…… 저쪽은 그렇다고 쳐.’

제인이라는 의사도 벌써 몇 번 경험이 있고, 그녀를 보좌하고 있는 내과 의사 요다도 한 번쯤은 겪은 적이 있다고 했다. 그런데 우린 처음 아닌가. 폭탄이라니.

‘근데 왜 이놈은 이렇게 익숙한 듯 행동하지?’

물론 블랙 워터스라는 군수 기업에서 일했다는 건 알고 있었다. 그 기업이 어마어마한 악명을 떨치고 있는 기업이라는 건 여기 와서 알았고. 하지만 그건 말 그대로 군대였다. 절대 지금처럼 민간인들이 널브러져 있는 현장이 아니었다는 뜻이다.

“뭐 해요? 빨리 이리로 와요!”

“어? 어.”

하지만 지금은 감상에 빠져 있을 때가 아니었다.

“여기!”

강혁은 날카로운 눈빛으로 환자들을 분류해나가면서 처치를 시작했다.

'이 환자는……. 여기선 무리야.'

아마 한유림과 최선을 다한다면 살릴 수도 있을 터였다. 하지만 그러자면 나머지 모두를 희생해야만 했다. 그럼 이 환자는 패스.

'이 환자는……. 2시간은 버틸 수 있어.'

2시간 후에도 적절한 치료가 들어가지 않으면 어떻게 될지 알 수 없었지만, 그때까지는 괜찮을 터였다.

몇 명을 빠르게 지나쳐온 강혁은 작은 아이 앞에서 멈추었다. 안타깝게도 좌측 팔뚝이 날아가 있었다. 그 절단 면에서는 피가 사정없이 빠져나오고 있었고. 그렇지 않아도 작은 몸집의 아이 얼굴은 시시각각 창백해지는 중이었다. 강혁은 일단 아이의 팔뚝을 꽉 틀어쥐었다. 어찌나 말랐는지, 한 손에 잡힐 지경이었다. 그것만으로도 피는 어느 정도 멎었다.

"소독!"

"어!"

한유림은 기다렸다는 듯이 베타딘을 들이부었다. 그사이 강혁은 가위를 집어 들고는 아이의 얼굴을 내려다보았다. 기절해버린 건지 눈을 꼭 감고 있었다.

'여기서 제대로 마취를……. 하는 게 좋겠지만.'

지금 단 하나뿐인 마취의는 제인이 있는 쪽에서 이리 뛰고 저리 뛰고 있었다. 애초에 전문 과목이라는 것의 경계가 희미해지는 곳이 바로 이 현장 아니겠는가. 마취과 의사라고 해도, 지금은 마취보다 환자들의 바이털 잡는 데 최선을 다하고 있을 터였다.

'그냥 간다. 폭탄도 견뎠는데……. 이것도 견딜 수 있겠지…….'

강혁은 얼굴을 찌푸린 채, 가위로 아이의 상처를 정리해나가기 시작했다.

"끄, 끄윽."

아이의 입에서 신음이 흘러나왔다. 하지만 움직이지는 못했다. 강혁이 몸으로 눌렀으니까. 아마 모르는 사람이 본다면 강혁이 고문이라도 하는 줄 알았을 터였다.

"좀만 참아라."

한유림은 어차피 알아듣지도 못할 거란 걸 알면서도 애써 아이를 위로했다. 손은 쉬지 않으면서였는데 10분도 채 되지 않아 봉합에 들어갔을 정도였다. 의사들로서는 대단히 만족스러운 광경이었다. 하지만 아이에게도 그러할지는 의문이었다. 없어진 팔뚝이 자라날 턱이 없었으니.

'제길.'

강혁은 아이의 일그러진 얼굴을 보며 속으로 욕을 집어삼켰다. 생각 같아서는 지금 당장 폭탄 터트릴 것을 지시한 놈에게 달려가고 싶었다.

"백 교수, 저기."

"아, 알았어요."

하지만 지금은 아니었다. 눈앞의 환자들에게 집중해야 할 시간이었다.

"여, 여기!"

"사, 살려주세요!"

"으아아아!"

의미를 알 수 없는 비명이 여기저기서 울려 퍼지고 있었다.

"내, 내 다리……. 내 다리!"

병원 앞 흙 마당은 이미 붉게 물들어버린 지 오래였다. 그저 피만 뚝뚝 떨어지는 게 아니었다. 중간중간 미처 정리하지 못한 살점들 또한 떨어져 있었다. 아마 지옥이 있다면 딱 이런 모습이 아닐까 싶은 그런 광경이었다.

"당겨요!"

"어, 보여?"

"대강."

"대강으로 돼?"

"해야지, 그럼 어떡해."

물론 강혁이나 한유림은 그러한 주변에 눈길조차 주지 않고 있었다. 그저 눈앞에 쓰러진, 이름도 모르고 말도 통하지 않는 환자만 바라보고 있을 따름이었다.

'인류의 절망을 치료하는 의사들.'

인류의 절망이라니. 그걸 치료한다니. 좀 허무맹랑한 소리 아닌가. 하지만 막상 여기 와서 이러한 환자를 치료하다보니 절로 고개가 끄덕여졌다.

"혈관……. 잡았어."

"잡았어?"

"보여요?"

"어……. 손만 보이는데."

이 환자는 폭발 지점에서 그나마 좀 떨어진 곳에 있던 사람이었다. 원래 무엇을 노린 폭탄인지는 모르겠지만, 이 사람을 노린 건 아니었겠지. 환자는 그저 오래되고 허름한 학교의 경비일 뿐이었으니까.

강혁은 환자의 배에 틀어박혀 있던 나무 조각을 절반쯤 뽑아낸 후, 혈관을 틀어쥐고 있었다.

"손끝은?"

"보여."

"그럼 묶을 수 있죠? 내가 잡고 있으니까."

"뭘 들은 거야. 손끝만 보인다니까? 차라리 더 째는 게……."

"여기서 더 째면 환자 몸통 잘려. 말이라고 하는 건가, 지금."

"그……. 아……."

말이 나무 조각이지, 환자의 몸에 틀어박힌 건 현판이었다. 아랍어로 쓰인 학교 현판. 강혁의 말대로 이미 환자는 지금도 충분히 큰 손상을 입은 참이었다. 여기서 더 쨌다간 두 동강이 날 가능성도 있어보였다.

"에이, 알았어. 해볼게."

"그래, 그래야 우리 3……. 아니, 한 교수님이지."

"전직 장관한테 3호가 뭐야, 3호가!"

"막말로 이것도 못 하면 3호지."

"이런 망할 놈."

한유림은 욕설을 내뱉으면서도 손은 부지런히 움직이고 있었다.

'이게 된다고?'

세상에 손끝밖에 안 보이는데, 그 손이 잡고 있는 혈관을 묶으라는 게 말이나 된단 말인가. 뭐 이런 생각이 먼저 들었는데, 하다보니 어떻게 하면 되겠다 싶기도 했다.

'이게……. 되긴 하는구나.'

그러다보니 진짜로 혈관이 손끝에 걸리는 느낌이 들었다.

"된 거…… 같은데."

"그럼 매듭을 지어요. 그렇게 멀뚱히 보고만 있으면 피가 멈추나? 나 모르는 사이에 초능력 배웠어요?"

"아니, 말이 그렇다는 거지. 왜 이렇게 신경이 날카로워."

"지금 상황이 이 지경인데 그럼 태평해?"

강혁은 어처구니가 없다는 얼굴로 주변을 가리켰다. 그제야 한유림은 집중하고 있느라 잠시 잊고 있던 소음을 들을 수 있었다.

"으아아아아!"

"으, 으으으으으."

"빨리, 빨리!"

비명과 신음 그리고 의료진들의 다급한 외침까지. 강혁의 재촉에 한유림은 부지런히 손을 놀려 매듭을 마무리 지었다.

'좋아. 단단해.'

강혁은 손끝으로 전해지는 느낌만으로 제대로 묶였다는 걸 확신하고는 손을 슬며시 떼어냈다.

"야, 야! 예고는 하고 떼!"

"피도 안 나는구만 호들갑은."

"호들갑……. 현판이 이렇게 박힌 사람 치료하는데 이게 호들갑이야?"

"아무튼, 이제 나머지 부위 더 정리할 거예요. 한 교수님은 방금 뽑아낸 곳 정리나 하고 있어요. 새긴 하잖아."

"알았어. 근데 이렇게 하면 이 사람……. 살기는 사는 거야?"

"일단 급한 불부터 꺼요. 정 안 되면 저기……. 이슬라마바드로 이송하면 되니까."

"아, 거긴 여기보다 나은가?"

"당연하지."

"가봤어?"

"아뇨."

"근데 뭘 그리 확신해?"

"설마 여기보다 후지겠어요?"

"아."

한유림은 어쩐지 납득했다는 표정이 되어 맡은 바 임무를 해나가기 시작했다. 강혁 또한 곧 나머지 나무 조각들을 제거해나갔다. 끼이익. 사람 몸에서 나면 안 될 거 같은 소리가 자꾸만 났지만 강혁은 당황하지 않고 지혈과 제거를 동시에 해내고 있었다.

'다행히……. 장기가 터지진 않았는데. 좋아. 내과적인 처치만 제대로 받으면……. 죽지는 않겠어.'

덕분에 환자는 당장 죽음은 면할 수 있었다. 하지만 이 자리에 있는 모든 환자가 그럴 수 있었던 건 결코 아니었다.

"후."

강혁은 서서히 아려오기 시작한 손목을 훌훌 털면서 환자에게서 시선을 떼어냈다. 아까까지만 해도 사방에서 들려오던 비명이 어느새 잦아들어 있었다. 경환자들은 따로 분류하여 다른 지역의 병원으로 보냈고, 나머지 중환자들은 제인이 이끄는 팀이 치료해준 덕이었다. 물론 가망 없던 환자들이 이젠 침묵하게 되었다는 게 가장 큰 이유였다.

“수고…… 하셨습니다.”

현장에서 그 누구보다 열심히 뛰었던 카심이 강혁을 향해 고개를 꾸벅 숙였다. 그냥 예의상 숙이는 그런 인사가 아니라, 진심이 가득 담긴 인사였다. 강혁과 한유림이 아니었다면 지금 천을 뒤덮은 사람의 수가 배는 되었을 거란 사실을 아주 잘 알고 있었기 때문이었다.

‘확실히 저 사람은 괴물이야.’

강혁이 스치듯 응급처치만 하고 넘어간 환자들의 후속 치료를 맡았던 제인이 한 말이었다. 카심 또한 제인의 평이 과하다는 생각이 들지 않았다. 어찌 되었건 강혁이 건드린 환자들은 전부 살았으니까. 그가 그냥 지나친 환자들은 전부 죽었고.

“아냐.”

하지만 그 누구보다 자부심에 불타야 정상일 거 같은 강혁의 얼굴은 어두웠다.

‘내 팀이 있었으면…….’

단지 강혁은 알고 있을 뿐이었다. 이 사람들보다도 더 뛰어난 팀이 있다는 것을. 그리고 그들이 여기에 있었더라면 이렇게 많이 죽지 않았을 거란 사실을.

"백 교수, 자책하지 마. 우리 아니었으면 더 죽었어."

한유림이 그런 강혁의 마음을 다 안다는 듯한 얼굴로 어깨를 두드려주었다. 아마 재원이 이랬다면 같잖다는 마음이 불쑥 들었을 것이 분명했다. 어쩌면 아니, 거의 백 퍼센트 확률로 지금쯤 주먹이 날아갔을 수도 있었고. 하지만 한유림에게는 그의 연륜이 가지고 있는 힘이 있었다.

"뭐……. 그랬겠죠."

"그리고 제자들……. 양 팀장, 아니지, 아니. 이제 센터장이지. 거기도 지금 눈코 뜰 새 없을걸?"

한유림의 시야가 멀어졌다. 이제는 재원이라고 이름을 턱턱 부르기도 좀 어색할 정도로 훌륭한 의사가 되어버린 양재원을 떠올린 까닭이었다. 휘하에 3개의 팀을 운영하고 있는 그는 단연 대한민국 최고의 외상 외과 의사였다. 그 말은 곧 그만큼 바쁘단 뜻이었다.

"하긴 그렇죠. 그래, 이만하면……. 나쁘진 않았죠?"

"응. 근데 설마 이런 일이……. 자주 있지는 않겠지?"

"모르죠. 나도 여기 처음이라니까?"

"아, 그랬지. 참."

"오, 저기 오네. 제인, 좀 어때요?"

제인은 터덜터덜 걸어온 후, 강혁 옆에 털썩 주저앉았다. 미국 하버드 의대 출신이자, 엠디 앤더슨의 산부인과 과장이었던 그녀는 일단 답을 하는 대신 한숨부터 푹 쉬었다. 강혁은 굳이 재

축하는 대신 기다리기로 했다. 그 또한 한숨이 절로 나오려는 걸 간신히 참고 있었으니까.

“미안해요.”

“아뇨. 급할 거 없는데요, 뭐.”

“일단……. 경상자 30명은 인근 병원으로 이송했어요. 다행히 지역 유지들이 차를 섭외해줘서 어렵진 않았어요.”

환자들이 타고 간 차라는 건 진짜 그냥 차였을 터였다. 구급차가 아니라. 하지만 여기선 그마저도 감지덕지해야 할 상황이었다.

“아, 서른이나 있었나?”

“네. 서른.”

“그럼 나머지는?”

“12명 중…… 6명이 사망했습니다.”

“절반이나…….”

“백 교수님, 저번 폭탄 테러에서는 1명밖에 못 살렸어요.”

제인은 잔뜩 실망한 기색이 된 강혁을 향해 급히 손을 내저었다. 오늘도 강혁이 아니었다면 비슷한 결과를 보게 되었을 것이 분명했기 때문이다.

“그건 뭐…….”

강혁은 제인의 그런 말이 딱히 위로되지 않는다는 반응이었다. 하지만 죽어버린 사람은 죽어버린 사람들이었다. 이제 중요한 건 앞으로의 일이었다.

“참, 이런 폭탄 테러가 흔합니까?”

비단 한유림만의 의문이 아니라, 강혁도 궁금하긴 했기 때문에 질문에 진심이 담겨 있었다.

"아직……. 무하람(Muḥarram)은 시작도 하지 않았어요."

"무하람?"

"그게 뭔데요?"

'현지에 가기 전에 그곳에 관한 공부를 철저히 해야 한다'라는 신조를 지닌 국경없는의사회 소속 의사가 했다고 보기엔 상당히 어이없는 질문이었다. 물론 강혁이라고 해서 예외는 아니었다. 그 또한 머릿속에 아무것도 든 것 없는 사람처럼 해맑은 눈빛으로 제인을 바라보았다.

'뭐야, 진짜 이 사람들…….'

제인은 다시 한번 한숨을 푹 하고 내쉬었다. 제인은 강혁과 한유림 단둘이서 제법 많은 사람을 살려낸 현장을 둘러보며 잠시 생각에 잠겼다.

'두…… 의사가 한구로 갈 건데, 좀 골 때릴 거야.'

이슬라마바드의 팀장. 즉 국경없는의사회 파키스탄 지부의 지부장이 해준 말이었다. 원래도 어휘를 좀 이상하게 쓰는 인간이긴 했다. 국경없는의사회에서 일을 꾸준히 하려면 그냥 사명감만 있어서는 안 되니까. 나름 괴짜들이란 뜻인데, 그런 지부장이었지만 감히 봉사하러 오는 의료진을 대상으로 '골 때린다'라는 표현을 쓴 적은 없었다.

'하나는 전직…… 대한민국 보건복지부 장관이야.'

하지만 이어지는 말을 들었을 땐, 과연 골 때린다는 표현이 과하지 않았다는 걸 알 수 있었다.

'또 하나는 아마 자네도 알걸. 백강혁이라고. 외상 외과.'

세상에 전직 장관을 빛바래게 만들 수 있는 사람이 있을 줄이야.

'백강혁…….'

제인의 시선이 강혁의 얼굴에 닿았다. 솔직히 얼굴만 봐서는 배우라고 해도 믿을 수 있을 만큼 잘생긴 사람이었다. 그것도 그냥 잘생긴 게 아니라 꽃미남 같은 계통의 잘생김이라고 해야 할까. 거기에 체격은 또 어찌나 좋은지 혼자서 장정 둘도 들고 뛸 수 있을 거 같았다. 실제로도 그랬고. 하지만 강혁을 대단하게 만드는 건 이런 외적인 요소들이 아니었다.

'외상 외과의 전설…….'

그가 본격적으로 대한민국의 중증외상센터를 활성화하기로 작정하면서, 그의 수술 동영상들이 사방으로 퍼져나가기 시작했다. 어지간한 교수들 같았으면 다 자기 지적 재산이고 명성의 기반인지라 조금은 꺼리는 구석이 있었을 텐데, 강혁은 정말이지 아낌없이 풀어제꼈다. 그 결과 거의 모든 외과 의사들이 그의 수술을 볼 수 있게 되었고, 당연히 모든 외과 의사들이 그의 실력에 경악했다.

"짧은 얘기가 되진 않을 테니까, 마시면서 들어요."

"아, 그렇지 않아도 졸리던데."

"난……. 난 좀 자고 싶은데. 긴 얘기면 자고 나서……. 아냐, 그렇게 보지 마. 알았어. 마시고 들을게."

한유림은 강혁의 사람 죽일 듯한 눈빛을 느끼고 나서는 묵묵히 커피를 들이켰다. 제인은 저 사람이 정말 전직 장관이 맞기는 한 건가 하는 생각이 들었다. 분명 처음 봤을 때는 역시 전직 장관이구나 싶을 정도의 포스가 있었던 거 같은데. 지금은 그냥 건강하게 잘 늙은 아저씨 같았다.

"뭐, 좋을 대로 하세요. 하지만 지금 안 들으면 다시 들을 기회는 거의 없을 거예요. 들어보면 아시겠지만, 썩 유쾌한 얘기가 아니라서."

"듣고 있어요."

강혁은 커피를 한 모금 마시며 고개를 끄덕였다.

"일단 무하람은……. 이슬람 달력에서 첫 번째 달을 의미해요. 매년 달라요. 음력이라고 하나? 달의 움직임에 따라 만들어진 거거든요. 아, 두 분은 한국인이니까 음력의 개념을 저보단 잘 알겠네요. 이 무하람은 라마단과 같이 이슬람에서 가장 신성한 기간이에요. 수니파든 시아파든 이 기간에는 대부분 낮 동안 금식과 금주를 하죠."

강혁은 계속 고개를 끄덕이며 피로 물든 바닥을 내려다보았다. 신성한 기간과 피라. 좀처럼 어울리지 않는 느낌이었다.

"특히 무하람의 열 번째 되는 날은 매우 중요해요. 아슈라(āshūrā)라고 불리는데……. 번역하면 '슬픔의 날' 정도가 될 겁니다."

"슬픔의 날이라?"

"네. 이날만큼은 시아파와 수니파가 구분됩니다. 수니파는 그저 금식과 금주를 이어나가지만, 시아파는 이슬람 성인들이 겪었던 고통을 재현하려 해요. 실제로 이 지역에서도 자기 몸에 채찍질하는 사람들을 흔히 볼 수 있죠."

제인은 알려주기로 한 이상 오늘 안에 최대한 다 말해주려고 작정한 모양이었다. 다행히 얘기가 길기는 해도 상당히 흥미가 있어서 한유림은 멀뚱멀뚱한 눈으로 들을 수 있었다.

"이 무하람에는 수니파와 시아파가 한자리에 모이게 됩니다. 말하자면 사람이 많이 몰린다는 건데."

"폭탄 터뜨리기 좋겠네요."

"네. 실제로도 그랬고요."

"근데 대체 누가 왜 터뜨리는 거지?"

"탈레반 내의 강경 집단일 수도 있고요, 또는 탈레반에 원한이 있는 단체일 수도 있죠."

"탈레반?"

강혁은 참 익숙하면서도 낯선 단어에 고개를 갸웃거렸다. 탈레반이라고 하면 예전에 그 끔찍했던 9·11 테러를 일으킨 놈들 아니었던가.

'아프가니스탄 전쟁으로 소탕된 거 아닌가?'

실제로 강혁과 함께 블랙 워터스에서 근무했던 용병들 중엔 그 전쟁에도 참전했던 친구들이 꽤 있었다.

"네. 탈레반."

"안 없어졌나?"

"그……."

제인은 역시 아까 처음에 아주 조금이라도 화를 내고 시작할

걸 그랬나 하는 후회가 들었다. 탈레반 영향권 아래에 있는 도시에 와서 탈레반이 안 없어졌냐니. 여기가 병원 안이 아니라 거리였다면 아마 지금쯤 몇몇이 강혁의 사진을 찍어 갔을 터였다.

"안 없어졌어요."

물론 제인은 참을성이 있는 사람이었고, 이번에도 참을 수 있었다.

"오……. 그렇구나."

"네. 심지어 탈레반은 파키스탄 정부와 평화 조약도 맺은 상태예요. 미국이 파키스탄을 엄청나게 압박하고 있지만……. 어쩌겠어요. 말을 안 들으면 폭탄이 터지는데. 그것도 여기가 아니라……."

"이슬라마바드에서?"

"네."

수도에서 폭탄이 터진다라. 원래 폭탄이라는 게 터져서는 안 될 물건이긴 하지만. 파키스탄 정부에서는 기왕 터질 거라면 여기 한구 같은 외곽에서 터지는 게 낫겠다고 판단한 모양이었다.

"아직 시작도 안 했다……. 이거구나. 그럼……."

"네. 무하람 기간이 되면 더더욱 이목을 끌기 좋으니까 폭탄이 터질 거예요."

"근데 이슬람 절기라면서……. 폭탄 터뜨리는 놈들은 무슬림이 아닌가?"

"무슬림이죠. 하지만 과격파들은……. 아시겠지만, 탈레반도 수니파 말고는 다 이교도 취급해요. 이슬람에서 이교도는 사람이 아니에요."

"이런 망할."

폭탄 터지는 걸 보면 대번에 알 수 있는 문제 아닌가? 죽은 사람들이 정말 사람인지, 아닌지는? 세상에 오늘 피 흘리고 죽어간 사람들이 사람이 아니란 생각은 대체 어디에서 온 생각이란 말인가. 강혁으로서는 도저히 이해하기가 어려웠다.

"그……. 그럼 여기는 안전한 건가?"

물론 한유림은 강혁보다는 좀 더 실용적인 질문을 던질 줄 아는 사람이었다. 그는 벌써 병원 주변을 돌아다니는 현지인들이 테러리스트라도 된다는 듯한 얼굴을 하고 있었다.

"휴."

그의 얼굴을 본 제인은 또다시 한숨을 쉬었다. 벌써 오늘만 해도 몇 번째인지 모를 한숨이었다.

"여긴……. 괜찮아요."

"괜찮아? 어떻게요?"

한유림으로서는 잘 이해가 가지 않았다. 같은 무슬림끼리도 죽고 죽이는 곳이라는데 어떻게 이방인들이 태반인 이곳은 안전할 수 있단 말인가.

"그……."

제인도 그 문제에 대해서는 언급하기가 껄끄러운지 선뜻 답을 내놓지는 못했다.

"그야 당연하지."

자신감 넘치는 얼굴로 대꾸한 사람은 다름 아닌 강혁이었다.

"백 교수가 그걸 어떻게 알아."

한유림은 볼멘소리를 하며 강혁을 바라보았다. 하지만 강혁은 여전히 자신만만한 얼굴이었다.

"우리 이 병원에 온 지 얼마나 됐죠?"

"일주일 됐지. 왜, 설마 치매 왔을까봐?"

"근데 이 작은……. 기껏해야 3층짜리 병원에서 한 번도 못 들어가본 곳 있죠?"

"어? 아……. 그러고 보니……."

그런 방이 하나 있었다. 들어가본 적이 없어서 확신할 수는 없었지만 문이 엄청 크게 붙어 있으니 큰 방일 게 분명했다.

"우리 한 교수님이야 뭐……. 틈만 나면 자기 바빴으니 잘 모르겠지만."

"아니……. 나 어제 날밤 새웠거든?"

"그래봐야 당직자랑 노가리나 깠겠지, 뭐."

"그……."

한유림은 아니라고 말하고 싶었지만 카심과 눈이 마주치는 순간 고개를 숙일 수밖에 없었다.

"거봐. 근데 나는 한 교수님이랑은 달리 깨어 있는 시간을 아주 잘 활용했거든."

"무슨 뜻이야?"

"그 자물쇠 걸린 방 안에 사람이 있더라고. 누가 찾아오는 거 같던데? 겁나 무섭게 생긴 사람들이 말이야."

이제 강혁은 한유림이 아니라 제인을 보고 있었다. 그냥 유력 인사인가 했던 사람이 어쩌면 조금 다른 방면으로 힘깨나 쓰는 사람이 아닐까 하는 생각이 들어서였다.

"누구예요? 그 사람. 나도 이제 알 권리가 있을 거 같은데."

제인은 잠시 침묵하다가 이내 고개를 가로저었다. 강혁의 말대로 강혁은 이제 알 권리가 있는 사람이 되었기 때문이었다.

'아니지……. 한구에 왔을 때부터 그랬지.'

그렇지 않은가. 이 위험한 곳까지 왔는데 무슨 놈의 비밀이 있겠는가.

"알려드릴게요. 대신 어디 가서 함부로 입 열면 안 돼요."

"어딜 간다고, 여기서. 어차피 말도 안 통하는구만."

"사실 저도 자세히는 몰라요. 총상을 입고 왔었는데……. 탈레반의 고위 인사라는 거 정도만 알아요."

"타, 탈레반이 여기 있다고?"

한유림이 혼비백산한 얼굴로 소리를 지르다가 급히 자신의 입을 틀어막았다. 제인은 그런 한유림을 보며 쓴웃음을 지어 보였다.

"네. 탈레반. 그래서 여긴 안전해요. 목숨이 둘이 아닌 이상에는 건드릴 수 없죠. 우리는 정부 쪽과도 연결이 되어 있어서……. 이를테면 양쪽 모두에서 인정받은 병원인 셈이에요."

"그……. 다행이라고 해야 하나."

한유림은 적어도 병원에서 폭탄 맞아 죽을 일은 없다는 생각에 안도의 한숨을 쉬었다. 물론 다른 한편으로는 바로 이 병원에 미국이 그토록 찾아 헤매고 있는 탈레반의 고위 인사가 있다는 생각에 불안감이 엄습하기도 했다. 해서 얼굴이 밝지는 못했다. 당연히 제인도 그랬다. 오직 강혁만이 웃고 있었다.

"좋네. 그럼 저 양반을 어떻게 잘 이용하면 한구에 폭탄이 더 안 터지게도 할 수 있다는 거 아냐?"

적어도 이 자리에 있는 사람이라면 그 누구도 동의할 수 없는 말을 하면서였다.

"네?"

"그게 무슨……."

제인도 한유림도 영문을 모르겠다는 얼굴을 하고 있었다.

"왜 그렇게 봐? 이 안에 주요 인사가 있다며? 그럼 이용해봐야지."

"아니……. 그러니까 그게 대체 무슨……."

"잠시만 비켜봐요."

"잠깐, 잠깐요."

지금 제인이나 한유림이 이해하지 못하겠다는 표정을 짓고 있는 이유는 믿고 싶지 않아서라고도 볼 수 있었다.

"왜 잡아요?"

"아니……. 미쳤어요? 탈레반 사람이라고요!"

"탈레반이건 오사마 빈 라덴이건 의사가 환자 만나겠다는데, 뭐가 문제지?"

"무, 문제죠! 저 사람 덕에…… 우리 병원이 안전한 거라고요! 저 사람 마음 바뀌면 건물 날아갈 수도 있어요!"

"음, 그런가?"

강혁은 평소와는 달리 일단은 멈춰 섰다. 제아무리 그가 괴물 같은 인간이라고 해도 폭탄이 터지면 죽지 않겠는가. 여기까지 온 마당에 무섭다는 말을 하는 건 좀 이상하겠지만, 아무리 그래도 개죽음을 당할 생각은 없었다.

"'음 그런가'는 얼어 죽을 놈의 '음 그런가'! 백 교수님! 저도 교수님을 존경합니다. 교수님 수술 영상 보면서 많이 배웠거든요. 하지만……. 여기선 제가 책임자예요. 제 의견을 따라야 합니다!"

강혁은 허허 웃으며 다시 자리에 앉았다. 눈길은 여전히 굳게 잠긴 문을 향한 채였다. 제인은 그렇게 바라보는 것만으로도 불안해지는지 손을 휘휘 저어서 주의를 끌었다.

"여기! 여기 봐요!"

"아, 알았어요. 왜 이렇게 예민해."

"안 예민하게 생겼어요? 다시는 그런 소리 하지 마요."

"그건 장담하기가 좀 어려운데."

"이 사람이?"

"아니……. 책임자라며. 거짓말할 수는 없죠."

제인은 무슨 이런 인간이 있나 하는 얼굴로 강혁을 바라보았다.

'전직 장관씩이나 되는 사람이 왜 여기까지 왔나 했더니…….'

이제 보니 저 백강혁이라는 인간한테 끌려온 모양이었다. 그 덕에 이 한구라는 척박한 땅에 이렇게 훌륭한 의사들이 둘이나 충원됐으니 다행이라고 볼 수도 있겠지만, 그중 하나가 대뜸 탈레반에게 시비 걸기 원하는 사람이라면 그건 큰 문제였다.

강혁이 재차 입을 열었다. 아까와는 달리 진지한 표정이었다. 아니, 그 정도가 아니라 병원 분위기 전체가 다 변할 정도로 진지해져 있었다.

"근데 말이야."

"네?"

제인은 저도 모르게 무릎을 가지런히 모은 채 답을 하고야 말았다. 그 모습을 보고 나서야 한유림은 왜 강혁이 조금 전까지 미친 소리를 해댔는지 알 수 있었다.

'처음부터 분위기를 끌어오려고 그랬구나……. 근데 대체 뭔 소리를 하려고 이렇게 무게를 잡지.'

확실히 개소리를 한바탕 씨부렁거린 다음에 갑자기 훅 들어오니 주목도가 아예 달랐다. 제인은 물론이고 내과 의사 요다에, 마취과 의사 댄 그리고 간호사들까지 모조리 강혁을 바라보고 있었다.

"제인, 당신 말에 따르면 무하람 기간엔 테러가 더 늘어날 거란 말이지?"

"아, 네. 그럴 겁니다. 작년에도 그랬고……. 적어도 2008년 이후로는 계속 그래왔어요."

"그럼 그에 대해 대책은 있는 건가?"

"대책…… 이요?"

"그래. 경험이 있으면 그걸 활용해야 할 거 아냐."

"그 대책이……. 이 병원이었어요. 인력 충원도……. 그래서 받은 거고."

"아, 맞아. 원래는 병원도 없다고 했었지."

"네. 정부와 협상해서, 놀고 있던 의료원을 인수한 겁니다."

그 과정도 그리 순탄치만은 못했다.

'그 많은 뇌물을 주고 사들인 게 이 병원이지.'

병원이라 부르기엔 하자가 아주 많은 곳이었다. 일단 제대로 된 설비라고는 단 하나도 남아 있는 것이 없었다. 사실상 정부가 운영을 포기한 시점으로부터 얼마 되지 않아 여기서 일하던 직원들과 근처 주민들이 도적 떼로 변해 모조리 팔아 치워버렸기 때문이었다. 그냥 그렇게 비어 있기만 했더라면 그나마 다행이었을 텐데, 쓰레기가 꽉 들어차 있었다. 그걸 겨우 정리해내고, 국경없는의사회 본사에 요청해서 침대와 약물 등을 들여놓은 게 지금의 한구 병원이었다.

"없는 것보다는 낫겠지만……. 오늘 보니 역부족인 거 같던데."

하지만 그렇다고 해서 간지러운 말로 현실을 도피할 생각은 전혀 없었다. 강혁은 이곳에 위로하러 온 게 아니라 사람을 살리러 온 거니까.

"그……."

물론 무려 1년간이나 발버둥 쳐왔던 제인에게는 썩 듣기 좋은 말은 아니었다. 강혁은 아까보다도 더 일그러진 표정을 짓고 있는 그녀의 어깨 위에 살며시 손을 얹었다. 원체 큰 손이었기에 듬직한 무게감이 있었다.

"괜찮아. 이젠 혼자가 아니야."

"네?"

“여기 오기 전에 중동에도 있어본 적이 있다고 했지?”

“아, 네.”

파키스탄도 이슬람이 득세하고 있는 지역이었지만 엄밀히 말하면 중동은 아니었다. 세계의 화약고라고 불리는, 아프가니스탄이나 시라아가 있는 중동은 여기보다 좀 더 동쪽이었다.

“그럼 들어본 적 있을 거 아냐. 시리아의 ‘난폭한 천사(Evil angel)’라고.”

“아, 들어본 적 있죠.”

공교롭게도 지금 제인 눈앞에 있는 강혁의 별명과 같았다. 하지만 제인이 들은 소문의 주인공은, 그러니까 진짜 시리아의 난폭한 천사는 그저 우수한 의사가 아니었다. 죽음이 임박한 사람을 살리고, 도저히 살릴 수 없는 사람을 살리는 게 전부가 아니란 뜻이었다.

‘그 인간은……. 단신으로 헬기 몰고 가서 현지 테러군을 굴복시켰던 놈이야. 아니……. 전설이야, 전설.’

당시 제인은 예멘에 들어가 있었기 때문에 지리적으로 시리아와 꽤 멀었음에도 그에 대한 소문은 끊임없이 들을 수 있었다. 마침 시리아에도 국경없는의사회가 들어가 있었기 때문이다. 심지어 그 국경없는의사회 소속 의사 하나와 로지스티션 둘이 무장 단체에 잡혀갔을 때도 난폭한 천사라는 사람에게 도움을 받았다는 얘기도 들었다.

‘의사가 아니라……. 깡패란 소문도 있었어. 양 팔뚝에 문신도……. 어?’

그제야 제인은 강혁의 팔뚝에도 문신이 새겨져 있음을 확인할 수 있었다. 그것도 난폭한 천사에게 있다던 그 십자가 문신이. 하필이면 그 난폭하고 거친 사람이 한 문신이 십자가라서 붙은 별명이 바로 천사였는데.

"어……."

"뭘 '어'야. 우리 중동에서 본 적 있는 거 같은데."

"중동에서……? 다, 당신 설마……. 블랙 워터스에 있었던…… 거예요?"

제인은 자기도 모르게 목소리를 높이다 입을 틀어막았다. 이곳 사람들이 블랙 워터스에 얼마나 치를 떠는지 떠올렸기 때문이었다.

"그래. 내가 그 난폭한 천사야."

"이, 이상한데. 내가 듣기로……. 그 사람은……."

"소문으로는 사람이 아니던데? 미친놈들 아냐? 그래도 목숨 살려준 사람에 대해 그런 소문을 내다니."

강혁은 자기에게 긴 꼬리가 있다는 둥, 숨 쉴 때마다 매캐한 재 냄새가 난다는 둥 하는 소문을 떠올리며 고개를 가로저었다. 무슨 요한계시록에 나오는 악마도 아니고.

"아……. 그럼 당신 여기……."

"그래, 사람 살리러 온 거야. 그런데 그렇게 소극적인 방법만 쓰진 않을 거야."

외상 외과의 기본은 예방에 있었다. 사고가 난 후엔 아무리 제대로 치료를 한다고 해도 후유증이 남기 마련이었으니까. 아예 사고가 나지 않게 하는 것이 최고의 치료이지 않겠는가. 다만 이곳에서는 그 사고의 종류가 조금 다른 것뿐이었다.

"아까 그 말……. 진심이었군요."

"그래. 진심이야. 그리고……. 어차피 지금 안에 저 사람, 그냥 두면 죽는 거 아냐?"

강혁의 말에 제인의 눈이 카심을 향해 돌아갔다. 지금 방 안의 사내에 대한 처치는 온전히 제인과 그 둘이서 감당하고 있었기 때문이었다.

"어어. 그렇게 살벌하게 굴지 말라고. 카심이 안에 드나드는 거야 알고 있었지만, 이 건에 관해서 얘기해본 적은 없어."

"그럼……. 그럼 어떻게 알았죠?"

"들어가는 약만 보면 알지."

"아……."

"솔직히 이곳에서 3차 항생제까지 쓸 일이 뭐가 있겠어. 항생제라곤 평생 구경도 못 해본 사람들이 대부분인데."

강혁의 말대로 한구의 환자들은 약발이 정말 잘 받아서 1차 약제만 있어도 충분했는데, 이상하게도 반코마이신이라는 상당히 높은 등급의 항생제가 있었다. 강혁은 여기 온 첫날, 다른 사람들에게는 단 한 번도 쓰이지 않은 약이, 오직 방 안으로만 들어가는 것을 보고 눈치챈 바 있었다.

"그래서 저 방 안에 뭔가 중요한 사람이 있는데, 죽어가고 있다고 생각한 거야."

"그…… 맞아요. 하지만……, 아무리 당신이라고 해도 저건 못 살려요. 사실 지금 살아 있는 것도 기적이에요. 여긴 아무것도 없잖아요."

"그럼 다른 병원으로 보낼 생각은 왜 안 한 거지? 목숨이 붙어 있는 동안에는 병원이 안전할 거 같아서 그랬나? 하지만 죽으면 말짱 꽝이겠지, 안 그래?"

정곡을 찔린 제인은 아무 말도 하지 못했다. 강혁은 그런 제인의 어깨를 한 번 더 두드려준 후, 몸을 일으켰다.

"그러니까 내가 살려줄게."

강혁은 그 길로 굳게 잠겨 있던 문을 향해 저벅저벅 걸어갔다. 조금 전과 정확히 같은 장면이었지만 이번에는 누구도 그를 말릴 생각조차 하지 못했다.

'설마……. 그 사람이 실존 인물이었다니. 백강혁이……. 그 사람이었다니.'

지금까지 강혁이 보여준 말도 안 되는 실력과 담담함, 그리고 침착한 모습이 어느 정도는 이해되었다.

'하긴……. 이런……, 이런 상황에서는 아무리 실력이 좋아도 공황에 빠지는 것이 정상이야. 그런데 저 사람은…….'

강혁은 일단 폭탄이 터지자마자 그게 폭탄이라는 것을 알았을 뿐 아니라, 터진 곳을 딱 특정해낼 수 있었다. 별거 아닌 일처럼 느껴질 수도 있겠지만, 사실 쉬운 일은 아니었다. 게다가 그 누구보다 빨리 현장에 적응해서 사람들을 살렸다. 제인이나 그가 이끄는 팀보다도 훨씬 빠르고 정확했더랬다.

"잠깐, 잠깐만요."

여기까지 생각이 미친 제인은 일단 부리나케 몸을 일으켰다. 강혁은 이미 자물쇠를 푼 상황이었다. 손에 들린 거라고는 이상한 철사 하나뿐인데도 저 단단한 자물쇠를 풀었단 소리였다. 대체 어떻게 된 인간인가 싶은 생각이 들었지만 시리아에서 떠돌던 모든, 정말 말도 안 될 듯한 소문이 다 사실이라면 이 정도야 아무것도 아닐 터였다.

"왜요? 또 말리게?"

"아뇨."

"그럼?

"둘이 수술하려고요? 마취는 안 해요?"

"아."

"저도 도울 수 있으면 도울게요. 아마 보시면 아시겠지만……. 상태가 장난이 아니에요."

"좋죠. 갑시다, 그럼."

제인은 마취과 의사 댄과 내과 의사 요다까지 대동한 채 문 안으로 들어섰다. 문을 열어도 바로 방이 나오는 구조는 아니었다. 복도가 하나 있었는데, 그 복도에는 무려 총을 든 탈레반 인사가 둘이나 있었다.

"허이구."

한유림은 자신이 지금까지 이런 건물에 있었다는 사실에 몸서리를 쳤다. 하지만 강혁은 별로 긴장하는 기색을 보이지 않았다. 어차피 저 녀석들은 절대로 총을 쏠 수 없을 테니까.

"수고하네."

도리어 어깨를 두드리고 둘이 지키고 있던 방 안으로 들어갔다. 당연히 둘은 어떻게든 강혁을 제지하려고 했지만, 강혁은 무슨 마법이라도 쓴 것처럼 이미 안에 들어가 있었다.

"괜찮아요. 실력 있는 의사예요."

"음……. 군인…… 아니고?"

"의사예요. 의사."

제인은 그 덕에 벙찐 얼굴이 된 둘을 일단 필사적으로 안심시켰다. 그사이 강혁은 한유림과 함께 병실에 누운 환자에게로 다가갔다.

"이건……."

한유림은 심각할 정도로 진득한 악취에 코를 감싸 쥐었다.

'감염……. 거의 열흘은 지났어. 괜히 반코마이신을 쓰기 시작한 게 아니었군…….'

강혁은 냄새를 통해 어떤 균에 의한 감염인지 유추해 들어가기 시작했다. 그게 가능한 일인가 싶겠지만, 강혁에겐 가능했다. 그에게는 코만 있는 게 아니라 특별한 눈도 있었으니까.

'썩어들어가기 시작했는데……. 왜 이대로 방치했냐고 묻는 건 바보 같은 짓이겠지.'

제인에게는 아주 곤란한 환자였을 게 분명했다. 국경없는의사회의 운영 원칙 때문이었다. 이들은 정치, 종교 등 그 어떤 단체나 이슈로부터 중립적인 견지를 유지하고 있었다. 그 말은 곧 환자에 대해 절대 선악을 두지 않는다는 뜻이었는데, 탈레반이나 다른 테러 집단이라고 해도 일단 다쳤으면 치료를 해주었다.

'그래서 받았을 거야. 하지만 받아보니……. 자기 실력으로는 무리였을 테지.'

딱 봐도 심각해 보이는 부상을 입은 상태였다.

'총이 아니라……. 이 사람도 폭발에 휘말린 거 같은데.'

그렇지 않고서야 우측 가슴부터 배까지 내려오는 저 긴 상처를 설명할 수 없었다. 최선을 다해 소독해둔 덕에 버티고는 있었지만, 이대로 두면 언젠가는 반드시 죽고 말 터였다.

'그래도 자기 손으로 죽이는 것보단 낫다고 생각했겠지?'

아이러니한 일이었지만, 의료 서비스의 접근성이 떨어지는 나라일수록 오히려 현대 의학에 대한 환상이 더 컸다. 마치 의사가 신이라도 된다는 듯 믿는 사람들도 있었다. 반대로 사람들을 죽이러 왔다고 믿는 사람들도 있었다. 만약 제인이 수술을 했는데 환자가 죽기라도 한다면 탈레반 측에서는 고의로 그랬다고 생각할 여지가 있다는 뜻이었다. 하지만 이렇게 둔다고 해도 어차피 죽는 건 매한가지였다. 제인은 진퇴양난의 덫에 빠져 있었던 거다.

"역시 이대로 두면 죽겠어."

"이대로 안 둬도……. 죽는 거 아냐?"

강혁은 쭉 스캔한 후, 자신의 소감을 짤막하게 말했다. 한유림 또한 나름대로 스캔을 한 참이었으나 결론이 같지는 않았다.

"아니, 수술하면 살릴 수 있어요."

"살려……? 이걸……? 백 교수, 나랑 잠깐만……, 얘기 좀 해."

"왜 영어로 하다가 갑자기 한국말로 해요? 아무도 못 알아들을 텐데.”

“아무도 못 알아들으라고 하는 거야! 그러니까 너도 한국어로 해!”

한유림은 문밖에 있다가 안쪽으로 따라 들어온 둘을 살피며 입을 움직였다. 만약 수술에 실패해서 여기 있는 이 인간이 죽기라도 하면 어떻게 될까. 타타타타탕! 들어본 적도 없는 AK-47 소총이 난사되는 소리가 들리는 듯한 착각이 일었다. 그 모습을 본 강혁은 그저 껄껄 웃었다.

“웬 소름이 돋았어요? 추워? 여기가?”

“이……. 이 새끼야……. 총 들고 있는데 무섭지도 않아?”

“고작 둘인데요, 뭐.”

보통 사람이라면 총 든 놈이 하나라도 있으면 겁을 집어먹어야 정상이지 않은가. 고작 둘이라니, 이 새끼가 미쳤나 하는 생각이 들었다.

“아무튼, 그……. 아휴. 그냥 딴 데 가자…….”

“아니, 내가 남수단으로 가자니까 여기로 오자면서요.”

“파키스탄이 여기 있는 줄 몰랐지! 아프가니스탄 옆인 줄 알았으면 왔겠어?”

“아, 모르고 온 거야? 난 또 다 알고 온 줄 알았지.”

강혁은 그저 하하 웃었다. 한유림은 정말이지 미칠 지경이었다.

“태, 태평하게 이러고 있지 말고…….”

“근데, 왜 그렇게 겁을 먹었어요. 어차피 저 사람은 환자고, 저 사람들은 보호잔데.”

"보호자? 시바……. 아니, 아니야. 아 씨, 눈 마주쳤어."

"보호잔데요, 뭐. 아무것도 아니에요, 환자 상태 얘기하는 중. 하하."

한유림은 하필 딱 시바까지 발음하는데 눈이 마주치는 바람에 급히 눈을 깔았다.

"미친놈아, 웃지 마……."

"웃는 얼굴엔 침도 못 뱉는다는데요, 뭐."

"아니……. 그냥 가자니까."

"안 돼요. 그냥 가는 건 안 돼."

"왜?"

"이 병원, 터질 테니까."

강혁은 그걸 몰라서 묻느냐는 얼굴로 바닥을 가리켰다. 한유림은 드디어 이 자식이 몰라서 그러는 게 아니라는 걸 알 수 있었다. 그래서 더 절망에 휩싸였다. 차라리 모르는 거면 가르치면 될 텐데, 알면서 이러는 거면 설득해야 하지 않는가. 그런데 그가 아는 강혁은 설득이 되지 않는 유형의 인간이었다.

"그러니까 가자는 거야! 여기 있으면 다 죽는다고!"

해서 떼를 부려 보았지만, 역시나 별 소용은 없었다.

"뭔 소리야. 자꾸. 수술하면 살릴 수 있다니까 그러네."

"저걸……. 저걸 어떻게 살려……. 이미 반 시체라고."

"내 실력을 아직도 몰라요?"

"알지. 하지만……. 이 병원 꼴을 좀 봐라. 헬기 안이 차라리 낫다니까?"

"와, 방금 그 말 제인이 알아들었으면 울었겠는데. 이거 하나 만든다고 1년 동안 개고생한 사람 앞에 두고 너무하는 거 아니에요?"

"그, 그런 뜻으로 하는 말이 아니잖아!"

한유림은 얘기를 하면 할수록 말리는 느낌이었다. 역시나 강혁과는 오래 말을 섞으면 안 된다는 격언이 진리라는 사실을 또 한 번 깨닫는 순간이었다. 하지만 그런데도 이번에는 멈추기가 어려웠다. 환자의 생명이 아니라, 자신의 생명이 걸려 있었으니까.

"한 교수님."

"응?"

"나, 밖에서도 이런 사람 살린 적 있어요. 그러니까 걱정 마."

그가 이렇게 말하는 건 정말로 살릴 자신이 있다는 뜻이었다. 적어도 강혁과 몇 년간 함께해 온 한유림은 그 눈과 말에 담긴 진정성을 읽어낼 수 있었다.

"정, 정말이야?"

"그래요. 그러니까, 합시다."

"여차하면……, 도망갈 수도 있는 거지?"

"지금은 둘뿐이잖아요. 메스로 쓱싹하지 뭐."

"그래……. 그러니까 안심이 되네."

강혁은 무려 일이 잘못되면 환자까지 셋을 쓱싹하겠다는, 다소 끔찍스러운 계획을 가지고 다시 환자에게로 다가갔다. 다시 봐도 역시나 상태는 좋지 못했다.

'이걸 살리겠다고?'

"제인. 수술합시다."

"네? 환자를 보시고도 그런 소리가 나와요?"

반드시 살려야 하는 인간

강혁이 한유림과 둘이서 한국어로 속닥거리는 동안 '그러면 그렇지' 하는 표정으로 서 있던 제인은 눈을 동그랗게 떴다. 제아무리 난폭한 천사든, 세계 최고의 의사든 관계없이 이 환자 상태를 보면 감히 치료하겠다는 말은 못할 거라 굳게 믿었기 때문이었다. 사실 지금 살아 있는 것만 해도 기적이었으니까.

"살릴 수 있어요."

하지만 강혁은 확신에 차 있었다.

"살린다니……."

"적어도 병원 사람들에게 피해는 안 가게 할 테니까, 걱정 마시죠."

"그건 또 무슨……."

"뭐 그런 게 있습니다."

강혁은 총 든 둘을 슬며시 바라보고는 후후 웃었다. 상당히 보기 좋은 미소였는데, 그 의미를 아는 한유림에게는 그저 살벌하게만 느껴질 뿐이었다.

'역시……. 백 교수는……. 이상한 놈이야…….'

"아무튼, 수술방으로 갑시다."

"음……."

아마 아까 강혁의 말을 듣지 않았다면 제인은 거절했을 터였다. 하지만 지금 그녀는 말 그대로 진퇴양난인 상황이었다. 이대로 둔다고 해도 어차피 시간이 지나면 죽을 테니까. 그렇다면 강혁이라는 최고의 조력자가 있을 때 도움을 받는 게 나았다.

"알겠…… 습니다."

"좋아. 가자고."

강혁이 환자가 누워 있는 침대를 끌고 방을 나서려는데, 앞에 있던 두 녀석이 막아서며 뭔가 말을 했다. 당연히 강혁이나 제인은 알아듣지 못했다. 그나마 제인은 아랍어를 공부하긴 했지만, 이들이 지금 쓰고 있는 언어는 우르두어였다.

"뭐라는 거야?"

"어디로 가는 거냐고 하는데요?"

현지 직원인 카심이 나서서 대화를 나눴다.

"치료해준다고."

"지금까지 한 건 치료가 아니냐고 하는데……."

"수술한다고 해. 그럼 곧 좋아질 거라고."

"아……. 그럼 안에 들어와도 되냐고 하는데요?"

카심의 말에 강혁의 눈썹이 훅 말려 올라갔다. 일단 치료하기로 마음먹은 자신을 총 든 놈들이 막고 있는 것도 마음에 들지 않는데, 수술방 안까지 들어오겠다고 하니 당연한 일이었다.

"배, 백 교수 참아. 쓱싹은 안 돼."

그의 표정만 봐도 생각을 읽어내는 경지에 다다른 한유림이 부리나케 그를 말렸다.

"주인 죽이고 싶으면 그렇게 하라고 해줘."

"어……. 그렇게 말해도 될까요?"

"아무튼, 그렇게 하면 다 죽는 거라고 해줘."

"어……."

카심은 도저히 이 말을 그대로 옮길 수는 없었다. 해서 최대한 순화해서 전해주었는데, 그럼에도 둘은 화를 냈다. 하지만 어찌 되었건 죽는다는 말을 듣고 난 후였던지라 더 고집을 부리진 않았다. 카심은 어렵게 어렵게 뒤로 물러나는 둘을 보며 다행이라고 중얼거렸다. 그러자 강혁 또한 고개를 끄덕였다.

"응, 정말 다행이네."

"그러니까요. 어휴, 저 둘……. 무서워서."

"응? 나는 쟤네 둘 살아서 다행이라는 뜻으로 말한 건데."

"네?"

"아니, 그런 게 있어."

"모르는 게 나아, 모르는 게."

한유림은 고개를 갸웃거리는 카심의 어깨를 툭툭 두드려주었다. 그러면서도 일행은 쉬지 않고 발과 손을 놀려서 1층에 있는 수술방에 도달했다. 이 더운 나라에서 에어컨 돌릴 전기도 없는 상황인데, 엘리베이터가 돌아가길 바라는 건 좀 무리 아니겠는가. 수술이 끝난 상황이나 너무 급한 상황 아니고서는 대개 침대를 들어서 옮겨야만 했다.

"백 교수님 힘이 정말 세시네요."

늘 카심이 고생을 했었는데, 이번에는 퍽 수월했다. 강혁 덕이었다. 강혁은 별거 아니라는 투로 대꾸했다.

"옛날보단 약해졌어, 많이."

"네? 지금 거의 혼자 들었는데?"

"옛날에는 혼자 들었어, 진짜로."

일행은 1층 수술방에 무사히 도착할 수 있었다.

'후.'

강혁은 그 안에 들어갈 때마다 굳이 이런 수술방을 위해 층을 이동해야 하는 건가 하는 의문이 들었다. 그도 그럴 것이 이곳 한구 병원의 수술방은 한심한 수준이었다. 이게 수술방인가 싶을 지경이었다.

"불 켜, 불."

"네."

그나마 다행인 건 불은 잘 들어온다는 점이었다. 접경지대인지라 전력 수급이 아주 불안정한 지역이라는 걸 감안한다면 정말이지 다행이었다. 그 외에는 다 엉망이었다. 일단 공조 시설이 없었다. 무균 상태가 아니라는 뜻이었다.

"아까 물로 닦은 거지? 바닥."

"네."

솔직히 말하면 수술방이라고 병원의 다른 곳에 비해 깨끗한 편이긴 한 건가 하는 의심도 들었다.

'뭐 어쩔 수 없지.'

어차피 지금 환자보다는 깨끗할 터였다. 그러길 바랐다.

"자, 그럼 마취 겁시다."

“네, 백 교수님.”

마취과 의사 댄이 고개를 끄덕인 후, 정말 오래된 기기를 이용해 마취를 걸기 시작했다. 이럴 때면 어쩔 수 없이 경원이 떠올랐다. 이젠 나름 거물이 된, 호칭도 박경원 ‘펠로우’에서 박경원 ‘교수’가 된 제자가.

‘그 자식이 있으면 훨씬 수술이 편할 텐데.’

녀석은 적어도 외상 외과 마취에 있어서만큼은 세계 최고였으니까. 하지만 강혁은 고개를 저으며 잡생각을 털어냈다.

‘댄도…… 나쁘지 않은 마취과 의사야.’

경원보다야 부족하긴 해도, 뭐 어쩌겠는가. 오래된 기계를 잘 다룰 수 있다는 점에서 댄은 충분히 합격점을 받을 수 있었다.

“걸었습니다. 혈압이…… 좀 문제긴 한데……. 어떻게든 해보죠.”

“요다, 혈압은 당신이 좀 도와요.”

“네?”

일본인 의사 요다는 조금은 당황한 듯한 얼굴로 강혁을 바라보았다. 다들 가니까 따라오긴 했지만, 일단 수술이 끝나야 할 일이 있을 줄로만 알고 있었던 것이다.

“수혈해야 할 수도 있는데, 우리 피 거의 없잖아.”

“없죠…….”

일단 냉장고가 딱 하나 돌아가고 있었다. 그 이상 돌렸다간 다른 기기들을 너무 많이 포기해야 되기 때문이었다. 그리고 아랍 문화권에서는 수혈이 거의 금기시되고 있었다. 피에는 생명이 담겨 있다는 속설 때문이다.

“근데 이 환자 피 없으면 갈 거 같거든.”

“네?”

“마침 밖에 피 주머니 후보들 있으니까, 일단 속성 검사나 좀 해요.”

“아……. 그……. 아…….”

요다는 잠시 ‘블러드 백’이 뭘 말하는 건가 하는 얼굴을 하고 있다가, 한유림이 재차 부연 설명을 해준 후에야 비로소 알아들을 수 있었다. 상당히 충격을 받은 것처럼 보였는데, 당연한 일이었다. 사람한테, 그것도 총 든 사람한테 피 주머니라고 하는 건 처음 봤으니.

“빨리. 아니면 우리 다 죽어요. 이 환자가 죽을 테니까.”

“으……. 네.”

하지만 어쩌겠는가. 다 죽는다는데. 나갈 수밖에 없었다. 나가서 총 든 사람들한테 ‘너희, 피 좀 줄래?’라고 말해야 한다는 것을 알고 있음에도 불구하고.

“일본 사람이라고 너무 막 대하는 거 아냐?”

어깨가 축 처진 요다를 보던 한유림이 조금은 미안하다는 듯한 얼굴로 강혁을 향해 물었다. 당연하게도 강혁은 뭘 그런 걸 묻느냐는 얼굴이었다.

“난 그냥 다 막 대하는 편인데.”

“아……. 그건 그렇지.”

잡담을 하는 중에도 수술 준비는 계속되고 있었다. 이미 카심은 가능한 거의 모든 기구를 꺼내놓은 후였다. 강혁과 한유림 그리고 제인은 정말 귀한 일회용 수술용 가운과 장갑을 걸친 후였고. 어지간히 상태가 안 좋은 환자가 아니면 그냥 장갑만 껴야 하는 한구 병원 사정을 생각하면 지금은 거의 초호화판이었다.

"근데 이 사람, 탈레반이라고 했지? 그것도 엄청 높은."

한유림은 이렇게 다 옷을 갖춰 입고, 드랩까지 치고 나자 약간 현타가 오는지 씁쓸한 얼굴로 중얼거렸다.

"네, 한 교수님. 고위 관계자라고 들었습니다. 저도 이름은 몰라요."

"그럼 진짜 나쁜 짓 많이 했을 텐데……. 이런 놈 살리자고 이렇게까지 해야 하나? 당장 오늘 폭탄 테러만 해도 탈레반 짓일지 모르는 일이잖아?"

제인은 즉각 답을 하지 못하고 잠시 한숨을 내쉬었다. 방금 한유림이 던진 질문이 딱 정곡을 찌른 질문이었기 때문이었다. 제아무리 인종과 성별 그리고 적아를 구분하지 않고 환자를 치료하겠다고 선서한 의사라 해도, 이런 놈을 필요에 의해 치료해야 할 때는 무척 회의감이 들었다.

"뭔 쓸데없는 소리를 하고 있어. 다쳤잖아. 치료가 필요하고. 그럼 살려야지."

하지만 강혁은 별로 복잡하게 생각하지 않는 모양이었다. 제인은 오랜 시간 봉사를 해온 자신보다도 오히려 더 인류애가 넘치는 강혁을 보며 잠시 감탄했다.

'역시……. 이 사람이 괜히 세계 최고의 외상 외과 의사가 된

게 아니야…….'

이런 생각이 제인의 머릿속을 채워나가고 있는데, 강혁이 다시 입을 열었다.

"그리고 아까 저놈들 얘기 엿들어보니……. 알아들을 수 있는 단어가 하나 있더라고."

약간은 제인의 감상과 다른 방향의 대사였다.

"뭐, 뭔데요?"

"파즐룰라."

"그게……. 무슨 뜻인데요?"

"나도 뜻은 몰라."

"에이, 뭐예요."

"하지만 들어본 기억은 있지."

"네?"

제인도 생소한 단어를 대체 어디서 들어봤단 말인가. 그때 카심이 입을 쩍 하고 벌렸다. 어쩐지 아까보다 더 창백해진 얼굴을 하고서였다.

"설마……. 이 사람이……?"

"본인은 아닐 거야. 너무 젊잖아."

"그럼……?"

"친인척은 되겠지."

"허……."

"손 떨지 말고. 그냥 하자고, 그냥."

제인과 한유림은 갑자기 강혁과 카심이 둘만 아는 얘기를 이어나가자 잠시 당황하다가 이내 강혁을 툭 하고 쳤다.

"누, 누군데? 파즐룰라가 뭐야?"

"파키스탄 탈레반 지도자의 성이 파즐룰라예요."

"어?"

"그러니까 이 인간……. 아마 진짜 높을걸?"

순간 수술방에 정적이 감돌았다.

"이 사람이……."

"그렇게 중요……."

조금 전까지만 해도 이보다 더 긴장할 수 없을 거 같았는데, 그 소리를 듣고 나니까 구역감마저 느껴졌다.

"뭘 그렇게 수군거려? 치료 안 할 거야?"

강혁과 한유림은 환자의 가슴부터 배까지 뒤덮고 있던 붕대를 아주 능숙한 손길로 치워버렸다. 붕대에는 상처에서 흘러나온 진물이 잔뜩 묻어 있었는데 냄새가 아주 고약했다. 감염이 꽤 진행된 것이 분명했다.

"자, 멍하니 있지 말고. 소독 한 번 더."

"아……. 네."

한유림은 제인의 도움을 받아 환자의 상처를 부지런히 닦아냈다.

"아……. 안 좋은데."

분명 갈색 베타딘으로 닦았는데 닦자마자 색이 누렇게 변했다. 그리고 상처 자체의 색은 그대로였다. 이 말은 겉으로 보이는 곳만 좋지 않은 것이 아니라, 안쪽 깊숙한 곳까지 죄다 이렇다는 뜻이었다.

"그럴 줄 모르고 들어온 거 아니잖아, 3호."

"아니, 왜 갑자기 3호야! 교수라더니!"

"아, 급박하니까 나도 모르게."

"백 교수도 긴장한 거야?"

"그 정도는 아닌데."

"아닌데?"

"만만한 수술은 아니긴 하지. 오죽하면 쓱싹할 생각을 하겠어."

"하……."

"아무튼……. 가슴부터 봅시다. 호흡은 하고 있었으니까……. 폐는 괜찮을 거야."

강혁은 그렇게 말하면서 방금까지 한유림과 제인이 힘을 합쳐 닦아내고 있던 상처를 슥 하고 벌렸다. 그러자 잠시나마 익숙해졌나 싶었던 냄새가 훨씬 더 고약해졌다. 폭탄 파편이 갖다 박힌 가슴팍 안쪽에서 나는 냄새였는데, 감염이 너무 심해서 깊숙한 곳은 잘 보이지도 않았다.

"안 괜찮은가?"

"왜 그렇게 태평해!"

"안 괜찮은가?!"

"긴박하게 말하지 마! 더 불안해!"

"어쩌라는 거야. 일단 벌려봐요."

"하, 시바."

한유림은 저도 모르게 욕설을 내뱉으면서도 상처는 정성스레 잘 벌려주었다. 아니, 그냥 정성스럽기만 한 게 아니라 상당히 기술적이기까지 했다. 너무 부은 곳은 건드리지 않으면서도 최대한 벌어질 수 있도록 힘을 준 상황이었다. 덕분에 강혁은 쓸데없는 출혈 없이 상처 안쪽을 들여다볼 수 있었다.

"아, 역시 갈비뼈는 나가 있네. 그래도……, 흉강 안으로 들어가긴 했는데, 폐를 찌르진 않았네."

강혁은 상처 깊숙한 곳에 박혀 있는 파편들을 제거해나갔다. 제인은 그게 너무 신기했다. 솔직히 이 수술방은 수술방이란 말이 좀 민망할 정도로 조명이 어두웠으니까. 게다가 강혁은 지금 현미경은커녕 루페조차 끼지 않은 상황 아닌가. 그런데 저 작은 조각들을 싹 다 제거하고 있다니. 눈앞에서 보지 않았다면 절대 믿지 못했을 광경이었다.

"음. 이번엔 봉합 기구."

"네?"

"아, 조폭 아니지, 참."

강혁은 너무 놀란 얼굴로 되물어보는 카심을 보며 씁쓸한 미소를 지어 보였다. 아마 장미였다면 지금쯤 벌써 봉합 기구에 적절한 굵기의 실까지 물어다가 전해주었을 터였다.

"봉합 기구. 3번 실 물어서. 아, 바이크릴로."

"아……. 네. 근데 지금 왜……."

"보면 알아."

카심은 수술 시작한 지 얼마나 됐다고 봉합 기구를 찾나 하는 얼굴이었다. 한유림을 도와 상처 부위를 벌리고 있던 제인도 크게 다르지 않았다. 반면 한유림은 너무도 능숙하게 손의 위치를 바꾸었다.

"여기?"

"어, 거기요."

한유림이 아직 제거되지 않은 파편이 있는 곳을 벌려주자 강혁이 바늘을 찔러 넣었다. 통상적인 것보다 훨씬 더 깊게 찔렀는데, 모르는 사람이 봐도 흉강을 뚫었겠구나 싶을 지경이었다.

"음?"

제인은 영문을 모르겠다는 얼굴이 되었다. 하지만 강혁을 제지하거나 하지는 않았다. 강혁의 수술 동영상을 본 기억이 있기 때문이었다.

'무슨 속셈이지?'

제인은 눈앞에서 벌어지고 있는 일이 워낙 신기해서 금세 집중했다. 강혁이 바늘을 멈추자 한유림이 쑤욱, 하고 파편을 뽑아냈다. 동시에 강혁은 방금까지 봉합을 만들던 실 끝을 잡아당겼다. 애초에 덫처럼 봉합을 만들었기 때문에 당기는 즉시 상처가 오므려졌고, 파편이 빠져나가면서 생긴 구멍을 막을 수 있었다.

강혁은 방금 자신이 만든 매듭을 들여다보았다. 지금은 완전히 당겨진 탓에 공기가 전혀 흘러나오지 않았다. 어지간한 상황이라면 이렇게 그냥 두고 나가겠지만, 지금은 그럴 수가 없었다.

'안에 고름이 가득 차 있어…….'

파편을 소독해서 갖다 박진 않았을 거 아닌가. 더러운 게 냅다

가슴팍에 박힌 채로 있었으니, 감염이 생기는 것은 필연이었을 터였다. 그나마 이 친구는 항생제를 써본 적이 없고, 제인이 무려 반코마이신까지 공수해서 때려 박은 덕에 이 정도로 버티고 있는 거라고 보면 되었다.

'고름은 제거하는 게 좋겠지.'

구멍이 없었다면야 조금 부담이 되었겠지만, 지금은 이미 파편이 구멍을 뚫어놓은 상황 아니던가.

"석션."

"여기."

한유림도 강혁의 생각을 읽은 건지 즉시 석션을 건네주었다.

"이거 되는 건가?"

"어, 좀 약하긴 한데. 되긴 되더라."

"돈 들어오면 무조건 발전기부터 바꿔야겠네."

강혁은 털털 거리는 석션을 보며 한숨을 한 번 내쉬고는 댄을 바라보았다.

"잠깐 흉강 내압 흔들릴 테니까, 매뉴얼로 해줘요."

"네? 매뉴얼?"

"네. 흉강 다시 열 거예요."

"어……. 네."

댄은 어리둥절했으나, 일단 시키는 대로 했다. 어차피 전력 수급이 불안정한 곳 아니던가. 늘 수술할 때마다 수동으로 인공호흡 주머니 짤 각오가 되어 있다는 뜻이었다. 강혁은 댄이 수동으로 쥐어짜기 시작한 것을 확인한 후, 즉시 손에 힘을 풀었다. 그러자 덫처럼 상처를 조이고 있던 실이 풀어지면서 딱 석션이 들어갈 정도의 구멍이 생겼다. 강혁은 그 틈으로 흉강 안쪽에 고여 있는 고름을 확인한 후, 석션을 쑥 하고 집어넣었다. 곧 석션을 통해 샛노란 고름이 빠져나오기 시작했다. 딱 보기에도 안 좋은 냄새가 날 것 같은 그런 고름이었다.

"양이……. 엄청 많구나."

제인은 '이런 게 흉강 안에 있었으니 그동안 열이 안 잡혔지' 하는 생각과 함께 석션을 바라보았다.

"저거 통 따로 통째로 검사 나갑시다."

강혁은 마냥 수술만 하는 게 아니라 적절한 처방을 내렸다. 어떤 균이 자라는지, 그 균이 어떤 항생제에 약한지 확인해서 제대로 된 치료를 해야만 했다.

"아……. 네. 이슬라마바드에 요청하겠습니다."

"한구에서는 안 돼요?"

"안 되죠."

"아……. 할 수 없지. 얼마나 걸리지, 그럼?"

"2주."

"수술을 완벽하게 해야겠군."

해서 방법을 달리하기로 마음먹었다.

"열어?"

한유림 또한 마찬가지였다. 2주라니. 성질 급한 한국인에게는, 그중에서도 성격 급한 의사들에게는 거의 영원에 가까운 시간이었다.

"엽시다."

"여기서……. 괜찮겠지?"

"안 되면 쓱싹해야지, 뭐."

"아, 그래. 그럼 열자."

"흠."

강혁은 잠시 고개를 갸웃거리나 싶더니, 왼손 검지로 환자의 우측 갈빗대 사이를 슥 하고 그었다. 그냥 손가락인 데다가 장갑까지 끼고 있으니 뭐가 잘려나갈 리는 만무했지만, 주변에 있던 모두는 저도 모르게 몸을 움찔거렸다. 어쩐지 강혁의 손짓에서 서늘함이 느껴졌기 때문이었다.

"거기? 거기 쨀 거야?"

오직 한유림만이 아무렇지 않다는 얼굴로 그쪽을 위아래 방향으로 당겨주었다.

"어, 거기. 메스 줘봐요."

강혁은 심드렁한 얼굴로 손을 내밀었다. 장미였다면 벌써 칼을 쥐여주었을 테지만, 카심은 아직 강혁에게 익숙하지 않았다. 아니, 수술을 읽어내는 능력이 떨어진다고 해야 할까. 이제야 부랴부랴 메스에 블레이드를 끼워서 건넸다.

"좋아. 아, 제인."

"네."

"요다는 뭐 하고 있는지 잠깐 보고 와요. 여긴 둘이 해도 되는 부분이니까."

"어……. 가슴 여는 거 아닌가요?"

"뭐, 흉강 열어서 안에 염증 좀 긁어내고, 흉관 하나 박는 건데. 별거 아냐."

"음……."

별거 아니라고 하기엔 일단 흉강을 연다는 거 자체가 흉측한 얘기 아니던가. 하지만 제인은 아까 강혁이 아무렇지도 않게 파편들을 제거해내던 모습을 상기했다. 그중 하나는 아예 흉강 내에 박혀 있었는데, 그것조차 아무 탈 없이 제거하지 않았던가. 심지어 그 안쪽 고름까지 제거했고. 이 사람이 한다고 하면 그냥 할 수 있는 거라고 봐야 했다.

"네."

"어, 피 좀 날 거니까……, 꼭 하나는 구해 와야 해."

"그……. 한 사람 말하는 거죠?"

"아, 그래. 사람. 내가 방금 뭐랬지?"

"하나…… 아니, 아닙니다."

제인은 뭔가 반박을 하려다 말고 밖으로 향했다. 강혁은 정말 밖에 있는 탈레반 병사들을 사람으로 생각하고 있지 않은 듯했으니까. 사실 제인도 그렇게 생각하고 있긴 했다. 차마 입 밖에 내지 못했을 뿐.

'여러모로 대단한 사람이야…….'

제인은 그런 생각을 하면서 발로 수술방 문을 열었다. 당연히 다른 병원에 있는 수술방 문처럼 자동은 아니었다. 그냥 손을 쓸 수는 없으니 발로 밀어서 열 뿐이었다.

"흑."

그렇게 밖으로 나가서 제일 먼저 마주친 사람은 요다였다. 요다는 내과 의사치고는 체격이 꽤 좋은 편이었는데, 탈레반 병사들은 그런 요다를 눈으로 압박하고 있었다.

"뭐 하세요?"

"아……. 나가래서 나왔는데……. 저 이 사람들 말을 몰라요."

"아."

"제인은 할 수 있어요?"

"아뇨……."

"그럼 어쩌죠?"

제인은 잠깐 한심하다는 눈빛으로 요다를 바라보았다. 사람은 착한데 가끔 이렇게 답답할 때가 있었다. 말이 안 통하면 일단 들어와서 상황을 알렸어야지. 밖에서 어버버 하고 있으면 어쩐단 말인가. 그나마 안에서 피가 급한 상황이 아니기에 망정이지. 그렇지 않았다면 큰일 났을 터였다.

"왜 둘 다 안 들어와?"

그때 강혁이 기다렸다는 듯이 고함을 쳐댔다. 수술방이라고 해봐야 그냥 방이었기 때문에 강혁의 굵직한 목소리는 곧 사방으로 울려 퍼졌다. 제인은 잠시 고민하다 요다를 두고 안으로 다시 들어갔다.

"그……. 백 교수님."

들어가니 강혁은 벌써 흉강을 열어두고 있었다. 덕분에 마취과 댄은 계속해서 수동으로 인공호흡 주머니를 쥐어짜는 중이었다. 마취 실력과는 별개로 쥐어짜는 것에는 완전히 이력이 난 상태여서 강혁은 제법 수월하게 수술을 이어나가고 있었다. 기분이 아주 나쁜 상황은 아니라는 뜻이었다.

"왜요."

"그……. 밖에 있는 병사들……. 영어가 안 돼서요. 카심, 잠깐 나와볼 수 있어요?"

"그건 안 되는데. 흉강 열었다고. 시간 끌면 안 돼."

"그럼……."

"어차피 혈액형 맞으면 피 주머니로 쓸 거니까 일단 들어오라고 하죠, 뭐."

"피 주…… 아, 네."

제인은 여전히 사람에게 피 주머니라는 말을 쓰고 있는 강혁이 어색했지만, 어쩌겠는가. 수술방에서는 칼 든 놈이 짱인 법이었다. 게다가 그게 강혁이라면 더더욱 그러했다. 제인은 일단 둘을 어떻게 어떻게 안으로 끌고 들어왔다. 강혁은 시선을 여전히 수술 부위에 박은 채 입을 열었다.

"카심, 쟤들 저기 옆에…… 의자에 앉으라고 해줘."

"제 말을 들을까요?"

"이 사람 살리려면 들으라고 해."

강혁은 들고 있던 메스를 슬며시 돌려 잡으며 말했다. 말은 안 통했지만, 말투나 번쩍이는 메스 때문인지 탈레반 병사 둘은 저도 모르게 총을 고쳐 잡았다. 카심은 그 총을 보며 마른침을 꿀꺽 삼켰다.

"빨리. 안 그럼 이 사람 죽어."

강혁은 메스로 흉강 내 조직을 박박 긁어내며 말했다. 메스가 지나갈 때마다 감염 때문에 죽어버린 조직과 고름 그리고 피가 죽죽 흘러나왔다. 지금 흘러나오는 피만 해도 적지 않다는 뜻이었다. 어떻게든 수혈을 하긴 해야 했다.

'사실……. 우리 혈액이 있기는 있을 텐데…….'

하지만 그걸 꺼내오는 건 강혁이 반대했다. 이런 인간 살리는 데 남을 살릴 수 있는 혈액을 쓰진 말자는 것이 그 이유였다. 제인을 비롯한 누구도 그 의견에 반대하지는 못했다. 세상에 탈레반의 고위 간부라니. 아마 세상에서 제일 나쁜 놈들을 순서대로 줄 세우면 지금 이 인간이 꽤 앞에 나가 있지 않을까?

카심은 용기를 냈다. 기왕이면 나쁜 놈 살리는 데는 나쁜 놈들 피를 이용하기 위함이었다.

"두 분 총 내려놓고 저기 앉아요."

"어?"

"수술하는데 피가 많이 나서, 수혈이 필요합니다."

"수혈? 우리 피를 뽑겠다고? 우리 생명을?"

"네. 그래서 이 사람을 살려주세요."

카심은 일부러 강하게 나갔다. 아마 이 인간의 성이 파즐룰라라는 걸 몰랐다면 이렇게 나갈 수 없었을 터였다. 하지만 이젠 아니었다. 적어도 파키스탄 탈레반에서 이 성이 가지는 의미는 아주 중대했으니까. 어떤 이들은 이 가문이 선지자 가문이라고까지 생각하고 있을 지경이었다.

"음……."

"여기 앉으면 되나?"

아니나 다를까 두 병사는 총을 내려놓고는 의자에 털썩 앉았다. 눈을 부라리고 있기는 했지만.

"요다, 이제 가서 피 섞어서 검사해봐요."

강혁은 이제 흉강 내부 정리를 거의 다 마쳐가고 있었다.

'언제 봐도 괴물인데……. 오늘은 더 괴물 같네.'

사실 이건 한유림에게도 퍽 놀라운 일이라, 한유림 또한 눈을 동그랗게 뜨고 있었다.

"둘 다…… B형. 같은 혈액형입니다."

그사이 요다는 간이 혈액 검사를 마쳤다. 그래도 병원은 병원이라 간이 시약이 있었기 때문에 혈액형 정도는 알아낼 수 있었다.

"좋아. 그럼 바로 연결."

"아……. 그냥 바로요?"

"언제 뽑아서 언제 줘. 그러다가 피나 굳지. 빨리! 이제 배 열 거야! 배는……. 이거 딱 봐도 장난 아니라고!"

강혁은 방금 절개했던 부위에 흉관을 삽입한 채, 다른 손으로는 환자의 배를 가리켰다. 배꼽 아래까지 이어진 부상은 정말이지 거대했는데, 아무래도 가슴보다는 배 쪽의 부상이 더 심각했다. 가슴 쪽은 그나마 갈비뼈가 있어서 보호되지만, 배에는 아무것도 없지 않은가. 파편이 그대로 다 갖다 박혀 있었다.

"네, 네."

강혁의 호통에 요다는 쩔쩔매는 듯한 얼굴을 하더니 탈레반 병사들의 팔뚝에 라인을 찔러 넣었다.

"의자 위로 올라가서 서 있으라고 해줄 수 있어요?"

그러곤 카심에게 다소 황당한 말을 했다. 카심은 약간은 비인간적으로까지 보이는 그의 요구에 의문을 표했다.

"왜……, 왜요?"

"지금은 저 환자의 혈압이 낮아서 그냥 들어가겠지만 결국 비슷해지면 중력의 힘이 필요해요. 위로 올라가 있어야 해요. 원래 같으면 넘어지지 않도록 누워 있게 두지만, 여긴……."

"아, 알겠습니다."

하지만 나름 타당한 이유가 있었기에 카심은 말을 그대로 전달했다. 환자를 살리기로 마음먹은 병사들은 일단 시키는 대로 했다. 만약 살리지 못하면 죽이겠다는 둥 협박을 남기긴 했지만.

"죽인대?"

"네."

"하하."

강혁은 콧방귀도 뀌지 않았다.

"장담하는데 쟤들 2시간 이내에 얼굴 하얗게 죽을걸?"

피 주머니가 된 이상에야 더는 위협이 될 수 없었기 때문이었다. 카심은 '설마 이 인간, 피 때문이 아니라 이런 이유 때문에 저 둘을 저렇게 만들었나' 하는 의심에 빠졌다.

"자, 이제 밑으로 갈까."

강혁이 없었을 땐 불가능해 보이기만 했던 수술이 착착 진행되고 있었다. 그걸 보고 있는 제인이나 카심으로서는 정말이지 기적을 체험하고 있는 듯한 기분이었다.

"자, 여기도 일단은 벌려요. 너무 세게는 말고. 아마 복막도 나간 데 많을걸?"

"알았어. 조심할게."

"알겠습니다."

강혁은 한유림과 제인에게 상처를 벌리도록 한 후, 핀셋을 집어 들었다. 그러곤 아까 가슴에서처럼 파편들을 제거해나가기 시작했다. 하지만 모든 파편을 다 제거하진 못했다.

'이건 배 안에 박혔어. 이걸 뺐다간…….'

가슴과는 달리 많은 파편이 복막을 뚫고 들어가 있었기 때문이었다.

'역시 여긴 열어야 해.'

"메스."

"아, 네."

카심은 아까보다는 좀 더 빠르게 메스를 건네주었다. 그와 동시에 한유림은 강혁이 절개하기 쉽도록 상처 부위를 아예 옆으로 벌려주었다. 강혁이 메스를 가져다 대자 이미 감염 때문에 부어오른 상처에서 피가 주르륵 흘러나왔다. 절개부터 상당한 출혈이 예상된다는 얘기였다.

"주머니들 어지러울 거라고 전해줘."

강혁이 쭉 하고 칼을 긋자 피가 왈칵 흘러나왔다.

"혈압! 떨어집…… 아니, 다시……. 어……."

그 바람에 혈압이 출렁였으나 이내 바로 잡혔다. 환자의 혈압이 떨어지는 즉시 두 탈레반 병사의 팔뚝에서 들어오는 피의 양이 늘어났기 때문이었다.

'이게 어지간한 기계보다 나은데? 아니, 아니지. 이런 거에 익숙해지면 안 돼!'

댄은 그런 두 병사를 흐뭇한 눈빛으로 바라보다가 이내 고개를 가로저었다.

흘러나오는 피에는 고름까지 섞여 있었는데, 상처 주변으로 고름집이 형성되어 있었기 때문이었다. 그나마 강혁의 신들린 듯한 절개 솜씨 덕에 고름이 혈관으로 들어가는 참사는 벌어지지 않았다.

'만약 그랬다면 지금쯤…….'

한유림은 귀신같이 절개를 피해간 혈관들을 보며 고개를 주억거렸다. 생각만으로도 소름이 돋는 상황이었다. 혈관으로 고름이 들어가게 되면 그 즉시 심대한 염증 반응을 일으켜 쇼크에 빠지게 될 테니까. 그랬다간 농담조로 말했던 '쓱싹'이 현실화되어야만 할 터였다.

'뉴스에 대문짝만하게 나겠지?'

NGO로 향하겠다던 전직 장관 한유림과 백강혁 전 한국대학교 병원 교수가 파키스탄 탈레반 간부와 병사들을 죽이고 탈출을 감행했습니다.

어찌나 상황이 리얼하게 그려지는지 바로 기사 제목이 떠오를 지경이었다.

"뭐 해요? 벌려."

"아, 그래. 미안."

"이제 복막 갈라야 해. 정신 똑바로 차려요."

"아, 응."

복막이라는 단어를 듣고 나서야 한유림은 정신을 차릴 수 있었다. 그와 동시에 딱 강혁이 원하는 곳을 적당한 세기로 당겼다. 반면 제인은 처음부터 끝까지 집중하고 있었음에도 불구하고 벅차단 느낌이 들었다.

'왜 이렇게 빨라…….'

"정신, 정신 차려."

"네."

진짜 최선을 다하고 있는데도 자꾸 핀잔을 듣게 되니 자신감이 점점 더 없어졌다.

'빠르고……. 정확하다…….'

강혁의 수술은 완벽했다. 평소 완벽한 수술은 없다고 생각해왔었는데, 그러한 편견을 송두리째 앗아가는 느낌이었다.

"요다, 이제 저 둘 어지러울 거야. 꽉 잡아."

"어지러……? 아, 네."

요다는 탈레반 병사들의 정강이 쪽을 붙잡았다. 둘은 언짢은 표정을 지었지만, 이내 얼굴이 하얗게 질렸다. 강혁이 복막을 가르고, 안에 틀어박혀 있던 파편을 뽑아내자마자 피가 비산했기 때문이다. 제아무리 탈레반 병사라고 해도 눈앞에서 피가 이 정도로 튀는 건 본 적이 없었다.

"좋아! 아주 좋아!"

그 피를 보면서 광기 어린 미소를 짓는 인간 역시 처음 목격했다. 이것만으로도 충분히 어지러운데, 설상가상으로 피가 빠져나가는 속도까지 확 늘어버렸다.

"번 거즈!"

강혁은 자동으로 피가 채워지는 사이, 커다란 거즈를 이용해 방금 파편이 빠져나간 곳, 간을 꾹 하고 눌렀다. 사실 전기 칼이나 소작기가 있었다면 훨씬 일이 쉬웠을 테지만, 전력 사정도 그렇거니와 일단 그런 게 있지도 않았다.

"여기. 이거 묶어요."

일단 피 나는 곳을 누르고, 그쪽으로 향하는 혈관을 찾아야만 했다. 다른 의사들에게는 거의 불가능한 일일 테지만 강혁에게는 가능했다.

"이거 말이지?"

"어, 그거."

한유림에게도 가능했고.

"좋아. 그렇게 당기고……. 묶었어. 또 있나? 아, 이거 괜찮나?"

"거기……. 에이. 거기도 묶어. 당장 사는 게 중하지."

강혁은 한유림이 가리킨 또 다른 혈관을 보며 고개를 갸웃거리다 이내 투덜거리듯 허락했다.

"오케이."

"묶었어요?"

"방금 묶으라고 했는데, 뭘 묶어. 내가 초능력자야?"

"아니 눈치껏 미리 묶어야지."

"눈치는 개뿔이……."

한유림은 강혁과 티격태격하면서도 별 무리 없이 또 하나의 혈관을 묶었다.

"자, 그럼 손 떼볼까."

강혁은 딱 적당한 세기로 누르고 있던 번 거즈를 떼어냈다. 그러자 미친 듯이 뿜어져 나오던 피가 줄줄 새는 정도로 줄어들어 있었다.

"이거 싹 지지면 좋겠는데……. 그건 안 되지?"

"소작기가 없는데 무슨 수로 지져."

"하긴. 그래도 이대로 두는 건 무린데. 너무 오래 눌러야 해. 지금 갈 길이 구만린데."

강혁은 아직 뽑아내지 못한 파편들을 가리켰다.

"저, 잠시만."

그때 겨우겨우 보조만 맞춰서 따라가던 제인이 입을 열었다.

"응?"

"방법이 아주 없지는 않아요."

"그래요? 있어요?"

"네. 방법이 있긴 있어요. 원시적이긴 하지만."

과연 열악한 환경에서 계속 치료해온 사람다웠다. 하긴 여기 오기 전엔 중동이랑 아프리카에 있었다고 했으니까, 모르긴 몰라도 여기보다도 더 열악하지 않았겠는가. 적어도 기구만은 완벽히 갖춰진 곳에서 수술해온 강혁보다 이런 면에서는 더 나을 수도 있었다.

"오. 역시 팀장님. 내가 뭔가 한 건 할 줄 알았다니까."

"근데 정말 원시적입니다."

"자꾸 약 파는 거 같아서 불안해지는데."

"그래도 효과는 있어요. 지혈에는 확실히. 요다."

제인의 말에 요다가 또 그거냐는 듯한 얼굴로 밖으로 뛰쳐나갔다. 그러곤 2, 3분인가 지났을 무렵, 새카만 가루가 쌓인 철판을 들고 들어왔다. 누가 봐도 딱히 소독된 거 같진 않아 보였다. 심지어 한유림은 그게 뭔지도 알지 못했다. 하지만 강혁은 알아보았다.

"이거……. 이건 화약 아닌가?"

냄새와 색으로 구분을 해본 것인데, 강혁조차 이렇게 가루 형태로 쌓여 있는 건 처음 보았다.

"맞아요. 이걸 이용해서 지지면……. 순간적으로 500도 이상의 열이 발생해요. 불완전하지만, 그래도 지혈은 가능하죠."

"이걸로 간도 지져본 적이 있나?"

"아뇨. 이렇게까지 심한 환자는……. 애초에 수술방에 데리고 들어오지도 못해요."

"그래도 해볼 가치는 있겠어. 어차피 이대로 계속 누르고 있다가는……."

강혁은 피 주머니 쪽을 바라보았다. 아까처럼 피가 쭉쭉 빠져나가고 있진 않았기 때문에 잘 버티고 서 있었다. 하지만 앞으로도 계속 그럴 수 있을지는 알 수 없는 일이었다.

"좋아. 그럼 이건 제인이 해봐요. 조금씩 천천히."

"저도 많이 해본 건 아니라……."

"욕심내지 말고. 싹 태울 생각만 안 하면 되겠지."

"알겠습니다."

제인은 베테랑 긴급구호팀장인 만큼, 별 망설임이 없었다. 곧장 강혁이 서 있던 집도의 자리로 향했다. 강혁 또한 자연스럽게 보조의 위치로 향하면서 입을 열었다.

"한 교수님 잘 봐요, 이거."

"왜……."

"보고 배워야 나중에 혼자 하지. 아무래도 한동안은 이걸로 지혈해야 할 거 같은데."

"하……. 내가 왜 여기까지 와서……. 화약 지혈법을 배우고 있냐고……."

"우리 자리 좀 잡으면 재원이랑 장미랑 경원이도 불러와서 한 열흘이라도 일 시킵시다."

"응?"

"이런 거 어디 가서 배워. 여기 와서 배워야지."

"그건……. 그건 좋다."

같은 고생을 재원을 비롯한 다른 팀에게 시킬 생각을 하니 화색이 돌았다. 계속 부정하고 있지만 한유림은 분명히 강혁을 닮아가고 있었다.

치이익. 제인은 상당히 능숙하게 화약의 양을 조절해 간의 표면을 태웠다. 어마어마한 고열이었기 때문에 아마 안쪽도 일부 탔을 것이다. 이를 증명이라도 하겠다는 듯 심부 출혈이 조금 관찰되기도 했지만, 지지기 전과는 비교도 되지 않을 정도로 그 양이 적었다.

'대단하긴 한데.'

화약으로 상처를 지진다니. 고온이기에 소독은 자동으로 될 터였다. 하지만 어디까지나 고육지책이었다.

'빨리 어디서 소작기 하나 들여와야겠는데.'

강혁은 그런 생각을 하면서도 일단은 제인의 작은 행동까지 놓치지 않으려 애썼다. 대체 얼마나 오랫동안 현장에서 굴러야 이런 노하우를 이렇게 능숙하게 펼칠 수 있는 걸까.

"후. 이만하면 된 거 같아요. 약간 과한 거 같긴 한데……. 뭐, 그래도 성공적이에요."

"소작기도 없이 이렇게 지졌으면 성공이죠. 제인 없었으면 시간이 얼마나 더 걸렸을지 알 수 없습니다."

강혁은 진심을 담아 제인을 칭찬했다. 강혁이 누군가를 이렇게 칭찬하다니. 이례적인 일이었다.

"한 교수님, 이제 다시 위치로."

"어? 어."

"잘 본 거죠? 어째 고개를 좀 돌린 거 같아."

"아냐, 아냐. 잘 봤어."

"그럼 다음번에 혼자서도 할 수 있겠네?"

"어? 그건 좀……."

한유림 또한 강혁이 그랬던 것처럼 환자의 간을 바라보았다.

"혼자 해야지. 아무튼, 당겨요. 밑에 더 많아."

"아, 응. 그래."

한편 그 모습을 지켜보고 있던 탈레반 병사들의 얼굴은 아까보다 더더욱 하얗게 질려 있었다. 눈앞에서 보스의 간이 타지 않았는가. 아마 CIA한테 붙잡혀 간다고 해도 저런 꼴은 안 당할 거 같았다.

"내려오면 얘 죽는다고 해."

하지만 말릴 수도 없는 상황이었다. 그 간을 태운 인간이 자꾸 죽는다 어쩐다 운운하고 있어서였다. 솔직한 얘기로 다른 의사가 그런 말을 하면 농담으로 여겨질 텐데, 어쩐지 저 백강혁이라는 인간이 하는 말은 진담 같았다. 눈이 달랐다. 다른 사람들과는.

"으……."

"이런 제기랄……."

둘은 서로를 마주 보며 의자 위에 선 채 발만 동동거렸다.

"흠. 이건……. 이건 잘라야겠네."

강혁은 잠시 그런 둘을 바라보고 있다가 다시 배 안으로 시선을 돌렸다. 복막이 갈라진 배 속은 그야말로 엉망진창이었다. 일단 파편에 의해 장의 일부가 찢어졌는데, 그게 전부가 아니었다.

"이거……. 저기 고여 있는 거 설마 고름이야?"

"당연하죠. 이 사람 지금 복막염까지 왔잖아요. 아니면 왜 피가 그렇게 나."

"아니……. 나는 백 교수 실력이 좀 줄었나 했지."

"내 실력이? 늘었으면 늘었지, 줄긴 왜 줄어. 나 아직 마흔 안 됐어요. 전성기 안 왔다고."

"어……. 그래, 뭐. 그럴 수 있지. 아니, 있나?"

한유림은 어이가 없다는 얼굴로 고개를 갸웃거렸다. 교수치고 워낙 젊은 편이기도 했지만, 거기에 더해 동안이기도 했다. 하지만 그와 별개로 그의 실력을 보고 있자면 도무지 어리단 생각이 들지 않았다.

'여기서 더 실력이 늘어? 그게 가능한 일인가?'

한유림은 한 번도 얘기한 적 없지만, 은연중에 강혁을 자신의 이상향으로 두고 있었다. 언젠가 강혁처럼 수술할 수 있다면 죽어도 여한이 없다고 생각하고 있을 지경이었다. 그만큼 완벽한 수술이었다.

'여기서 더 나아갈 지점이 보인다……. 이 말인가.'

하지만 강혁은 의학적인 부분에 있어서만큼은 결코 거짓말을 하지 않는 위인이었다. 아니, 아예 장난도 잘 치지 않았다.

"아무튼, 보면 그래도 대장은 완전히 괜찮아."

"장루 안 뽑아도 되겠어?"

"소장 절제가 좀 들어가긴 해야 하는데……. 그래도 이게 갈기갈기 찢긴 건 아냐. 이현종 대위 때보다는 훨씬 나아."

"아……. 그, 이현종 의원."

한유림은 잠시 먼눈을 한 채 이현종 의원을 떠올렸다. 그는 보궐 선거에서 중증외상센터 활성화 및 소외되는 불우 환자들을 돕기 원한다는 말을 했었고, 그 말을 그대로 국회에서 지켰더랬다.

"아니, 왜 또 뽕 가. 뭐야 이 사람 오늘. 왜 이래?"

"뱄, 뽕 가긴. 그냥 이현종 대위 생각나서 그렇지."

강혁은 한유림과 티격태격하면서도 세척을 아주 꼼꼼하게 해냈다. 안쪽 구석구석 들어가 있던 고름은 물론이고, 복막에 덕지덕지 붙어 있던 균 덩어리까지 모조리 제거할 수 있었다. 이 모든 걸 그저 베타딘 용액과 거즈로만 해냈다는 것이 놀라울 따름이었다.

"소장은 여기서 여기까지 자르지. 그리고 바로 이어주면 되겠어."

게다가 강혁은 그것만 한 게 아니었다. 심지어 소장까지 살펴서 절제 범위를 정한 참이었다.

'시바……. 정신 차려보니까 소장을 자르네.'

무려 5년 넘게 긴급구호팀에 있었던, 아이티에서는 천사로 불렸던 제인이 욕설을 내지르게 될 만큼 수술이 빨랐다.

"좋아. 거기 딱 잡고. 가위."

"아, 네."

혼란스럽기는 카심도 마찬가지였다. 세척할 거 달래서 부리나케 만들어서 줬더니 이번에는 가위였다. 강혁은 그 가위로 호탕하게 소장을 잘라내고는 안쪽을 들여다보았다.

"자, 여기도."

강혁은 고민을 멈추고 또다시 가위질을 했다. 그렇게 대략 60cm가량의 소장과 장간막이 한데 어우러진, 그야말로 엉망진

창인 부분이 절제되었다. 그곳에서는 썩은 내가 진동했다.

강혁은 한유림이 들고 있던 양측 소장을 훅 당기더니 곧장 봉합에 들어갔다. 가위로 무식하게 자른 만큼 피가 줄줄 새어 나올 거 같았지만, 실제론 묻어나오는 수준의 출혈밖에 없었다. 그마저도 봉합하는 즉시 실에 혈관이 묶여 들어가면서 딱 멈추어 버렸다. 처음 자를 때부터 아니, 위치를 선정할 때부터 여기까지 다 고려했다는 뜻이었다.

"좋아. 봉합도 됐고, 배를 닫아볼까. 아, 카심. 저기 쟤들 아직 방심하지 말라고 해."

"아, 네."

강혁은 탈레반 병사 둘을 가리켰다.

"수술은 끝날 때까지 끝난 게 아냐."

"네."

이런 말을 덧붙이면서였는데, 카심에게만 하는 말은 아니었다.

"한 교수님. 뿅 가지 말라고."

"아……. 존 거야. 존 거."

"그게 더 나쁜 거 같은데."

"나 밤새웠다고……. 이제 수술 끝났잖아, 솔직히. 여기서 사고 날 게 뭐 있어."

"정말 그렇게 생각해요?"

"응?"

한유림은 심각해진 강혁의 말에 설마 자신이 뭔가 놓친 게 있나 하는 얼굴이 되었다. 강혁은 그런 한유림의 귓가에 대고 속삭

이듯 말해주었다.

"맞긴 맞아요. 가서 자, 이제."

"이 새끼가 진짜……."

한유림은 투덜거리면서도 칼같이 수술방을 빠져나갔다.

"망할 놈……."

아닌 게 아니라 밤을 꼬박 새운 상태에서 너무 무리를 하지 않았던가. 한유림은 60세를 넘긴 노인이었다.

'저놈 만나고 체력이 더 좋아지긴 했는데…….'

한유림은 계단을 오르며 강혁을 처음 만났던 때를 떠올렸다. 지금도 개새끼란 생각엔 변함이 없지만, 그땐 정말 단 한 구석도 마음에 들지 않는, 진짜 개새끼였다.

'내가 어쩌다 저 인간하고 여기까지 오게 된 걸까.'

보람도 있고 다 좋았지만, 진짜 힘들었다. 아니, 힘들다는 말로는 좀 부족할 것 같았다.

'지옥 같아…….'

3층에 놓인 침대에 눕자마자 아까 아침에 보았던 참상이 떠올랐다. 어떤 여인이, 심지어 히잡이 벗겨진 것도 잊은 채 누군가의 머리를 들고 살려달라고 절규했던 것이 떠올랐다. 이런 걸 지옥이라고 하지 않으면 대체 어떤 걸 지옥이라고 불러야 할까.

'백 교수 아니었으면……. 이런 세상이 있는지 꿈에도 몰랐겠지.'

사람을 살리는 경험은 언제나 특별한 것이었다. 아무리 많이 했다고 해도 결코 익숙해질 수 없는. 게다가 그 환경이 이런 지옥이라면 더더욱 그러할 수밖에 없었다. 처음엔 얼굴을 잔뜩 찌푸린 채 침대에 누워 있던 한유림은 결국, 옅은 미소를 띤 채 잠에 들었다.

"봉합 기구."

그사이 강혁은 배를 닫기 시작했다. 장을 자르고 난 후에도 복강 내부를 다시 한번 살폈는데, 역시나 장루를 굳이 뽑을 필요는 없을 것 같았다. 한동안은 어차피 입으로 밥을 주진 않을 생각이지 않은가.

'여기서 장루 관리가 잘될 거 같지도 않고…….'

열악한 환경이라는 게 비단 수술에만 영향을 미치는 건 아니었다. 아니, 오히려 수술 후 관리에 더 지대한 영향을 미치기도 했다.

"여깄습니다."

"그래."

강혁은 봉합 기구를 받으며, 그것을 건네준 카심을 돌아보았다. 이 지역에서 유일하게 신뢰할 수 있는 간호 인력이라고 할 수 있었다. 물론 간호사라는 직함을 달고 있는 사람들은 이 한구 병원에만 해도 몇 명 더 되었지만, 그 사람들에게 정말 환자를 맡길 수 있을까. 제대로 된 수련을 받은 적도 없고, 솔직히 학교를 다닌 건지도 의심되는 수준이었다. 그나마 카심의 가르침을 따르려고 하는 이들은 조금 나았지만, 대부분은 제멋대로였다.

'여기서 장루라.'

아마 상당히 참신한 방식으로 환자를 죽이게 될 공산이 컸다. 강혁은 그런 생각을 하면서 봉합에 들어갔다. 제인은 말없이 강혁을 보조했다. 간을 화약으로 태울 정도로 대범한 그녀는 술기에 있어서만큼은 세심한 편이었다.

"봉합 잘하겠지만, 그래도 잘 봐. 사실 외상에서는 그 종류에 따라서 봉합이 달라진다고. 특히 이렇게……. 파편 때문에 상처가 불규칙한 경우엔 신경을 많이 써줘야 해."

"네."

제인은 실로 오랜만에 긴급구호팀의 팀장이 아니라 학생의 마인드로 돌아가 있었다. 그게 강혁의 마음에 들었다. 정말로 1호 재원과 꼭 닮아 있었으니까.

'내 수제자랑 닮았어.'

강혁에게 배웠던 수많은, 그야말로 내로라하는 의사들 모두 고려해도 재원이 수제자였다. 재원만큼 강혁이 가지고 있는 술기와 경험 그리고 지식을 많이 배워간 녀석도 없었다. 그만큼 사력을 다해 환자를 살리고 있는 녀석도 없었고.

"좋아. 여기는 이렇게."

"네."

"깊이만 다르게 찔러도 딸려오는 장력이 달라져. 이건 좀 경험이 필요하긴 한데……. 적어도 이 생각을 가지고 봉합하는 것만으로도 많이 달라질 거야."

"네, 교수님. 이런 건 처음 보는 거 같습니다."

"그렇겠지. 반성하고 있어. 그때 너무 급해서 설명도 없이 수술 동영상만 풀어서."

"아뇨……. 그 영상 덕에 사람 살린 적도 있습니다."

제인은 언젠가 참고했던 영상을 떠올렸다.

"뭐, 그렇게 생각해주니 고맙네. 아무튼, 잘 보고 있지?"

"네. 잘 보고 있습니다."

"여긴 녹화가 안 되니까 그냥 기억해야 해."

"네."

"와……."

카심도 감탄사를 내뱉었다. 무려 영국에서 수학한 인재인 그도 처음 보는 봉합이었다. 제멋대로 찢겨 있던 환자의 복부가 착착 제자리를 찾아가고 있었다.

"오케이……. 드레인은 3개면 되겠지."

강혁은 수류탄 모양으로 생긴 드레인을 환자의 배 속에 갖다 박았다.

"됐어. 이제 2층으로 갈까."

"네. 엘리베이터 오랜만에 가동하겠네요."

제인은 씁쓸한 얼굴로 고개를 끄덕였다.

"뭐, 있는 게 어디야. 자, 마취 깨우시고."

"아예 깨워요?"

"어차피 벤틸레이터……. 잘 안 되잖아요?"

"그건 그렇죠."

전력 공급이 불안정한 곳에서 환자의 자발 호흡을 억제하는 건 무척 위험한 일이었다. 호흡을 없앤 상황에서 전기가 나가면 어쩌단 말인가. 그나마 수술 중이라면 바로 확인하고 수동으로 쥐어짜주면 되겠지만, 병실에서는 그대로 죽음으로 직행할 공산이 컸다.

마취과 의사 댄은 서둘러 마취를 깨우기 시작했다.

"괜찮은 거냐고 묻는데요?"

그사이 정신을 차린 탈레반 병사 하나가 다가왔다. 뒤를 돌아보니 다른 하나는 의자에 기댄 채 씨근덕거리고 있었다.

'저게 정상인데.'

정확하지는 않아도, 강혁은 대강 눈대중으로 이 둘에게서 빠져나온 피의 양을 짐작할 수 있었다. 거의 700에서 800ml는 나왔을 터였다. 천천히 빼서 그렇지, 급하게 뺐다면 죽을 수도 있는 양이었다. 그런데도 이렇게 움직일 수 있다는 건, 이 병사가 특별히 건강해서가 아니라 충성심이 남다르다는 뜻일 터였다.

"괜찮다고 해줘. 1시간 내로 간단한 대화는 할 수 있을 거라고."

"네. 네? 대화가 됩니까?"

"왜 안 돼? 이제 마취도 깨는데."

"어……."

수술 전에는 안 되지 않았던가. 고열과 감염 그리고 통증 때문에. 물론 수술이 잘되었다는 거야 확인했지만, '그래도 그렇게 빨리?'라는 생각이 들었다.

"가능해. 내 말은 믿어도 좋아."

"아……. 네. 그렇게 전하겠습니다."

카심은 반신반의하는 얼굴로 탈레반 병사에게 강혁의 말을 전했다. 차마 1시간이라는 말은 하지 못하고, '가까운 시일 내에'라고 바꾸었다. 그럼에도 병사는 무척 기뻐했고, 그렇게 기뻐하다가 안색이 하얗게 질린 채 다른 병사 옆에 털썩 주저앉았다. 그 사이 댄은 마취 가스 주입을 완전히 멈추었다.

"깼나? 내 말 들려요?"

댄은 환자의 얼굴에 바짝 다가간 채 소리치고 있는 강혁을 향해 주의를 건넸다.

"어……. 교수님."

"왜요?"

"저희, 약 케타민 썼습니다."

"케타민?"

케타민이라는 말에 강혁은 황급히 몸을 뒤로 젖혔다. 케타민은 아주 싸고, 효과도 좋은 마취약이지만 부작용이 좀 있어서 퇴출된 약이었기 때문이다.

"%$&@!"

부작용이라고 해서 환자의 활력징후나 생명에 영향을 주는 건 아니었다. 그저 환각을 보게 할 수 있었다. 문제는 그 환각이라는 게 대개 부정적이라는 데 있었다. 일반인들에게도 그러한데, 탈레반에게는 어떨까. 어쩌면 지금 환자에게 강혁이나 다른 의료진이 적으로 보일 수도 있는 일이었다. 환자는 알아들을 수 없는 우르두어로 욕을 하며 손을 내지르려고 했지만 강혁이 붙잡는 바람에 멈출 수밖에 없었다.

"어허, 움직이면 다치지. 그럼 안 돼."

강혁은 그렇게 환자를 꽉 붙잡은 채 말을 이었다.

"너는 이제 멀쩡히 살아서……. 우릴 도와야 한다고. 그전에는 죽고 싶어도 못 죽어."

케타민의 위력은 참으로 대단했다. 방금 수술을 받은, 그것도 며칠 동안 의식도 없이 누워 있던 환자가 거의 10분 동안이나 몸을 꿈틀거렸다.

"매번 이런가? 지금까진 이렇진 않았잖아?"

강혁은 황당하다는 얼굴로 댄을 바라보았다. 댄은 그런 강혁의 눈을 똑바로 마주하지 못했다. 스스로 생각하기에도 좀 민망했기 때문이었다. 정말 돈 때문에, 이미 시장에서 퇴출당하다시피 한 약을 쓰고 있었으니까.

"운이 좋았던 겁니다. 늘 케타민을 써요."

"이런 젠장."

"죄송합니다."

"댄, 네가 죄송할 일은 전혀 아니지."

생각해보면 케타민이라는 약을 쓰고 있는 것만 해도 거의 기적 같은 일이라고 할 수 있었다. 국경없는의사회에서 하는 일은 전부 돈을 필요로 했으니까. 제아무리 좋은 뜻을 가진, 제인처럼 훌륭한 사람이라고 해도 어찌 돈 없이 살 수 있겠는가. 아주 최소한의 월급은 필요했다.

'문제는 월급이 비용의 전부가 아니란 거지.'

강혁이나 한유림은 월급을 거부한 상황이었다. 어차피 평생 놀고먹어도 좋을 만큼의 돈은 있었기 때문이었다. 특히 한유림은 사학 연금이 있었고, 그 연금이 여기 월급보다 많았다. 행정 직원들이나 로지스티션 중에는 이런 경우가 적었지만. 오히려 더 많은 월급을 줘야 하는 의료진 중에서는 이 둘처럼 돈을 안 받는 경우가 왕왕 있었다.

'대부분이 뇌물로 들어간단 말이지.'

생각하면 생각할수록 어처구니없는 일이었다. 국경없는의사회에서 돈 벌려고 온 것도 아니고 사람들을 도우러 온 건데, 그 사람들을 도우려면 그 지역의 부패하고 무능한 정치인들이나 유지들에게 돈을 뿌려야 했다.

'이 자식을 이용하면 좀 줄일 수 있을 거 같은데.'

강혁은 고개를 가로저으며 이제야 잠잠해진 환자를 내려다보았다. 그 눈빛이 어찌나 서늘한지, 댄이나 제인은 저대로 강혁이 환자를 죽이면 어쩌나 하는 걱정이 들 지경이었다.

"자, 그럼 갑시다."

하지만 강혁은 기껏해야 이런 일로 이성을 잃을 정도로 경험이 일천한 사람이 아니었다. 적어도 목표를 위해서라면 얼마든지 참을 수 있는 능력이 있었다.

"네, 교수님."

"가시죠."

그 말에 카심이 앞장서서 수술방 문을 열었다. 엘리베이터 문은 세상에서 가장 불길하게 들리는 소리를 내며 열렸다. 천하의 강혁이라고 해도 약간은 불안해질 정도였다.

"이거 다시 열리긴 하겠지?"

"지금까지는 그랬어요."

"별로 위로는 안 되는군……."

강혁은 제인을 향해 눈을 흘긴 후, 침대를 끌고 엘리베이터 안으로 들어갔다.

"카심. 이제 불 다 꺼요."

"네."

고작 엘리베이터 하나 끌어 올리기 위해 이 야단법석이라니. 강혁은 자신이 적어도 시설 면에 있어서만큼은 온실 속의 화초였다는 생각이 들었다. 한국대학교 병원은 물론이고 블랙 워터스의 의료 시설과도 비교가 어려웠다.

'아니지……. 그냥 구급차만도 못해.'

제인은 강혁이 그런 생각을 하며 고개를 가로젓고 있다는 것을 정확히 캐치했다.

"백 교수님."

"응?"

"저도 처음엔 놀랐어요. 근데 하다보니까 또 노하우가 늘더라고요."

"뭐……. 그런 거 같긴 하던데."

강혁은 아까 보았던 제인이 화약으로 간 굽던 장면을 떠올렸다. 아마 제인은 그것 말고도 다른 방법들을 아주 잘 알고 있을 터였다.

"다행히 백 교수님은 저랑 있으니까, 그런 건 알려드릴게요."

듣는 것만으로도 든든해지는 말이었다. 강혁이 알기로 제인의 경력은 이 거대한 국경없는의사회 내에서도 상당한 것이었으니까.

다행히 엘리베이터는 2층에 무사히 도착했고, 문도 제대로 열렸다. 강혁은 내심 안도의 한숨을 내쉰 후, 침대를 끌고 밖으로 나갔다. 삐걱거리는 침대는 기이한 비명을 내면서 아까까지 환자가 있었던, 비밀스러운 방 안으로 향했다. 꽤 오랫동안 방을 떠나 있었음에도 불구하고 방 안에서는 여전히 역한 고름 냄새가 풍겨나왔다.

"환기가 안 되나?"

"안 되죠."

"그렇군."

강혁은 당연한 것이 당연하지 않은 환경에 다시 한번 좌절하며 고개를 끄덕였다.

"아, 환자 움직이는데요?"

그사이 내과 의사 요다가 환자의 움직임을 눈치챘다.

"그렇네. 또 발작은 아니겠지? 나도 케타민을 경험해본 적이 많진 않아서."

"네. 아닐 겁니다. 생각보다 안전해요. 환자에게 끔찍해서 그렇지."

케타민은 해리 작용을 일으키는 약이었다. 그 때문에 환각과 환청을 일으켰는데, 문제는 그게 고스란히 기억에 남을 수 있다는 점이었다.

"흠. 카심. 대화 가능하겠어?"

강혁은 최대한 빨리 우르두어를 배워야겠다는 생각을 하며 카심에게 자리를 비켜주었다. 카심은 자신의 역할이 비단 간호에만 있지 않다는 사실을 아주 잘 알고 있었기에 주저 없이 앞으로 나섰다.

"괜찮으십니까?"

그러곤 둘만 알아들을 수 있는 대화를 시작했다.

"으……."

환자는 즉시 제대로 된 언어를 구사하진 못했다. 하지만 일단 신음을 흘린 것만으로도 의료진들은 만족했다. 적어도 수술하기 전보다는 나은 소견이었기에 그러했다.

"괜찮으세요?"

"여기……. 여긴 어디지?"

"병원입니다. 저기 당신의 보호자들이 있어요."

카심은 아직 완전히 회복되지 않아 얼굴이 핼쑥한 병사 둘을 가리켰다.

"기억나세요? 폭탄이 터졌어요."

"아. 그래. 맞아. 윽."

환자는 그제야 자신이 타고 있던 차량이 터졌다는 사실을 깨달았다. 그때 불같은 통증이 가슴과 배 쪽에 느껴졌다는 사실 또한 생각나서 아래를 보려 했는데, 웬 커다란 동양인이 자신을 누르고 있었다.

"이, 이놈은 누구지?"

"의사예요. 당신을 살린 사람이죠."

"의사…… 라고?"

환자는 도저히 믿을 수 없다는 눈빛으로 바라보았다.

"네. 한구 병원에 와 계십니다."

환자는 자신의 큰 형이 한구 지역의 병원과 협약을 맺었다는 것을 기억해냈다. 국경없는의사회 소속의 병원이라고 했는데, 형의 말에 따르면 제법 믿을 만한 단체였다. 적어도 정부나 미군에 팔아먹는 짓을 한 적은 없다고 했다. 그게 국경없는의사회의 운영 방식이니 당연한 일이었다. 정치적으로, 또 종교적으로 완벽히 중립을 지킬 것.

"흠."

환자는 신음 비슷한 소리를 흘리며 주변을 둘러보았다.

'형편없군.'

테러리스트 집단의 수괴들이 대개 그러하듯 환자도 대학은 영국에서 나온 인재였다. 당연히 영국의 병원도 가본 일이 있었다. 거기에 비교하자면 여긴 병원도 아니었다. 그런데 무려 폭탄에 다친 자기를 살려냈다고? 실은 CIA 소속의 미군 군의관이든가, 그게 아니라면 눈앞에 있는 의사의 실력이 미쳤단 얘기였다.

"수술은 잘되셨어요. 퇴원은 좀 걸리겠지만."

"흠……."

"정말 한구 병원이니까 안심하시고요. 저 둘이 떠나는 일은 없게 하겠습니다."

"그건 마음에 드는군."

환자는 말을 아꼈다. 강혁은 둘의 대화를 알아들을 순 없었지만, 환자의 눈빛에서 어떤 냉철함을 엿볼 수 있었다.

'이런 상황에서 이렇게 나온다 이거지. 어쩌면 진짜 높은 놈일 수도 있겠는데……. 골수까지 빼먹어야지.'

강혁은 그런 생각을 하며 흐뭇한 미소를 지어 보였다. 환자는 수술받은 지 얼마 안 된 상황이었고, 따라서 회복할 시간이 필요했다. 일단 의료진은 탈레반 병사 둘 그리고 현지 간호사 하나만을 남긴 채 밖으로 나가기로 했다. 솔직히 현지 간호사를 크게 신뢰할 수는 없었지만, 적어도 탈레반의 유력 인사를 상대로 불성실하게 나오진 않을 거 아닌가. 자기뿐만 아니라 가족 모두의 목숨이 위태로울 텐데.

"병원 시설이 너무 형편없던데."

강혁은 카심까지 모두 데리고 빈방에 들어설 수 있었다. 다들 끝없이 이어진 수술과 진료로 피곤할 만도 했지만 누구 하나 하품하는 사람이 없었다. 위험한 사람의 수술을 하느라 긴장했던 까닭이었다.

"형편없죠."

"치료비를 받아야겠어."

"네? 누구…… 한테요?"

"누구긴 누구야. 탈레반한테지."

"뭐라고요?"

"귀를 먹었나. 안 들려? 탈레반 새끼들……."

강혁의 입에서 탈레반이라는 단어가 수차례 반복되었을 때 모두가 확실하게 알 수 있었다. 아, 이게 나만의 착각이 아니구나. 심지어 카심의 얼굴은 하얗게 질려 있었다. 파키스탄인인 그에게 탈레반이라는 집단의 의미란 외국인들과는 아예 다른 것이었기 때문이었다.

"잠깐, 잠깐! 그 단어 너무 크게 말하지 마세요! 그거 한국어도 영어도 아니라고요!"

"아. 그건 인정."

그래서 냅다 강혁의 입을 향해 달려들었더니, 강혁은 아주 가볍게 카심을 제압한 채 손사래를 쳤다. 카심은 바닥에 널브러진 채 그나마 다행이라는 표정을 지어 보였다. 강혁의 입에서 탈레반이라는 단어가 한 번만 더 나오면 졸도할 거 같았으니까.

"뭘 받으면 안 되는 거야? 국경없는의사회 원칙에 위배되나?"

"아니……. 그……."

제인은 방금 자신이 말했던 대로 목소리를 죽인 채, 하지만 여전히 뻔뻔한 표정으로 자신을 바라보는 강혁을 보며 더듬거렸다.

'받긴…… 받지.'

국경없는의사회는 무상으로 의료 서비스를 제공하는 단체이긴 했다. 하지만 현지에서 현지인들이 자발적으로 제공하는 것을 거절하는 경우는 거의 없었다. 하지만 테러 단체와 거래를? 사정해본 경험은 있지만, 거래해본 경험은 단 한 번도 없었다.

"거래하긴 하죠?"

"그……. 그렇긴 하죠."

하지만 거짓말을 할 수는 없는 노릇이었다. 제인은 착한 사람이기에 더욱 그랬다. 문제는 그 얘기를 듣는 강혁은 딱히 착한 사람이 아니란 데 있었다.

"그렇네? 그럼 뭘 좀 받아도 되겠네?"

"하, 하지만……. 탈레반은 그런 식으로 거래할 수 있는 조직이 아니에요."

"왜? 파키스탄 탈레반이 돈이 없나?"

"그건…… 그건 아니죠."

제아무리 종교적인 색채가 강한 단체라 해도 일단 굴러가려면 돈이 있어야만 했다. 그리고 그냥 굴리는 게 아니라 일종의 전쟁을 치르려면 막대한 돈이 있어야만 했다.

"아니, 뭐 너무 그런 눈빛으로 보진 말라고."

하지만 돈이 많아도 다른 이에게 순순히 내어주진 않을 터였다.

"그럼 제발 그런 말은……. 그런 말은 하지 마세요. 탈레반한테 돈을 받겠다뇨. 그건 정말……."

"뭐, 왜. 뭔 생각을 하는 거야?"

물론 강혁도 그러한 사실은 아주 잘 알고 있었다. 비록 그가 몸담았던 곳은 블랙 워터스이지 미군 자체는 아니긴 했지만, 격전지 중 하나였던 시리아에 있지 않았던가. 강혁이 이런 일의 위험성을 모를 수는 없었다.

"정말 돈이라도 받을까봐?"

"어? 그런 게 아니에요?"

"미쳤어? 걔들이 누구라고 가서 돈을 받아."

강혁은 재차 문이 닫혀 있음을 확인한 후, 말을 이었다.

"돈은, 사실 구하려면 얼마든지 구할 수는 있잖아? 후원금 명목으로."

"그렇긴…… 하지만. 세상에 이런 데가 있는지 아는 사람이 있어야 돈을 내죠."

사실 그랬다. 강혁도 막상 여기 오기 전까지만 해도 한구라는 곳이 있는지조차 몰랐으니까.

"뭐……. 영상이나 이런 거 자료 못 만들겠지?"

강혁은 이번엔 창밖을 향해 고개를 돌렸다. 아직도 피비린내가 나는 듯한 기분이었다. 세상에 폭탄 테러라니. 세상 어디에선가는 노상 일어나는 일인 줄 알고는 있었지만, 직접 본 감상은 이루 형언하기도 어려웠다.

"어렵죠. 사진은……. 저희가 찍어 보낼 수 있어도, 그걸로 사람들 마음을 움직일 수는 없을걸요. 하려면 영상을 제작해야 할 텐데……."

여기에 영상팀을? 그 누구도 승인하지 않을 터였다. 모든 사람이 긴급구호팀처럼 목숨 내놓고 일할 수는 없지 않겠는가. 최소한의 안전장치는 필요했다.

"안전해지면 되는 거지?"

"네, 그야 그렇죠. 제일 좋은 건……. 단기 봉사팀을 받는 건데, 그건 무리예요. 말이 안 됩니다."

"지금은 그렇지. 지금은."

강혁도 다 상식이 있는 인간이었다. 이따위 험악한 곳에 단기 봉사팀이라니. 제인의 말마따나 말도 안 되는 일이었다. 그러다가 누구 하나라도 사고를 당하면 어쩐단 말인가. 아예 이 한구 병원마저 철수해야 할 수도 있었다.

"지금은……?"

"저 탈레반 녀석한테 이런 걸 부탁해보자고. 자치대."

"자치대요?"

"그래. 적어도 한구 내에서만큼은 폭탄이 안 터지게 해달라고 하는 거야. 전역은 아니고 딱 여기만. 마음 같아서는 아예 못 터뜨리게 하고 싶기는 한데……."

"한구 내에서만……. 폭탄 테러를 금지한다고요?"

"왜. 어째 마음에 안 든단 얼굴이네?"

"다른 곳에선 터뜨려도 된다는 게……. 좀 걸려서요."

"아예 싹 막자고 하면, 먹힐 거 같아?"

"그건…… 아니죠."

제인은 이곳에서 지냈던 지난 1년을 떠올렸다. 정치, 종교 갈등이 뒤섞여 있는 이곳은 그야말로 지옥이었다. 어디서부터 어떻게 건드려야 할지도 모를 수준이었다.

"그러니까. 여기라도 안전하게 만들자고. 그게 확신이 들면 봉사팀도 부르고. 그러다보면 돈도 생기고, 돈이 생기면 병원이 이것보단 좋아지겠지."

"그럼……. 그런 거래를 해보잔 말이었나요?"

"당연하지. 그럼 뭐 탈레반 삥이라도 뜯을 줄 알았나?"

"태도만 보면……."

"그러고 싶긴 한데. 뭐, 여기 나 혼자 온 것도 아니고."

강혁은 위쪽을 슬며시 바라보았다. 완전히 뻗어버린 한유림이 있는 곳이었다. 노인네 끌고 여기까지 온 것만 해도 사실 무리인 일인데, 거기에 더해 탈레반하고 맞짱까지 뜬다고 하면 어떻게 되겠는가.

"다행이네요."

"다행은 뭔 다행."

"시리아에서는 정말 막 나갔다고 들어서요."

"아. 그때도 처음부터 그러진 않았어."

'약속을 어기면 그땐…….'

이제 강혁도 아주 젊은 나이는 아니지 않은가. 그때처럼 총 둘러메고 날뛸 자신은 없었다.

'너를 위해서도 나를 위해서도 약속을 하는 게 좋고. 지켜주는 게 좋을 거다.'

해서 강혁은 반쯤은 애원하는 듯한 눈빛으로 탈레반 환자가 있는 쪽을 바라보았다.

"그럼 일단 가볼까."

그러곤 몸을 일으켰다. 이쯤 됐으면 슬슬 정신을 차렸을 거라고 판단했기 때문이었다. 그에 반해 제인을 비롯한 다른 의사들은 좀 회의적인 태도였다. 환자가 얼마나 큰 부상을 입었는지 너무 잘 알고 있지 않은가. 비록 수술은 완벽하다는 말도 부족할 만큼 잘되긴 했지만, 절대적인 시간이 부족하다는 생각이 들었다.

"뭐 해? 안 따라와? 나 우르두어 못 해."

하지만 카심만큼은 뭐가 어찌 되었건 강혁을 따라가야만 했다.

"저, 저도 갈게요."

그리고 통역이 나선 이상 제인도 따라가야만 했다. 이놈의 강혁이란 인간을 혼자 두었다간 어떤 일을 벌일지 알 수 없었으니까.

"그럼 저도……."

결국, 댄과 요다까지 해서 거의 전 의료진이 강혁을 따라나섰다.

문이 열리자, 탈레반 병사 둘이 경계의 눈빛을 보내왔다. 아직 수혈의 여파에서 벗어나지 못해 앉아 있었지만, 눈빛은 제법 매서워 보였다.

"비키라고 해. 의사가 환자 보러 올 때마다 이 지랄할 건가?"

물론 강혁에게는 씨알도 먹히지 않았다.

"아, 네. 그……. 네."

카심은 그 말을 차마 그대로 전달하지는 못했다. 다행히 병사 둘은 강혁에 대한 감정이 썩 괜찮았다. 일단 보스가 확 좋아졌음을 느낄 수 있었기 때문이었다. 해서 강혁은 별다른 저항 없이 환자 앞에 설 수 있었다.

"뭐지?"

환자는 확실히 아까보다 훨씬 좋아져 있었다. 카심에게 제법 위압적인 표정까지 지어 보일 수 있을 정도로. 하지만 그가 마주해야 하는 건 카심이 아니었다. 강혁이었다. 강혁은 옆에 놓여 있던 의자를 끌어와 환자 앞에 털썩 앉았다. 그러곤 묘한 미소와 함께 입을 열었다.

"솔직히 말해. 영어 할 수 있지?"

강혁은 지그시 환자를 내려다보았다. 그 눈빛이 너무 단호하고도 진중해서 환자는 잠시 할 말을 잊었다.

'내 신원을 알고 있는 건가?'

"영어라. 어떻게 알았지?"

환자는 일단 영어로 답을 해주었다.

'새끼, 웃긴.'

강혁은 그런 환자를 마주 보며 비슷한 미소를 지었다. 자신이 들고 있던 차트를 두드리면서였다.

"눈을 보면 알지."

"눈?"

"당신, 이거…… 읽었잖아."

"아."

환자는 아주 조금 의심을 거두었다. 의사가 이 정도로 관찰력이 좋다는 건 좀 이상한 일이긴 했지만, 다른 루트로 알아낸 것이 아니라면 그것으로 안심이었다.

"이름이 뭐지?"

강혁은 그의 예민한 시각으로 환자의 심경 변화를 어느 정도 읽어내며 질문을 던졌다.

"꼭 알아야 하나?"

당연하게도 환자는 자신의 이름을 말해주지 않았다. 파즐룰라라는 성이 가지는 의미는 가볍지 않았기 때문이다.

"탈레반이라서 그런가?"

물론 강혁은 별로 물러설 생각이 없었다. 아니, 오히려 직구만 던져댔다.

"너 지금 네가 무슨 소리 하는지…… 알고 있나?"

환자는 마치 으르렁거리듯 대꾸했다. 제인은 강혁을 말릴 생각도 하지 못한 채 그 자리에서 얼어버렸다. 뒤에 있던 카심은 눈동자조차 굴리지 못하고 있었다. 정작 그 눈을 정면에서 마주하고 있는 강혁은 시큰둥했다.

"알지. 탈레반한테 탈레반이냐고 묻는 게 잘못인가?"

"너 내가 이 손 하나 까딱이라도 하면……."

"그 전에 죽어."

"뭐?"

"어떻게 의사가 그런 말을 하냐고? 다른 사람은 몰라도, 너 같은 놈한테는 그런 말 할 자격이 없어. 남의 목숨 귀한 줄 모르는 놈 생명까지 존중해줄 정도로 호인은 아냐, 나는."

"허."

환자는 강혁의 말이 진심임을 즉시 알 수 있었다. 전에 사람을 죽여본 일이 있는지는 확신할 수 없었지만, 적어도 자신을 어떻게 할 생각이라는 건 확신할 수 있었다.

'뭐 이런 새끼가 다 있지?'

황당하다는 표정을 짓고 있으려니, 잔뜩 굳은 얼굴이 되었던 강혁이 다시 웃었다.

"물론 어려운 수술해서 살려낸 이상 그렇게 죽일 생각은 전혀 없어."

"음."

"그러고 보니까, 제대로 된 감사 인사도 못 받은 거 같은데."

"의사가 사람 살리는 건 당연한 거 아닌가?"

"그 당연한 것도 못 하는 의사가 엄청 많거든. 알잖아."

"뭐……."

환자는 잠시 고개를 갸웃거리다가, 이내 납득했다는 얼굴이 되었다.

"그래, 그건 고맙네."

"그래, 고맙지? 게다가 돈도 안 받을 작정이라고. 이래 봬도 우리 NGO 단체잖아."

환자는 국경없는의사회에서 수술한 후 금품을 요구했다는 사실은 들어본 기억이 없었다. 게다가 탈레반을 치료한 경우에는 더더욱 그러했다. 하지만 강혁이 워낙 당당한 태도로 말을 하고 있었기 때문에 황당하면서도 한편으로는 그런가 하는 생각도 들기는 들었다.

"그러니까 돈 안 드는 방식으로 은혜를 좀 갚으라 이거야."

"돈 말고 다른 걸 달라고?"

"그래. 한구도 결국, 탈레반이 관할하는 지역이지?"

"공식적으로는 아니지. 그런 말을 정부 쪽에서 들으면 아주 싫어할걸?"

"듣기론 이런 말 저기 거리 나가서 해도 아무도 정부 쪽에 전달하지 않을 거라던데."

강혁은 그렇지 않냐는 얼굴로 제인의 허리를 팔꿈치로 꾹 찔렀다.

"아, 하하."

제인은 워낙 긴장하고 있던 탓에 별 의미 있는 말을 하진 못했다. 그저 정말 어색한 표정으로 정말 어색한 웃음만 흘릴 뿐이었다.

'시발, 시발.'

속으로는 연신 욕을 하고 있었는데, 당연한 일이었다. 거래한다고 할 때부터 좀 불안하긴 했지만 이렇게까지 세게 나올 줄은 몰랐으니까.

"재밌는 말을 들었구만."

다행히 환자는 그렇게 기분이 나빠 보이진 않았다. 뭐가 어찌되었건 눈앞의 사내는 탈레반을 인정해주고 있지 않은가.

"아무튼, 한구도 댁이 관리하지?"

"뭐……, 어느 정도는 그렇다고 봐야겠지."

"그럼 여길 안전하게 해줘."

"무슨 소린지 이해가 잘 안 가는데."

환자는 정말 뭔 소린지 모르겠다는 얼굴로 고개를 가로저었다.

"제인, 사진 좀 줘봐."

"네? 갑자기, 무슨."

제인은 아까만큼은 아니었지만, 여전히 얼어 있었다.

"사진."

"무슨……."

"아니, 아까 찍었잖아요. 환자 사진."

반면 강혁은 아주 답답하다는 얼굴로 제인의 휴대폰을 낚아챘다. 제인이 당황한 상태가 아니라 하더라도 어찌할 도리가 없을 만큼 빠른 손놀림이었다. 그렇게 빼앗은 휴대폰에서 강혁은 환자의 사진을 찾아 그의 얼굴에 들이밀었다. 차마 두 눈 뜨고는 볼 수 없는, 아주 끔찍한 몰골이었다.

"이게……, 이게 뭐지?"

지금 멀쩡히 누워서 대화를 나누고 있는 환자로서는 차마 이게 자신이라는 생각조차 떠올리기가 어려울 지경이었다.

"뭐긴 뭐야. 지금으로부터…… 그래, 6시간 전 당신 모습이지."

"이게…… 나라고? 얼굴이…… 아, 음."

감염과 고열에 달뜬 얼굴은 보기 흉했다.

"나…… 윽."

그제야 자기 얼굴을 만져볼 생각이 든 환자는 급히 손을 움직였다. 하지만 아무리 수술이 잘됐다 해도, 사방을 짼 상황 아니던가. 뜻대로 될 리가 없었다.

"어어. 그러다 벌어져. 너 지금 약 맞아서 안 아픈 거지, 수술은 엄청 컸다고."

"잘…… 된 건가?"

"빨리도 물어보네. 잘됐지, 그럼. 수술 잘못 됐는데, 의사가 와서 이렇게 말하고 있을 거 같아?"

"그건…… 아니겠군."

일반인한테도 이렇게 안하무인으로 나오진 못할 터였다. 하물며 탈레반인 걸 알고 있음에도, 그것도 영어까지 가능한 유학파라는 걸 알고 있음에도 이런다는 건 정말이지 수술이 잘되었다는 뜻이었다. 해서 환자는 역설적으로 조금은 안심이 되었다.

'그래……. 오죽하면 나한테 이렇게 당당하게 나오겠냐…….'

해서 표정이 조금 풀어졌는데, 그 틈을 강혁은 놓치지 않았다.

"그래, 내가 집도했어. 이 꼴에서…… 살려내는 거, 보통 일이 아니란 건 알겠지."

"그래, 뭐. 실력이 좋군."

"더 살릴 수 있어."

"응?"

조금은 뚱딴지같은 소리였다. 이제 막 죽다 살아난 사람에게 더 살릴 수 있다니. 하지만 강혁으로서는 이제부터가 본론인 셈이었다. 그는 보다 얼굴을 가까이 대고 입을 열었다.

"여기가 더 안전해지면, 병원은 더 좋아져."

"무슨 소린지…… 잘 모르겠는데."

"눈이 있으면 봤을 거 아냐? 병원 어떤 거 같아? 네가 영어 익힌 거기랑 비교하면 어때?"

"형편없지."

환자는 무려 영국의 케임브리지에서 수학한 수재였다. 당시 환자가 영국에서 본 의료 시설은 이곳과는 비할 바가 아니었다. 영국의 의료 시설도 사실 선진국 기준에서 보면 아주 뛰어난 게 아님에도 그러했다.

'여기서 아까 그 상태였던 나를 살렸다 이거지.'

곱씹어보면 곱씹어볼수록 대단하긴 했다. 아니, 조금은 불안해질 지경이었다.

'딱 숨만 붙여놓고…… 조금 있으면 죽는 거 아냐?'

아무리 봐도 제대로 된 시설은 아니지 않은가. 솔직히 병원이라고 생각하고 봐서 병원으로 보이지, 가정집이라고 생각하면 또 그렇게 보일 지경이었다.

"그런데도 당신을 살렸어. 폭탄이 코앞에서 터진 사람을 살렸다고."

"음."

"시설이 좀 더 갖춰지면 더 많이 살릴 수 있어. 여기까진 동의하지?"

"동의…… 한다."

실력 있는 의사임은 틀림없는 사실이었다. 어쩌면 그가 본 그 어떤 의사보다도 뛰어난 의사일지도 몰랐다. 제대로 된 시설만 있으면 거의 모든 환자를 살릴 수 있을 터였다.

"근데 그러려면 돈이 필요해."

"돈은 줄 수 없어. 그건 알지 않나?"

"나도 알아. 내가 무슨 병신이야?"

"음."

"돈이 들어올 수 있는 환경만 조성해달라고."

"환경이라."

"그래. 내가 딴 데서 폭탄 터뜨리고 지랄하는 것까지 하지 말라고는 안 할게. 근데 한구에서는 하지 마."

"아하. 여길 안전하게 하라는 게 그런 뜻이었나."

"그래. 어렵지 않잖아. 적어도 여기선 댁들이 법이잖아?"

맞는 말이었다. 법이 약한 곳은 주먹이 제일 무섭다고 하지 않는가. 탈레반은 주먹 정도가 아니라 폭탄과 총으로 주민들을 다스리고 있었다. 간이 배 밖에 나온 사람이거나, 종교적인 신념이 극단적으로 다른 사람들 외에는 모두가 이들에게 복종할 수밖에 없었다. 가치관의 문제가 아니라, 그저 생존의 문제일 뿐이었다.

"그렇게 해서 돈이 들어오고 설비가 생기면, 댁들 계속 치료해줄게. 여기저기서 쌈박질하느라 많이 다치고 죽고 하지? 그럴 필요 없다고. 내가 살려줄게."

"음."

강혁은 거기에 이어 아주 달콤한 과실을 건넸다. 그냥 탈레반 병사라면 몰라도, 지도자 격인 환자로서는 거절하기가 참 어려운 종류의 제안이었다.

'많이 죽어나가고 있긴 하지.'

비단 전투에 의해서만도 아니었다. 그냥 병들어 죽기도 했다. 제대로 된 의료 서비스는커녕 기본적인 위생조차 확보하기 어려운 상황이니 당연한 일이었다. 그런데 이곳에라도 신뢰할 수 있는 의료 기관이 생긴다? 구미가 당길 수밖에 없었다.

"좋은 제안이군."

잠시 입을 다물고 있던 환자가 건조한 음성으로 대꾸했다. 옆에 서 있던 제인은 잠시 자신이 뭔가 잘못 들은 건 아닌가 하는 생각이 들었다.

'좋은 제안이라고? 설마 이렇게 성사되는 건가?'

탈레반과의 거래라니. 어쩌면 자신이 어떤 역사적인 현장에

와 있는 것일 수도 있겠단 생각이 들 지경이었다.

"하지만……. 몇 가지 문제가 있어."

물론 그 생각은 금세 저 멀리 흩어져버리고 말았다. 대신 그 자리엔 '그럼 그렇지'라는 생각이 들어앉았다. 강혁은 상당히 실망스러운 대꾸임에도 불구하고 묵묵히 환자를 바라보고만 있었다. 일단 얘기가 끝날 때까지는 기다려줄 요량인 듯했다.

"지금이…… 언제지? 저기 벽에 걸려 있는 달력이 맞는 건가?"

환자는 강혁의 뒤편에 걸린, 시계 바로 옆에 자리한 달력을 눈으로 가리켰다. 시간을 알게 하는 게 중환자 치료에 있어서 중요할 수 있기 때문에 일부러 가져다놓은 물건이었다. 당연하게도 잘 관리되고 있었다.

"맞아."

"그럼 무하람이 얼마 남지 않았군."

무하람. 같은 단어였지만 아무래도 제인의 입에서 나올 때와는 그 무게감이 달랐다. 제인은 무슬림도 뭣도 아니지 않은가. 그에 반해 눈앞에 누워 있는 이름 모를 사내는 무슬림 중에서도 아주 과격한 사람에 속하는 인간이었다.

"그게 문제가 되나?"

강혁은 충분히 문제가 될 거라는 걸 아까 들었음에도 불구하고, 일부러 순진한 얼굴을 하며 질문을 던졌다. 환자는 그런 강혁을 보며 쓴웃음을 지었다.

"문제가 되고말고. 모든 무슬림이 다 모일 수 있는 시기니까.

이교도에게는……. 어떨지 모르겠지만, 우리에겐 아주 중요한 절기야."

"절기라는 건 알고 있어. 근데 그거랑 안전하게 하는 게 무슨 상관이 있는지 묻는 거야."

"뭐……. 이미 다 알고 있겠지만. 난 탈레반이야."

"새삼스럽게 말 안 해도 알아."

"탈레반은 이 지역을 무력과 공포로 다스리고 있지."

"흠."

강혁은 조금 이상한 기분이 들었다. 탈레반이 파키스탄 서북부를 무력과 공포로 다스리고 있다는 건 당연히 사실이긴 했다. 그런데 그러한 사실을 당사자의 입을 통해 들으니 정말이지 이상했다.

'앞뒤 꽉 막힌 종교 지도자는 아니란 건가?'

환자는 의아해하는 강혁을 보며 다시 한번 쓴웃음을 지어 보였다.

"오해하지 말아줬으면 좋겠군. 난 우리 방식이 잘못되었다고 말하는 게 아냐. 지금 상황에서는 이게 최선이야."

"뭐……. 그래. 아무튼, 더 말해봐."

강혁은 절대 동의할 수 없다는 표정으로 환자에게 답변을 재촉했다. 환자는 어차피 계속 말을 하려던 참이었기 때문에 별 망설임 없이 입을 열었다.

"그러다보니, 불만을 가진 사람들이 있을 수밖에 없어. 어떤 이들은 심지어 미국보다도 우릴 미워하지."

강혁은 당연한 거 아닌가 하는 말을 애써 집어삼켰다. 프랑스 파리에서 있었던 사전 교육에서 들은 말이 떠올랐기 때문이다.

'중동 지역 그리고 그 외의 이슬람 지역에서 미국에 대한 반미 감정은 여러분들 생각보다 엄청나게 강합니다. 호의를 적의로 받아들일 수 있을 정도예요. 부디, 이런 종류의 대화는 아예 피해주시거나 어쩔 수 없이 말려들었을 때는 현명하게 대처해주시기 바랍니다.'

더군다나 이곳은 바로 얼마 전까지 미국과 전쟁을 치렀던 아프가니스탄이지 않은가. 미국의 입장에서는 가장 야비한 방식의 선제공격이었던 9·11 테러에 대한 대응이었을 뿐이지만. 이곳에 사는 민초들에게는 좋지 못하게 보일 수밖에 없었다.

'정말 어려워……. 꼬여도 더럽게 꼬였어.'

강혁이 이런 생각을 하는 동안, 환자는 계속 입을 놀려댔다.

"그러다보니 우리를 공격하는 집단이 있어. 아주 작은 단체들이고, 실체가 불명확한 놈들이지. 물론 정부 쪽 인사들도 있을 것이고……. 미국도 있겠지만. 글쎄, 폭탄은 그들의 방식이 아니야."

"아……. 탈레반에 대한 폭탄 테러가 있다……. 그 말인가?"

"그래. 그리고 그건 우리가 어떻게 할 수 있는 부분은 아니지. 우리 쪽에서 한구의 폭탄 테러를 막는 건, 그래. 쉬운 일이야."

어지간한 탈레반 인사였다면야 이것조차 어려운 일일 터였다. 감히 한 지역에 대한 정책을 변화시킬 수 있는 발언이었으니까. 하지만 환자는 정말로 별로 어려울 거 없다는 얼굴이었다.

"하지만 우리 반대 세력까지 틀어막는 건 어려운 일이지."

"음. 그건 또……. 생각하지 못했던 부분인데."

그에 반해 강혁의 얼굴엔 짙은 주름이 잡혔다. 조금 전까지만 해도 선명하게 그려져 있던 청사진에 뿌연 안개가 낀 기분이었다.

'역시 어딜 가나 어렵구나. 중증외상은.'

어떻게 된 게 단 한 번도 쉽게 간 적이 없었다. 대한민국에서도 그랬다. 여기도 조금 다른 방향이긴 했지만, 역시나 어려웠다.

"그래도 노력은 해볼 수 있겠지? 지역 유지들이나……. 이렇게 해서 여기만 중립 지역으로 만들어볼 순 있을 거 아냐?"

그 과정에서 한 가지 배운 점이 있다면, 포기하면 아무것도 안 된다는 점이었다. 끝까지 물고 늘어지다보면 작은 성과라도 얻게 되는 법이었고. 비록 들어간 노력에 비하면야 턱없이 부족한 성과였지만, 그게 쌓이고 쌓이다보면 커다란 변화를 일으킬 수 있었다. 지금 대한민국의 중증외상센터 시스템처럼.

"중립이라. 그건 내 선에서 결정할 수 있는 문제는 아냐."

"보다 윗사람의 허가가 필요한가?"

"그렇기도 하고……. 또 상대의 동의도 필요하지."

"대화는 해볼 수 있지 않나?"

강혁은 마치 '너 정도면 할 수 있잖아?'라는 눈빛으로 환자를 바라보았다. 그제야 환자는 이 의사가 자신을 단순한 탈레반이 아니라고 완전히 확신하고 있다는 걸 알 수 있었다. 고작해야 영어 하나 읽을 줄 안다고 이런 확신을 가질 리는 없지 않은가. 도대체 어떻게 알았을까. 호기심이 일었다. 대화를 나누는 동안 강혁에게 받은 인상 때문이기도 했다.

'아무리 봐도 평범한 의사는 아냐.'

그냥 의사였다면 자신의 정체를 짐작조차 하기 어려웠을 터였다. 아니, 어렵게 짐작을 했다고 치더라도 지금처럼 대화를 나누진 못했을 터였다. 그런데 이 사람은 지금 벌써 1시간이 다 가도록 대화 중이었다. 그것도 더없이 당당한 태도로.

"내가 누구라고 생각하는 거지? 도대체 뭘 알고 있는 거야?"

해서 이렇게 물었고, 강혁은 다만 어깨를 으쓱거렸다.

"저 둘이 대화하다가 파즐룰라라는 이름을 언급하더군. 아, 오해하지 말고. 그냥 우연히 튀어나온 거야. 게다가 난 좀 예민한 편이라서."

"파즐룰라라는 이름은……. 어디서 어떻게 알게 됐지?"

"시리아에 있는 병원에 있었거든. 용병들을 치료하다보면 이런저런 얘기를 많이 듣게 되는 법이지."

"네가……. 용병이었던 건 아니고?"

"응? 의사야, 나는. 어딜 봐도 그렇지 않나?"

환자는 '전혀 그렇진 않은데'라는 생각이 들었지만, 굳이 입에 올리진 않았다. 대신 아까 강혁의 질문에 대한 대답을 해주었다. 그가 생각하기에 그편이 훨씬 생산적이었기 때문이었다.

"아무튼……. 네가 생각한 대로 대화는 해볼 수 있어. 저쪽에서도 나와줄지는 모르겠지만. 일단 장소가 곤란하지. 함정이라고 생각할 수도 있지 않겠어? 그게 아니면 아예 폭탄 조끼를 입고 올 수도 있는 일이지. 그런 눈으로 보지 마. 경험에서 우러나

오는 말이니까."

그간 쌓이고 쌓인 악행의 고리는 절대로 풀리지 않을 정도로 배배 꼬여 있었다. 서로 간의 미움이 극에 달해서 자살 폭탄 테러도 불사하는 모양이었다. 하지만 강혁은 결코 포기할 생각이 없었다. 적어도 아침에 본 것처럼 민간인들이 죽고 다치는 일은 없어야 하지 않겠는가. 또 그렇게 다쳐서 온 사람들을 오로지 병원 설비 때문에 살려내지 못하는 일도 없어야 하지 않겠는가.

'너희끼리 죽고 죽이는 건 내 알 바 아니지. 다만…….'

죄 없는 사람들이 그 틈바구니에서 희생당하는 일은 막아야 했다.

"여기 어때? 여기서 보면……. 둘 다 수긍할 수 있지 않을까?"

해서 강혁은 스스로도 놀랄 발언을 하고야 말았다.

'내가 미쳤나.'

말을 뱉으면서도 이런 생각이 들 정도였다. 냉정하게 생각해 보면 파키스탄 한구란 지역은 자신과 하등 관계도 없는 곳 아니었던가. 아마 국경없는의사회에서 파견 온 상태가 아니었다면, 오늘 아침에 있던 테러 소식을 뉴스로 접하고도 5분이면 잊었을 터였다. 하지만 안타깝게도 강혁은 그 지옥과도 같은 현장을 보고 난 후였다. 다른 사람이라면 몰라도, 또라이처럼 환자를 위하는 강혁으로선 도저히 외면하기가 어려웠다.

"미, 미쳤어요?"

물론 다 그런 건 아니었다. 일단 제인이 강혁의 귀에 대고 속삭였다. 계속 얼어 있었기 때문에 상당한 용기를 낸 참이었다.

어쩔 수 없는 일이었다. 지금 강혁 때문에 지난 1년간 겨우 준비해온 병원이 박살 날 수도 있게 생겼으니까.

"조금은?"

그런 제인을 돌아보며 강혁은 속을 긁어놓는 발언을 했다.

"이, 이 사람이!"

"아, 잠깐만."

"헉. 죄송합니다."

해서 성질이라도 좀 부려보려고 했는데, 환자가 입을 열었다. 제인은 뜨악한 얼굴이 되어 뒤로 후다닥 물러났다. 그사이 환자는 입을 열었고, 제인은 더더욱 사색이 되고야 말았다.

"여기라면 가능할 것도 같은데."

이 미친 환자가 강혁과 짝짜꿍이 맞아 돌아가기 시작했기 때문이었다.

"오, 그래? 언제쯤?"

"무하람 전에 해야겠지, 하려면."

"그러면 급한데……. 흠. 그래도 몸이 어느 정도 더 좋아지고 봐야 할 거 같은데."

강혁은 자못 진중한 얼굴이 되어 환자의 상처를 다시 한번 살폈다. 그사이 제인은 얼굴이 하얗게 질린 채, 속으로만 욕을 사발로 해대고 있었다.

'이……. 이 개새끼가 어디서 무슨 모임을 잡고 있는 거야……. 여긴……. 여긴…….'

차마 여긴 자기가 만든 병원이라는 말을 입 밖에 내진 못했다.

어쩐지 지금 그런 말을 했다간 신이 나서 약속을 잡고 있는 환자가 화를 낼 거 같았기 때문이었다. 그리고 이들 탈레반이 화를 내는 방식에 대해서는 제인도 익히 잘 알고 있었다.

'총이라도 쏘겠지?'

정규 훈련을 받은 사람들은 아니니까 아마 처음 몇 발은 빗나갈 수도 있었다. 문제가 있다면 이 친구들은 맞을 때까지 쏜다는 점이었다. 미국 때문에 온갖 제재가 있는 상황에서 대체 어디서 그런 물자를 얻어오는 건지는 알 수 없었지만, 총알을 아끼지 않는다는 거 하나는 확실했다. 제인이 다소 끔찍한 생각에 빠져 있는 동안 강혁과 환자는 껄껄 웃으며 대화를 이어나갔다. 어찌나 화기애애한지 보기에 따라 원래 알고 지내던 친구 같아 보일 지경이었다.

"그래. 그럼 일주일 후로 하지."

"그게 좋겠네. 너무 늦어서 무하람 기간에 돌입하면 아마 대화에 응할 시간도 없을걸."

"좋아, 좋아. 그때까지 적어도 걸어 다닐 수 있게는 만들어줄게."

"고맙네."

"고맙긴, 의사가 환자 치료하는데. 얘기만 잘되면 뛰게도 해줄게."

"그……. 응? 안 되면 못 뛰나?"

"뭐 그런 문제는 그때 가서 얘기하고. 아무튼, 최선을 다하라고. 나도 최선을 다할 테니."

죽음이 멀어지는 곳

"백 교수님……."

다시 철문을 닫고 밖으로 빠져나온 제인이 강혁을 불렀다. 원래는 딱 나오자마자 잡으려 했으나, 강혁이 너무 빨라서 3층 숙소에 이르러서야 붙잡을 수 있었다.

"응?"

강혁은 너무도 태연한 얼굴로 제인을 올려다보았다. 벌써 탁자에 놓여 있던 전기 포트에 물을 올린 후였다. 원래 커피를 물처럼 마시던 인간이었던지라 여기서도 커피만큼은 포기하지 못하고 있었다.

"그……."

제인은 마치 CF라도 보고 있는 듯한 기분이 들었다. 강혁의 얼굴이 워낙에 배우상인 것도 한몫하고 있었지만 그보다 더 큰 이유는 표정과 말투, 제스처 등에서 느껴지는 여유였다.

'이 사람이 정말……'

방금 이 병원에 탈레반은 물론이요, 정체를 알 수 없는 반 탈레반 조직까지 모이게 한 주제에 이렇게 태평해도 된단 말인가. 제인은 치밀어 오르는 분노와 당혹스러움을 애써 집어삼킨 후, 간신히 원래 하고자 했던 말을 꺼냈다.

"도대체……. 어쩔 생각이에요? 여길……. 여길 전쟁터로 만들 작정이에요?"

"음? 무슨 소리야. 아까 거기 같이 있지 않았나?"

"같이 있었으니까 하는 소리죠! 지금 파키스탄에서 제일 위험한 단체들을 다 모을 작정이잖아요!"

"여길 중립 지역으로 만들기 위해서 모으는 거지. 아까 그 인간 표정 못 봤어? 솔깃해하는 거?"

"그건……."

제인이 보기에도 환자는 상당히 흔들리는 듯했다. 무장 단체를 이끄는 입장에서 걱정 없이 치료받을 수 있는 우수한 병원이 생긴다고 하면 누구라도 그렇지 않겠는가.

"반 탈레반인지 뭔지 하는 애들도 그럴 거야."

"네? 그럼 그 사람들도 여기서 치료를 해줄 거예요?"

"당연하지. 의사가 환자를 어떻게 가려 받아."

"아니……. 그걸 탈레반이 묵인할까요?"

"묵인해야지. 안 하면 어쩔 거야. 층을 구분해서 받으면 돼. 그리고 뭔가 잊고 있는 거 같은데……."

"뭘 잊어요, 제가."

제인의 다소 쏘아붙이는 듯한 말에 강혁은 즉시 대꾸하지 않았다. 대신 슬며시 밖을 내다보았다. 이제 겨우 7시를 조금 넘긴 시각이었음에도 불구하고 한구 전경은 어두컴컴하기만 했다. 저녁 식사를 위한 연기만 솔솔 올라올 뿐 불이 환하게 켜진 곳은 손으로 꼽아 셀 수 있을 정도로 드물었다. 한구의 절망적인 상황을 단적으로 보여주는 장면이라고 할 수 있었다.

"우리가 진짜 치료하고 위해야 하는 사람들은 저기에 있어. 저 사람들을 위해 감수하는 위험이야. 당신도 죽을 각오를 하고 여기 와서 이 병원을 인수하고 운영하는 거잖아. 위협당한 적이 한 번도 없다고 하진 않겠지, 설마?"

"그……."

아니라고 하고 싶었지만, 차마 그럴 수는 없었다. 잠깐 머릿속을 스쳐 지나간 위협이 수십을 헤아렸으니까.

'칼 들고 들어온 적도 있지…….'

폭탄 테러 위협을 받은 건 셀 수 없이 많았다. 정부 인사를 치료하면 탈레반에서 전화가 왔고, 탈레반을 치료하면 정부나 정체를 알 수 없는 집단에서 전화가 왔다.

"많았…… 어요."

제인은 어렵사리 고개를 끄덕였다. 강혁은 그런 제인을 여전히 올려다보고 있었다. 다만 표정은 조금 변한 상태였다. 그로서는 실로 드물게, 감복했다는 표정이 드러나 있었다.

"그런데도 여기 남아 있는 이유가 뭐지?"

강혁의 질문에 제인은 쓴웃음을 지어 보였다. 얼마간 시선을 밖을 향해 내던지면서였다. 강혁이 바라본 것과 정확히 같은 광경이 눈에 들어왔다. 하지만 제인에게 보이는 광경이 훨씬 더 세세했다. 그녀는 지난 1년간 저 골목 사이사이에서 일어나는 내밀한 일들을 목격했으니까. 그곳의 비극을 셀 수 없을 만큼 많이 보고 겪었으니까.

"한구에 사는…… 사람들을 위해서죠."

그런 그녀에게 한구는 단순한 구호 대상이 아니었다. 일종의 사명이 된 지 오래였다.

"나도 이곳에 있는 사람들을 살리기 위해서 온 거야. 그러기 위해서는……. 반드시 중립 지역으로 만들어야 해. 제대로 된 병원이 있을 때 가장 큰 이득을 보는 사람들은 탈레반도 정부도 반탈레반 조직도 아냐."

"여기에 있는 사람들이겠죠."

"그래. 그럼……. 우리가 위험을 감수할 만한 충분한 이유가 되겠지?"

"차고…… 넘치죠."

제인은 오늘 죽어나간 환자 중 평소 이름을 알고 지냈던 이들을 떠올렸다. 아까 현장에서 애써 모른 척 지나려고 했던 것은 이러한 종류의 비극이 어차피 너무 많아서였다. 솔직히 아무리 노력해봐도 막을 수 없을 것 같기도 했고. 그런데 강혁이 나타난 후, 무언가 바뀐 느낌이었다.

'위험하지만……. 성공만 한다면…….'

그렇다고 당장 뭐가 바뀌거나 하진 않을 터였다. 하지만 바뀔 거란 희망은 품어볼 수 있으리라.

"그래. 그럼 추진하자고. 좋으나 싫으나……. 이 병원이 한구의…… 아니지. 파키스탄 서북부의 희망이야. 그런데 지금과 같은 꼴이어서는 절대 안 돼."

강혁은 다시 한번 주변을 둘러보았다. 제대로 된 발전 설비도 갖춰져 있지 않아서 열악하기 그지없는 수준이었다. 솔직히 병원이라는 명칭을 달고 있는 게 신기할 지경이었다. 그 점에 대해서는 제인도 열렬히 동의하는 바였다.

“그건 맞아요. 아무리 후원을 요청해봐도 별 소용이 없었어요.”

“그렇겠지. 이 상황에서 후원이라……. 어렵지.”

사실 제인 정도라면 딱히 국경없는의사회를 통하지 않고서라도 개인적인 후원자를 찾아볼 수는 있을 터였다. 그중에는 몇만 달러 정도는 아무렇지 않게 탁탁 내어줄 수 있는 사람도 있을 터였고. 하지만 문제는 돈뿐만이 아니었다.

‘이런 곳에……. 들어오는 외국인 자선 단체는 일종의 보물 창고 같은 느낌이거든. 지키는 사람 하나 없는.’

강혁은 비록 자신이 직접 NGO 단체에 있어본 경험은 없었지만 자문 역할을 해본 적은 있지 않던가. 블랙 워터스와 함께 세상에서 가장 위험한 곳에 있어보기도 했고. 그때부터 지금까지 지켜본 경험에 따르면, 상당히 미안한 말이지만, 이런 지역에 사는 민초들의 가장 커다란 적은 그 지역을 다스리는 위정자들이었다.

‘미국 정부나 그에 준하는 단체가 압력을 넣지 않는 이상에는 뭐 하나 들여올 때마다 그보다 훨씬 더 큰 뇌물이 필요할 거야.’

웃기는 일이었다. 당신네 지역 사람들을 돕겠다는데, 돕고 싶으면 뇌물부터 바치라는 거다. 정말이지 염치없는 짓이요, 악한 짓이거늘 그러한 일들이 관행처럼 박혀 있었다.

"상황이 정말 바뀌긴 할까요?"

강혁은 그저 미루어 짐작하는 것뿐이었지만, 제인은 실제로 뇌물을 요구받은 기억이 많았다. 제인의 목소리에는 보다 더한 진심이 담겨 있었다.

"쉽진 않을 거야."

강혁은 도저히 거기에다 대고 입바른 소리를 해댈 수는 없었다. 그건 제인과 같은 사람에 대한 예의가 아니었다. 해서 솔직하게 말해주기로 마음먹었다.

"역시……. 그런가요?"

"한국에서도 그랬어. 정말 쉽지 않았지."

대한민국에서의 상황은 물론 여기와는 많이 달랐다. 그곳에서는 적어도 총칼에 의한 위협은 없었으니까. 하지만 강혁에게 대한민국 중증외상센터 정상화는 한구 병원 정상화와 비슷하게 느껴질 정도로 어려운 일이었다. 예상치 못했던 변수와 암초들이 여기저기서 튀어나왔으니까.

"하지만 어떻게든 되긴 되더라고. 최선을 다했더니……. 운도 좋았지, 물론 저기 한유림 교수님 같은 사람도 만났고. 자고 있으니 하는 얘기지만, 저런 사람 없었으면 아직도 대한민국은 멀었을걸."

강혁은 한유림이 있는 방을 가리키며 말했다. 마침 한유림은 소피가 마려워서 깨어난 참이었던지라 강혁의 말을 들었고, 무척 감동한 상태였다.

'울면……. 울면 안 돼…….'

원래 이 정도로 감정이 격한 사람은 아닌데, 여기 온 뒤로 쉬지 않고 개고생을 한 참이라 눈물이 차오를 지경이었다. 강혁이 그 밝고 예민한 귀로 한유림이 깨어난 걸 알고 한 말이라는 건 꿈에도 알지 못했다.

"저희도 운이 좋을까요?"

"나는 몰라도, 제인 당신은 운이 좋지."

"네?"

"나를 만났잖아. 어떻게든 될 거야, 그러니까."

"자, 그럼 우리도 이제 좀 잘까. 내일 또 환자 봐야 할 텐데."

"아, 그래도 될까요?"

"어차피 사람 모이려면 시간 걸릴 텐데 뭐. 그동안 병원 문 닫을 거 아니잖아?"

"하긴……. 그건 그래요."

제인은 그 큰 사건과 일상을 따로 뚝 떼어놓는 듯한 강혁을 보며 멍한 눈으로 고개를 끄덕였다.

'정말 이래도 되는 건가?'

보다 그 일에 대해 고민하고 준비해야 하는 거 아닌가 하는 생각도 들었다. 하지만 워낙에 태평한 강혁을 보고 있자니, 어쩐지 괜찮을 것도 같았다. 이유 없이 신뢰가 간다고나 할까.

'하긴……. 말도 안 되는 일들을 해온 사람이잖아.'

생각하다보니 아까 강혁의 말대로 자신은 정말 운이 좋은 거란 믿음마저 생겼다. 물론 마침내 참고 참았던 소변을 보고, 뒤늦게 강혁에게 자세한 얘기를 전해 들은, 제인보다는 아무래도 강혁을 훨씬 잘 안다고 할 수 있는 한유림은 아니었다.

"사람 재워놓고 뭔 짓을 한 거야, 이 개새끼야!"

*

"감기네. 약 이렇게 드시면 될 겁니다."

강혁은 입이 사발만큼 나온 한유림과 대략 1m쯤 떨어진 곳에서 심드렁한 얼굴로 진료를 보고 있었다. 제아무리 심각한 일을 앞두고 있다고 해도, 진료를 중단할 수는 없는 일 아니던가. 한구에서는 이 병원을 제외하면 그 어느 곳에서도 제대로 된 의료 서비스를 받을 수 없었으니까. 다음 날 아침부터는 정상 진료를 시작한 마당이었다.

"다음."

'또 감기네?'

"목이 아프고……. 가래가 나오고요?"

점차 강혁과 거의 비슷한 표정이 되어가고 있는 한유림이 환자와 통역사를 번갈아가며 바라보았다. 통역사는 의료인이 아니라 대학생 자원봉사자, 카밀이었다. 다름 아닌 간호사 카심의 동생인데, 무려 법대생이었다.

"네, 그렇다고 합니다."

"색은?"

"노란……. 아니, 확인해본 적은 없다고 합니다."

"그렇군. 흠. 그럼 약은 이렇게 주지."

"네. 선생님."

카밀은 진료가 끝나자 환자를 데리고 밖으로 나갔다. 대한민국 같았으면 그냥 나가서 약을 받아 가라고 하면 될 테지만, 여기 사람들은 그러한 현대 의료 시스템에 익숙한 사람들이 아니지 않은가. 병원의 모든 절차에 대해 일일이 안내를 해주어야만 했다. 덕분에 잠시 자유의 몸이 된 한유림이 자신과 마찬가지 신세가 된 강혁을 돌아보았다.

"할 만해? 백 교수?"

"이거요? 이게 힘들면 안 될 거 같은데?"

강혁은 조금은 무료하다는 얼굴로 대꾸했다.

"뭐……. 이것도 나쁘진 않은 거 같은데. 여기, 아직도 감기가 폐렴으로 진행해서 죽는 사람들도 많다고 들었거든."

강혁 또한 한유림의 얼굴에서 그의 트라우마를 읽어낼 수 있었다. 그 누구보다 날카로운 눈을 가진 데다가, 어제 같은 현장에 있었던 덕이었다.

'나라도 그런 거 처음 보면 힘들긴 할 거야.'

아니, 힘들었다. 아무리 강혁이라고 해도 처음부터 익숙했던 건 아니었으니까. 시리아의 블랙 워터스에서 겪었던 첫 현장은 여전히 눈앞에 선했다. 화약 냄새와 그 지독한 냄새를 뚫고 들어오는 피비린내까지. 아마 한유림도 같은 심정일 터였다. 이럴 땐 다른 얘기로 화제를 돌리는 것이 최선일 터였다.

"아……. 그렇지. 근데 우리 약은 이걸로 되는 거야? 보니까 처방전에 가능한 약이 10개도 안 되던데."

아마 이게 무슨 소리인가 싶을 터였다. 처방 가능한 약이 10개도 안 된다니. 하지만 사실이었다. 항생제(페니실린 계통), 진통 소염제(부르펜 계통), 해열 진통제(타이레놀), 스테로이드, 이뇨제(항고혈압용), 당뇨약, 위산 억제제, 지사제, 영양제. 이렇게 9개가 다였다. 기본 항생제가 안 듣는 경우 바꿀 수 있는 2차 항생제 따위는 있지도 않단 얘기였다.

"뭐……. 어쩌겠어요. 후원이 안 들어오는데. 제약회사 측에서도 뇌물까지 써가면서 약을 보내고 싶진 않을걸요?"

"이런 망할 놈들은 왜 자기네 사람들 고친다는데 돈을 달래?"

"지금까지 늘 그래왔으니까 그랬겠죠, 뭐. 아마 우리가 돈주머니로만 보일걸?"

"개새끼들."

"왜 이렇게 입이 험해졌어요? 거의 뭐 매일 한 번씩은 욕하는 거 같어, 아주."

"험한 동네로 끌고 왔잖아, 네가!"

"아닌데. 나는 남수단으로 가자고 했었는데. 파키스탄 지망한 건 한 교수님이에요."

"뭐? 그럴……. 어?"

한유림은 강혁의 말을 듣는 즉시 그럴 리가 없다고 외치고 싶었지만, 그럴 수가 없었다. 제아무리 60을 넘은 나이라고 해도 워낙에 똑똑한 사람이 아니던가. 다른 사람 말도 아니고 자기 자신이 했던 말을 잊을 수는 없는 노릇이었다.

"그건……. 그건……."

"내가 그랬잖아요. 남수단은 한 번 사고가 나서 경계가 대폭 강화됐다고. 그 이후로 폭탄 테러가 다 뭐야. 총질 한번 못 할걸? 그런데 거길 버리고 하필 여길……."

"그……."

한유림은 말을 더 잇지 못했다. 강혁의 말 중에 틀린 게 하나도 없었으니까. 지금 둘 중에 억울해할 사람이 있다면 강혁이라는 뜻이었다.

"어휴. 그러니까 나한테 잘해요."

"그……."

하지만 한유림은 차마 그런 말을 할 수는 없었다. 해서 우물쭈물하고 있으려니, 구세주가 방 안으로 들어왔다. 남녀가 유별한 정도가 아니라, 절대적으로 구분되어 있는 파키스탄에서 여성 진료를 맡고 있는 제인이었다.

"밥 먹어야죠?"

그녀는 씨익 웃으며 두 손을 내밀었다. 어제까지만 해도 우거지 죽상이더니, 불과 하루 만에 어느 정도 극복한 모양이었다.

"그럴까요? 원래 이렇게 환자가 적은가?"

강혁이 자리에서 벌떡 일어나며 물었다. 그 말에 제인은 고개를 절레절레 저어댔다.

"아뇨. 그냥 천막에서 진료 볼 때도 이것보다는 훨씬 많았어요."

"근데 왜 이러지?"

강혁은 재차 자신의 책상을 향해 고개를 돌렸다. 오늘 본 환자들에 대한 간단한 메모가 남겨져 있었다. 워낙 외상 환자만 보아 온 탓에 오히려 감기 환자에 대한 경험은 적지 않은가. 비록 여기 오기 전에 얼마간 환자 진료 전반에 대한 교육을 받긴 했지만, 그래도 여전히 총상보다 감기가 자신이 없었다.

'오전 내내 10명 봤네.'

아마 개원한 상황이었다면 한숨이 푹푹 나왔으리라. 심지어 강혁이나 한유림은 봉사 온 입장임에도 불구하고 마음이 좀 그랬다. 여기까지 와서 10명이라니. 약간 놀러 온 기분이지 않은가.

"무슨……. 몰라서 묻는 건가요?"

그에 반해 제인은 약간은 어이가 없다는 얼굴이었다. 해서 옆에 있던 한유림이 고개를 갸웃거렸다.

"뭘 몰라요?"

"아니……. 어제 폭탄이 터졌잖아요."

"터지긴 했……. 아."

한유림은 그게 여기선 일상이 아닌가 하는 생각을 하다가, 비로소 자신이 뭘 잘못 생각한 건지 깨달을 수 있었다.

"아직도……. 편견을 가지고 있었구만."

그리고 그건 강혁 또한 마찬가지였다. 워낙 이 주변에서 터지는 수많은 폭탄 테러에 대한 소식을 기사로만 접해온 사람들 아니었던가. 그렇다보니 이런 곳에서는 폭탄 테러가 혹 일상 아닌가 하는 생각이 들었던 차였다. 하지만 돌이켜보니 그럴 리가 없었다. 지금 한구는 겁먹은 상황이었다.

"어제 그런 일이 있었는데, 사람들이 밖으로 나오고 싶겠어요? 게다가……. 지금 이 병원에 어제 당한 사람들이 있잖아요. 다 민간인이지만, 뭔가 이유가 있었다는 생각이 들 수도 있죠."

"여기가 터질 수도 있다, 이렇게 생각하는구나."

"자, 기운 차리세요. 오후에도 또 환자가 오긴 할 텐데, 먹을 수 있을 때 먹어야죠."

제인은 짐짓 활기찬 표정을 지어가며 다시 한번 들고 온 음식을 흔들었다. 파키스탄 음식 중 하나인 '치킨 비리야니'였는데, 맵고 짜서 한국인 입맛에는 아주 잘 맞았다. 강혁이 알기로 제인이 좋아할 맛은 아니었다.

'알게 모르게 배려받고 있군.'

말하자면 한국인인 둘에게 맞춘 식사란 뜻이었다.

"고마워요."

해서 강혁은 그 밥을 받고는 제인을 따라나섰다.

"백 교수님은 거기 앉으세요."

3층 거실에 식사 자리가 마련되어 있었는데, 강혁의 자리에는 짜이가 아니라 커피가 놓여 있었다. 단 걸 싫어하는 강혁을 배려한 모양이었다.

'흠. 흐음.'

강혁은 먼 타지에서 아주 약간의 따스함을 느낄 수 있었다. 해서 제인을 바라보는 눈빛에도 따스함이 깃들었는데, 한유림은 그걸 놓치지 않았다.

'이놈 봐라?'

"맛있네요."

강혁은 상당히 만족스럽다는 기색으로 고개를 끄덕였다. 원래 시리아에서도 음식 때문에 고생한 적은 없는 그가 아니었던가. 그만큼 가리는 게 없다는 뜻이었다. 미식의 영역으로 가자면 상당히 까다로운 인간이 되긴 했지만, 그와는 별개로 제인이 가져온 치킨 비리야니는 썩 괜찮았다.

"그러니까. 이거 괜찮네."

덕분에 말은 안 해도 내심 밥 먹는 문제로 힘들어하고 있던 한유림의 얼굴 또한 다소 밝아져 있었다.

'일단 밥이잖아.'

유럽 여행을 가도 하루 한 끼 정도는 한식당에 가야만 했던 한유림으로서는 죽을 맛이었다. 그런데 이 치킨 비리야니는 밥이었다. 그가 원래 먹던 쌀과는 조금 다른 형태의 쌀이었지만. 그래도 밥이었다.

"입맛에 맞는다니, 다행이에요. 백 교수님은 그래도 좀 드시는데……. 한유림 교수님은 거의 못 드실 때도 있는 거 같아서. 생각보다 음식 때문에 일 못 하는 사람들도 많거든요."

밥이 맛이 없어서 긴급구호팀을 관둔다. 어떻게 보면 조금은 우스워 보일 수도 있겠지만 당사자들에게는 무척 심각한 일이었다. 제인 또한 몇몇 우수한 동료를 그런 식으로 잃은 적이 있었더랬다.

'어제 그런 일도 있었고.'

해서 조금 챙겨봤는데, 이 둘은 챙겨주는 맛이 있는 그런 사람들이었다. 벌써 그릇을 싹싹 비워가고 있는 것을 보고 있자니,

저녁에도 이걸 먹을까 하는 생각마저 들었다.

“오. 커피도……. 이렇게 타기 쉽지 않은데?”

사실 파키스탄에서 커피는 상당히 중요한 산업 중 하나로 부상하고 있기는 했다. 하지만 생산이 늘어나는 것과 문화가 바뀌는 것은 별개의 문제였다. 특히 수도인 이슬라마바드라면 몰라도, 한구는 아예 카페조차 없었다.

“맛있죠?”

때문에 지금 강혁의 손에 들린 커피 맛은 적어도 한구에서는 꿈도 꿀 수 없는 맛이라 할 수 있었다. 제인은 감탄한 얼굴의 강혁을 바라보면서 껄껄 웃었다.

“음. 진짜 맛있는데. 이 정도면 한국에서 먹던 거랑도 별 차이가 없어.”

“그럴 거예요. 그거 오늘 아침에 이슬라마바드에서 제일 유명한 카페에서 공수해 온 거라.”

“오늘? 이 커피 때문에 퀵을 썼나?”

“네? 당연히 아니죠. 미쳤어요, 제가?”

제인은 어처구니가 없다는 듯 고개를 절레절레 저어댔다. 가뜩이나 돈도 없는데 커피 때문에 이 짓을 하겠는가.

“우리 병원 연 지 얼마 안 됐잖아요. 어제 폭탄도 터져서 물품을 너무 많이 소진하기도 했고. 그래서 긴급으로 요청했더니 새벽에 가져다준다고 해서……. 기왕이면 사무실 옆에 있는 카페에서 커피 원두도 좀 보내달라고 했죠.”

“오. 이건 좀 감동인데?”

강혁은 재차 커피잔에 코를 박으며 감사의 뜻을 담은 눈빛으로 제인을 바라봤다. 제인은 원래 강혁이 이런 표정을 잘 짓는다고 생각했지만, 그를 오래 알고 지내온 한유림은 아니었다.

'이놈 봐, 이거? 그동안 철저하게 철벽 치더니만?'

정말 너무하다 싶을 정도로 연애에 무관심했던 강혁이 아니던가. 그런데 제인에게 보내는 눈빛을 보아하니, 조금 이상한 기류가 느껴졌다.

'여기 와서 힘들긴 한 건가?'

원래 사람이 너무 힘들 땐 마음이 잘 기우는 법이었다. 한유림도 인턴 때 누가 커피라도 한 잔 건네주면 종일 설렜던 기억이 있지 않은가.

"오늘 환자 수가 유독 적은 거라고 했지?"

"네. 원래는 이거보다 훨씬 많아요."

"어느 정도나 되지?"

"많을 땐 하루에 100명도 와요. 한구에서만 오는 게 아니라……. 멀리서도 오더라고요. 외국에서 온 의사라는 게 이 사람들한테는 약간 특별한 의미거든요."

참 슬픈 일이긴 한데, 반미를 하면서도 미국에서 온 의사라고 하면 호감을 갖기 마련이었다. 물론 이미 살 만한 사람들은 떠나라고 협박도 하고, 더 있으려면 돈을 내라고 하긴 했지만.

"100명이라. 이 근처 인구 규모를 생각해보면 아주 많은 건 아니네."

파키스탄은 인구가 무려 2억이 넘는 나라였다. 이 근방에 그나마 제대로 교육받은 의사와 간호사가 있는 병원이 여기뿐이라는 걸 생각해보면 터무니없이 적다고도 볼 수 있었다.

"파키스탄 서북부에서는……. 멀리 나다니는 것이 안전하지 않으니까요. 이슬라마바드에서 오면서도 느끼지 않았나요?"

"아, 하긴. 그건 그랬지."

강혁은 무려 도로 한가운데 서 있던 군인들을 떠올렸다. 공식적으로 내전을 치르고 있는 국가는 아니었지만, 사실상 내전이라고 봐도 무방할 정도의 상황 아니던가.

"아무튼, 오후에는 조금 쉬고 계세요. 닥터 요다랑 댄이 수고할 거예요."

제인은 헤헤 웃다가 이내 몸을 일으켰다. 예고했던 점심시간이 지났기 때문이었다.

"여자 진료는 계속 제인이 하고?"

"어쩔 수 없죠. 여자가 저밖에 없는걸요."

"그거 정말 어쩔 수 없는 건가? 제인, 당신이 모든 여자 환자를 다 볼 수 있는 건 아니잖아?"

제인은 정말이지 단 한시도 쉴 수가 없었다. 여자는 여자가 진료해야 한다는 관습 때문이었다.

"저도……. 처음에는 꼭 그래야 하나 생각했던 게 사실이에요. 실제로 제가 모든 환자를 본다는 건 체력적으로도 무리지만, 의학적으로도 옳진 않으니까요."

물론 대체할 만한 인력이 없다면 혼자 봐야겠지만, 여긴 각 과 의사들이 넘쳐나지 않던가.

"그런데……. 사건이 하나 있었어요. 그 이후로는 관습을 따르기로 했습니다."

제인은 응급 수술 여부를 결정하기 위해 조언을 구했던 일을 떠올렸다. 떠올리는 것만으로도 짙은 신음이 터져 나올 정도로 끔찍한 광경이었다.

'절대로 일어나서는 안 될 일이었어. 다시는 그런 일이 있어서는 안 돼.'

해서 제인은 그 이후로는 절대로 남자들이, 그의 직업이 뭐건 간에 관계없이 여자와 같은 방에 있도록 두지 않았다. 비록 그 때문에 제인의 몸과 마음이 아주 빠른 속도로 지쳐가고 있긴 했지만. 그럼에도 그녀는 고집을 결코 꺾지 않았다.

"사건이라."

"자세한 얘기는 하고 싶지 않아요. 아무튼, 이제 진료실로 가 보겠습니다. 두 교수님은……. 좀 답답하더라도 병원 밖으로 나가진 마세요. 뒤숭숭할 겁니다."

"알았어. 명심하지."

아마 한국이나, 다른 나라였다면 강혁은 조심하라는 말을 결코 듣지 않았을 터였다. 어지간한 위협이나 위험은 혼자 힘으로도 극복할 자신이 있었으니까. 하지만 여긴 좀 많이 달랐다.

'우리 한유림 교수님을 죽일 수야 없지.'

그가 애지중지해 마지않는 딸 한지영을 생각해서라도 그건 안 될 일이었다. 강혁은 오후 진료에 투입될 인원들이 모두 진료실로 내려가고, 남은 인원이 설거지해야 한다는 규칙에 따라 설거지까지 다 마친 후에도 잠시 거실에 남아 있었다. 먼저 갑갑증을 호소한 건 의외로 한유림이었다.

“저기, 백 교수.”

“왜요?”

“좀 심심하지 않아?”

“심심이야……. 심심하죠.”

“그……. 좀 나갈까?”

“네? 미쳤어요? 어제 폭탄 터졌는데.”

“아니, 아니. 병원을 나가자는 게 아냐. 내가 미쳤나, 뭐.”

“아……. 마당을 가자고?”

“그래. 마당.”

“거기 가면 뭐 해. 덥기나 하지. 솔직히…….”

강혁은 슬며시 창문을 통해 밖을 내다보았다. 말이 마당이지, 실은 황무지나 다름없는 공간이 눈에 들어왔다. 심지어 어제 묻은 피마저 아직 치워지지 않아서 을씨년스러운 느낌마저 들었다.

“에이. 그래도 좀 나가자. 백 교수도 내 나이 되면, 어? 햇볕이라도 안 쬐면 더 늙어.”

하지만 죽은 사람 소원도 들어준다는 말도 있지 않은가. 해서 강혁은 노친네 데리고 산책이나 시켜줄 요량으로 몸을 일으켰다.

“에이. 귀찮게, 거.”

“백 교수. 너도 여기 와서 좀 몸이 약해진 느낌이야. 쇠질 못하면 걷기라도 해야 한다고.”

“난 하고 있는데요?”

"응? 어디서?"

"생각난 김에 거기나 갈까? 딱히 지금 보니까 밖에 나가고 싶은 게 아니라 운동하고 싶은 느낌인데. 잘됐네."

"아니, 잠깐만. 이거 좀 놓고. 아파, 아프다고! 방금 내가 약해진 거 같다고 해서 너 일부러 이러는 거지!"

한유림이 그렇게 끌려간 곳은 병원 옥상이었다. 처음 와보는 곳은 아니었다. 어제도 왔었으니까.

"여길 왜?"

"이거 들어봐요."

"이걸……?"

강혁은 그런 한유림에게 아무리 봐도 건설 자재로만 보이는 물건을 쥐여주었다.

"무, 무거운데?"

"내가 잡아줄 테니까, 걱정하지 말고 들어봐요."

"노, 놓으면 안 돼. 나 죽어."

"알았다고, 알았어. 응?"

"사람 불안하게 그런 추임새는 넣지 말라고!"

"아니, 잠깐만!"

"어어, 놓지……. 놓지 마!"

그렇게 운동을 도와주려던 강혁의 눈에 누군가가 들어왔다. 딱히 강혁처럼 날카로운 눈이 아니더라도 수상한 사람이라는 건 알 수 있었다. 소총을 둘러메고 있었으니까.

'벌써 왔나?'

"어어! 손! 손 놓지 마! 나 죽어!"

강혁의 정신이 흐트러지자 곧장 한유림이 죽는소리를 해대기 시작했다. 강혁이 간이로 만들어놓은 벤치에 서서히 깔려가고 있었기 때문이었다. 웬 시멘트 덩어리를 철제 기둥에 끼워놨는데, 무게가 대체 얼마나 되는 건지 가늠도 되지 않았다.

"아, 미안."

그런데 강혁은 한유림이 양손과 가슴을 이용해 밀어내도 잘 되지 않던 기둥을 너무나도 가볍게 들어 올려주었다.

"하, 시발."

일단은 죽을 뻔했었다는 생각에 안도감이 들었다. 강혁은 이미 옥상 난간 쪽으로 가 있었다.

"한 교수님. 저기 봐요."

그제야 한유림은 방금 병원 안쪽으로 들어선 이들을 확인할 수 있었다. 건장한 체구의 사내 넷 정도였는데, 그중 둘이나 총을 둘러메고 있었다.

"어?"

총 든 사람들이 찾아오는 건, 놀랍게도 아주 뜻밖의 일은 아니었다. 거의 매일같이 탈레반 측에서 문병을 오고 있지 않은가. 그들은 딱히 정체를 숨길 생각이 없어 보였다. 아니, 도리어 티를 내고 싶어 안달이 난 듯했다. 한유림이야 일자무식이니 전혀 몰랐겠지만 강혁은 거의 매일같이 탈레반 마크를 본 바 있었다.

"처음 보는 녀석들이죠?"

"어? 어……. 뭔가 좀 다른데. 아, 저기."

하지만 이 친구들은 한유림의 눈에도 조금 달랐다. 비록 총을 메고 있었고, 얼굴도 사납게 생기긴 했지만 전반적으로 두려움에 젖어 있었다. 그리고 그들 뒤쪽으로 들것이 하나 들어오고 있었다. 제대로 된 들것이 아니라 그냥 빗자루 두 자루에 천을 아무렇게나 두른 물건이었다. 그 위에 실려 있는 환자의 상태는 무척 심각해 보였다.

"내려가야겠네."

"응? 우리 비번이잖아. 그냥 운동……. 운동하자."

한유림은 총을 들고 있는, 그것도 정체도 알 수 없는 한 무리 앞에 서는 것과 강혁이 아무렇게나 만든, 무게를 알 수 없는 기구를 가지고 운동하는 것 사이의 위험을 가만히 평가해보았다.

'평가하고 자시고도 없잖아!'

"다들 외래 보느라 바쁘잖아요. 그리고 외상은 우리가 전문인데 비번은 무슨 비번이야."

"어? 어!"

하지만 정신을 차려보니 이미 계단이었다. 강혁이 아까 보여주었던 그 괴력으로 자신을 질질 끌고 밑으로 내려가고 있었다.

"오케이. 1층."

"아, 왔네."

계단에 있을 땐 몰랐는데. 1층에 딱 내려서자마자 알 수 있는 사실이 하나 있었다.

"빨리! 빨리 치료 좀!"

"누가 여기 좀 와줘!"

"여기 병원이잖아!"

총 든 사람들이 무려 화까지 내고 있다는 사실이었다. 자연히 한유림은 뒷걸음질을 칠 수밖에 없었다. 만약 강혁이 붙잡지만 않았다면 소싯적에 연마 좀 해두었던 문 워크를 이용해 그대로 3층까지 다시 올라갔을 터였다.

"아, 제발. 제발 밀지 마."

"안 미는데요?"

"그, 그런가?"

한유림이 잠시 당황한 사이, 아까 눈이 마주쳤던 사내가 성큼성큼 병원 안으로 들어왔다.

"의사?"

"어이, 잠깐!"

병원 내에 고용된 가드가 붙잡으려 했지만 사내가 너무 빨랐다. 그렇다고 총을 갈겨대기엔 병원 안쪽에 있는 민간인들이 맞을 위험이 있었다. 더구나 강혁과 한유림도 끼어 있었다. 결국 가드 중 하나만 사내에게 바짝 따라붙었고, 나머지 가드들은 다른 녀석들이라도 못 들어오게 하기 위해 경계를 한층 더 강화했다.

"의사?"

사내는 재차 강혁과 한유림을 향해 물었다. 아무래도 둘을 의사라고 확신하고 있는 듯했다. 이상한 일이었다. 강혁이나 한유림이나 운동할 생각으로 옥상에 올라가 있었기에 딱히 의사 차림은 아니었으니까. 심지어 국경없는의사회의 상징 격이라 할 수 있는 흰 조끼조차 걸치고 있지 않았다. 이렇게 갈등이 첨예한 곳에서는 자칫 조직의 색을 드러내는 것 자체가 위험을 초래할 수 있다는 상부의 판단 때문이었다.

"어, 그런데. 어떻게 알았지?"

강혁은 꽤 놀랐다는 얼굴로 앞으로 나섰다. 덕분에 얼굴이 가려진 한유림은 안도의 한숨을 내쉬었다.

"여기 의사 아닌 동양인이 오는 건 본 적이 없어서. 아무튼, 그게 중요한가? 우린 환자가 있어."

"아, 하긴 그렇겠네."

상대는 의외로 상당히 합리적인 답을 했다.

"아무튼, 우릴 좀 도와주겠나? 이 상태로 밖에 있는 건 좀 무리야."

상대는 엄지로 마당 쪽을 가리켰다. 그나마 이 사람은 좀 평정심을 유지하고 있는 듯했으나 다른 이들은 전혀 그렇게 보이지 않았다. 마치 누군가 코앞에서 총구라도 들이밀고 있나 하는 생각이 들 정도로 겁에 질려 있었다.

"한 교수님, 괜찮죠?"

강혁은 한유림을 돌아보았다. 방금까지만 해도 저 밖에 있는 이들과 비슷한 수준으로 겁에 질려 있었기에 걱정이 되는 건 당연한 일이었다. 그러나 한유림의 표정은 어느샌가 담담해져 있었다.

"환자가 있잖아. 봐야지 그럼."

저 멀리 떨어져 있는 환자의 상태가 심각하다는 것을 알아차린 덕이었다.

"오케이. 안으로 들어와요! 가드! 비켜줘요!"

"정말요? 닥터 제인에게 안 물어도 됩니까?"

그 말에 사내 옆에 붙어 있던 가드가 고개를 갸웃거렸다. 그는 이슬라마바드가 고향인, 군인 출신의 경호원으로서 지난 1년간 제인의 목숨을 지켜온 인물이었다. 워낙에 여러 차례 실제 위험에 빠진 경험이 있어서 특히 더 조심스러워했다.

"음."

원래 같으면 제인이고 나발이고 일단 제 뜻대로 밀어붙였을 터였다. 하지만 강혁 또한 그러한 사실을 아주 잘 알고 있었다. 안에서 폭탄이라도 터지게 된다면 병원이 날아가는 것은 물론이요, 이 안에 있는 수많은 환자와 의료진들의 목숨도 날아가게 될 터였다.

"에이. 한 교수님. 나갑시다."

"어, 그래. 어? 뭐라고?"

"나가자고. 나가서 보자고."

그렇게 막무가내로 한유림을 끌고 밖으로 나가려는 강혁의 눈에 카심이 보였다. 이제 막 요다의 진료실에서 나오는 참이었는데, 강혁과 눈이 마주치는 순간 본인의 운명을 깨닫게 되었는지 짙은 한숨을 쉬었다.

"솔직히 다 들어서 알지? 수술 도구 챙겨서 와!"

"네……. 닥터 백……."

그는 강혁의 말대로 일대 소란이 일었다는 걸 이미 다 알고 있었다. 게다가 한구와 이 나라를 생각하는 마음만큼은 강혁은 물론이요, 이 병원 누구와 비교해서 지지 않는 그였다. 다른 사람을 위험에 빠트리지 않기 위해, 자기 자신의 위험을 감수하고 있다는 내막을 뻔히 아는데 거절할 수는 없었다.

"나가서? 밖에서 한다고?"

그에 반해 사내는 상당히 불안해 보였다. 딱 봐도 수술을 해야 할 거 같은데, 건물 밖에서 하겠다고 하다니. 강혁도 그런 보호자의 마음은 충분히 이해할 수 있었다. 해서 어깨를 두드려주었다.

"걱정 마. 저 안이라고 해서 딱히 더 좋은 것도 아니니까."

도리어 더 불안하게만 만들었을 뿐이었다.

'괜히 왔나?'

강혁은 보호자인지 전우인지를 아예 불안에 떨게 만든 후, 환자에게로 달려갔다. 이미 들것은 피에 새빨갛게 젖은 지 오래였다. 더군다나 환자의 몸에선 피가 끊임없이 새어 나오고 있었다.

"일단 눌러!"

강혁은 그중 가장 피가 많이 흘러나오는 곳을 왼손으로 눌렀다. 한유림은 그다음으로 많이 나오는 곳을 역시나 왼손으로 눌렀다. 정확히 강혁의 반대편으로 가서 쪼그려 앉은 채였다.

"총. 충격 방향은……. 전방에서, 총 두 방."

강혁은 시선을 상처 부위에 고정한 채 빠르게 분석에 들어갔다. 한유림 또한 비슷한 눈을 하고는 있었지만 아무래도 쉽지 않았다. 강혁과는 달리 총상을 본 경험이 거의 없었기 때문이었다.

"다행히 손상이 심하지 않아. 그쪽은 총알이 뚫고 나갔고……. 여긴 안에 남았어. 권총 같은 거였나? 아니면 거리가 아주 멀었

나. 소총이라기엔 좀 이상한데?"

반면 아까 병원 안까지 따라왔던 이의 입은 점차 벌어져만 가고 있었다. 옆에서 본 것처럼 딱딱 맞추고 있었기 때문이었다. 조금 전까지만 해도 불안하기 그지없었는데, 어느 정도는 안심이 되는 기분이었다.

"아……. 맞아요. 거리가 아주 멀었어요."

"어쩌다 맞은 건데?"

"또 폭탄 테러가 있을까봐 경계를 서다가……. 도시 밖에서."

"경계를 서? 뭐 군인…… 은 아닌 거 같은데."

"어어, 백 교수! 일단 치료부터 하지! 피를 너무 많이 흘렸잖아!"

"아, 그렇지. 오케이. 이따 얘기 좀 해."

강혁은 딱 거기까지만 말하고 옆에 서 있던 안경 사내에 관한 관심을 끊었다. 손상이 아주 심하진 않다 해도, 맞은 지 좀 된 총상이었다. 심지어 그중 한 발은 아직 배 안에 있었다.

"일단 거긴 좀 누르고 있어요. 카심, 준비됐지?"

"어……. 네. 대강은요."

강혁은 한유림의 손을 유심히 바라보다가 이내 고개를 끄덕였다. 확실히 처음 봤을 때와는 완전히 다른 의사라고 할 수 있었다. 이젠 상처 누르는 것만 봐도 완숙의 경지에 이른 실력을 가늠할 수 있었다.

"어디……. 음. 잘했네."

그러곤 카심에게로 시선을 옮겼다. 말로는 대강이라고 했지만, 준비는 거의 완벽했다.

'하긴. 어제도 이랬지.'

폭탄 테러로 인해 몰려든 부상자들을 다 보기엔 건물이 너무 협소했다. 억지로 끼워 넣으면야 어떻게 가능하기는 하겠지만, 아까 강혁이 말했던 것처럼 건물 안이라고 해서 여기랑 크게 다른 것도 아니었다. 오히려 어두침침해서 시야 면에서는 더 안 좋은 점도 있었다. 카심을 비롯한 이곳 의료진들이 바깥 진료에 익숙해지는 것도 무리가 아니란 뜻이었다.

"좋아. 일단 수액부터 달자."

"제가 할까요?"

"나눌 거 있나? 그쪽은 카심이 하고, 여긴 내가 달게."

"한 손…… 으로요?"

"한유림 교수님 있잖아."

"어……."

카심은 그게 되는 건가 하는 얼굴이 되었지만. 바로 어제 강혁이 다들 포기했던 환자를 살려내는 것을 보지 않았던가. 이 사람이 하겠다고 하면 어쩐지 될 거 같았다.

"네, 여깄습니다."

해서 라인을 건네주었고, 강혁은 물끄러미 한유림을 바라보았다. 한유림은 잠시 주저하다가 이내 지혈대로 환자의 팔뚝을 묶고는 주사기를 받아 들었다. 원래 이렇게 팔뚝이 묶이면 정맥이 탁 도드라져 나와야 정상이겠지만, 환자의 혈압이 이완기 40 미만으로 떨어져 있어서 여의치가 않았다. 하지만 강혁은 어렵지 않게 혈관을 촉진해냈다. 그에게는 아무리 작은 차이도 다 보이니, 당연한 일이었다.

"여기. 보여요? 여기 찔러. 내가 짚고 있는 여기."

문제는 한유림의 눈이었다. 나름 외과 의사였기에 관리를 아주 잘해서 백내장이나 녹내장 같은 건 없었지만, 그렇다고 보통 사람들에게 안 보이는 무언가가 보이는 건 아니었다.

"뭐가 보여……."

"또 이러네. 해부학적 구조는 알고 있을 거 아니에요. 그걸 이 안에 그려보라니까."

"내가 자비스야? 그런 걸 어떻게 해."

"자비스는 또 뭐야. 혼자만 아는 얘기 하지 마시고."

강혁의 말에 한유림은 '나만 아는 건 아니지?' 하는 눈빛으로 주변을 바라보았다. 당연하게도 딱히 무슨 성과가 있거나 하진 않았다. 영화관이 없는 동네였으니까. 아마 영화관이 있다고 해도 결과가 크게 다르진 않았을 터였다. 세상에 미국 영화라니. 관람객을 대상으로 한 폭탄 테러라도 안 일어나면 다행이었다.

"하."

"아무튼, 에이. 이게 안 보인다고?"

"안 보여……."

한유림은 때려죽여도 안 보이는 걸 보인다고 할 수는 없다는 입장이었다. 해서 강혁은 손톱을 바짝 세운 채, 혈관 위로 꾹꾹 눌러 자국을 만들어주었다.

"그럼 그냥 이 손톱자국 따라서 찔러요. 이건 보이겠지, 설마."

"눈이 먼 건 아니거든?"

"먼 것도 아닌데 왜 안 보여."

"망할 놈아, 그건 재원이도 못 보는 거잖아!"

"재원이보단 댁이 나아야지. 거긴 아직 새파랗게 어린놈인데."

"어린놈은 무슨……."

둘은 투덕거리면서도 수액 라인을 완벽하게 꽂아 넣는 묘기를 부렸다. 다른 이들에게야 이게 뭔데 싶은 일이겠지만, 카심에게는 그렇지가 않았다.

'둘이 맨날 싸우는 거 같더니……. 엄청 잘 맞네.'

생각해보면 당연한 일이었다. 어디 보통 사이겠는가. 이 머나먼, 심지어 위험하기까지 한 곳까지 단둘이 왔는데.

"자, 이제 소독하자."

아무튼, 둘은 라인을 연결한 후 카심을 바라보았다. 계속 놀라고만 있기엔 환자 상태가 너무 별로인 상황 아니던가. 해서 카심은 부리나케 강혁이 달라고 한 물건을 건네주었다.

"네."

오늘 새벽에 이슬라마바드에서 물품이 보충된 덕에 베타딘 소독액은 충분했다. 그렇다고 해서 막 써도 된다는 뜻은 아니었지만, 어제처럼 희석하는 등 쓸데없는 절차를 밟을 필요는 없었다.

"좋아. 환자 의식은……. 아무래도 좀 불안하죠?"

"불안하지. 이거 버티겠어?"

"그럼 짼까?"

"째자."

둘은 그렇게 배를 쭉쭉 소독하다가 돌연 환자의 목 쪽을 바라보았다. 그냥 들것을 바닥에 내려놓은 상황이었기 때문에 목이 뒤로 신전되어 있진 않았다.

"이봐 거기."

이대로 하라고 하면 할 수는 있겠지만, 굳이 쉬운 길 두고 어려운 길로 가는 건 정말이지 미련한 짓이었다. 아니, 의학적인 견지에서 보면 미련한 정도를 넘어 옳지 못한 일이었다. 해서 강혁은 옆에서 내내 자리를 지키고 있는 안경 사내를 불렀다.

"아."

사내는 강혁이 갑자기 자신을 찾을 줄은 몰랐는지 상당히 당황한 얼굴이 되었다. 태연한 척은 하고 있었지만 사실 피가 흐르는 이 현장이 익숙지 않은 탓도 있었다.

"멍하니 있지 말고 옷이라도 벗어다가 환자 어깨 밑에다가 말아 넣어봐."

"어깨 밑……?"

"그래. 고개가 이렇게 뒤로 펴지게."

"아. 알았다."

다행히 사내는 꽤 명석한 사람이었다. 당황한 와중에서도 강혁의 지시를 명확히 따를 수 있었다. 환자의 목은 곧 뒤로 완벽하게 신전되었다. 강혁은 그 목에 베타딘을 급히 칠하고는 오른손을 가져다 댔다.

"여기네. 뭘 봐요? 계속 배나 소독하지."

"어? 어, 아니. 나는 내가 뭐 도울 게 있나 해서."

"이걸 뭐 둘이서 해. 혼자 하면 되지."

"혼자도 아니고……. 한 손이잖아."

"그게 뭐."

"아니……. 아니다, 됐다."

한유림은 원래 기관 절개라는 건 둘이 하는 수술이라는 걸 알려주려다가 이내 고개를 절레절레 저었다. 그러곤 강혁의 시술에 참견하는 대신, 배를 소독해나가기 시작했다. 이게 아무래도 그냥 깨끗한 상황에서 하는 소독이 아니었기에 평소보다 시간이 훨씬 더 오래 걸렸다. 처음엔 모래부터 쓸려나갔으니 당연한 일이었다. 지이익. 그사이 강혁은 메스로 환자의 목을 째고 들어갔다. 처음에는 가로로, 살가죽이 갈라진 다음에는 세로로. 띠 근육들이 결합 면에서 툭 하고 갈라져가는 광경은 언제 봐도 놀라웠다. 누군가 당겨주고 있지도 않은데 저런 수술이라니. 역시 강혁은 괴물이었다. 정신을 차려보니 어느새 삽관되어 있었다. 강혁은 삽관된 관에 인공호흡 주머니를 연결하고는 안경 사내에게 건네주었다.

"자, 이거 짜. 분당 6회."

"어?"

"짜라고. 아, 영어가 아주 유창하지는 않나?"

"아니…… 영어는 알아들었는데…… 이걸……. 이걸 내가 해야 하나."

"그럼 누가 해. 여기 아무도 없잖아. 당신이 칼 들 거야?"

아마 여느 의사 같았으면 대강이라도 상황 설명을 해주긴 할 터였다. 하지만 강혁은 아까 내려놓았던 메스를 다시 집어 들고는 환자의 얼굴 앞에 대고 어지러이 휘둘러 대고 있었다. 사내는 솔직히 이게 부탁인지 아니면 명령인지 헷갈릴 지경이었다.

"그, 메스는 좀 두고."

보다 못한 한유림이 나섰다. 한유림은 일단 인상부터가 강혁과는 많이 다르지 않은가. 비록 강혁과 다니면서 많이 망가지기는 했지만. 아무튼, 무려 장관까지 지낸 몸이었다.

"부탁 좀 함세. 보다시피 우리가 손이 없어. 다른 환자들도……. 다 멀리서 온 사람들이야. 게다가 알잖나? 어제 안 좋은 일도 있었고. 자네가 좀 해주게."

얼굴에서 느껴지는 신뢰도부터가 다르단 얘기였다. 심지어 각 정부 부처 간에 대화하면서 쌓아 올린 발성법도 있지 않은가. 덕분에 안경 사내는 아까보다는 훨씬 납득이 된 얼굴이었다.

"알겠…… 습니다. 분당 6회란 말이죠? 근데 제가 못하면 이 친구 죽는 거 아닙니까?"

그렇다고 곧장 두려움을 놓지는 못했다. 강혁으로서는 하잘것없는 감정에 신경 쓸 생각이 별로 없었다.

"어차피 부족하거나 과하면 내가 알아차려. 그러니까 걱정 말고 짜기나 해."

"어……. 알았습니다."

아마 안경 사내가 의학을 조금이라도 아는 사람이었다면 강혁의 말은 말이 안 된다고 생각했을 터였다. 보는 것만으로 산소포화도를 알 수는 없을 테니까. 하지만 안경 사내는 적어도 의학에 대해서만큼은 문외한이었다.

“좋아. 마취 주사 줘봐.”

“어……. 네. 리도에 에피 섞을까요?”

“당연하지. 피가 지금도 줄줄 나는데. 당연한 건 묻지 마.”

“네, 죄송합니다.”

“죄송할 건 없고. 대신 다음에는 알아서 주는 거야. 알았지?”

“네.”

강혁은 그런 안경 사내에게서 고개를 돌려 카심을 바라보았다. 카심은 미리 준비해둔 시린지를 건네주려다가 급히 에피네프린을 섞었다.

‘아무래도 장미 같을 수는 없지.’

분명 나쁜 간호사는 아니었다. 객관적으로 보면 상당히 우수한 편에 속했다. 특히 장소가 한구 병원임을 감안하면 더더욱 그러했다. 하지만 장미가 생각나는 걸 피할 수는 없었다.

‘걔 있었으면 보조도 했을 텐데.’

장미는 강혁이 지금까지 겪어본 간호사 중 가장 우수했으니까. 원래 재능도 있는 데다가 강혁이 직접 가르치기까지 했으니 당연한 일이었다.

“좋아. 이제 마취한다.”

강혁은 애써 아쉬움을 뒤로한 채 주사기로 환자의 상처 근처를 찔러대기 시작했다. 얼핏 보면 그냥 아무렇게나 찌르는 거 같았지만, 한유림에게는 보였다. 강혁이 어디를 어떻게 찔 생각인지가.

'아……. 그렇네. 이렇게 하면 절개가 최소화되겠어. 그러면서도…….'

주요 장기에 혹시라도 가해질 수 있는 피해는 최소화하면서, 시야는 최대한 확보할 수 있는 그런 절개였다. 완전히 딱 일직선이 아니라 봉합하는 건 좀 어렵겠지만, 그런 건 적어도 강혁에게 문제가 되진 않았다.

강혁은 딱 한유림이 예상했던 대로 절개를 그었다. 어차피 지질 만한 게 있거나 한 상황은 아니었기 때문에 그냥 메스로 한 번에 깊게 그어버렸다.

"자, 복막까지 갈랐고. 카심. 여기만 이렇게 당겨봐. 한 교수님은……. 그래, 거기."

그러곤 상처를 좌우로 당겨주었다. 그러자 지금까지 강혁이 왼손으로 누르고 있던 상처를 측면에서 볼 수 있게 되었다. 그 끝에 총알이 있었는데, 끝이 뭉개져 있었다.

"소총이었네. 이건 조금만 가까이서 맞았으면 죽었겠다."

강혁은 박혀 들어간 총알 뒤편을 가리키면서 중얼거렸다. 뒤에는 대동맥이 있었다.

"그러니까. 운이 좋네."

"글쎄. 총 맞은 것부터가 불운 아닐까요?"

"아, 그런가?"

"그래도 날 만난 건 행운이지. 봉합 기구 줘봐. 일단 출혈부터 싹 잡아야지."

현장에서는 한동안 바늘이 살갗을 뚫는 소리와 그 실이 묶여 들어가는 소리만 울려 퍼지게 되었다. 수술에 참여한 이들은 물론이거니와 주변에 있던 이들도 침묵을 지키고 있었다. 상당히 놀란 얼굴을 하고서였는데, 그중에서도 특히 먼저 병원 안으로 디밀고 들어왔던 이가 그러했다.

'솔직히 희망을 갖고 온 건 아니었는데…….'

다른 이들은 몰라도, 그는 제대로 된 병원 시설이 어떤 건지 아주 잘 알고 있었다. 여느 지도자들이 그러하듯, 그 또한 외국에서 공부하고 온 사람이었기 때문이었다. 파키스탄의 현실을 다른 이들보다는 좀 더 객관적으로 바라볼 수 있다는 얘기였다.

'어쩌면……. 살아날 수도 있겠는데.'

"좋아. 일단 출혈은 잡았어."

그사이 강혁은 후 하고 한숨을 쉬며 고개를 쳐들었다. 수술 테이블에 환자를 올려놓고 수술을 해도 고개가 빠질 듯이 아픈 법이지 않은가. 그런데 지금은 아예 쪼그려 앉아서 수술 부위를 향해 고개를 처박은 참이었다. 우두둑. 누가 들어도 둔탁하게 들리는 뼈 소리가 울려 퍼졌다.

"어이구."

한유림은 연신 신음을 흘려댔다. 하지만 아쉽게도 아직 수술이 끝나려면 먼 상황이었다. 해서 강혁은 고개를 이리저리 연신 돌려대고 있는 한유림을 불렀다. 당연하게도 핀잔하는 듯한 얼굴을 하고서였다.

"아직 출혈만 잡은 거예요."

"나도 알아……. 잔소리하지 마."

"모르는 거 같길래 하는 소리지."

아까와는 달리 피는 거의 다 멎어 있었다. 거칠게나마 지혈 작업을 해놓은 덕이었다. 그러다보니 이젠 확연히 총알이 헤집어 놓은 상처가 보였다.

"멀리서 맞은 거라며? 근데도 이렇게 되나?"

한유림은 박살 나다시피 한 장간막과 함께, 한데 엉켜버린 뒤쪽의 소장을 가리키며 물었다. 얼굴엔 불신의 표정이 잔뜩 드러나 있었다. 그에 반해 강혁은 확신에 찬 모습이었다.

"이거 가까이서 맞았으면 죽었어요, 벌써."

"총이 그런 거야? 저거 엄청 오래된 총들이라고 하지 않았나……?"

한유림은 다시 한번 총 든 사내들을 힐끔거렸다. 군에 다녀온 경험이야 있긴 있었지만, 총상 환자를 본 경험이야 당연히 없지 않은가. 총의 위력을 체감할 만한 사건을 겪은 적도 없다는 뜻이었다. 강혁은 그런 한유림을 보며 고개를 절레절레 저어댔다.

"아무튼, 이게 진짜 명품이라고. 가까이에서 맞으면 진짜 겁나 세. 명중률이 좀 떨어져서 그렇긴 한데. 뭐 익숙해지면 또 곧잘 맞더라고."

이번에는 한유림의 고개가 돌아갔다. 말하는 본새가 어째 좀 수상하지 않은가.

"쏴본 것처럼 얘기하네?"

"쏴봤지, 그럼."

"그, 블랙……. 읍."

“미쳤나, 이 사람이. 여기서 거기 얘기하면 대가리에 바람구멍 나요.”

“아, 맞다. 어, 미안.”

한유림은 재빠르게 사과했다. 아마 둘이 수다만 떨고 있었다면 총 든 사람들이 으르렁거렸을 터였다. 물론 이젠 가까이 있던 가드들이 죄 달라붙어 있었기 때문에 선불리 총을 쏘진 못하겠지만, 어쨌든 총 든 사내들은 별 불만이 없는 듯했다. 강혁이 벌써 장간막을 잘라낸 후, 소장마저 묶는 중이었기 때문이다. 정말이지 놀라운 속도라고 할 수 있었는데, 정작 당사자인 강혁은 불만 어린 얼굴이었다.

‘전기 칼은……. 뭐가 어찌 됐건 빨리 굴리고 싶은데.’

전기 칼 자체는 그렇게까지 고가의 물건은 아니었다. 하지만 전기가 문제였다.

‘기름만 운반하려고 하면 발작을 한다고 했지.’

테러가 빈번하게 일어나는 국가가 아니던가. 그렇다고 해서 정부에서 아예 손을 놓고 있는 건 아니었다. 어디에나 애국자들은 있었고 할 수 있는 노력은 기울이고 있었다. 그 노력이 반드시 선한 결과를 내진 않았지만.

‘그러자면 여기에 관여하고 있는 높은 놈들이랑 죄다 연이 닿아야 한다는 얘긴데.’

문제는 정부의 연만 닿았다가는 폭탄이 터질 거라는 점이었다. 첨예한 갈등이 일어나고 있는 곳이니만큼 중립적인 태도를 견지하면서 동시에 높은 이들과 관계를 맺어야 했다.

"좋아. 뒤편은 깨끗하네. 운이 좋았어."

강혁은 고민하는 동안에도 망가진 소장을 들어냈다. 그러곤 뒤편을 눈과 손으로 쭉 훑었는데, 그나마 총을 맞고 거의 바로 온 데다가 큰 혈관까지 다친 건 아니어서 상태가 그리 나쁘지는 않았다.

"그럼 장루 안 뽑아?"

"뽑으면 관리는 되겠어요?"

"안 되지. 여기서 되는 게 있겠어?"

강혁은 한심하다는 눈빛을 하고 있다가 이내 카심을 돌아보았다.

"이제 끝낼 거야. 봉합 기구 한 번 더 줘."

"아……. 벌써요?"

"수술 보면 몰라? 끝나가잖아."

뭔 놈의 수술이 플래시 게임하듯 딱딱 진행된단 말인가. 그것도 노상 하는 수술도 아니고, 외상 수술인데.

'괴물인가 봐, 정말…….'

"됐어. 다 닫았어. 병원으로 들어가자."

강혁은 한유림의 도움을 받아 봉합을 끝낸 후, 들것을 집어들었다.

"잠깐, 나도 돕지."

딱히 도움이 필요해 보이진 않았지만, 한 사내가 급히 총을 내려놓으며 한 손 거들었다. 그런 그의 모습에 다른 사내들이 당황하자, 사내가 외쳤다.

"일단 내려놔! 그 꼴로 병원 들어갈 거야?"

이 그룹 내에서 사내의 권위는 절대적인 모양이었다. 모두 불만 하나 터뜨리지 않고 총을 내려놓았다. 원래 총이 없던 자들은 두 손을 들어 가드들에게 수색을 요청했다.

"그래도 개념이 아예 없지는 않네."

강혁은 그런 태도가 마음에 드는 듯 고개를 끄덕였다. 그러곤 일단 환자를 병원 내에 있는 병실로 옮겼다. 사내는 병실이랍시고 만들어진 곳의 시설이 현장과 딱히 다른 점이 없는 것을 보곤 못내 실망한 기색을 내비쳤다. 상당히 노골적이었기에 강혁 또한 그의 마음을 눈치챌 수 있었다.

"그럼 돈을 내."

"돈을 내야 하나?"

"당연한 거 아냐? 죽을 사람 살려준 건데. 아까 봤잖아?"

"그……."

사내는 잠시 할 말을 잃고 말았다. 강혁은 침묵을 지키고 있는 그를 재촉했다.

"일단 감사하다는 인사는 해야지."

"아, 감사…… 하네."

"그래. 그래야지. 근데 왜 도시 밖에 나가서 총을 맞은 거지? 보아하니 탈레반은 아닌 거 같은데."

"그걸 꼭 말해줘야 하나?"

"치료비 대신이라고 해두지. 정 곤란하면 돈을 내든가. 근데 알지? 목숨값은 비싸."

"어디서부터 얘기를 해야 할지 모르겠군."

"무게 잡지 말고. 이름부터 털어놔봐."

사내는 잠시 고민하는 기색을 비쳤다. 다른 사람이라면 모르겠지만, 강혁의 눈을 피해 갈 수는 없었다.

"여긴 그냥 국경없는의사회에서 운영하는 병원이야. 다른 의사들은 1층에서 진료 중이고. 다 외국인인데 어디랑 무슨 관계가 있겠어? 솔직히 여기 빼먹을 게 뭐 있다고. 그냥 순수하게 봉사하러 온 거야. 안심해도 돼."

강혁은 그렇게 사내의 속내를 읽어낸 후, 무자비한 팩트 폭행을 행사했다.

'봉사라.'

게다가 사내는 어쩐지 강혁의 말을 이해할 수 있을 것 같았다. 그 자신도 마침 봉사를 하러 고향에 온 참이었으니까. 생각보다 잘 되지 않아 좌절하고 있긴 했지만. 아무튼, 인간 중엔 대가 없는 봉사를 할 수 있는 인간도 있다는 걸 대강 알고는 있었다.

"이름은……. 나사르. 나사르 마시."

"나사르 마시라……."

강혁은 묘한 눈을 하고 나사르를 바라보다가, 이내 확신에 찬 목소리로 재차 질문을 던졌다.

"여기 출신이지?"

"음?"

너무 확신에 찬 목소리였기 때문에 나사르의 눈에 대번에 의심이 짙어졌다.

"어떻게 알았냐고 물어보는 거지? 억양을 들으면 알지. 딱 여기 사람들 억양이잖아?"

"우르두어를……, 할 줄 아나?"

"조금은."

강혁의 말에 벽에 딱 붙어 있던 한유림이 끼어들었다. 엄청 쫄아 있었기 때문에 어지간하면 이런 반응을 보이진 않았을 텐데, 이번엔 좀 많이 놀란 모양이었다.

"할 줄 알았어? 우르두어를?"

그에 반해 강혁은 상당히 심드렁한 얼굴이었다.

"와서 배웠지. 맨날 듣는 게 우르두언데."

"와서…… 배워? 여기 말을? 제인도 거의 할 줄 모르던데."

"아……. 난 원래 뭐든지 좀 빨리 배워요."

"억양이라……."

"그래. 다 맞혀볼까? 너 말고 총 들고 있던 사람은……. 적어도 여기 출신은 아냐. 뭐라고 딱 짚어서 말할 수는 없지만, 억양이 뭔가 달라."

나사르는 강혁의 말이 한 치의 오차도 없이 들어맞았기 때문에 입을 열지 못했다.

"아무튼, 한구 출신이 영어를 할 줄 안다는 건 상당한 지역 유지라는 걸 텐데……, 왜 총 맞은 사람하고 같이 있지?"

강혁의 질문은 간단해 보였지만 상당한 묘리를 담고 있었다.

"난……. 그래, 맞아. 우리 가문은 부유한 편이지. 덕분에 난 영국으로 유학도 갈 수 있었고."

"왜 돌아온 거지? 보통은 거기 눌러앉지 않나?"

유창한 영어에 멀끔한 외모 그리고 대학을 나온 사람이라면 영국에서도 제법 잘 살 수 있었을 터였다.

"마음의 빚이 있어서."

"마음의 빚이라."

이번에는 강혁이 상당히 놀랐다는 표정을 지어 보였다. 그가 대한민국으로 돌아갈 때 했던 생각과 정확히 같은 표현이었기 때문이었다. 나사르는 강혁의 놀라움을 뒤로한 채, 계속 말을 이어나갔다.

"나는 잘 먹고 잘살 수 있었겠지. 하지만 내 고향 한구는……. 이곳에 있는 내 동포들은 그렇지 못할 거 아니겠나? 아마 이런 상황이 계속되는 한 앞으로도 달라지는 건 없겠지."

"그래서……. 여기로 왔다, 이건가. 근데 동료는 왜 총을 맞았지?"

"폭탄 테러 주동자를 쫓고 있었거든."

"주동자? 누군지 알고 있나?"

"알고 있다마다."

나사르는 나직한 미소를 지어 보였다. 미소라고 하기엔 담겨 있는 감정에 처연함이 잔뜩 묻어 나왔다.

"탈레반이지."

"이유가 대체 뭐지? 어제 다친 사람들을 봤는데……. 딱히 탈레반에 반할 만한 사람들은 아닌 거 같던데."

강혁은 정말로 궁금해서 물었다. 아무리 생각해봐도 어제 다친 사람들은 공격당할 만한 이유를 알 수 없었으니까. 단지 치열하게 어렵고 고단한 삶을 이어나가던 이들일 뿐이었다.

"탈레반은 딱히 그런 이유가 있어서 폭탄을 터뜨리는 건 아냐. 하지만……."

"하지만?"

"어제는 실수였을 거야. 정부 측 인사가 와 있었거든. 근데 폭탄은 거기서 한 블록 떨어진 곳에서 터졌지."

그야말로 개죽음이었다는 얘기였다. 강혁도 분통이 터졌지만, 나사르 정도는 아니었다.

"그 개자식들이 있는 한……. 파키스탄은 더 나아갈 수 없어."

맞는 말이었다. 그들이 계속 폭탄을 터뜨리고, 정부를 압박한다면 절대 발전할 수 없을 터였다. 테러에 대한 공포 때문에 도로마저 틀어막고 있지 않은가. 하지만 그들을 어떻게 없앨 수 있을 것인가. 이미 민중 깊숙한 곳까지 스며들어 있는데.

"그래서 다 죽일 건가?"

"죽일 수 있다면."

담담히 말하는 나사르의 목소리에는 짙은 절망이 서려 있었다.

"다 못 죽일 거 같은데."

"날 놀리는 건가?"

"아니, 사실을 말하는 거야. 어떻게 다 죽일 건데?"

"그건……."

"설마 미군도, 정부도 하지 못한 일을 할 수 있다고 믿는 건 아니겠지?"

"음."

때문에 나사르는 별 저항 없이 입을 다물었다. 구구절절 옳은 말만 하고 있는 데다가, 강혁은 뭐가 어찌 되었건 간에 동료의 은인 아닌가. 그것도 영락없이 죽었다고 생각했던 사람을 살려 준……. 여기서 분을 참지 못할 정도로 생각 없는 사람도 아니었고, 또 염치없는 인간도 아니었다.

"그래서 말인데."

강혁은 그의 심리 변화를 꿰뚫어 보면서 입을 열었다. 흠칫 놀란 한유림이 입을 틀어막으려 했지만 소용없었다. 강혁은 한 손만으로도 한유림을 제압할 수 있는 능력이 있었으니까.

"적어도 여기서만이라도……. 안 싸우면 어때?"

"무슨……. 소린지 모르겠군."

나사르의 고개가 갸웃거려졌다. 당연한 일이었다. 강혁의 제안은 적어도 이 지역에 있던 사람이라면 절대로 떠올릴 수 없는 종류의 제안이었으니까.

"말한 그대로야. 여기……. 한구를 중립 지역으로 만드는 거지."

"중립?"

"그래. 너도 영국에 있다가 왔으면 알겠지만, 이 병원……. 사실 너무 부족하거든. 인력도 부족한데 시설이 너무 후져서 인력이 넘쳐 보이는 착각까지 인다고, 이거."

"음."

나사르 또한 병원이 후지다는 생각은 아까부터 하고 있던 참이라, 말없이 고개를 끄덕였다.

"이게 다 너희들이 치고받고 싸워서 그래. 후원금이 오겠어? 그뿐만 아니야. 정부란 놈들은 뇌물이나 달라고 하고, 탈레반은 폭탄 터뜨리고, 유지란 사람들은 서양 의학을 무슨 귀신 보듯 하고. 총체적 난국이라고."

"그게 해결이 될 거란 건가?"

"중립이 되면 돼. 명분도 있잖아?"

"그건 안 돼. 명분이 있어도……. 해묵은 원한을 사라지게 할 수는 없어."

나사르는 어떤 대가를 치르더라도 파키스탄 서북부가 더 살 만해지기만 한다면 감수할 의향이 있었다. 심지어 그 대가가 탈레반과 손을 잡는 것이라고 해도 마찬가지였다. 하지만 그의 동료들은 생각이 다를 터였다.

"아니, 아니. 동맹을 맺으란 게 아니야. 싸워, 싸우고 싶으면 싸워야지."

"중립을 지키라며?"

"딱 여기만. 여기 한구만. 여기서만 싸우지 말라고. 딴 데서 다쳐도 우리가 치료해줄 테니까. 실력은 아까 봐서 알지?"

나사르는 신음을 흘리며 강혁을 바라보았다.

'이 사람도……. 타협을 한 거야.'

대체 왜 여기까지 왔을까 하는 의문이 들게 하는 실력자였다. 아마 그 수술 실력이라면 세계 어디를 가도 통할 터였고, 떼돈을 만질 수 있었으리라. 그런데 아까 그의 말대로 빼먹을 거 하나 없는 곳까지 와서 개고생하고 있지 않은가. 적어도 강혁의 의도만큼은 의심할 생각이 들지 않았다.

"고민…… 해보지. 나 혼자 결정할 만한 사안도 아냐."

"그래. 고민해봐. 그런데 말이야."

강혁은 이만하면 대화는 충분히 나눴다고 생각했다. 사실 그의 평소 성격을 고려해보면 충분한 게 아니라, 지나침에 가까운 시간이었다.

"응?"

"이 환자 퇴원하기 전까지는 정해줘야 해. 그래야 나도 앞으로……. 너희 집단에 대한 치료 방침을 결정할 수 있거든."

"그게……. 그게 무슨 말이지?"

"네가 최선을 다하면 나도 최선을 다하겠단 뜻이지."

"협박하는 건가?"

"설득하는 거지."

*

한유림은 환자에게 약을 준 뒤 강혁을 바라보며 욕했다.

"이……. 미친놈아."

'그래……. 그 망할 블랙 워터스가 문제야. 거기 있다 와서 애가 이래.'

"여기……. 이 작은 병원에 탈레반 수괴가 하나 와 있고, 반군 수괴도 와 있는 거 아냐."

"수괴라고까지 할 거 있나. 그냥 뭐, 높은 애들이라고 하지. 반공 교육을 세게 받으셔서 그런가, 단어 선택이 좀 올드하네."

"일부러 층 다르게 한 거지?"

"그럼요. 나도 다 생각이 있지."

"그건……. 다행이다."

좀만 더 생각이 있었으면 좋았을 텐데. 하지만 한유림은 무용한 아쉬움은 뒤로하기로 작정한 마당이었다.

"절대……. 절대 말 맞추기 전까지는 마주치게 만들지 마."

"그거야 당연하죠."

"그리고 제인 돌아오면 바로 알려. 반군도 여기 있다고. 어떤 반응을 보일지……."

한유림은 그래도 강혁보다는 대화가 잘 통하는 편인 제인을 떠올렸다.

"좋아하지 않을까요?"

"좋아하긴! 지금……. 이 병원이 세상에서 제일 위험한 곳이 됐는데!"

"에이, 제일 안전하죠."

"안전은 개뿔이. 어떻게 안전해!"

"절대 죽이면 안 되는 사람이 둘이나 있잖아요. 탈레반은 파즐룰라 가문 때문에 폭탄 공격을 못 할 거고, 나사르 쪽도 나사르 때문에 못 할걸?"

"음?"

그야말로 발상의 전환이었다. 한유림은 그 둘을 한없이 위험한 사람들로만 보고 있었거늘, 강혁은 인질 비슷하게 여기고 있던 모양이었다.

"인질로 생각하는 거 보니까, 정말로 협상 장소를 여기로 생각하는 거지?"

"정확히는 3층 거실. 가드 최대로 당겨서 몸수색 철저히 하고. 건물 입구 말고……. 마당 입구에서."

"아예 생각이 없지는 않구만."

만약 폭탄이 터지더라도, 마당 입구라면 건물까지 피해가 오진 않을 터였다. 그 말은 안에 있는 환자들이나 의료진들, 또 다른 봉사자들의 안전은 확보된다는 뜻이었다.

"그런데 그것만으로는 좀 부족하지 않아?"

"부족하다니?"

"이거……. 이건 진짜 무장 단체들이 모이는 거잖아. 거기에……. 앞으로 정부 단체까지 부를 작정 아닌가?"

"그렇죠. 정부 없이 뭔 협상을 해. 사실 나사르야 조무래기지."

"그러니까 가드만으로는 안 된다고."

"그럼 뭘 어째요."

강혁은 의자에 앉은 채, 다리까지 꼬고는 다소 껄렁한 눈빛으로 한유림을 바라보았다. 한유림은 이런 자세로 돈을 달라고 하면 군말 않고 줘야겠다는 생각을 하면서도 머릿속에 담아두었던 말을 토씨 하나 빼먹지 않고 털어냈다.

"거, 뭐 있을 거 아냐. 블랙 워터스에 있었으니까. 어? 솔직히 우리 가드들도……. 마냥 믿을 수는 없잖아."

"이 양반이 미쳤나. 그런 말을 막 하네. 이 사람 의식 있으면 어쩌려고."

"의식이 있을 리가 있냐? 방금 내가 약 줬는데."

"오……. 늘었네."

한유림은 빙글거리는 강혁을 보면서도 그렇게 당황하지 않았다. 여기 오기 전에 재원에게 전해 들었던 말이 제법 있었기 때문이었다. 아무래도 한 몸처럼 따라다녔던 녀석이니만큼 알고 있는 비사가 제법 많았다.

"말 돌리지 말고. 안 돼? 뭐 언제는 막, 어? 목소리 내리깔고 '너희가 빚진 목숨값, 갚을 때가 됐다' 이랬다며."

"아이 씨, 양재원 이 새끼, 이거."

"이번에도 좀 갚으라고 해. 막말로 여기 가깝잖아."

"아니, 이 양반 이거……. 그게 말처럼 쉬운 줄 아나. 걔들 얼마나 비싼데."

"목숨보다 비싸?"

강혁은 질색하면서도 머리를 열심히 굴리긴 했다. 한유림의 말이 아주 일리가 없는 건 아니었기 때문이었다.

'하긴……. 가드들이라고 해봐야…….'

이슬라마바드에서 고용한 이들이었는데, 직업 의식이 아주 투철해 보이진 않았다. 아까 낮에만 해도 총 든 사내 둘이 오니까 반쯤은 허수아비처럼 변해버리지 않았던가. 그런데 진짜배기 탈레반이 오면 어떻게 될까. 어쩌면 도망갈 가능성도 있었다.

'근데 그놈들은 누가 봐도 용병인데.'

"자신 없어 보이네. 백강혁이 많이 죽었네. 안 될 거 같으면 뭐 내가 알아봐줘?"

한유림은 고민이 가득한 얼굴이 된 강혁을 보며 역으로 빙글거리기 시작했다. 강혁으로서는 상당히 뜻밖의 제안이라고 할 수 있었다.

"알아볼 수가 있어요?"

"나 장관이었잖아. 그것도 총선 나가라고 했는데 내 발로 나온 능력 있는 장관."

"그……. 네, 뭐……."

한유림의 업적은 제아무리 강혁이라고 해도 함부로 까 내릴 수는 없는 종류의 것이었다. 실제 그가 장관을 지내는 동안 중증외상센터 시스템과 외상 외과 학회가 완전히 자리를 잡았으니까.

"그거 하면서 하도 외국하고 공조했더니, 인맥이 꽤 있거든. 마침 이 근처에 프랑스군하고 미군이 주둔하고 있더라고. 알지? 요새 파키스탄하고 인도하고 시끄러운 거."

"그거야 뭐……. 알죠."

시끄러운 정도가 아니라 전쟁 직전까지 간 적도 있더랬다. 두 나라가 그냥 작은 나라고 변방에 있는 나라들이라면 또 모르겠지만, 안타깝게도 인구가 억 단위인 커다란 나라인 데다가 심지어 핵도 가지고 있었다. 각국에서 촉각을 곤두세우는 것은 당연한 일이라 할 수 있었다.

"거기 한번 요청해볼 수 있을 거 같아. 사실 내가 말은 안 했지만……."

한유림은 정말 인정하기 싫다는 얼굴로 입을 열었다.

"각국에서도 딱 한 지역이라도 안전이 확보된다면 정말 좋아할 거 같거든. 지금은 뭐……. 외교관이 됐든, 어떤 단체장이 됐든 파키스탄 서북부는 거의 전역이 제한되어 있으니까."

"아하. 그걸 명분으로 하면 움직인다, 이건가요?"

"그래. 내 생각이긴 하지만, 아마 그럴걸. 게다가 이거 일종의 평화 회담이잖아. 정체만 드러내지 않으면 위험도 그렇게 크진 않겠지. 프랑스군하고 미군은 인종도 다양하잖아. 아마 이쪽으로 파병된 사람 중엔 중동인도 없진 않을 거야."

"흐음."

강혁은 상당히 감복했다는 얼굴이 되었다. 확실히 한유림의 말마따나 가드들보다는 정규군들이 훨씬 믿을 만하지 않겠는가. 게다가 이 도시가 일시적으로나마 안전해져서 각국의 인사들이 모여드는 도시가 된다면, 테러 억제력이 더 강화될 터였다.

"좋은데요? 연락해보죠."

"그래. 나 대단하지?"

"어……."

"망설이지 말고."

"알았어요. 대단합니다, 네."

"좋아."

한유림은 그 즉시 전화기를 집어 들었다. 하지만 정작 전화를 걸지는 못했다. 카심이 병실 안쪽으로 뛰어들어 왔기 때문이었다.

"요다 선생님 요청이에요! 외과적인 처치가 필요합니다!"

정치인이기 전에 의사인 한유림으로서는 도저히 외면할 수 없었다.

"일단 아래로 가지."

"그래요."

강혁과 한유림은 누가 먼저랄 것도 없이 계단을 뛰어 내려갔다. 카심은 둘의 뒤를 따라 내려가면서 한유림의 등을 바라보았다.

'이 사람은 진짜 대단한 거 같아…….'

강혁이야 누가 봐도 강골로 보이지 않는가. 하지만 한유림은 이제 60이 넘은 노인이었다. 적어도 이곳 한구에서는 이런 노인이 할 수 있는 일이라곤 잡일뿐이었다. 애초에 젊은이들에게도 일자리가 잘 돌아가지 않는 데다가, 노화의 속도가 대한민국과는 상당히 달랐기 때문이었다. 하지만 나는 듯이 달려 내려가는 한유림에게서 노화의 흔적을 찾기란 어려운 일이었다.

"어디지? 요다 선생 진료실이?"

"아, 아까 선생님 계시던 곳입니다. 지금 댄 선생님하고 같이 보고 있습니다."

"아하, 거기."

그렇게 방 안에 들어선 강혁의 눈에 들어온 것은 작은 침대에 누운 아이였다. 한국으로 치자면 이제 6학년이나 됐을까. 앳되다 못해 젖살이 잔뜩 끼어 있었다.

'복통인가.'

아이의 얼굴은 잔뜩 일그러져 있었다. 등을 마치 새우처럼 구부린 채였는데, 입에서는 연신 신음이 흘러나왔다.

"으……. 으아……."

강혁은 잠시 환자 쪽을 살펴보다가 이내 요다를 향했다. 여기 오는 사이 얼마간이라도 더 환자를 직접 살펴보지 않았겠는가. 게다가 외과를 불렀다는 건 뭐가 되었건 간에 서지컬 업도멘(Surgical abdomen: 외과적 처치가 필요한 복통)이라 판단한 근거가 있다는 뜻이었다.

"아, 백 교수님. 환자 복통 호소한 건 4일 정도 되었다고 합니다."

"4일?"

강혁의 눈빛을 받은 요다는 즉시 입을 열었다. 제인에 비하면 다소 평범하다는 인상을 주는 사람이었지만, 그 또한 비교적 윤택한 환경을 저버리고 여기까지 온 사람 아니던가. 눈치가 아주 없지는 않았다.

"네. 처음에는 명치에서 시작해서 우측 하복부로 번지는 통증이었다고 합니다."

요다는 환자 옆에 선 보호자와 그들의 말을 통역해서 전달해 준 카심 쪽을 힐끔 바라보곤 말을 이었다.

"충수 돌기염인가?"

환자의 통증 양상은 흔히 맹장염이라고 부르는 충수 돌기염과 아주 흡사했다. 요다는 강혁의 되물음에 힘차게 고개를 끄덕였다.

"네. 압통이 우측 하복부 측에서 아주 강하게 느껴집니다. 반발 압통도 그렇고요."

“근데 그런 것치고도 너무 아파하는데.”

강혁은 재차 환자 쪽으로 고개를 돌렸다. 어느새 댄의 처방에 따라 카심이 항생제와 진통제 그리고 수액을 달고 있었다. 그렇게 강력한 약들은 아니었지만, 아마 아이에게는 상당한 도움이 될 터였다.

“중간에 통증이 완전히 완화된 기간이 있었습니다.”

요다는 강혁을 따라 환자 쪽으로 고개를 돌렸다. 표정에 안타까움이 잔뜩 묻어나왔다. 아까 부모에게 전해 들었던 말 때문이었다.

‘너무 아파하다가 확 좋아져서 다 나은 줄로만 알았어요!’

말이라기보다는 절규에 가까웠는데, 자신들의 판단 때문에 아이가 훨씬 더 고통스럽게 되었으니 어찌 보면 당연한 일이었다.

‘고등 교육을 받았다면 이런 일은 없었을 텐데.’

우측 하복부의 통증이 맹장 즉 충수 돌기염을 의미할 수 있다는 것 정도는 일종의 상식이 되어 있지 않던가. 하지만 이곳에서는 선진국에서 상식이라고 생각했던 것들이 여전히 비밀스러운 지식인 양 널리 퍼져 있지 않은 경우가 너무 많았다.

“터졌구나.”

대강의 흐름을 들은 강혁과 한유림이 거의 동시에 같은 말을 내뱉었다.

“네, 지금은……. 복막염입니다. 배 전체에 반발 압통이 있어요.”

“혈압은……. 떨어지는데, 이거 안 좋은데.”

강혁은 대략 1분 사이에 걸친 브리핑 끝에 환자에게 저벅저벅 다가갔다. 그사이에 수액도 달고 진통제 및 항생제도 달긴 했지만, 환자의 혈압은 속절없이 떨어지고 있었다.

'80에 40……. 이대로 두면 죽는다.'

세상에 맹장염으로 사람이 죽을 수 있다니. 대한민국에서는 극히 드문 일이라 할 수 있었다. 하지만 적어도 파키스탄 서북부에서는 비일비재하게 일어나는 일 중 하나였다. 그나마 이 환자는 병원에 와서 제대로 된 의사라도 만났지. 그렇지 못한 경우가 더 많았으니까.

"일단 중심 정맥관부터 잡아서 최대한 활력징후부터 해결하고 들어가야겠는데."

"수술이 가능하긴 할까요? 배에서……. 타진을 해보니 둔탁합니다."

"하."

카심에게서 조출한 라인을 받아들던 강혁에게 댄이 방금 자신이 검진한 바를 알렸다. 타진했을 때 둔탁한 음이 들린다는 게 어떤 소견인지 너무도 잘 알고 있는 강혁의 손이 잠시 멈추었다. 그런 강혁의 손끝을 바라보던 한유림의 얼굴에도 걱정이 서렸다.

"농양이……. 배 안에서 터졌나 본데, 어쩌면 장 파열까지 생각해야 해. 백 교수……."

아마 한국대학교 병원이었다면 긴장하긴 했을 테지만, 그렇다고 절망하진 않았을 터였다. 그곳에는 거의 모든 설비가 다 갖추어져 있었으니까. 환자가 설령 셉시스(Sepsis, 패혈증)에 빠진다고 해도 대응 가능한 팀이 있었다. 하지만 여긴 아니었다.

"장 파열이라. 이런 제기랄."

강혁 또한 라인을 잡으면서도 욕설을 내뱉었다. 그러곤 미안함이 가득한 얼굴로 환자와 보호자를 돌아보았다.

"카심. 죽을 수도 있다고 전해."

강혁은 커다란 눈망울로 자신을 바라보고 있는 둘의 시선을 그대로 마주하면서 카심에게 말했다.

"배, 백 교수님. 이 사람들……. 여기만 보고 꼬박 하루를 온 사람들이에요. 저기 칼람에서부터 온 사람들이라고요……."

그 말을 들은 카심은 보호자들만큼이나 절실한 얼굴로 강혁을 바라보았다. 사실 그도 환자 상태를 딱 보자마자 알고는 있었다. 살아나긴 어렵겠다는 것을. 하지만 사정이 너무 딱했다. 그게 카심의 마음을 더없이 아프게 했다.

"사정이 안타깝다고 환자가 살아나?"

하지만 강혁은 의학적인 판단을 내릴 때만큼은 한없이 냉정한 사람이었다.

"그건……. 그건 아닙니다."

슬픈 일이지만, 강혁의 말은 사실이었다. 해서 카심은 죽을 수도 있다는 강혁의 말을 전하기 위해 보호자를 향해 고개를 돌렸다.

"보호자님."

그러나 그가 막 입을 떼려고 할 때, 강혁이 한마디 더 보탰다.

"하지만 의료진이 최선을 다한다면 어떻게 될지 모르지. 죽을 수도 있다고 하고, 우리는 최선을 다하겠다고 해. 아예 살아날 가망이 없는 건 아냐."

"아……. 아! 그렇습니까!"

"그렇게 호들갑을 떨 정도로 높지는 않아."

"그래도……. 알겠습니다."

카심은 일단 희망이 보인단 사실에 눈을 빛내며 보호자를 바라보았다. 그러곤 강혁이 하라고 했던 말을 상당히 긍정적으로 바꿔서 전달했다.

"야, 제대로 말해."

뜻밖에, 강혁이 카심의 어깨를 잡았다.

"네?"

카심은 저질러놓은 일이 있어 굉장히 놀란 얼굴로 강혁을 돌아보았다. 하지만 우르두어를 알아들을 가능성은 없다고 확신하고 있었기 때문에 두려워하진 않았다. 딱 강혁이 말을 잇기 전까지는 그랬다.

"죽을 수도 있다는 말은 왜 쏙 빼?"

"어……."

"나 이제 대강 알아들어. 너네 말."

"허……."

카심은 이게 정말이냐는 듯한 얼굴로 한유림 쪽을 바라보았다. 한유림 또한 어이가 없다는 표정을 지어 보이긴 했지만, 일단은 고개를 끄덕였다.

"응, 알아듣더라. 어느 정도는."

"우리 말 어려운데……."

"어렵긴, 사람 말 다 똑같지. 아무튼, 그렇게 전해. 시간 없어. 혈압 오르긴 하는데……."

강혁은 방금 자신이 잡은 중심 정맥관을 통해 수액을 들이부으며 중얼거렸다.

"아, 네."

곧 정신을 차린 카심은, 이번에는 강혁의 말을 제대로 전했다.

"아, 안 돼……."

"살려, 살려주세요……."

당연하게도 보호자들은 무너져 내렸다. 강혁은 그중 아버지로 보이는 사람의 손을 잡아주었다. 단단하기 이를 데 없는 그의 손엔 더없이 강한 힘이 깃들어 있었다.

"최선을 다하겠습니다."

그리고 더듬거리며 전한 우르두어에도 진심이 깃들어 있었다. 인종과 국경을 뛰어넘을 만큼 진하게.

"그……. 감사합니다."

환자의 아버지는 충격과 공포에 굳어 있던 고개를 조금이나마 숙일 수 있었다. 하지만 강혁은 그의 인사를 받지 않았다. 아직은 때가 아니라고 생각했다.

"감사 인사는 살리고 나서. 댄, 마취될까?"

강혁은 앞으로 해야 할 수술만을 떠올렸다. 그의 갑작스러운 요청에도 댄은 즉각 반응할 수 있었다.

"네, 그럼요."

“요다, 카심 좀 데려가도 되지?”

“당연히 됩니다. 백 교수님.”

“좋아. 가자, 수술방으로. 한 교수님, 체력 되죠?”

“오늘 뭐 한 게 있다고. 가뿐하지.”

“노인네, 무리하지 말고.”

덕분에 강혁은 즉시 환자를 끌고 수술방으로 향할 수 있었다.

“마취하겠습니다.”

나지막이 내뱉은 댄의 목소리를 뒤덮는, 우르두어로 된 기도 소리가 수술방 밖에서 들려왔다. 강혁은 그 기도문을 애써 무시한 채 한유림에게로 고개를 돌렸다.

“쉽진 않을 거예요. 어쩌면…….”

“일단 그런 얘긴 하지 말지. 최선을 다할 생각만 하자고.”

“노인네, 많이 늘었네.”

병원 밖에서 피 볼 일 없으면 좋겠는데

"됐습니다. 잘 들어갔어요."

댄은 케타민을 이용한, 아주 구식이지만 안전한 마취를 하고는 작은 튜브를 아이의 입안에 밀어 넣었다. 강혁은 카심에게 차디찬 베타딘 소독액을 받아 아이의 배에 잔뜩 바르기 시작했다.

"배꼽, 배꼽."

한유림 또한 마찬가지였다. 복막염에 이어 패혈증이 의심되는 상황 아니던가. 지체할 시간 따위는 어디에도 없었다. 거의 들이붓다시피 소독이 완료되었다. 실제로 수술대 밑으로 베타딘 액이 뚝뚝 떨어지고 있었다. 하지만 그 누구도 바닥을 신경 쓰진 못했다.

"혈압……. 약간 흔들리는데……. 심장박동이 점점 빨라지고 있어요."

모니터링하고 있던 댄이 아이의 활력징후가 이상하다는 것을 알려왔기 때문이었다.

"에에이."

그와 동시에 강혁과 한유림의 손이 더더욱 빨라졌다.

"일단 더 닦아요. 나 먼저 손 닦을게."

"어어."

강혁은 일단 대강의 범위를 문질러 닦은 후 환자에게서 멀어졌다. 원래 같으면 당연히 손 닦는 곳이 수술방 밖에 마련되어 있었겠지만, 여긴 한구 병원이었다. 손 닦는 곳 비슷하게 생긴 게 하나 있긴 했는데, 물이 나오질 않았다. 해서 강혁은 그냥 방 안에 비치된 간이 손 세정제와 솔을 이용해 벅벅 닦아야만 했다.

'아, 간지러워.'

물로 씻어내지 못해 약간은 따가운 느낌이 들 지경이었다. 하지만 눈앞에서 환자를 감염으로 잃는 것보다 조금 간지러운 것이 나았다.

"자 왔어요. 한 교수님도 빨리."

"어, 어 알았어. 보채지 마."

"보채긴."

강혁은 한유림을 서둘러 손 닦는 곳으로 보내며 손의 물기를 털어냈다. 일회용 타월 같은 게 있다면 닦아내겠지만, 수술복마저 빨아 쓰는 이곳에서는 모든 것이 사치였다. 카심은 못마땅해하는 강혁의 속내를 읽으며 장갑을 건넸다.

"그래도 이건 새거잖아요."

사실 장갑을 재활용한다는 건 말이 안 되는 얘기긴 했다. 얘기를 꺼낸 카심조차도 어처구니없을 정도로.

"그래. 이건 새거지."

강혁은 비로소 쓴웃음이나마 지으며 장갑을 마저 끼었다. 한유림도 부리나케 다가와 가우닝을 마친 후, 장갑을 끼었다.

"교수님이 저쪽."

"알았어. 절개는 가운데지?"

"그래야죠, 뭐. 염증이 어디까지 갔는지……. 알 수가 없으니."

"그래, 그래야지. 근데 대강이라도 안 보여?"

한유림은 강혁에게 자세한 사정을 들은 적은 없었다. 강혁이 자신의 눈에 관한 얘기는 그 누구에게도 털어놓은 적이 없으니 당연한 일이었다. 하지만 그간 같이 다닌 게 몇 년이란 말인가.

"대충 짐작은 가는데……. 그 범위가."

"아. 알아들었어. 이런 망할."

한유림은 그냥 묻지 말고 눈으로 확인할걸 하는 후회와 함께 입을 다물었다. 그러면서도 손은 강혁의 절개가 용이하도록 절묘한 위치에 가져다 댔다. 당기자마자 딱 손끝으로 전달되는 느낌은 '좆됐다'였다.

"너무 단단한데?"

"그렇겠죠. 어지간해서 이렇게 어린애가 패혈증으로 가겠나."

"이런 건 오랜만에 보는데……. 음."

물론 심한 외상 환자들과 비교할 바는 아니긴 했다. 하지만 외상 외과는 그 특성상 상처에 감염이 생긴 상태에서 수술을 진행할 만한 일이 많지는 않았다.

"일단 그을게요. 피 많이 날 테니까 거즈랑……. 주사 잘 씁시다."

"주사로 지혈이라니."

한유림은 투덜거리면서도 카심이 미리 에피네프린과 리도카인을 섞어 재어 둔 주사기를 집어 들었다. 강혁은 주삿바늘 끝을 응시하고 있는 한유림을 뒤로한 채 메스로 환자의 배를 그었다. 언제나 그렇듯 완벽하기 그지없는 절개였다.

'흠. 그나마……. 복막 위로 염증이 번지지는 않았나.'

반면 강혁은 절개하면서 동시에 환자 상태 파악에 들어갔다. 칼끝에 느껴지는 절개 면의 질감 그리고 눈으로 확인되는 색, 출혈의 양 등. 그 결과 강혁은 그나마 최악은 아니란 결론을 내릴 수 있었다.

"좋아. 주사 부리나케. 그래 거기. 옳지 잘하네. 그렇다고 혈관에 쏘지는 말고. 죽어요."

"알아, 나도. 그러니까 정신 사납게 하지 마. 지금 집중하고 있는 거 안 보여?"

"잘 모르겠는데. 아무튼, 그렇게만 해요."

"아주 칭찬 한마디를 안 해."

그러나 한유림은 알고 있었다. 강혁의 입에서 쌍욕이 나오지 않는 게 칭찬이라는 것을. 특히 지금처럼 급박한 수술에서는 더더욱 그러했다. 한유림 덕에 절개 면에서 줄줄 새어 나오던 미세한 출혈들은 거의 다 잡혔다. 에피네프린이 강력한 혈관 수축제 역할을 해서 주변 혈관들을 틀어막은 덕이었다. 이러다 혈관 안으로 약이 직접 들어가서 심장으로 흘러 들어간다면 정말 큰일이 벌어지겠지만, 한유림은 이제 그런 실수 따위는 하지 않을 정도의 실력을 갖추고 있었다.

"음. 아무래도 복막은 단단해졌네. 아, 이거……."

강혁은 한결 나아진 시야를 무기 삼아 복막을 확인했다. 색도 약간은 거무죽죽하게 변해버린 데다가, 메스 끝을 통해 전달되는 느낌도 단단했다.

"확실히 복막염이 있구나."

"그럼요. 아까 그 정도의 반발 압통은 아무 때나 나타나는 건 아니죠."

반발 압통이란 손으로 배를 누를 때가 아니라, 손을 배에서 뗄 때 나타나는 통증을 의미했다. 일반화하기는 어렵겠지만, 보통이 반발 압통이 있으면 의사들은 긴장하기 마련이었다. 수술이 필요한 경우가 태반이었으니까. 그리고 직접 들어가보면 이 지경이 되어 있기도 했다. 강혁은 자신도 모르게 마른침을 꿀꺽 삼키며 칼로 복막을 그었다. 과연 아까와는 달리 피가 줄줄 새어 나왔다. 심지어 피에는 고름마저 섞여 있었다. 염증이 복막 안쪽 깊숙이 침범했다는 뜻이었다.

"이건 주사로 안 돼. 일단 눌러요."

"어, 알았어. 아……. 보비(전기 칼) 어떻게 못 구하는 거야?"

"후원을 받아야 하는데, 이거 뭐 되겠어요? 사실 여기 탈레반도 오고 자경단도 오고 하는 거 말 안 해서 그렇지 다 알고 있을 텐데."

"하긴 그건……. 그렇긴 해."

국경없는의사회 소속 인원들이 조심하고 있긴 하지만, 누군가 도청 장치 하나만 걸어놨다면 안쪽에서 굴러가는 일을 모조리 알 수 있을 정도로 허술한 상황 아니던가. 딱히 주요 감시 대상이 아니라서 그렇지, 아마 어지간한 정보는 다 새어 나갔을 터였다. 묵인하는 정도라면 인도적 단체를 존중하는 차원에서 해줄 수 있겠지만, 능동적인 지원까지 해주길 바라는 건 무리였다. 적어도 지금 이 상황에서는 그러했다.

"하지만 한구가 앞으로 서북부의 허브가 된다면 또 모르지."

"너무 먼 얘기잖아……."

"그때까지는 불편해도 이렇게 합시다. 그래도 귀신같이 잘 누르네."

"못 누르면 지랄하니까, 어쩔 수 있나."

"지랄이라니. 요즘 가만 보면 매일같이 욕하는 거 같어, 아주?"

"나이 들어서 그래, 나이 들어서."

"언제는 젊다며."

"나이 들어서 왔다 갔다 하는 거야."

"나 원 참."

강혁은 어이가 없다는 얼굴로 고개를 절레절레 흔들었다. 그러면서도 절개는 쉬지 않았는데, 어느새 명치 부근에서 시작한 절개가 배꼽 밑까지 이어져 있었다.

"이제 어지간히 멎었네. 당겨봐요."

"어우……. 냄새. 이거……."

"당연히 나지, 그럼. 제대로 약도 못 먹었을 텐데."

대한민국이었다면 설령 수술 때를 놓쳤다 하더라도 항생제는 먹었을 테니 이 지경까지는 되지 않았을 터였다. 하지만 이 환자의 경우엔 항생제는 고사하고 진통제 하나 먹지 못하지 않았던

가. 배 속은 그야말로 엉망이었다.

“일단 충수 돌기부터 찾아야지?”

“여깄잖아요. 정신 안 차려요?”

“어? 아니……. 그 손으로 잡고 있던 게 그거야?”

“그럼 이걸 제가 왜 잡아요.”

“아니……. 방금 열었는데, 어떻게 찾았어?”

“대강은 여기쯤 있을 거라고 생각하고 있었거든요.”

“아.”

강혁은 멍해진 한유림에게서 시선을 떼어낸 후, 자신의 오른손을 내려다보았다. 손에 잡힌 충수 돌기는 본래 돼지 꼬리같이 가늘어야 했지만, 지금은 불어 터진 상황이었다. 강혁의 엄지보다도 굵어져 있었고, 끝부분이 파열되어 있었다. 그 구멍을 통해 안쪽에 고여 있던 고름이 빠져나온 모양이었다. 그게 복막염을 일으켰고.

우여곡절이 있긴 했지만, 어찌 되었건 염증의 기원이었다고 할 수 있는 충수 돌기는 별문제 없이 묶어낼 수 있었다. 하지만 더 큰 문제가 산적해 있었다. 일단 고름에 직격탄을 맞은 것처럼 보이는 소장 쪽이 큰일이었다.

“벽이 녹았어. 뚫리진 않았는데.”

“버틸까?”

“아뇨. 이건 못 버티지. 여기서 한 번 더 터지면……. 다음은 방광이에요.”

“안 되지. 그럼 잘라야겠는데.”

"문제는……. 이 뒤도 아주 깨끗하진 않을 거라는 건데."

"그럼 어쩌지?"

강혁은 걱정 어린 한유림의 얼굴을 가만히 들여다보았다. 처음엔 강혁도 비슷한 표정이었는데 점차 변하는가 싶더니, 어느샌가 웃는 듯한 얼굴로 변해 있었다.

"우리 의료진 몇 명이지? 다 체력은 좋지?"

"그, 백 교수가 체력 운운하니까 너무 불안해지는데……."

"좋아. 묶을 거 좀 줘봐."

강혁은 한유림의 불안 따위는 안중에도 없다는 듯 다시 수술에 들어갔다. 카심은 둘이 뭔가 아주 심각해 보이는 대화 중이라는 것을 느꼈기 때문에 슬며시 눈치를 보았다.

"여깄습니다."

"좋아. 여기, 그래. 거기 잡아요."

한유림은 강혁이 묶는 거 달라고 했을 때부터 이미 무슨 일이 벌어질지 다 알고 있었다.

"진짜 할 거야?"

한유림은 자신이 핀셋으로 집어 든 장의 전방을 단단하게 묶고 있는 강혁을 향해 물었다.

"해야죠. 이대로 뒀다가 터지면. 터지면 진짜로 가는 거야. 솔직히 지금 이거 해도 살지 말지 모르겠는데."

강혁은 뭘 그런 걸 묻느냐는 얼굴로 고개를 끄덕였다. 댄이 수기로 적어두고 있는 활력징후 판을 힐끔거리면서였다.

'혈압은 그대로 80에 40…….'

아까 중심 정맥관을 통해 수액을 딱 부었을 때는 그래도 이완기 혈압이 50을 넘었다는 걸 감안하면, 환자의 전신 상태가 그다지 호전되지 않았다는 뜻이었다. 어쩌면 수술이 끝나고도 한동안 이럴 가능성이 있었다.

'요다가 엄청 고생 좀 해줘야겠는데.'

물론 강혁이나 한유림 모두 중환자 관리에는 일가견이 있는 몸들이었다. 아니, 마취과 의사인 댄이나 산부인과인 제인 또한 그랬다. 하지만 역시 중심은 내과 의사가 되어주어야만 했다. 그런데 여기 내과 의사라고는 요다 하나뿐이었다.

'수술방에서 할 수 있는 건 최대한 하고 나가야 해.'

그의 시선은 어느새 얼룩덜룩한 장의 다른 부위에 닿아 있었다.

"무조건 안전하게 가야지. 고생하더라도. 얘 몇 살이야, 이거."

"열두 살입니다, 백 교수님."

"열두 살……. 죽어서 되겠어, 이거?"

"안 되지."

강혁과 한유림은 환자의 나이를 듣고는 한층 더 전의를 불태웠다. 물론 여기서 조금만 더 나아가면, 이른바 소년병이라는 이름 아래 서로에게 총을 쏘는 아이들도 많은 상황이었지만, 적어도 대한민국에서 온 둘에게 열두 살은 그저 착하기만 하면 되는 나이였다. 이렇게 고통스러울 필요는 전혀 없다는 얘기였다. 아까보다도 더 빨라진 강혁의 손이 장의 반대편을 묶어냈다. 한유림이 속도를 놓치지 않고 보조를 해준 덕에 거의 눈 깜짝할 새라고 표현해도 좋을 만큼이나 빨랐다.

"됐어. 가위랑 천."

"네, 여기."

카심도 둘의 영향으로 더더욱 신경을 곤두세웠고, 그 덕에 장미 정도는 아니더라도 그에 준하는 보조를 할 수 있게 되었다.

"근데 말이야. 장루 뽑으면……. 관리가 될까?"

그 틈에 한유림은 아까부터 참고 있던 질문을 던졌다. 강혁은 이미 그에 대한 해답을 떠올리고 있었던지, 대수롭지 않다는 반응이었다.

"체력 다들 괜찮잖아요. 골골대는 사람 없잖아."

당연한 얘기긴 했다. 골골대는 사람은 여기까지 절대 오지 못할 테니까. 아마 왔더라도 금방 돌아가야만 했을 터였다. 그만큼 이곳 환경은 만만치 않았다.

"감염 생기면 어떻게 하려고?"

"감염 생겨서 좀 고생하는 게 죽는 거보단 낫지."

"아……. 뭐, 그렇긴……. 그렇긴 하네."

한유림은 열두 살 아이의 죽음을 너무도 쉽게 입에 올리고 있는 강혁을 보며 또다시 떨떠름한 얼굴이 되었다. 하지만 강혁 또한 이런 생각을 마음 편히 떠올린 것은 아니었다. 그에게도 고뇌가 있었다.

"기준을 좀 낮추는 게 좋겠어요, 여기선."

"아."

"한국대학교 병원 기준으로 생각하면 아무것도 할 수가 없어."

만약 한국대학교 병원이었다면 일단 절개도 좀 더 작게 했을 터였다. 아이의 흉터와 통증을 고려했을 테니까. '죽을 수도 있지 않을까'처럼 비관적인 생각은 떠올리지 않았을 가능성이 컸다. 설령 그런 생각이 들었더라도 머릿속 귀퉁이 한 조각 정도였을 거다. 하지만 이곳은 어떠한가. 강혁은 한숨 비슷한 어투로 입을 열었다.

"죽지만 않으면 된다고 생각합시다. 그래도 될까 말까야."

"그래……. 음. 그래야겠지, 아무래도."

강혁은 심지어 중증외상 환자들이 와도 그들의 미래를 생각하면서 수술을 해주던 사람 아니던가. 최대한 후유 장애가 남지 않도록, 한 땀 한 땀 정성을 다해서. 그런 강혁이 이런 말을 했다는 건, 속으로 엄청 치열하게 고민했다는 뜻이었다. 다른 사람은 모르겠지만 적어도 한유림에게는 그의 고통이 느껴졌다.

"여기 있습니다."

그사이 카심은 메스를 연결해서 강혁에게 전달해주었다.

"오케이. 하나 더 해서 한 교수님도 줘. 긁어내야겠어."

이후로도 예상했던 것보다 수술이 훨씬 길어졌다. 다행히 수술이 잘된 덕에 아이는 살 확률이 높았지만, 수술실에 있던 다른 의료진들이 기진맥진했다.

"하."

한유림은 녹초가 된 채 수술방 벽에 기댔다. 그와 동시에 다리에 힘이 풀리면서 주르륵 미끄러졌다. 의도한 건 아니었지만 어던지 자연스러운 느낌이어서 한유림은 그냥 원래 앉으려고 했던 척하며 다시 한번 한숨을 내쉬었다.

"힘들죠?"

어느 틈엔가 옆에 털썩 주저앉은 제인이 그런 한유림의 어깨를 두드리며 물었다.

"각오는 하셨겠지만. 이 정도로 힘들 줄은 몰랐죠?"

"아, 네. 정말……. 이렇게 힘들 줄은……."

제인의 질문은 일견 정곡을 찌르는 구석이 있었다. 한유림이라고 해서 왜 각오를 하지 않았겠는가. 그냥 해외 봉사활동도 아니고, 악명 높은 국경없는의사회 긴급구호팀에 자원한 참인데. 그것도 혼자가 아니라 저놈의 백강혁과 함께. 하지만 지금 이 힘듦은 예상을 훨씬 뛰어넘고 있었다.

한유림은 조금 쉬어서 그런지, 좀 전에 다리가 풀렸던 사람이 맞나 싶을 정도로 기운차게 일어섰다. 그러곤 강혁을 향해 걸어갔다. 강혁은 이미 장루 형성까지 마친 채, 나머지 절개 면 봉합을 이어나가고 있었다.

"왜 더 앉아 있지."

"아냐. 다시 손 닦고 도울게."

"됐어요. 다 끝났어, 이제."

"벌써?"

"벌써는 무슨. 10분 넘게 주저앉아 있어 놓고선."

"내가? 내가 10분이나 있었다고?"

"그렇다니까."

강혁은 툭툭 매듭을 지어가면서 벽에 걸린 시계를 가리켰다. 여느 수술방들과는 달리 전자시계가 아니라 똑딱 시계였다. 어차피 한유림은 자신이 언제 앉았는지도 확인하지 못했기 때문에 별 의미 없는 짓이었다.

"그렇다고 벌써 다 닫았어?"

"그럼 뭐 열어둬요?"

"아니……. 10분 앉아 있었다며."

"그 시간이면 충분하지, 뭐."

"음."

한유림은 남은 절개 면을 바라보며 잠시 고민에 빠졌다.

'손 닦고 오면 벌써 다 닫은 뒤겠구만.'

언제 봐도 놀라운 실력이었다. 어떻게 사람이 이렇게 빠를 수 있을까. 아니, 사람은 맞나?

"나갈 준비나 해요. 아니다. 요다 진료 끝났으면 병동 가서 대기하라고 해요. 알아서 나갈 테니까."

"요다? 아, 음. 그래, 알았어."

한유림은 황급히 수술방을 빠져나가 요다에게로 향했다. 중간에 보호자들이 따라붙기는 했으나, 말이 안 통하니 뭐라 말해줄 것도 없었다. 강혁은 그의 뒷모습을 잠시 바라보다가 이내 봉합을 마무리했다.

"댄, 혈압 어떻지?"

"아. 혈압은……. 혈압은 이제 90에 60 정도로 잡힙니다."

"심장박동 수는?"

"80회까지 내려왔습니다."

"좋아. 어느 정도는 안정됐네."

"네. 아무래도 피가 거의 안 나서……."

댄은 보면서도 믿기지 않는다는 얼굴이었다. 물론 저번 수술에서도 느끼긴 했지만, 강혁의 실력은 정말 대단했다.

'아냐……. 대단한 게 아냐. 이건…….'

뭐라고 표현해야 할까. 다른 사람이 들으면 비웃을 수도 있겠지만, 적어도 댄에겐 강혁이 이 아이를 살리기 위해 하늘에서 내려온 천사같이 느껴졌다. 그렇지 않고서야 수술이 이렇게까지 잘될 턱이 없었다.

"제인, 괜찮지? 앉아 있지 말고 환자 옮기는 것 좀 도와."

물론 마냥 천사라고 생각하기엔 너무 거친 감이 있기는 했다.

"아, 네. 백 교수님."

하지만 제인은 불평 하나 없이 따라붙었다. 제인 또한 스스로 나쁘지 않은 외과 실력을 갖추고 있다고 생각했지만 강혁의 수술을 볼 때마다 놀랄 따름이었다.

'내가 했으면……. 아이는 죽었어.'

이런 시설에서 이 지경이 된 아이를 수술한다는 건 그 자체가 무리인 일이었다. 아니, 제대로 설비가 갖추어진 곳에서도 쉽지 않은 수술이었을 터였다.

'이 사람이 여기 온 건……. 한구의 희망이야.'

제인은 그런 생각을 하며 환자를 강혁과 함께 침대로 옮겼다. 댄은 아이가 옮겨지는 동안 아이의 입에 들어가 있는 튜브가 떨어지지 않도록 붙잡아주었다.

"좋아. 가자."

"네."

강혁은 안전하게 옮겨진 아이를 확인하자마자 침대를 잡아끌었다. 녹이 슨 바퀴는 비명을 질러대면서도 용케 굴러갔다.

'돈 들어갈 구석이 한두 군데가 아니야.'

강혁은 고개를 절레절레 흔들면서 수술방을 열어젖혔다. 그와 동시에 한유림과의 의사소통에 실패했던 보호자들이 달려들었다.

"어, 어떻게 됐어요?"

"우리 아이……."

수없이 많은 문장과 단어의 나열이 있었으나 그중에서 강혁이 알아들을 수 있는 건 이 두 문장 정도였다. 다행히 그에 대한 답은 강혁 혼자서 할 수 있는 상황이었다. 해서 강혁은 카심이 미처 입을 열기 전에 보호자들을 향해 말해줄 수 있었다.

"수술은 잘됐어요. 이제 지켜봅시다."

"아……. 아!"

"감사합니다."

"신이여……."

강혁의 투박한 우르두어를 들은 보호자들은 저마다 감사 표시를 하기 시작했다. 한 명은 신에게 이 영광을 돌렸고, 다른 한 명은 강혁에게 고개를 숙였다. 이번에는 강혁 또한 감사 인사를 거절하지 않았다. 환자가 적어도 죽지는 않을 거란 확신이 들었으니까.

"그래, 한구 병원 우수하다는 소문이나 내요."

해서 약간은 으스대는 듯한 얼굴로 이렇게 말해주었다. 아마 보호자들도 제정신에 이런 말을 들었다면 당황했을 테지만, 지금은 강혁이 무슨 말을 해도 납득 가능한 상황이었다. 밖에서 통역을 통해 아이가 죽을 수도 있다고 계속 전해 들었기 때문이었다. 꼼짝없이 죽었다고 생각했던 아이가 살아왔는데, 대체 무슨 말이 문제가 되겠는가.

"자, 일단 불 다 끄자."

"네."

비록 엘리베이터 한번 타려면 1층의 전기란 전기는 다 끊어야 하는 열악한 병원이었으나, 그들의 머릿속에 한구 병원은 명의가 상주하는 병원으로 자리매김하고 있었다. 강혁은 아이의 얼굴을 돌아보았다. 혈압이 돌아와서 그런지 혈색이 어느 정도 좋아져 있었다.

'학생이려나.'

아마 아닐 것 같았다. 나이가 어리다고 해서 학교에 다닐 수 있는 지역이 아니었다. 아까까지만 해도 아이를 살리는 일 자체에만 무게를 두고 있던 강혁이었는데, 한시름 돌리자마자 아이의 미래가 걱정되었다.

'해줄 수 있는 게 너무 적군.'

"백 교수님. 천천히 생각하세요."

제인은 일그러져가는 강혁의 얼굴을 보곤 그의 손을 가만히 잡아주었다. 분명 강혁에 비하면 작디작은 손이건만, 도무지 놓을 수 없단 생각이 들 정도로 거대하게 느껴졌다. 제인은 조금 누그러진 강혁을 마주한 채 말을 이었다.

"지금은 아이를 살렸다는 생각만 하세요. 그것만으로 충분해요. 당신은 할 만큼……. 아니, 누구도 할 수 없는 일을 한 거예요."

병실에서 아이를 마주한 요다가 '허' 하는 감탄사와 함께 중얼거렸다.

"이럴 수가."

솔직히 수술방에 보낼 때만 해도 희망을 품지 않았던 그였다. 심지어 아까 한유림이 튀어나와서 병실로 오라고 할 때도 마음가짐이 크게 달라지지 않았더랬다. 환자를 보며 요다는 입을 다물지 못하고 있었다.

"왜?"

강혁은 그런 요다를 향해 물었다. 사실 왜 그러는지 알면서였다.

"아니……. 이렇게 좋아지다니. 수술만 했는데……."

"감염된 상태에서 감염원을 제거하면 좋아지는 건 당연하지."

"그건……. 그건 그렇죠. 하지만."

요다는 내과 의사였지만 국경없는의사회에서 활동하면서부터는 어느 정도 외과적 처치도 감당하게 된 참이었다. 그러다보니 염증이 있는 상황에서 뭔가 처치하는 것이 얼마나 위험한 일인지 절감할 수 있었다.

'피가……. 수혈을 안 했다고 했지.'

솔직히 지금 보유하고 있는 피를 다 때려 부어도 될까 말까 했을 텐데. 아예 수혈하지 않고 나왔을 줄이야. 그만큼 지혈을 잘 했고, 애초에 피를 안 냈다는 뜻일 터였다.

'나도 아직 멀었구나.'

요다는 스스로를 그래도 꽤 괜찮은 의사라고 생각하고 있는 인간이었다. 너무 거만한 거 아닌가 할 수도 있겠지만, 어떻게 생각해보면 당연한 일이었다. 만리타향까지 와서 봉사 중이기도 했고, 은연중에 '어쩐지 대한민국의 의사는 일본의 외과 의사보다 못하지 않을까' 하는 마음이 있었던 모양이었다.

'이 사람이 세계 최고란 말이……. 정말이었어.'

하지만 이젠 인정해야만 했다. 나름 동경 의과대학을 졸업하고 동 대학 병원에서 수련한 후, 조교수까지 했던 그도 이렇게까지 뛰어난 사람은 처음 보았다.

"뭘 또 넋을 놓고 있어."

강혁은 다른 생각 중인 요다를 바라보며 말을 이었다.

"여기 장루 보이지? 이거 이제 우리 닥터 요다가 책임지고 관리해야 해. 아까 카심한테 물어보니까, 관리용 주머니가 없다더라고."

"어."

잠시 동경 의과대학 병원을 떠올리고 있던 요다가 멍하니 강혁을 응시했다. 이게 무슨 소린가 싶은 얼굴이었다. 장루를 책임지라니.

"근데 그냥 두면 배설물이 계속 흘러나올 거거든. 그나마 한 이틀간은 재워두고 수액에 영양제만 섞어서 줄 거라 그렇게 많지는 않겠지만."

"아니, 잠깐만요……. 이거 관리를 제가…… 합니까?"

"중환자 많이 봤잖아. 호흡기 내과 교수 출신이라고 하지 않았어?"

"그렇긴 한데……. 장루는……."

"아, 어려운 거 아냐. 감염 여부만 잘 살피면서 닦아내면 돼."

"그……, 24시간 나오지 않나요?"

변이라는 건 마려울 때 보면 되는 것이지만, 그걸 가능하게 하는 건 항문이라는 아주 위대한 존재였다. 항문이 없으면 24시간 장내 내용물이 줄줄 새어 나오게 되어 있었다. 장루란 잘라낸 장 뒷부분이 쉴 수 있도록 배를 통해 앞부분의 장을 뽑아내는 것을 의미하니, 그쪽으로 24시간 줄줄 새어 나오는 것이 당연한 일이었다.

"어. 그거 좀 맡아줘."

"어……. 아니, 저도 진료를……."

요다는 살려달라는 눈으로 제인을 바라보았다. 제인은 애써 그를 외면한 채 입을 열었다.

"진료 빼줄게요."

"제, 제인?"

"백 교수님하고 한 교수님은 혹시 응급 발생하면 바로 수술에 들어가야 해요. 알죠? 이만한 외과 의사는 어디에도 없어요. 여기만큼 외상 환자들이 자주 발생하는 지역도 드물고요."

축하할 만한 일이 있어도 총을 쏴대는 지역이었다. 너무 기분이 좋아서 다른 사람을 해치기도 한다는 뜻이었다. 시비가 붙으면 멱살을 잡는 게 아니라 방아쇠를 당기는 곳이기도 했고. 치명상을 입는 사람들이 이 근방에선 거의 매일같이 발생한다고 보면 되었다. 요다는 제인을 따라 이곳에 온 지 꽤 된 상황이었기 때문에 이러한 사정을 너무도 잘 알고 있었다. 반박하고 싶은 마음이 들긴 했지만 쉬운 일은 아니었다.

"그……. 그래도 24시간이라니."

"아, 우리가 가끔씩 도와줄게. 에이, 내가 무슨 악만가. 잘 시간은 다 주지."

"어……."

"고맙다고 안 하네. 도와주지 말까? 응급 대기 중에 도와주려는 우리의 갸륵한 마음을 무시해."

"아니, 감사합니다."

강혁의 화술이란 정말 대단한 것 아니겠는가. 특히 협박이 적절히 섞여 있을 때의 위력은 어마어마했더랬다. 저 대한민국의 내로라하던 교수들은 물론이요, 정치인들까지 굴복시켰을 정도였으니, 일개 내과 의사에 불과한 요다가 감당할 수 있는 수준은 아니었다. 덕분에 요다는 강제로 일을 떠안으면서도 감사하다는 말을 덧붙이고야 말았다.

'어, 이게 아닌데.'

뒤늦게 후회가 들었으나, 말 그대로 뒤늦은 참이었다. 강혁은 벌써 호탕하게 껄껄 웃으며 요다의 등을 두드려대고 있었다. 그저 격려의 뜻만 담겨 있다고 보기에는 상당히 강도가 있어서, 다른 생각을 도무지 할 수가 없었다.

"역시, 훌륭한 내과 의사야. 그럼 맡깁니다. 아침, 저녁은 우리가 와서 상처 볼 테니까 그건 걱정 마시고."

"허."

"한 교수님, 제인, 댄 우리는 올라갑시다. 아, 수술하느라 고개 숙이고 있었더니 거북목 되는 거 같어."

"아, 네."

"그, 그래. 요다 부탁해요."

"힘내요."

강혁의 말에 제인과 댄 그리고 한유림은 한마음 한뜻이 되어 요다에게 인사를 건넸다. 미안하긴 했지만, 인간적으로 너무 피곤한 하루였다. 특히 한유림은 죽을 것 같았다. 솔직히 마음 한편에서는 요다가 그만큼 고생했으면 하는 바람도 있을 지경이었다.

'미안하네, 요다.'

해서 한유림은 급히 문까지 쾅 닫아버렸다.

"아."

어느새 환자와 단둘이 남게 된 요다는 짧은 탄식을 내뱉었다. 그의 인성이 엉망이었다면야 이런 무리한 업무를 내던졌겠지만, 안타깝게도 그는 제법 훌륭한 사람이었다.

'하……. 이제 며칠간은 죽었구나.'

한숨만 쉴 뿐 장루 관리하는 일을 내팽개칠 생각은 아예 떠올리지도 못했다. 그저 천천히 거즈를 들고 장루에서 흘러나오기 시작한 내용물을 닦아낼 뿐이었다. 심지어 거즈에 살이 까지지 않도록 무척 조심하기까지 했다. 그와 동시에 아이의 활력징후까지 살피게 되었으니, 결과적으로 보면 아이에게는 더할 나위 없이 잘 된 셈이었다.

"아, 힘들었다."

그에 반해 강혁은 아주 홀가분해 보였다. 마음속 아주 깊은 곳에는 방금 수술한 아이의 장래에 대한 걱정이 담겨 있었지만, 그는 이제 치기 어린 애송이 의사가 아니었다. 아까 제인의 말을 들은 것도 있고.

"네가 할 소리는 아니지……. 나는 진짜 죽을 거 같아."

한유림은 태평한 얼굴의 강혁이 마음에 들지 않는 듯 고개를 가로저었다. 둘이 대화를 나누는 사이, 카심이 조심스럽게 끼어들었다. 모두 그가 보호자들과 대화를 나누고 들어왔다는 것을 잘 알고 있었기에 자연스레 귀를 기울였다.

"선생님들."

"어, 말해봐."

집도의인 강혁이 특히 더 관심을 보였다. 카심도 강혁을 바라보며 말을 이었다.

"일단 보호자들이……. 바로 이 병원으로 온 건 아니더군요."

"그럼? 다른 병원이 있나?"

"있긴 있죠."

이곳 한구에만 해도 다른 병원이 서너 개는 더 있었다. 물론 정말 병원 역할을 하는 곳은 없었지만. 아마도 보호자들은 그쪽을 먼저 갔다가 이곳으로 온 모양이었다. 빼가 부서져라 노력하고 있는 제인에게는 실망스러운 일이겠으나, 여전히 서구권에서 온 사람들에 대한 부정적인 시선은 사라질 줄 몰랐고, 그 때문에 한구 병원으로 오는 환자의 수도 제한되어 있었다. 절대적으로는 많은 수라고 해도, 인구수 대비로 치면 아주 적었다.

"그 병원에서는 하나같이 임종을 준비하라고 했다더군요. 알고보니 아버지가 수니파인 데다가 외국인에게 별로 호의적이진 않아서……. 어지간하면 여긴 안 오려고 했던 모양이에요."

"그렇게까지 빡빡해 보이진 않던데."

강혁은 아까 마주 잡았던 손을 기억했다. 아버지의 손은 분명 떨리고 있었다.

"아이가…… 죽는다고 하니까 그랬겠죠."

"아, 그런가."

강혁은 고개를 끄덕이면서도 자기도 모르게 탈레반을 떠올렸다. 그치들은 종교적인 신념이라면 가족보다도 우선시하는 집단 아니던가. 카심은 강혁의 눈에 떠오른 편견을 즉시 읽어냈다.

"아이의 목숨보다 신념을 중요시하는 사람도 일부 있지만, 안 그런 사람이 더 많아요. 백 교수님."

"알았어, 참고하지."

"고마워요. 아무튼, 그런데 아이가 일단 너무 좋아졌잖아요? 아무것도 모르는 사람이 봐도 그럴 거예요."

"응. 다행이야. 아까 세척이 효과가 아주 좋았어."

"그래서 그런가……. 아버지가 나가서 엄청 좋게 소문을 내는 모양이에요. 아, 그러고 보니 아까 교수님이 그러라고 했다던데. 맞아요?"

카심은 물으면서도 이게 정말인가 하는 얼굴이었다. 우르두어를 떠듬떠듬하는 건 아까 봐서 알게 되었지만, 이 정도의 문장을 말할 수 있을지는 의문이었다.

'그리고……. 방금 자식이 죽다 살아난 사람한테 그런 말은 부적절하지 않나?'

하지만 강혁은 허허 웃었다.

"어, 맞아. 말 잘 듣네."

"아, 정말이구나."

카심은 그나마 그간 강혁을 겪어온 덕에 아주 이상하다는 생각이 들진 않았다. 다만 강혁에 대한 평가를 좀 더 공고히 했을 뿐이었다.

'역시 좀 이상한 사람이긴 해.'

"근데 그 아버지가 나름 영향력이 좀 있나 봐요. 종교 지도자급이야 당연히 아니지만. 뭐……."

"오, 그래?"

"어쩌면 내일부터는 좀 더 바빠질 수도 있겠어요. 환자들이 몰려올 수도 있어요."

"잘된 일이지."

강혁의 말에 한유림을 비롯한 모든 의료진이 흐뭇한 미소를 지어 보였다. 이러니저러니 해도 역시 의사는 의사란 생각이 들어서였다.

'이렇게 가치가 높아질수록 협상 가능성은 더 커져.'

하지만 강혁은 모두의 예상과는 조금 다른 생각을 하고 있었다.

'실력 발휘를 좀 더 해야겠어. 그럼 탈레반이고 정부고 자경단이고 말을 더 잘 듣겠지.'

물론 나쁜 생각은 아니었지만, 그렇다고 의사다운 생각도 아니었다.

*

다음 날 아침. 사실 아침이라고 하기에도 좀 뭐할 만큼 이른 시각부터 병원 마당이 북적거리기 시작했다.

"아."

"이렇게까지 많이 올 필요는 없지 않나?"

덕분에 병원 입구와 건물 입구를 지키고 선 가드들의 얼굴엔 긴장감이 가득했다. 사람이 많이 모이면 기껏해야 북적거리는 느낌만 드는 대한민국과는 달리, 이곳에서는 위험하다는 생각이 제일 먼저 들었기 때문이었다. 혹 여기 보인 사람 중 하나라도 다른 생각을 품고 있다면 어떻게 될까. 곧 폭탄이 터지고 아비규환이 될 수도 있었다.

"다 어디에서 온 거지?"

물론 강혁은 딱히 그런 걱정을 하고 있진 않았다. 한유림과 얘기하면서 가드에 대한 신뢰도를 걱정하긴 했지만, 적어도 검문을 소홀히 할 사람들은 아니라고 생각했기 때문이었다.

'이 안에 각 세력의 주요 인물 둘이 있는데 터질 리가 없지.'

게다가 강혁은 나사르마저 병간호를 이유로 이곳에 남겨둔 참 아니던가. 생각 없이 안심하고 있는 건 아니라는 뜻이었다. 해서 아주 태평한 얼굴로 카심을 돌아보았다. 아직 아침도 못 먹은 채 동생 카밀과 함께 마당 한 바퀴를 돌고 온 참이었다.

"칼람이요. 아이 아버지가 소식을 전한 모양이에요. 그쪽에서도 아이 상태가 절망적이라는 건 어느 정도 알고 있었는지……. 이렇게 많이 몰려왔네요."

"이상하네. 이전에도 실력을 보여준 적은 있지 않나?"

"있죠. 근데 대개는……. 닥터 제인이 산부인과적으로 보여준 게 다예요. 외상 환자에 대한 처치는 사실 여기선 좀 어려우니까요."

카심은 한숨을 쉬면서 바닥을 가리켰다. 이 한심한 시설의 병원을 가리킨 것이리라.

'영국에서 배웠으니……. 그럴 만도 하지.'

"흠……. 그래서 유독 여자 환자들이 많았던 건가."

강혁은 어제 거의 온종일 외래에 처박혀 있다시피 했던 제인을 떠올렸다.

'대단한 사람이야.'

닥터 요다나 댄 그리고 카심도 물론 훌륭한 의료진이었지만,

지역 특성상 제인이 혼자 감내해야 할 부분이 너무 많았다. 강혁 또한 그 비슷한 환경에서 중증외상센터를 키워온 경험이 있기에 어쩐지 그녀에게 한 번 더 눈길이 갔다.

'나는 재원이나 장미라도 있었지.'

제인에게는 그런 노예 아니, 제자도 없지 않던가. 조금 미안한 얘기지만 재원과 같은 포지션을 해줄 사람은 아예 없었고, 댄은 경원보다 모자랐고, 카심은 장미보다 모자랐다. 강혁이 이런저런 생각을 하는 동안에도 카심은 입을 쉬지 않았다.

"네. 임산부들만큼은 굉장히 여러 군데에서 몰려와요. 특히 조산사가 받지 못하는……. 어려운 케이스가 많아요. 그나마 요 며칠 조용한 건데, 또 언제 새벽에 와서 제왕 절개를 해야 할지 알 수 없어요."

"유일한 산부인과로군."

'몸이 부서지도록 일해도 모자라겠는데.'

마음 같아서는 돕고 싶었지만, 이곳 문화권에서 남자가 애 받는 것을 걸렸다가는 임신부의 목숨이 위태로워질 것이었다. 하루빨리 한구라도 안전한 지역이 되어서 활동 가능한 산부인과 의사가 늘어나는 것이 최선이었다. 지금과 같은 상황에서는 누군가에게 여기 와서 좀 도우라고 말하기도 애매했으니까.

"네. 유일…… 하죠. 정말 그래요. 닥터 제인이 여기 와서 무사히 태어난 아이만 해도 수십 명이 넘어요."

"그런데도 한구 병원에 대한 지역 민심이 아주 좋아 보이진 않던데."

"병원 오는데 눈치를 봐야 하는 상황이긴 하죠. 종교 지도자들이나 정부 측……. 아니, 일단 힘 있는 사람들은 외국인을 싫어해요. 자기들이 이 나라를 이렇게 만들어놓고 서민들 눈을 가리고 있다고 생각하는 거죠."

"거참……."

"한심하죠. 돕겠다는 사람 손을 마다하는 셈이니까요. 그렇다고 자기들이 일을 해결해줄 것도 아닌데."

얘기를 들어보니 카심은 벌써 여러 차례 지역 주민들과 얘기를 나눠본 모양이었다. 그때마다 카심은 제인에게 도통 말이 통하지 않는다고 하소연했더랬다.

"아무튼, 환자들 상태는 좀 어때?"

강혁은 3층 거실에 난 작은 창을 통해 연신 마당을 내려다보며 물었다. 일단 창 자체가 작기도 하거니와 유리를 쓴 건지 아니면 플라스틱을 쓴 건지 모를 정도로 뿌예서 잘 보이지 않았다. 강혁의 지나치다 싶을 정도로 날카로운 눈으로 봐도 그랬다.

"지금…… 외상 환자가 있거나 하진 않아요. 외과적인 처치가 필요해 보이는 환자들이 좀 있긴 했지만, 당장 어떻게 될 정도는 아닙니다."

"응급은 없다, 이거지?"

"네. 있었다면 알렸을 거예요, 백 교수님."

카심은 강혁이 이따금 아주 날카로운 눈으로 한구 병원 의료진들을 살피고 있다는 것을 잘 알고 있었다. 처음에는 이 사람이 왜 이러나 싶었는데, 좀 더 지내고 보니 절대적인 실력자로서 이곳 의료진들의 실력을 가늠하고 있는 것 같았다. 카심은 어쩐지 자신이 그런 강혁의 눈높이에 들지 못한 것 같아 내심 초조하던 참이었다. 강혁은 당연히 그의 속내를 읽을 수 있었지만, 가볍게 무시하기로 했다. 재원이나 장미를 키워내던 때보다 나이를 더 먹은 그였지만 '굴려야 큰다'는 방침은 바뀌지 않았다.

"그래? 흠. 아무튼, 밥 최대한 빨리 먹고 한 바퀴 돌지 뭐."

"아……. 네."

"이상해 보이는 사람은 없지? 어련히 걸러서 들여보냈겠지만, 그래도 혹시 모르잖아."

"아, 그건 없었습니다. 다들 그냥 시민들로 보였어요."

강혁은 카심의 말에 고개를 끄덕이며 밥을 마저 먹기 시작했다. 어제 먹었던 치킨 비리야니였는데, 도무지 물리지 않는 맛이었다. 옆을 슬쩍 보니 한유림은 벌써 싹싹 비운 참이었다.

"다 드셨으면, 이제 슬슬 나갈까요? 일찍 온 사람은 꼭두새벽부터 왔다는데."

"그래. 그러지."

제인의 말에 강혁이 미련 없이 몸을 일으켰다. 아까까지만 해도 밥이 꽤 남아 있었는데, 거의 마시듯이 먹어버린 참이었다.

"나보고 싹싹 비웠다고 뭐라고 하더니. 뭐 하는 거여."

"나는 젊잖아요. 노인네는 아니지."

"이제 마흔 다 됐으면 젊진 않거든?"

"지영이는 오빠 같다고 하던데."

지영이라는 말에 한유림이 거의 발작하듯 소리쳤다. 그 바람에 3층에서 쉬고 있던 아이와 나사르의 측근들마저 놀랄 지경이었다.

"너, 너! 설마 여기 와서 연락했냐!"

아마 강혁이 그저 그런 마흔쯤의 의사였다면 이런 걱정도 하지 않았을 터였다. 지영이는 애지중지 키운 만큼이나 올바르게 큰 아이였으니까. 하지만 강혁은 그저 그런 놈이 아니지 않은가.

'이 새끼……. 물론 훌륭한 놈이야. 세계 최고의 의사지. 인물도 좋고, 건강하고, 체격 좋고……. 어?'

너무 많은 장점이 있는 인간이었다. 그걸 다 늘어놓다보니 한유림 또한 혹할 지경이었다. 내가 왜 이놈을 반대하고 있나 싶은 생각이 들 정도였다.

'아냐, 아냐! 인성! 인성이 중요해!'

모르는 사람이 본다면 버럭 화를 낼지도 몰랐다. 감히 대한민국 중증외상센터의 아버지 백강혁을 모독한다고 하면서. 하지만 정작 강혁 곁에 있는 사람이라면 눈물 콧물 흘리면서 고개를 끄덕일 터였다. 재원이나 강행은 박수까지 곁들일 게 뻔했다. 강혁은 시시각각 표정이 변하고 있는 한유림을 보며 껄껄 웃었다.

"가성비 갑이네. 내가 여기 와서 지영이랑 뭔 연락을 하겠어요."

"지영이……. 지영이라고 하지 마."

"아니 그럼 뭐라고 해. 이제 환자일 뿐만 아니라 제잔데."

"제자는 무슨! 너 관뒀잖아!"

"응? 뭔 소리래?"

"어……. 관둔 거 아냐? 너 안 관뒀어? 교수?"

한유림은 아까와는 또 다른 의미로 경악스러운 얼굴이 되었다. 자신은 장관 될 때 휴직계를 냈다가 여기 오려고 마음을 굳히고 나서는 퇴직한 참이 아니었던가. 당연히 강혁도 그런 줄로만 알고 있었다. 근데 아니라니. 이게 무슨 개소리란 말인가.

"관두긴 뭘 관둬요. 휴직계만 냈지. 나 원래 연수 갈 연차잖아요. 연수 대신 몇 년 이렇게 봉사하겠다고 한 건데?"

"야……, 야! 난 관뒀잖아!"

"관뒀어요? 국경없는의사회 연봉 짠데. 이걸로 평생 생활이 되나?"

"그, 그렇게 태평하게 말하지 말라고."

물론 한유림은 애초에 부잣집 도련님이었다. 돈이 문제가 될 만한 사람은 결코 아니라는 뜻이었다. 하지만 그래도 자기만 관뒀다는 건 너무 억울했다.

"누가 관두랬나……. 왜 이렇게 배수의 진을 좋아하셔그래."

"야……. 이 새꺄……."

"아무튼, 갑시다. 환자들 기다리게 하는 거 예의 아냐. 사람이 나이 들었다고 예의를 잊으면 안 되지."

한유림은 그게 네가 할 소리냐고 강하게 외치고 싶었지만, 너무 화가 치밀어오른 나머지 입이 잘 벌어지지 않았다.

"에이."

한유림은 곧 고개를 털어낸 후, 강혁을 따라 달려나갔다.

"같이 가, 인마! 생각해보니까 나 벌써 20년 훌쩍 넘게 채워서 연금 나와!"

"와, 부럽다."

"그렇게 말하니까 또 열 받는데?"

"아무튼, 갑시다. 위에서 보던 거랑 또 달라. 엄청 많이 왔어."

*

"이거 뭐 어깨 빠졌네."

강혁은 불과 하루 만에 우르두어가 더 늘어버렸다. 해서 카밀은 아예 한유림에게 전담으로 붙여주고는 자기는 혼자 진료를 보기 시작했다.

'괴물…….'

카밀과 한유림은 거의 동시에 같은 생각을 했다. 특히 카밀의 놀라움은 더했다.

'우리말 어려운데…….'

아예 단어조차 비슷한 것이 거의 없지 않은가. 설마하니 글까지 읽고 쓰고 할 리는 없겠지만, 떠듬떠듬 회화가 가능하다는 것만 해도 대단한 일이었다.

"어, 어……?!"

"에헤이. 가만히 있어. 누가 잡아먹나."

"아니……. 어…… 어! 어?"

"자, 들어간다, 들어가. 이제."

물론 더 대단한 것은 그의 의술이었다. 우두둑. 작업 도중 사다리에서 떨어져 빠졌다던 사람의 어깨가 순식간에 들어가버렸다. 환자는 너무 아픈 나머지 마지막에는 비명조차 지르지 못했지만, 지금은 멍한 얼굴로 서 있을 뿐이었다.

'대기표 100명까지 만들어놨는데 다 나갔다고 했지?'

전자 차트 따위는 먹고 죽으려 해도 없는 병원이었다. 전기가 모자라서 선풍기도 돌아가며 켜는 마당에 무슨 놈의 전자 차트란 말인가. 아니, 애초에 컴퓨터조차 없었다. 그나마 행정 일까지 하는 카심이나 제인만이 개인 소장하고 있는 노트북을 사용할 뿐이었는데, 그것도 진료할 땐 쓰이지 않았다. 즉 여기서 말하는 대기표는 누가 만들었는지 불명인, 나무에 숫자를 새겨넣은 대기표를 말하는 것이었다.

'그런데도 못 받은 사람들이 더 많다고 했어.'

심지어 줄이 병원 마당 밖까지 죽 이어져 있었다. 그야말로 문전성시란 말이 딱 어울렸는데, 마냥 기쁘지만은 않았다. 이 사람들은 다 생업이 있는데 여기까지 온 것이었으니까. 진료 시간에 비해 막막할 만큼이나 긴 시간을 들여서. 그렇다면 최대한 많은 환자를 보는 것이 좋을 터였다.

"들어갔어. 어깨 들어봐요."

"어……. 이렇게?"

"되네. 좋아. 다음!"

해서 강혁은 그야말로 팍팍 환자를 보고 있었다. 환자들 저마다의 심리적인 만족도까지 보장할 수는 없었으나, 적어도 치료는 받고 떠날 수 있었다. 특히 방금 환자는 심리적인 만족도 또한 최상이었다. 여기 들어오기 전까지만 해도 팔을 아예 움직일 수도 없었는데, 이젠 움직일 수 있는 데다 통증까지 사라진 상태였으니까.

"아이가……. 팔이 안 움직여요!"

다음에 들어온 사람은 털이 덥수룩한 사내와 그 사내를 빼닮은, 아직은 털도 없고 작은 아기였다. 강혁은 빤히 바라보다가 이내 몸을 일으켰다.

"바로 움직이게 해줄게요."

"어? 바로……?"

"네."

사내는 강혁이 무슨 말을 하는 건가 하는 얼굴이 되었다. 무슨 힐러도 아니고, 안 움직이는 팔을 대체 어떻게 한 방에 움직이게 한단 말인가. 강혁은 불신 가득한 시선을 받아가면서 아이 앞에 쪼그려 앉았다. 제아무리 친절은 밥 말아 먹은 강혁이라고 해도 아이 앞에서는 조금 달랐다. 천성이 아이를 좋아하기도 했거니와, 아이를 보고 있자면 자기도 모르게 어린 시절이 떠올랐다.

"아저씨가 여기 팔 잡아도 되니?"

"어……. 그런데 움직이면 아파요."

"그래?"

강혁은 아이의 부들거리는 팔을 내려다보았다. 절대 맞아서 생긴 증상은 아니었다. 다만 어른들과 급히 다니다보면 얼마든지 생길 수 있는 증상이었다. 아이의 팔뼈 구조가 어른과는 조금 달라서였다.

"근데 이렇게 움직이면 안 아프다? 볼래?"

"어……. 네. 진짜 안 아픈 거죠?"

아이는 물어보면서도 두 눈을 질끈 감았다. 아파도 참아보겠다는 의지를 표명한 것이었다. 기특한 반응이었지만, 여기선 그리 드문 일이 아니었다. 이곳 아이들은 대한민국 아이들에 비하면 고통에 대한 역치가 아주 컸다. 삶이 고단해서일까. 어린아이마저 고통에 익숙할 만큼이나.

'지금은 이런 생각 하지 말자.'

강혁은 애써 부정적인 생각을 털어버린 후, 아이의 손목을 감아쥐었다. 동시에 부들거리던 아이의 팔이 떨림을 멈추었다.

"자."

강혁은 반대편 손으로는 아이의 팔꿈치를 쥐었다.

"이제 치료할 거야. 움직이지만 않으면 돼."

"어……. 네."

아이는 여전히 눈을 감은 채 고개를 끄덕였다. 귀여운 모습에 강혁은 피식 가벼운 미소를 머금은 채, 아이의 손을 안쪽으로 돌리면서 팔을 굽혔다. 덜걱. 팔꿈치를 쥐고 있던 손끝에서 무언가 들어가는 게 느껴졌다. 보다 확실히 하려면 엑스레이를 찍어봐야겠지만 글쎄, 지금은 불필요해 보였다.

"어?"

"안 아프지?"

"우, 움직여요! 안 아파요!"

아이는 언제 울먹거렸냐는 듯 환하게 웃고 있었다. 강혁은 잠시 그 미소를 따라 짓다가 이내 사내를 보며 말했다.

“별다른 치료는 필요 없어요. 다음.”

마음 같아서는 아이의 미소를 좀 더 들여다보고 싶었지만, 적어도 지금은 사치였다.

“아, 감사합니다. 너도 감사하다고 해라.”

“감사합니다, 선생님!”

너무 빨리 말하면 알아듣기 힘든 낯선 언어였지만 ‘감사합니다’ 정도면 충분했다. 그렇게 강혁은 오전 진료를 빠르게 마무리해나가기 시작했다.

“후.”

카밀의 도움을 받아 간신히 오전에 60명을 본 한유림이 한숨을 쉬었다. 오전에 60이라니. 아마 개원가에서 이런 말을 들었다면 거기 대박 났다고 엄지를 휘둘러댔을 터였다. 하지만 여긴 한구였다. 많이 봐봐야 축나는 건 몸뿐이었고, 인센티브 따위는 전혀 없었다. 솔직히 말하면, 돈 안 되는 환자는 많이 보면 볼수록 손해였다.

“백 교수는 얼마나 봤어?”

“저요? 전 100명.”

“백……. 미친……. 외래도 잘하네.”

한유림은 이마에 흐르는 땀을 훔치다가 욕설을 나지막이 내뱉었다. 사실 외래를 시작하기 전에는 얼마간 자신이 있었더랬다. 그는 대학 병원 과장으로도 있어봤고, 기조실장으로도 있어본 몸 아니던가. 외래에서 중후한 목소리로 친절하게 진료하는 것에 상당히 일가견이 있는 편이기도 했다. 그에 반해 강혁은 그저 칼이나 쥐고 수술하는 사람이었고. 근데 막상 뚜껑을 열고 보니 이게 웬걸. 이 미친놈은 외래도 잘 봤다.

"너무 안타까워하지 말아요. 60세가 60명 봤으면 나잇값 한 거네."

강혁은 수다를 떨면서 연신 자신의 눈가를 주물러댔다. 제아무리 강혁이라고 해도 어찌 100명 진료가 힘들지 않겠는가. 그걸 가능하게 해준 건 전적으로 강혁의 날카롭기 그지없는 눈빛이었다. 그리고 이 눈을 쉬게 해줘야 내일, 아니면 오후에 있을 응급에 최선을 다할 수 있었다.

"아무튼, 일어날까? 아, 카밀이라고 했지? 카심 동생. 원래 무슨 일하지?"

강혁은 조금 더 눈을 주물거리다 이내 몸을 일으켰다. 오후엔 댄이 들어오겠지만 어제처럼 또 응급이 터질 수도 있는 일 아니던가. 미리미리 밥 먹고 좀 쉬어두는 것이 좋았다.

"네, 백 선생님. 카밀입니다. 케임브리지에서 법학 전공하고 있습니다."

"오……. 검사님 되는 건가?"

"네?"

"아니, 아니. 농담이야. 뭐 하고 싶어서?"

"일단은 변호사 사무실에 취직해서 커리어 쌓아야죠. 이번이 제 마지막 방학이에요."

"아."

강혁은 어쩐지 카심의 동생이라면 인권 변호사라거나 뭐 이런 답이 나올 거라 생각했다. 실제 옆에서 통역하는 태도만 봐도 너무 훌륭하지 않던가. 근데 로펌에 취직이라니. 너무 평범한 거 아닌가 하는 생각이 들었다.

'아니, 아니지. 한구 출신이 영국에서 변호사라니……. 대단한 거지.'

하지만 또 한편으로는 그게 정상이지 않나 하는 생각이 들기도 했다. 그 젊은 나이에 더 좋은 환경을 박차고 여기에 와서 봉사라니. 강혁이 생각해도 쉽지 않은 일이었다.

"나가실까요?"

"아, 그래. 카심은 어딨지?"

"형은 아마 병동 살피고 있을 거예요. 오후엔 제가 올라가고 형이 내려와요."

"아하."

강혁은 '하긴'이라고 중얼거리며 고개를 끄덕였다. 격무에 시달리는 게 제인뿐만은 아니지 않은가. 한구 병원의 거의 유일한 간호사라 할 수 있는 카심에게 주어지는 업무의 양은 그야말로 살인적이었다. 이 시간에라도 쉴 수 있으면 쉬어야 했다. 그리고 그건 강혁이나 한유림 또한 마찬가지였다. 거의 인턴이나 레지던트로 돌아간 기분마저 드는 곳이었으니.

"지나갈게요! 오후에 또 봅니다!"

카밀과 강혁은 진료실 문 앞에 웅성거리며 모여 있는 환자들을 뚫고 계단으로 향했다. 몇몇 가드가 도와준 덕에 그리 어렵지 않게 지나갈 수 있었다. 그러곤 난간이 삐걱거리는 계단을 올라 3층으로 향했다. 거기에는 벌써 점심 식사를 마친 요다가 앉아 있었다. 낯선 광경이었다. 요다라니. 적어도 어제부터 단 한 번도 제때 밥을 먹지 못한 참이었다. 강혁의 얼굴에 드러난 의문을 읽어낸 요다가 급히 입을 열었다.

"댄, 댄. 댄이 지금 봐주고 있어요."

"누가 뭐래? 왜 그래? 누가 보면 때린 줄 알겠어."

"아뇨. 눈이 방금 좀 그랬어요."

"내 눈이 뭐. 외모 비하해?"

"아뇨……."

"아까 보니까 아이 잘 처치 중이긴 하더라고. 마음에 들어."

"네, 감사합니다."

"근데 나보고 너무 뭐라고 하는 거 같어."

"네?"

"나 귀도 밝고 일어도 좀 하거든. 우리 2호……. 아니, 이강행 센터장한테 배워서."

제2 외국어로 일어를 배운 데다가, 개인적인 취미도 맞아서 일어가 특기인 이강행은 이제 인천 권역 중증외상센터에 가 있었다. 강혁은 이강행 생각에 잠시 미소를 띤 채 요다를 바라보았다. 보기 좋은 미소였지만 요다에게는 그렇게 보이지 않았다.

'들었구나!'

그저 죽이겠다는 신호로만 보였다. 그때 아래쪽에서 누군가 급히 뛰어 올라오는 소리가 들렸다. 제인이었다.

"백 교수님, 한 교수님! 수술방으로!"

"무슨 일인데?"

바로 일어나야 한다는 걸 직감한 강혁은 눈앞에 있던 음식을 단숨에 집어삼키며 물었다.

"칼에 찔린 환자예요. 출혈이 심해요! 근데…… 임신부예요!"

"허."

강혁은 부리나케 제인을 따라나서려다가 말고 그녀의 손에 들린 무언가를 바라보았다.

"근데 그건 뭐야."

뭔가 시커먼 것들이었는데, 어떻게 보면 상당히 으스스해 보이기도 하는 물건들이었다.

"아, 이거요."

제인은 약간은 미안하다는 듯한 얼굴로 한 손에 들고 있던 것을 각기 다른 손으로 나누어 들고는 흔들어 보였다. 가발이었다. 긴 머리 형태의.

"설마……."

"쓰세요. 환자가 여자잖아요."

"이걸……?"

"싫은데."

의외로 정색하고 나선 건 한유림이었다. 생각이 상당히 열린 양반이고 또 훌륭한 양반이기는 하지만, 어찌 되었건 옛날 사람 아니던가. 거부감이 더 클 수밖에 없었다.

"뭘, 한 교수님은 어차피 가발 써야 할 거 같은데. 안 추워요?

지금?"

"뭐, 뭐 인마! 머리카락 한 올이라도 보태줬어?"

"아, 알았으니까. 일단 이건 씁시다, 써."

강혁은 고개를 절레절레 저어가면서 가발을 썼다. 그 모습이 또 의외로 잘 어울렸다.

"뭐야. 왜 이렇게 이뻐."

"어……. 방금 그 말은 선 좀 넘었는데."

"아니, 거울 좀 봐봐. 이뻐, 진짜로."

"거울 볼 시간이 어딨어. 임신부가 칼에 찔렸다는데."

"아, 맞아. 그랬지."

한유림은 대머리 될 걱정에 잊고 있던 환자를 간신히 떠올릴 수 있었다. 고개를 돌려 보니, 제인은 벌써 아래로 내려가고 없었다. 일단 수술실로 뛰어들어간 모양이었다.

"뭐 해요? 빨리 안 와?"

강혁 또한 나름 이쁘장하게 가발을 쓰고는 한유림을 향해 손짓해댔다.

"아, 알았어!"

아무튼, 환자가 기다리고 있지 않은가. 그래서 한유림은 나지막한 한숨을 쉬고는 가발을 뒤집어썼다. 그가 어린 시절 아버지가 했던 말이 귓가에 맴도는 기분이었다.

'사내놈이 부엌 들락거리면 고추 떨어져, 이 자식아.'

당시 할아버지는 여전히 갓을 쓰고 계셨더랬다. 그런 집안에서 나고 자랐으니, 고정 관념이 남아 있는 것도 무리는 아니었다.

'아버지……. 가발을 쓰면 대체 뭐가 떨어질까요.'

한유림은 아주 오랜만에 아버지를 떠올렸다. 상상 속의 아버지가 어쩐지 인상을 찌푸리고 있는 것 같았다. 그런데도 가발을 벗을 수 없는 건, 한유림 역시 환자를 우선시하는 의사이기 때문이었다.

"어휴……. 진짜 못생겼네. 어떻게 가발을 쓰니까 더 못생겨 어째."

물론 강혁의 비아냥을 듣고 나니 더 빡치긴 했지만, 발은 자기도 모르게 1층을 향하고 있었다.

'아버지……. 죄송합니다……. 못난 아들이었습니다…….'

둘은 아주 빠르게 수술실 안으로 들어설 수 있었다. 안에는 마찬가지로 가발을 쓰고 있는 댄이 있었다.

"여……."

댄은 전형적인 서양 사내였던지라 한국 사람들 눈에는 지나치다 싶을 정도로 선이 굵은 사람이었다. 그런 사람이 가발을 쓰고 있으니, 여자라는 생각보다는 헤비메탈 가수인가 하는 생각이 들었다. 아무짝에도 쓸모없는 발악이란 느낌이었는데, 댄도 잘 알고 있는 듯했다.

"너무 그렇게 보지 마십쇼……. 안 하는 것보다는 나으니까. 그리고 한 교수님……. 교수님도 만만치 않아요."

"어, 뭐……. 흠."

거울을 못 봤다면 화라도 냈겠지만, 본 게 있어서 도저히 화를 낼 수가 없었다. 그저 헛기침만 나올 뿐이었다. 강혁은 그 못난

이를 제쳐 두고 제인을 향해 물었다.

"임신 몇 개월이지? 배가 꽤 나왔는데?"

한유림이 댄의 충격적인 비주얼에 정신이 팔린 사이, 강혁은 이미 환자의 상태부터 살핀 참이었다.

'적어도 8개월은 넘었어. 9개월이라면……. 아이를 그냥 빼는 게 더 나을 수도 있어.'

전신 마취를 걸게 되면 무조건 그 마취약이 아이에게도 전해진다고 봐야 했다. 물론 최근에 개발된 약들은 부작용을 최대한 줄였다고 하지만, 지금 이곳에서 쓰는 약은 그런 최신 약이 아니지 않은가. 강혁이 수련받던 시절에조차 거의 쓰이지 않던 케타민을 쓰고 있었다.

"9개월이에요."

"아, 그럼……?"

"제왕 절개로 아이를 받을게요. 그 사이에 교수님이 위에 저……."

제인은 조금은 떨리는 손가락으로 환자의 배를 가리켰다. 불룩 솟아오른 배 위쪽으로 자상이 보였다. 누가 봐도 칼로 찌른 상처였는데, 피가 줄줄 새어 나오고 있었다. 안에 아이가 없다면 모르겠지만, 태아까지 있는 상황이라 혈압에 영향을 줄 정도의 출혈이었다.

"대체 어떤 미친놈이 임신부를 찌른 거야?"

강혁은 고개를 절레절레 흔들며 일단 거즈를 이용해 상처를 눌렀다. 제아무리 여장하고, 경황이 없다지만 그의 실력까지 어디 가는 건 아니어서 기가 막히게 출혈이 줄어들었다.

“아버지 같아요.”

“아버지? 아이 아빠?”

“네.”

“왜? 대체 왜?”

“이유는……. 알 수가 없죠.”

제인 또한 고개를 내저었다. 그가 지내온 파키스탄 서북부에서 인권이란 사치에 해당하는 단어였다. 그중에서도 특히 여성과 아동의 인권은 철저하게 유린당하고 있었다.

‘이유가 없을 수도 있겠지.’

그렇다 해도, 남편이 누구인가에 따라 처벌 수위는 크게 달라질 수 있었다. 아예 경찰 조사를 받지 않는 경우도 보았으니, 말다한 셈이었다. 아직 이 지역은 경찰보다 지역 유지의 말과 관습이 더 강했다.

“이런 젠장.”

강혁 또한 시리아에 있어본 경험이 있지 않은가. 제인의 말뜻을 어느 정도는 이해할 수 있었다. 머리가 복잡해지는 기분이었지만, 지금은 비교할 수 없을 만큼 급박한 일이 따로 있었다.

“마취됐습니다. 최대한 빨리 아이를 받도록 해주세요. 케타민은…….”

“네, 알겠습니다. 닥터 댄.”

임신부와 아이의 목숨이 걸린 상황이었다. 이 둘보다 우선시될 수 있는 일이 과연 있을까. 제인은 한숨 쉬던 것을 즉시 멈추고, 메스를 집어 들었다.

“한 교수님, 여기 좀 도와요. 난 알아서 하고 있을 테니까.”

“어? 어. 어어, 알았어.”

한유림 또한 강혁이나 제인과 마찬가지로 빠릿빠릿하게 움직이기 시작했다. 비록 제왕 절개에 참여해본 경험이라고는 국경없는의사회 긴급구호팀으로 배정받은 이후로 견학 겸 들어간 게 전부였지만, 어차피 보조 아닌가. 그 정도라면 어떤 수술도 할 수 있었다. 카심이 없어서 간호사의 보조는 거의 없는 것과 같았기에 모두 알아서 기구를 집어 들었다. 그중 강혁이 집어 든 것은 봉합 기구였다.

‘제왕 절개는……. 제인이 알아서 잘할 거야.’

제인은 여기뿐만 아니라 각기 다른 현장에서—그 현장 중에는 가히 재난이라고 불러도 좋을 만한 현장도 있었다—아이를 받아온 베테랑 아니던가. 더욱이 제왕 절개라면 제인의 전문 분야이기도 했다. 덕분에 강혁은 아래쪽으로는 아예 신경을 쓰지 않고, 상처만 들여다볼 수 있었다. 우선 급한 건 절단 면에서부터 흘러나오는 출혈이었다. 우선 절단 면을 넓게 아우르는 봉합부터 시행했다. 절단 면끼리 붙여주는 봉합이 아니라, 그냥 절단 면 자체를 묶어버리는 형식의 봉합이었다. 다행히 폭이 아주 넓은 칼은 아니었는지, 몇 번의 봉합만으로 대강은 커버가 가능했다. 듣도 보도 못한 방식의 지혈이었기에 그걸 보고 있던 댄의 눈이 휘둥그레졌다.

‘외상 외과는 원래 매 수술마다 술식이 달라진다고 하긴 했었

는데…….'

어떻게 매번 이렇게 새로운 술식이 나올 수 있을까. 그것도 아주 효과적인 술식으로.

"어, 잠깐만. 제인 잠깐만."

그렇게 지혈을 해낸 강혁이 손을 내저었다. 제인 역시나 위쪽 상처는 아예 강혁에게 맡기고 제왕 절개에만 신경을 쓰고 있던 참이었기에 상당히 놀란 얼굴이 되었다.

"왜, 왜요?"

"아이……. 다리가 베였어."

"아이도요? 어쩐지……. 양수가 적더라니……. 그쪽으로 빠져나가고 있었구나. 이런 젠장."

제인의 욕에는 진심이 담겨 있었다. 아이의 다리가 베였다는 건 자궁이 뚫렸다는 뜻이었으니까. 그 말은 곧 수술이 예상했던 것보다도 더 어려워질 거라는 의미이기도 했다. 특히 어떤 수술이건 눈앞에 훤히 그려지는 강혁의 얼굴이 어두워졌다.

"보호자는……. 누가 있지?"

"남편이요."

"죽길 바라나?"

"아뇨, 못 살리면 다 죽이겠다고 떠들어대고 있어요."

"미친놈이로구만……."

강혁은 살기가 깃든 눈으로 수술실 문을 바라보았다. 사람을 살려야 하는 의사가 이런 얼굴을 하고 있다는 것이 좀 이상한 일이긴 했지만, 어쩐지 그를 오랫동안 알아 온 한유림은 그가 어떤 생각을 하고 있는지 알 것 같았다.

'밉겠지.'

심지어 제인이나 댄도 마찬가지였다. 한유림에 비하면 찰나의 순간이라고 해도 좋을 만큼의 인연밖에 쌓지 못한 그들이었으나, 그 짧은 시간 동안 강혁이 남긴 인상은 강렬하기 짝이 없었다. 적어도 강혁이 환자를 생각하는 마음 정도는 충분히 전달되고도 남았다.

"일단, 일단은 수술에 집중하자고."

강혁은 지금도 정신을 집중하면 들을 수 있는, 이질적인 사내의 고함을 애써 외면한 채 중얼거렸다. 제인은 그런 강혁을 잠시 바라보다가 이내 고개를 끄덕였다. 지금 다른 것을 생각하기엔 아이도 임신부도 너무 위험한 상태 아니던가. 특히 아이보다는 임신부가 문제였다.

'자궁이……. 그렇지 않아도 애가 커서 늘어난 상황에서 뚫린 구멍이야.'

게다가 다리를 베인 아이가 마구 발버둥을 친 모양이었다. 바깥에 난 구멍보다 자궁에 난 구멍의 크기가 훨씬 컸다. 아이의 움직임에 의해 더 찢긴 모양인데, 그 틈새로 양수가 마구 빠져나가서 아이와 자궁 내벽이 거의 딱 달라붙어 있었다.

'괜찮나?'

그 모습을 보고 있자니 자연히 아이 걱정이 들었다. 양수의 양이 줄었다는 건, 제왕 절개든 자연 분만이든 관계없이 분만의 난도를 쭉 끌어올리는 법이었으니까. 하지만 고개를 돌려 제인을 보자마자 그런 걱정은 눈 녹듯 사라졌다. 쉽지는 않은지 눈을 찌푸리고 있었지만, 그 어느 곳에서도 절망은 찾아볼 수 없었기 때문이었다.

'하긴……. 여기서 경험한 모든 분만이 만만했을 리가 없지.'

이를 증명이라도 하겠다는 듯 제인은 곧 아이를 밖으로 빼내기 시작했다. 자연 분만과는 달리 갑작스럽게 도달한 바깥세상이 낯선지 아이는 울음조차 터뜨리지 못하고 있었다. 이런 상황이 처음인 한유림은 바짝 얼어붙은 채 제인을 바라보았다. 그때 구세주처럼 등장한 이는 다름 아닌 카심이었다. 원래는 쉬는 시간이었지만, 바깥 병동을 어느 정도 정리하자마자 안으로 달려들어온 것이었다. 비록 외상 환자 처치에서는 장미와 비교할 수 없었지만, 다양한 환자군 관리에 있어서는 카심이 더 나았다. 쌓아온 경험치의 차이라 할 수 있었다.

"응애!"

카심이 거친 손바닥으로 아이의 궁둥짝을 두들기자 아이는 곧 울음을 터뜨렸다. 울음은 호흡을 의미하는 것이었기 때문에, 제인은 비로소 밝은 미소를 지으며 탯줄을 클램프로 잡고는 가위질을 했다. 서걱서걱. 섬세한 분만실에서 들린다고 하기에는 다소 삭막한 소리가 사방으로 울려 퍼졌다. 그나마 아이의 울음소리가 그 소리를 희석해주었다.

'좋아.'

강혁은 아이가 빠져나간 산모의 배 속을 다시 한번 들여다보았다. 아까와는 달리 자궁과 복막 사이로 공간이 생겨 있었다.

그냥 뒀다면 그나마 자궁 내에 남아 있던 양수마저 밖으로 죄 새어 나갔을 터였다. 하지만 강혁은 아주 거칠게 봉합을 한 땀 하고는 그 실을 쥐고 있던 참이었다. 덕분에 단 한 방울도 복강 내로 흘러 들어가지 않았다.

“자궁은……. 못 살릴 거 같은데.”

강혁은 함부로 찢긴 자궁을 바라보며 고개를 저었다. 제인은 방금 자신이 짼, 자궁의 아랫부분을 봉합하면서 답했다. 시선을 돌리지도 않은 채였다.

“일단……. 그대로 좀 두고 있을 수 있나요? 제가 올라가서 볼게요.”

아마 제인도 여기가 미국이었으면 주저 없이 자궁 적출을 결정했을 터였다. 그러는 편이 산모에게 훨씬 안전할 테니까. 하지만 이곳은 한구였다. 그렇지 않아도 폭력에 노출된 산모가 이 수술로 인해 어찌 될지는 감히 상상하기조차 어려웠다.

‘또 그런 꼴을 볼 수는 없어.’

“음. 알았어.”

평소 같았으면 기다리는 대신 자신이 알아서 뭔가를 했을 강혁이었지만 이곳은 긴급구호팀 현장이었다. 현장에서는 뭐가 어찌 되었건 팀장의 말을 따라야 했다. 각각의 현장 상황이 미묘하게 다른데, 그 미묘한 차이가 중대한 결과를 낳기 때문이었다.

“어디, 제가 볼게요.”

“어, 여기.”

다행히 제인은 실력이 아주 좋은 사람이었다. 강혁의 인내심이 한계에 다다르기 전에 봉합을 마칠 수 있었다. 복막부터는 한유림이 꿰매기 시작했고, 그렇게 맡기고 올라온 제인에게 강혁은 순순히 몸을 비켜주었다.

"이……. 이 틈새로 지금 지혈도 하고 자궁도 당긴 거예요?"

제인은 일단 강혁이 칼로 인한 부상 외에는 따로 절개를 넣지 않았단 사실에 놀랐다. 강혁은 그런 제인을 향해 어깨를 으쓱해 보였다.

"뭐……. 원래 눈이 좋아."

"이게……."

제인은 이런 게 단순히 눈이 좋다고 되는 건가 하는 생각이 들었지만, 굳이 입에 올리진 않았다. 이런 걸 하나하나 입에 올리기에는 이미 보아온 기적이 너무 많았으니까. 대신 본격적으로 안쪽을 들여다보기 시작했다. 자궁의 상처를 보자마자 제인은 대체 왜 강혁이 아까 그런 말을 했는지 대번에 알 수 있었다.

'이건 못 살려…….'

억지로 욕심을 내볼 수야 있겠지만, 그러다가 오히려 산모를 잃을 공산이 컸다.

"한 교수님, 잠깐! 잠깐 봉합 멈추세요."

짧은 시간 내에 결정을 내린 제인은 우선 한유림을 멈춰 세웠다.

"어? 복막 다 닫았는데."

하지만 한유림 또한 강혁 못지않게 손이 빠른 양반 아니던가. 벌써 복막을 닫았을 뿐만 아니라 근막을 닫기 위한 봉합사를 집어 올리고 있었다. 어느 틈엔가 옷을 갈아입고 들어온 카심의 덕도 있었다. 둘은 눈을 끔뻑이며 제인을 바라보았다. 제인은 한유림이라는 노인네의 실력에 감탄하며 한숨을 내쉬었다. 하지만 할 말은 해야 하는 상황이었다.

"그거……. 다 뜯으세요."

"어? 뜯어? 왜?"

한유림은 자신이 해낸 봉합을 내려다보았다. 정말이지 완벽한 봉합이었다.

"자궁……, 제거해야 합니다."

"아."

다행인지 불행인지 한유림은 이제 상당한 실력자이지 않은가. 어떤 수술명이든 들으면 대강 어떻게 해야겠다는 감을 잡을 수 있었다. 그게 굳이 일반 외과 수술이 아니라 해도 마찬가지였다. 덕분에 접근법이 대번에 떠올랐고, 손이 자연스레 움직였다.

"이런 젠장. 좀 천천히 할걸. 가위."

카심은 아직 머리로는 쫓아가지 못한 듯했으나, 어찌 되었건 한유림이 달라는 가위를 주었다. 툭. 툭. 한유림은 그 가위를 이용해 자신이 애써 만들어놓은 봉합을 끊어나가기 시작했다. 한유림이 그렇게 애끓는 마음으로 가위질을 해대는 동안, 강혁과 제인은 짤막한 토의를 진행했다.

"역시 제거하는 게 좋겠지?"

"네. 근데……. 이거 안쪽으로 흘러들어간 양수는 어쩌죠?"

"그건 걱정하지 마. 내가 문제 안 되게 처리할게."

"이……. 이 틈으로요?"

제인은 지금도 이 틈새로 뭔가를 했다는 게 믿기지 않았다. 하지만 강혁은 진짜 대수로울 거 하나 없다는 태도였다.

"별거 아냐."

"아……. 네, 뭐."

다른 사람이 이 말을 했다면 만용이라고 하겠지만, 지금 말한 건 백강혁이지 않은가. 해서 제인은 그냥 고개를 끄덕이며 아래로 내려갔다. 가면서 한유림을 올려줄까도 물어봤지만, 강혁은 고개를 저었다.

"중요한 수술에 사람을 더 써야지."

이런 말을 하면서였다. 뭐 어쩌겠는가. 당사자가 필요 없다는데. 게다가 한유림을 돌아보니, 그 또한 별걱정 없는 얼굴이었다.

"일단 이건 대강이라도 닫아줄게."

강혁은 밑으로 내려가 자리 잡은 제인을 향해 이렇게 말해주고는 방금까지 들고 있던 봉합사를 슥 하고 매듭지어버렸다. 이걸로 안에 들어차 있는 양수의 유출을 100% 막을 수는 없겠지만, 어차피 들어낼 자궁 아닌가. 크게 걱정할 이유는 없을 터였다.

"아, 네."

반면 제인은 별로 여유가 없는지, 고개도 끄덕이지 못한 채 중얼거리기만 했다. 자궁 안에 남은 태반에서 피가 흘러나오기 시작했기 때문이었다.

'설마 이것까지 염두에 둔 건가?'

아마 적출을 조금만 더 늦게 결정했더라면 상당히 위험했을 상황이었다. 하지만 지금은 제법 빨리 결정을 내린 덕에 마취과 의사인 댄조차 이러한 변고를 눈치채지 못하고 있었다. 반면 강혁은 다 알고 있다는 듯한 눈으로 제인을 바라보았다. 제인은 팔뚝에 오소소 돋아나는 소름을 애써 모른 척한 채 수술에 집중했다. 강혁은 제인이 다시 집중하기 시작한 것을 확인한 후, 더 정확히 말하면 제인이 태반 출혈에 대해 반응하기 시작한 것을 확인한 후에야 배 속을 들여다보았다. 이미 어느 정도 지혈을 해둔 덕에 시야는 썩 괜찮은 편이었다.

'좋아. 오히려 장이 밀려 있어서 다른 건 다 괜찮아.'

잘된 일인지 모르겠지만, 일단 자궁이 일종의 범퍼가 되어준 셈이었다. 자궁 이외에 다른 장기는 다 괜찮았다.

"베타딘 액 좀 줘."

매의 눈으로 배 속을 살핀 강혁은 카심을 향해 손을 내밀었다. 그제야 한유림은 아까부터 뭘 놓치고 있었는지 깨달을 수 있었다.

"설마."

"이따 좀 빨아줘요."

낡은 석션은 고장 난 지 오래, 입으로 석션을 해야 하는 상황이 온 것이다.

"와……. 난 바빠! 이거 해야 해!"

"나도 바빠요."

"뭐, 뭐가 바빠. 세척만 하고 나가는 거 아냐?"

수술에 한해서라면 맞는 말이었다. 강혁도 억지를 부리진 않왔다.

“아, 그건 맞죠.”

“그럼 네가 좀 해. 나 힘들어. 진짜야.”

“아무튼, 난 바빠요.”

“뭐가……. 뭐가 바빠.”

강혁은 대체 수술 외에 뭐가 바쁘단 걸까. 제인도 궁금하기는 마찬가지였다. 해서 강혁을 바라보고 있자니, 강혁 또한 둘을 물끄러미 마주 보았다. 한 점 부끄럼이 느껴지지 않는 얼굴이었다.

“환자 살려야지.”

“수술방에서 하는 거잖아!”

“아니, 밖에서도 해야 할 일이 있어.”

“그게 뭔……. 뭔 개소리야?”

“일단 수술에 집중해요.”

“아니……. 뭐……. 흠. 그래.”

한유림은 뭔가 더 말을 하려다 말고 입을 다물었다. 생각해보니까 지금은 수술 중이지 않은가. 그것도 한 아이의 엄마를 살려야 하는 수술. 이미 오래전 자신의 아내를 떠나보내야 했던 한유림으로서는 감회가 남다를 수밖에 없었다.

“여기.”

“어, 여기……. 오케이.”

해서 한유림은 최선을 다해 제인의 보조를 하기 시작했다. 그렇게 다시 조용해진 수술방에서 강혁은 천천히 베타딘 액을 복강 안으로 밀어 넣었다. 점차 자궁이 밖으로 딸려 나가고 있었기에 작업은 점점 더 수월해졌다.

'좋아. 어떻게 봐도 더 다친 곳은 없어.'

부상이 적은 건 좋은 일이었다. 외상 외과 전문의로서 살아온 경험상, 역시 환자의 예후를 결정하는 건 초기 부상의 정도였다. 애초에 너무 많이 다친 상황에서는 아무리 열심히 수술해봐야 그 한계가 명확했다. 그런 관점에서 보면 환자는 운이 좋았다.

'근데 범인이 남편이라 이거지?'

이곳의 사법 처리 수준을 고려할 때, 남편이 처벌받을 확률은 극히 낮았다. 애초에 사법 기관 자체가 좀 모호한 지역이기도 하지 않은가. 지역 유지들의 말이 곧 법이었고, 관습이 법이었다. 그리고 그 법이라는 건 남편에게 압도적으로 유리하게 되어 있었다.

'범인 손에 또다시 들어가야 한다, 이건데.'

자기 아이를 가진 임신부도 찌른 미친놈이었다. 그런 놈이 자기 아이의 엄마라고 해서 찌르지 않을까? 제인이 말할 리도 없겠지만, 만약 자궁이 없어진 걸 알게 되면 어떻게 나올까? 굳이 눈을 감지 않아도 이 임신부의 미래가 그려지는 듯한 느낌이었다. 그렇게 두어서는 절대로 안 될 일이었다. 적어도 자신의 손을 탄 이상, 그런 개죽음은 용납할 수 없었다. 그의 생각과는 별개로 베타딘 액은 천천히 복강 안을 채우고 있었다. 강혁은 그렇게 채워진 베타딘 액을 이용해 복강 내부를 꼼꼼히 세척했다. 별거 아닌 행위라고 할 수도 있겠지만 이게 결국 환자의 예후를 결정하기도 했다. 특히 이런 열악한 환경에서는 감염 여부가 곧 전부일 때도 많았으니.

“어디, 어떻게 되고 있나.”

강혁은 휘적휘적 복강 안에 넣은 손을 움직이면서 동시에 제인을 바라보았다. 안쪽으로 보면서 이미 알고는 있었지만, 자궁이 밖으로 나가는 중이었다. 자궁과 연결되어 있던 혈관들은 결찰이 된 상황이었다. 덕분에 댄은 여전히 안에서 출혈이 있었는지 전혀 알지 못했다. 그만큼 밖에서 보기엔 나름 평온한 수술이었다.

“제거합니다, 이제 봉합만 하면 돼요.”

“오케이, 좋아. 한 교수님.”

“하나만……. 하나만 묻자. 나가서……, 땡땡이치려는 건 아니지?”

“미쳤어요? 아니에요. 땡땡이 아냐.”

“그럼 뭔데.”

“말해주면 싫어할 거 같아.”

“뭐?”

한유림은 뭔가 더 캐물으려다가 입을 다물었다. 어쩐지 여기서 더 물었다간 정말 끔찍한 얘기가 튀어나올 것 같아서였다.

‘하긴 이 자식이 환자 두고 괜히 나갈 리는 없어.’

아마도 환자를 살리기 위해 나가는 것일 터였다. 환자를 위험하게 만드는, 즉 죽음에 이르도록 하는 게 지금의 부상 말고 또 뭐가 있을까.

‘설마 남편을 죽일 작정인가?’

그러고 보니 아까부터 수술방 밖을 바라보던 강혁의 눈이 심상치 않았다. 의사가 누군가를 죽인다는 건 당연히 안 될 일이었다.

"아, 안 돼."

"뭐가 안 돼. 뭐 할지 알고 하는 말이에요?"

"죽, 죽이려고. 제인, 안 돼. 이 인간 이거……."

한유림은 여태 수술 마무리를 하느라 대화에 끼어들지 못하고 있던 제인을 불렀다.

"죽여요? 누굴……. 설마?"

제인 또한 소스라치게 놀랐다. 한유림의 말을 듣기 전까지는 예상도 하지 못했으나, 그 말을 듣자마자 이해가 팍 갔다.

"뭔……, 누굴 죽여."

반면 강혁은 뭔 개소리냐는 표정을 지을 뿐이었다.

"아, 죽일까? 그게 깔끔할 거 같긴 한데."

뒤에 진짜 이상한 소리를 덧붙이긴 했지만, 방금까지는 남편이란 사람을 죽일 생각은 없었던 모양이었다. 한유림은 이 이상한 생각을 실행에 옮기기 전에 부리나케 끼어들었다.

"아니, 안 되지! 아까 하려던 거 해!"

"정말?"

방금 전까지만 해도 죽이는 것만 아니면 다 좋을 거라 생각했는데 강혁이 되묻는 걸 듣자, 그것도 안 되겠다 싶은 생각이 들었다. 그만큼 강혁의 '정말?'은 많은 의미를 내포하고 있었다.

"어……. 뭔데."

"죽이는 건 아니에요."

"그럼……."

한유림은 해도 되겠냐는 눈으로 제인을 바라보았다. 제인은 탈레반 측과 나사르 측을 떠올리고 있었다. 그때도 강혁은 반 미친 사람 같은 말을 했지만, 일단 일이 진행되고는 있었다. 어떤 방향으로 나가게 될지는 전혀 알 수 없었지만.

"그래요. 설마 아무 생각 없이 저지르진 않겠죠?"

제인은 고개를 끄덕였다. 한유림은 그런 그녀에게 꼭 생각이 있을 가능성만 고려해서는 안 된다고 말하고 싶었지만, 차마 입 밖에 내진 않았다. 강혁이 제인의 말을 듣자마자 벌컥 수술방 문을 열고 밖으로 향했기 때문이었다. 딱 한 사람 나갔을 뿐인데 굉장한 적막감이 돌았다.

"뭔 짓을 저지르려나."

한유림이 입을 열기 전까지는 마치 절간처럼 조용했다. 제인은 이제 수술을 마무리하면서 고개를 갸웃거렸다.

"알 수 없죠."

정말로 알 수 없었다. 원래 현장은 알 수 없는 일들로 가득 차 있다곤 하지만, 강혁이 관여하는 현장은 차원이 다른 듯했다. 그러나 걱정만 되지는 않았다.

"그래도 그냥 두는 것보다는 낫지 않을까요?"

"흠. 그런…… 가?"

한유림은 봉합사를 툭 자르며 중얼거렸다. 산모의 상태는 처음 이곳에 실려 왔던 때보다 훨씬 좋아진 상황이었다. 아깐 죽음의 문턱에 가 있었다고 한다면, 지금은 그래도 살 가능성이 훨씬 높아져 있었다. 한정된 자원을 가지고 이만한 수술을 해내다니, 한유림은 자축이라도 하고 싶은 심정이었다. 하지만 그럴 수 없는 이유가 하나 있었다.

'하긴……. 이대로 두면 남편한테 돌아가겠지.'

한유림으로서는 감히 상상할 수 없는 일이었다. 남편이 아내를 때리거나, 심지어 죽이기까지 한다니.

"한 교수님. 일단 우리는 수술을 마쳐야 해요."

제인은 정신이 딴 데 가 있는 듯한 한유림의 손을 가만히 쥐었다. 언제나 그러하듯 부드럽지만 단단한 손이었다. 한유림은 어쩐지 근심이 사라지는 듯한 기분이 들었다.

"아, 그러지. 그래."

"백 교수님, 같이 지내보셨으면 알 거 아니에요? 사고 칠 만한 인물인가요?"

"사고라."

어떤 종류의 사고냐에 따라서 다를 터였다. 남들은 감히 상상조차 할 수 없는 사고도 겁나게 쳐댔으니까. 언론하고 싸우질 않나, 생방송 카메라에 대고 욕설을 내뱉질 않나, 병원 계정을 해킹하질 않나. 일일이 대자면 한도 끝도 없을 정도였다.

'뭐……. 그게 크게 문제된 적은 없었지.'

그런데 신기하게도 오히려 더 잘된 것들이 태반이었다. 그러한 것들을 다 계산하고 했다면 역시나 천재인 것이고.

'운이 좋았다고 해도……. 별걱정할 필요는 없겠지.'

그 정도로 억세게 운이 좋은 사람을 왜 걱정한단 말인가.

"뭐……. 괜찮았죠."

"그럼 이번에도 괜찮을 거예요."

게다가 제인은 딱 한유림이 듣고 싶어 했던 말을 해주고 있었다. 덕분에 한유림은 상당히 안심한 듯한 얼굴로 고개를 끄덕일 수 있었다. 그가 고개를 끄덕이고 있던 그때, 강혁은 계단을 오르는 중이었다.

'2층으로 갈까, 3층으로 갈까.'

이미 1층을 벗어나는 순간 가발을 벗어 던진 그의 얼굴은 평온하기 짝이 없어 보였지만 그와는 반대로 머릿속은 복잡하기 그지없었다. 발걸음을 어디로 향할지에 대한 고민 때문이었다.

'역시 협박이 먹히려면 2층이겠지.'

고민은 그리 길지 않았다. 강혁은 예의 그 여유로운 얼굴을 하고 2층의 굳게 잠긴 문 앞에 섰다. 이미 제인에게 열쇠를 받아둔 지 한참이었기에 어렵지 않게 안쪽으로 들어설 수 있었다.

"잠깐."

"아아, 환자 보러 온 거야. 나 알잖아."

문이 열리는 동시에 앞을 지키고 서 있던 두 병사가 강혁을 가로막았다. 강혁은 당황하지 않았다. 그가 어설프게나마 우르두어로 말하며 안쪽으로 발걸음을 옮기자, 둘은 뭔가 전해 들었던 것이 있는지 순순히 옆으로 비켜주었다.

"음."

안으로 들어가보니 한결 더 나아진 모습의 탈레반 인사가 있었다. 볼 때마다 이름을 묻고 싶은 마음이 간절했으나, 일단 참기로 했다. 이름을 묻는 것 자체가 의심의 단초가 될 수 있었으니까.

"괜찮아 보이네."

"무슨 일이지?"

"의사가 환자 보러 오는 데 이유가 필요한가?"

"이때까지, 아침이랑 저녁 말고는 온 적이 없지 않나?"

확실히 머리가 좀 있는 친구였다. 강혁은 껄껄 웃으면서 그의 앞에 놓인 의자에 앉았다.

"부탁 좀 하려고."

"이미 목숨값에 대한 부탁은 들어준 걸로 아는데?"

과연 만만한 놈은 아니었다. 하지만 뛰는 놈 위에 나는 놈 있단 말이 괜히 나왔겠는가.

"이자 몰라? 이자는 안 치렀잖아."

"이자?"

탈레반의 고위 간부, 아니, 고위 간부라는 말이 부족할 정도로 높은 지위의 오마르 파즐룰라가 고개를 갸웃거렸다.

'이자라.'

정말이지 오랜만에 들어보는 단어라 할 수 있었다. 그 누구도 그 앞에서 채권자 행세를 하진 못했으니까.

'진짜 황당한 놈이야.'

황당한 놈인데, 이상하게 함부로 대하기가 좀 어려웠다. 우선 목숨을 빚졌다는 사실이 아주 크게 작용했다. 그 유명한 함무라

비 법전에 나오는 탈리오 법칙이 바로 이슬람 문화권에서 탄생하지 않았는가.

'눈에는 눈, 이에는 이'에 익숙한 오마르로서는 도저히 자신의 목숨값을 갚지 않을 수 없었다.

"그래, 이자."

강혁은 고뇌하기 시작한 오마르를 아랑곳하지 않고 의자를 바짝 당겨왔다. 가까이에서 본 강혁의 얼굴은 그야말로 미남 그 자체였다. 선이 가는 것 같기도 한데, 또 어떻게 보면 무척 굵직한 사내의 얼굴도 지니고 있었다. 팔색조라는 말이 이보다 더 잘 어울리는 사람이 있을까. 오마르는 그런 생각을 이어나가다 문득, 전혀 쓸데없는 생각이라는 판단에 고개를 저었다.

"얘기나…… 들어보지."

강혁은 그런 오마르를 보며 묘한 미소를 지었다.

'역시, 이놈은 막무가내가 아냐.'

"어려운 일은 아냐. 특히 너 같은 사람에게는 식은 죽 먹기지."

"빙빙 돌리지 말고. 나 아직 환자라고. 쉴 시간이 필요해."

"의사와의 면담이 쉬는 시간이지."

"이게 어딜 봐서 면담……. 아니, 아니다."

오마르는 강혁과 다른 이들간의 대화를 떠올렸다. 탈레반 병사들이야 전혀 알아들을 수 없었겠지만 영국 본토에서 무려 6년이 넘는 세월 동안 공부를 해온 오마르는 다 알아들을 수 있었다.

'이놈하고는 대화를 오래 끌고 가면 안 돼.'

머리가 희끗희끗한 노인조차도 이놈에게는 쩔쩔매지 않던가. 노인 공경이 몸에 밴 이슬람 문화권에서는 감히 상상도 할 수 없는 일이었다.

"뭔지 말이나 해봐."

"간단한 일이야. 밑에 환자가 하나 와 있는데, 산모야. 만삭이었지."

강혁 곧장 본론을 꺼냈고, 오마르는 곧 그의 말에 귀를 기울이기 시작했다.

"음."

중간중간 인상을 써가면서였다. 강자, 약자 가리지 않고 공격하는 탈레반 주제에 이만한 일에 분개하는 건가 싶기도 했지만, 원래 개인은 집단에 경도되기 마련 아니던가. 이보다 더한 모순도 많이 보아온 것이 강혁이었기에 굳이 더 깊이 생각하진 않았다.

'뭐, 잘된 일이지.'

오히려 좋아했다. 이놈이 분노한다는 건 일이 잘 풀릴 거란 얘기기도 했으니까.

"그래서, 여자는 살겠나?"

"지금 당장은. 하지만 남편 손에 들어가면 어찌 될지 알 수 없지."

"알 수 없다라."

오마르는 어쩐지 알 것 같았다. 그가 나고 자란 문화권에서 여성은 인권을 보장받지 못했으니까. 아마 그도 영국으로 가서 배우지 않았다면 남편이란 작자와 비슷한 생각을 품고 있었을지 몰랐다. 하지만 중요한 건, 오마르는 이제 더는 그런 사람이 아니란 것이었다. 6년이란 세월은 강철 같은 무슬림 사내도 변화시키기에 충분한 시간이었다.

"알겠어. 그건 나한테 맡기면 될 거야."

오마르는 여자를 구해주기로 결심했다. 여자 본인에게는 불가능한 일이었고, 심지어 강혁에게도 무척 어려운 일이었지만 오마르에게는 식은 죽 먹기였다. 사법 질서가 무너진 곳에선 무력이 곧 법이지 않겠는가. 그 무력의 정점에 선 오마르는 적어도 이 근방에서만큼은 왕도 부럽지 않았다.

"어떻게 할 건데?"

"방법까지 알려고 하나?"

강혁의 말에 오마르는 차가운 눈을 빛냈다. 바로 얼마 전에 폭탄을 맞아 죽다 살아난 주제에 눈빛만은 형형하기 짝이 없었다. 천하의 강혁조차 움찔하게 만들 수 있었다.

'뭐, 더 캐물을 건 없겠지.'

뭐가 되었든 간에 서울만 가면 장땡이라는 말도 있지 않은가. 이미 탈레반을 찾아온 시점에서부터 수단과 방법을 가리지 않겠노라 다짐한 강혁이었다.

"그래, 어련히 알아서 잘할까."

"믿어주니 고맙군."

"그래도 병원 안에서 피 볼 일은 없었으면 좋겠는데."

강혁은 팔뚝에 튄 환자의 피를 보면서 담담히 말했다. 오마르 또한 그 핏자국을 확인했지만, 굳이 지적하진 않았다. 이 사람은 의사 아니던가. 그것도 그 누구보다 뛰어난 의사. 같이 있던 병사들 말을 들어보니, 다친 순간부터 이미 가문에서는 오마르가 죽었다고 판단한 모양이었다. 함부로 그런 결정을 내리는 사람들은 아니니, 그만큼 부상이 심각했었다는 거다.

'그걸……. 살렸다 이거지.'

그것도 이런 후지디후진 병원에서. 오마르는 강혁의 다른 모습은 잘 몰랐지만, 의사로서의 모습은 존중하기로 마음먹은 참이었다.

"걱정 마. 힘이 있으면 일이 평화롭게 잘 해결되는 경우가 많거든."

"아……."

오마르의 말에 강혁은 뭔가 깨달았다는 듯한 표정을 지어 보였다. 사납게 짖는 개는 물지 않는다는 말도 있지 않던가. 정말 위험한 개는 그저 낮은 소리로 으르렁거릴 뿐이었다. 강혁은 그런 식으로 오마르의 말을 이해했다.

"일단 상처 자체는 아주 좋아. 오후부터는 슬슬 저 친구들한테 부축받아서 돌아다녀보라고."

"돌아다……. 아!"

용무를 마친 강혁은 대강의 진료 계획을 전해준 후 몸을 일으켰다. 그대로 방을 빠져나가려는데, 오마르가 그를 불러 세웠다.

"왜?"

"나……."

오마르는 돌아선 채 자신을 빤히 바라보고 있는 강혁을 보며 차마 말을 잇지 못했다.

"나 바빠. 아래 가봐야 해. 임신부가 찔렸다니까?"

강혁은 옛날부터 질질 끄는 건 질색인 사람 아니던가. 그 대상이 탈레반이라 해도 마찬가지였다. 오마르는 강혁의 다그침에 못 이겨 입을 열었다.

"나……. 방귀 꼈다……."

"방귀? 아, 오! 어디 껴봐."

"응? 아니, 오지 마."

방귀라니. 복부 수술한 사람에게 있어 가장 좋은 소식이라 할 수 있었다. 그렇지 않아도 왜 이놈이 방귀를 안 뀌고 있나 하는 생각을 하고 있던 강혁에게는 더할 나위 없이 반가운 소식이었다. 반면 오마르는 성큼성큼 다가오고 있는 강혁이 너무 무서웠다. 그도 그럴 것이 강혁은 눈을 오마르의 항문 쪽에 고정하고 있었다.

"오, 오지 말라고."

"의사가 환자 보는데 왜 거부해. 맞고 할래?"

"때려? 의사가 환자를?"

순간 오마르는 자신이 탈레반이라는 사실을 잊고 말았다. 강혁이 너무 당당하다보니 생긴 일이었다. 강혁은 얼굴이 빨개진 오마르를 보며 껄껄 웃었다.

"무슨 미친 소리를 하는 거야. 나 사람 어지간하면 안 쳐. 자꾸 오해들을 하네."

"이, 이놈!"

강혁은 어느새 오마르의 양다리를 자신의 어깨 위에 얹은 채 바지를 내리고 있었다. 혹 방귀만 나온 게 아니라 장내 내용물이 섞여 나온 건 아닌지를 확인하기 위함이었다. 말하자면 아주 타당한 의학적인 이유가 있는 셈인데, 당하는 처지에서는 전혀 그렇게 생각되지 않았다. 누군가 자신의 하체를 높이 들어 올린 채 바지를 벗기고 있다고 생각해보라. 굴욕도 이런 굴욕이 없었다.

"무슨 일입니까?"

난데없는 소란에 밖에서 외침이 들려왔다.

"어, 어! 오지 마! 들어오지 마! 괜찮아!"

오마르는 지금 자신의 모습을 부하들이 보면 어떻게 될까 잠시 생각했다.

'이걸 봤다간 권위도 사라져.'

해서 부리나케 소리를 질러댔고, 다행히 문은 열리다가 다시 닫혔다. 그 사이 강혁은 이제 바지를 무릎까지 내린 참이었다. 오마르는 참담한 얼굴로 앞과 뒤 어디를 가려야 하나를 고민하게 되었다.

'뒤는……. 소용이 없겠지.'

강혁의 눈을 보아하니, 이미 직진 중이었다. 몸 상태가 멀쩡해도 제지할 수 있을지 의문인데 지금은 멀쩡하지도 않았다. 해서 앞이나 가리기로 했다. 강혁은 두 손으로 가린 오마르의 앞을 보고는 고개를 내저었다.

"한 손으로도 될 거 같은데, 굳이?"

"이……. 이 새꺄……. 아파서 그래."

"아프면 작아져?"

"추워서, 추워서!"

강혁은 어지간히 무시하는 듯한 눈으로 오마르를 바라보더니 이내 그의 항문으로 시선을 옮겼다. 오마르는 어쩐지 격하게 진 기분이 들었는데, 그걸 해소할 방법이 없었다.

'이 새끼……. 너도 내가 벗기고야 만다…….'

속으로 눈에는 눈, 이에는 이를 되뇔 뿐이었다.

"음. 좋네. 새어 나온 거 전혀 없고. 어디."

항문 근처는 깨끗했다. 항문에 맞닿은 속옷도 깨끗한 건 아까 확인했고. 하지만 수술할 때 항문의 조임근을 만진 적은 없지 않은가. 내부에 쌓여 있을 수도 있었다. 그것까지 확인하는 게 좋았다. 여긴 달리 문제가 생겼을 때 동원할 수 있는 방법이 거의 없는 병원이었으니까. 그래서 강혁은 장갑의 단단함을 확인한 후, 검지를 펴 들었다. 당연하게도 그걸 보고 있는 오마르의 얼굴에 경악이 물들었다.

"응? 응? 지, 지금 너, 뭐……."

"아……. 직장 수지 검사라는 건데 나라고 좋아서 하는 건 아냐."

"어어. 이……. 이……. 아, 안 돼……. 안 돼!"

하지만 어쩌겠는가. 반항할 수 없는 자세가 되어 있는데. 강혁은 별 방해 없이 아주 쾌적하게 검사를 진행할 수 있었다.

'생성된 변이 없다보니 걸리적거리는 게 없어서 좋네.'

강혁은 슬슬 뺄까 하다가, 오마르의 얼굴을 보고는 생각을 바꿨다. 아까 이자 얘기를 꺼냈을 땐 정말 더럽게 폼을 잡지 않았던가. 머릿속에서 그 모습을 지우고 싶었는데, 그러자면 역시 추한 모습을 보는 게 최고였다.

"아, 내친김에 전립선 검사도 좀 해줄까."

"개……, 개새끼야……."

오마르는 텅 빈 눈을 해서는 천장을 응시하고 있었다.

"알라여……."

연신 알라를 중얼거리면서였는데, 지금처럼 진심으로 신을 찾아본 것이 언제였는지 기억도 나지 않았다. 반면 강혁은 무심한 얼굴로 장갑을 벗어 쓰레기통에 집어넣는 중이었다. 장갑엔 별로 묻어 나온 게 없었다. 좋은 일이었다. 해서 강혁은 진심으로 축하의 의미를 담아 오마르의 어깨를 두드렸다.

"회복은 거의 완벽해. 어, 근데 왜 몸을 움츠려?"

"이……. 이 새끼……."

"왜? 전립선도 괜찮더라고. 나이 젊다고 안심하다가 훅 가는 게 또 전립선이야. 이렇게 검사 안 해보면 절대 모른다고."

오마르는 여전히 화가 다 풀리지 않았지만 강혁 정도 되는 의사가 다 괜찮다고, 아주 좋다고 하니까 조금은 기분이 괜찮아지는 거 같기도 했다. 해서 아까보다는 좀 더 부드러워진 말투로 물었다.

"너……. 너도 해봤냐?"

"나? 물론이지. 의사가 검진 빼먹는 게 말이 되나? 이런 거 빼먹다가 젊은 나이에 횡사하는 거야. 아무튼, 부탁한 일은 잘 해결해줘.”

“알았어.”

“너무 탈레반 티는 내지 말고. 소문나면 곤란해.”

“티를 내야 소문을 못 내지. 방법은 내가 알아서 해, 의사 양반.”

“아, 그래 뭐. 알았어. 고마워.”

강혁은 그렇게 감사 인사를 한 후에야 비로소 방을 빠져나왔다. 문가에 서 있던 두 탈레반 병사들은 안에서 대체 무슨 일이 있었는지 묻고 싶은 기색이 역력했다. 하지만 강혁은 그저 어깨만 으쓱해 보이곤 아래로 내려갔다.

*

“내 아내랑 아이 어딨어!”

1층은 무척 소란스러웠다. 칼로 자신의 아내를 찌른, 그것도 임신 중인 아내를 찌른 사내가 소란을 피우고 있었다. 가드들이 있어 어찌어찌 막고는 있었지만, 이대로 둬서는 안 될 거 같았다. 이제 최선을 다해 회복에 들어가야 할 산모와 아이에게 방해가 될 테니까.

‘어디.’

강혁은 이제 병원 구조에 완전히 익숙해진 덕에 곧장 1층 수술실 쪽을 바라볼 수 있었다. 아직 문이 닫혀 있었는데, 수술이 안 끝나서 그런 건지 아니면 저 보호자 때문인지 알 수 없었다.

전자라면 그나마 다행이겠지만, 후자의 경우는 결코 용납할 수 없는 일이었다. 해서 강혁은 아주 천천히 사내에게 다가갔다.

"뭐, 뭐야. 넌."

강혁은 수술실에서 바로 뛰쳐나갔기 때문에 가운도 없었다. 수술복을 입고 있긴 했지만, 딱히 수술복처럼 보이지는 않았다. 사이즈가 좀 부족했던 나머지 강혁에게는 작은 수술복을 입고 있었기 때문이었다. 덕분에 쫄티 내지는 운동복처럼 보였다. 안에 들어차 있는 살이 그저 물렁살이었다면야 아무 두려움도 느끼지 못했겠지만, 애석하게도 사내의 눈에 강혁의 몸은 강철 그 자체로 보였다. 서 있는 것만으로도 압박감을 주기에 충분했다.

"그게 중요한가? 여긴 병원이고, 넌 환자가 아닌 데다가, 치료를 방해하고 있다는 게 중요하지."

강혁은 지긋이 사내를 내려다보며 읊조리듯 말했다.

"어……. 이 새끼……."

그렇다고 해서 바로 꼬리를 말진 않았다. 설마하니 치겠나 하는 생각이 있었기 때문이었다. 잘은 모르지만 여기 외국인들, 다국경없는의사회라는 곳 소속으로 봉사하러 온 사람들이라지 않던가.

"억."

다행히 때리진 않았다. 대신 귀신같이, 그야말로 귀신같이 사내의 뒤로 돌아가서는 양팔을 꽉 안아 들었다. 안았다기보다는 조이는 모양새였는데, 사내의 표정만 봐도 얼마나 고통스러운지를 알 수 있었다.

"이, 이거 놔!"

사내는 금세 얼굴이 빨개진 채, 발버둥 치기 시작했다. 하지만 그럴수록 강혁은 팔을 점점 더 강하게 조였다.

"숨, 숨!"

급기야 사내는 호흡 곤란을 호소했다. 이쯤 되면 가드들이 나설 만도 했지만, 다들 수수방관이었다. 그렇지 않아도 사내 하는 짓이 마음에 들지 않던 참 아닌가. 제인의 지시가 없어 어찌할까 고민이 컸는데, 강혁이 나서서 해결해주니 기분만 좋았다.

"응? 뭐라고? 나 너희 말 몰라."

"아까 문장까지 말했잖아!"

"내가 그랬나?"

"지금도 너 우리말로 말하고 있어!"

"하하."

강혁 또한 기분이 좋은지 껄껄 웃어대고는 병원 문을 나섰다. 당연하게도 장난감처럼 덜렁 들린 사내도 함께였다. 사내는 어느 정도 포기를 한 건지, 아니면 숨이 막혀서 그런 건지 이제는 가만히 있었다.

"일단 여기 있어. 환자 보는데 방해하지 말고."

강혁은 그런 사내를 붕 하고 내던져버렸다. 다행히 마당 구석은 그늘이 져 있어서 바닥에 물기가 있었다. 덕분에 사내는 아주 큰 부상을 입지는 않았다. 그렇다고 벌떡 일어설 정도로 멀쩡하지도 못했다.

"또 들어오면 또 던진다."

강혁은 신음만 흘려대고 있는 사내의 귓가에 대고 이렇게 말한 후, 다시 병원으로 들어갔다. 우연의 일치인지 아니면 정말 사내 때문에 못 나오고 있었던 건지 수술실에서 환자가 나오고 있었다. 그 말인즉슨 엘리베이터를 가동하기 위해 1층에 있는 다른 모든 전원을 차단했다는 뜻이었다. 밤에는 캄캄하기 그지없었기 때문에 누군가는 손전등을 켜야만 했다. 그건 카심의 몫이었다.

“아, 백 교수님.”

“어어, 백 교수.”

그는 앞을 비추다가 귀신같은 형상을 한 강혁을 발견하고는 인사를 건넸다. 하지만 정작 강혁에게 달려간 건 한유림이었다. 이놈이 대체 뭔 짓을 하고 왔는지가 궁금해서였다.

“왜요. 수술은 잘됐나?”

강혁은 대충 받아주는 시늉만 하고는 제인에게 경과를 물었다. 제인은 피곤해 보였지만 웃음기 어린 얼굴로 고개를 끄덕였다.

“네. 수술은 아주 잘됐습니다.”

“다행이네. 여기서 그런 수술이라니. 거의 기적 아닌가?”

칼에 찔려서 온 임신부를 한구에서 살리다니. 그 어떤 기자라도 봤으면 대서특필 감이었다.

“네, 기적이에요. 감사합니다, 백 교수님. 쉬는 시간에……. 와주셔서 덕분에 살았어요.”

“아냐, 아냐. 난 제왕 절개에 놀랐어. 자궁 적출술도 그렇고…….”

제인과 강혁은 엘리베이터 문이 끼익 소리를 내며 열리는 동안 서로의 얼굴에 금칠을 해주기 바빴다. 덕분에 제일 먼저 달려들었던 한유림은 조금 민망한 기분이 들었다.

제인은 더없이 곤히 잠든 것처럼 보이는 환자를 바라보았다. 환자 옆에는 아이가 새근새근 잠들어 있었는데, 다행히 아이도 건강했다. 산부인과 의사로서 이보다 더 보람찰 때가 있을까. 제인은 감사하는 마음으로 강혁을 바라보았다.

'백 교수님이……. 위에 상처를 더 열어서 처리했다면 예후는 달라졌을 거야.'

당연한 소리겠지만 상처는 적으면 적을수록 좋았고, 또 작으면 작을수록 좋았다. 아마 강혁이 상처 처리와 복막염에 대한 처치를 위해 절개를 더 그었다면 회복은 그만큼 늦어졌을 터였다. 하지만 강혁은 그냥 칼자국 하나로 모든 수술을 끝마쳤더랬다. 심지어 자궁 파열까지 발견해 내면서.

'이 사람이 오래……, 오래 이곳에 있게 되면 한구는 정말 변할 수 있을 거야.'

제인은 언젠가 학회에서 대한민국의 중증외상센터 시스템 확립에 관한 얘기를 들었다. 초기 자료들을 보면 정말이지 형편없다는 말조차 아까울 정도로 엉망이었다. 하지만 최근의 성과는 괄목할 만했다. 특히 양재원이 이끄는 한국대학교 병원 팀은 가히 세계 최고라는 말을 붙여도 어색하지 않을 지경이었다. 제인은 어쩌면 한구도 한국의 중증외상센터처럼 변할 수 있지 않을까 간절히 바라며 엘리베이터에서 내렸다.

"어, 어떻게 됐어?"

그녀가 자못 장엄한 미래에 대한 구상을 이어나가고 있을 때쯤, 한유림은 다시금 강혁에게 뭔 짓을 한 건지 캐묻기 시작했다. 마침 일행은 2층에 있는 굳게 닫힌 문을 지나는 중이어서 강혁은 묘한 미소를 지었다.

"나도 잘 몰라요."

"몰라? 몰라?"

"네, 몰라요."

"그럼 뭐야. 애 엄마는……. 다시 그놈한테 가야 해?"

"그건 아닐걸요."

강혁의 얼굴에는 어떤 확신이 깃들어 있었다. 그제야 한유림은 뭔가 좀 이상하다는 생각이 들었다.

"그러고 보니까 아까까지만 해도 1층 복도에서 떠들고 있었는데, 어디 갔어? 그놈."

그 말을 들은 강혁이 어깨를 으쓱해 보였다.

"아, 그건 내가 치웠지."

"해치워?"

"아니. 치웠다고. 밖으로."

"죽여서……?"

"이 양반이 미쳤나. 뭘 자꾸 죽여. 욕구 불만 있어요?"

"그럼 뭐야."

"그냥 들어서 옮겼어요."

"들어? 아."

한유림은 고개를 갸웃거리다 언젠가 한번 본인이 직접 당했던 것을 떠올렸다. 그땐 정말 뒤지는 줄 알았더랬다. 온몸이 조여오는데……. 풀려난 뒤에 샤워할 때는 눈물이 핑 돌았었다. 마치 밧줄로 묶였던 사람처럼 몸 이곳저곳에 멍이 들어 있었기 때문이었다.

'그땐 정말 복수를 꿈꿨었……. 응? 가만있자. 그럼?'

한유림이야 강혁과 친분이 생겨서 그냥 넘어갔지만, 그 남편이란 놈은 친분이고 뭐고 없지 않은가. 어쩌면 지금 당장 복수를 하겠답시고 올 수도 있었다. 실제로 마당에 널브러져 있던 그는 복수를 꿈꾸고 있었다.

"이……. 이 개자식."

하지만 허황된 꿈일 뿐이었다. 그렇게 욕설을 내뱉으며 몸을 일으키는 사내 앞엔, 오마르의 병사 둘이 우뚝 서 있었다.

"따라와."

"어……."

사내는 퍽 거친 축에 속하는 사람이었다. 제법 폭력을 행사할 줄 아는, 말하자면 때릴 줄 아는 사람이라는 뜻이었다. 하지만 진짜 거친 사람들 앞에서는 그저 순한 양일 따름이었다. 자신보다 약한 사람들 앞에서만 강자가 되는 소인배의 전형이었다.

"걸어."

"네, 네."

따라서 총을 무척 익숙하게 차고 나타난, 심지어 탈레반 표식을 드러낸 두 병사의 말을 거부할 생각조차 하지 못하고 있었다.

고개를 푹 숙인 채 시키는 대로 열심히 걸을 따름이었다. 이따금 총부리가 등줄기를 푹 하고 찌를 때도 있었는데, 그때마다 소스라치게 놀란 얼굴을 하며 연신 사과를 해댔다.

"올라가."

얼결에 병원 안으로 다시 들어온 사내는 멍한 눈으로 눈앞에 놓인 계단을 바라보았다.

"올라가."

그렇게 잠시 있으려니, 등 뒤에서 재차 삼엄한 목소리가 들려왔다. 질문 따위는 하지 않은 채, 연속으로 명령만 해대고 있었다. 그래서 그런지 더더욱 공포심이 솟구쳐 올라왔다.

"네……."

사내는 아까 자신이 난동 부리던 것을 말리던 가드를 돌아보았다. 방금까지만 해도 죽이네 살리네 했던 상대들에게 도움을 청한다는 게 부끄럽긴 했지만 어쩌겠는가 살아야겠는데. 하지만 가드들은 냉담한 얼굴로 고개를 가로저을 뿐이었다. 이미 얘기가 다 된 상황이었다. 아마 얘기가 안 되었다고 해도, 가드들로서는 탈레반 병사들을 막을 수는 없었을 터였다. 누가 뭐래도 이 근방을 실질적으로 다스리고 있는 세력이었으니.

"아."

사내가 자신의 눈빛 호소가 소용없음을 절감하고 있는 사이, 탈레반 병사 중 하나가 총부리로 그의 허리께를 푹 하고 찔렀다. 차가운 금속 닿는 느낌이 찌릿, 하고 전신으로 퍼져나갔다. 사내는 통증과 두려움에 무릎이 굽혀졌지만, 겨우겨우 걸음을 옮길 수는 있었다.

"올라가."

귓가에 울린 명령 때문이었다. 여기서 더 지체하면 정말로 총을 맞을 수도 있겠단 생각이 전신을 지배했다. 모두가 침묵하고 있는 가운데, 처량한 발걸음 소리만 울려 퍼졌다.

"저게……. 저게 뭔 일이야?"

그사이 회진을 마치고 나온 한유림이 바로 옆에 선 강혁을 향해 물었다. 차마 병사들 앞에 나서지는 못하고, 벽 뒤에 몸을 숨긴 채였다. 숨 막히는 분위기에 잔뜩 얼어버린 한유림과는 달리 강혁은 상당히 여유가 넘쳐 보였다.

"우리가 협박이나 회유하는 것보다는 탈레반이 하는 게 나을 거 같아서 시켰죠, 뭐."

"미, 미쳤어? 탈레반한테 암살 의뢰한 거야?"

"암살이라니. 남들 모르게 죽이는 게 암살이지. 저게 무슨 암살이야."

"그……. 그……."

한유림은 대놓고 죽이는 것을 뜻하는 단어를 당장 생각해내지 못하고 잠시 더듬거리기만 했다. 물론 강혁은 그리 어렵지 않게 단어를 떠올릴 수 있었다.

"살인 교사라고 할까. 굳이 말하자면."

"그, 그래! 살인 교사. 미쳤어? 사람을 죽이라고 시켜? 의사가?"

"응? 아, 내 얘기하는 거였구나. 아니에요. 뭘 죽이라고 해. 이 양반이 대체 날 뭘로 보는 거야."

"총 든 사람들이 사람 하나 끌고 가는데, 그럼 안 죽여?"

"협박만 하겠지, 설마. 뭐……. 죽이기야 하겠나……."

사실 강혁도 백 퍼센트 장담할 수는 없는 노릇이었다. 비록 파키스탄 탈레반은 아프가니스탄의 탈레반과는 별개의 단체라고는 하지만 성격이 아주 다를 거라고 장담할 수는 없었으니까.

'이슬람 테러 단체들이 좀 빡세긴 하지.'

시리아에서 겪었던 녀석들은 진짜 같은 사람이 맞나 싶을 정도로 극단적일 때도 있었다. 강혁이나 다른 블랙 워터스 소속 용병들과 말을 섞었다는 이유로 혀가 잘려버린 민간인도 있을 지경이었다.

"말끝은 왜 흐려? 너도……. 너도 확신이 없구나?"

"뭐, 그렇긴 한데. 내가 볼 때, 저놈은 좀 달라요."

"저놈? 아, 그……. 탈레반 간부님?"

"보는 사람도 없는데 왜 말끝을 높여요?"

"혹시 모르잖아……. 난 죽기는 싫다고."

한유림은 으스스하다는 듯 몸을 움츠렸다.

"쟤들 그렇게 기술력 좋은 애들은 아닌데. 오히려 CIA가 듣고 있을걸요?"

"응?"

"걔들이 한 교수님이 막 어? 탈레반 간부님 이러고 있으면 참 좋아하겠다, 정말."

"어……. 그런 거야? 그럼 저 새끼라고 할까?"

"아니, 왜 이렇게 사람이 극단적이야. 그냥 좀 편하게 해요."

"어떻게 여기서 편하게 해! 어떻게!"

한유림이 자신의 불편함을 전심전력으로 호소하고 있을 무렵, 진짜 불편한 사람은 따로 있었다. 바로 방금 병실로 끌려 들어간 사내였다. 오마르는 침대에 걸터앉은 채, 사내를 내려다보며 입을 열었다.

"왜 여기 온 줄은 알고 있나?"

사내로서는 처음 듣는 질문이었다. 다짜고짜 명령만 듣고 끌려온 터라 하마터면 왈칵 눈물을 쏟을 뻔했다. 하지만 분위기를 보면 알 수 있었다. 그에게 그토록 극심한 공포를 심어준 이들은 그저 병사들일 뿐이었다는 걸. 진짜 무서운 사람은 지금 마주하고 있는 오마르였다.

"그……."

물론 그렇다고 해서 제대로 된 답이 튀어나오진 않았다. 무섭다고 모르는 걸 알게 되는 건 아니었으니까. 잠깐 망설이는 사이, 총의 개머리판이 사내의 허벅지를 쳤다.

"으, 윽!"

무릎을 꿇고 있는 상황에서 맞은 거라 통증은 매우 심했다. 그러나 오마르는 고통에 뒤틀린 사내의 얼굴을 보면서도 표정 하나 바뀌지 않았다.

"모르겠으면 모른다고 해. 난 꾸물거리는 건 질색이거든."

"아, 네! 모, 모릅니다!"

"그게 자랑은 아니지."

오마르의 말에 병사 중 하나가 또다시 개머리판으로 사내의 허벅지를 찍어내렸다.

"으아아!"

어마어마한 통증에 사내는 더 이상 자세를 유지하지 못하고 옆으로 쓰러지고야 말았다. 대단히 안쓰러운 광경이었지만, 아마 한구 병원 의료진들이 이 모습을 보았다면 그저 웃고 말았을 터였다. 알아본 결과, 이 사내는 임신부를 하루가 멀다고 두들겨 패던 놈이었으니까. 그걸로도 모자라 칼로 찌르기까지 하지 않았는가. 동정의 여지가 없었다.

"아픈가?"

오마르는 누가 봐도 고통스러워하는 사내를 향해 물었다. 사내는 대체 뭐라고 대답해야 할지 몰라 망설였고, 또다시 얻어맞았다.

"아픈가?"

오마르는 그런 사내를 향해 똑같은 질문을 던졌다. 다행인지 불행인지 사내는 이번엔 급히 답할 수 있었다.

"네, 네. 아픕니다……."

"그렇겠지. 아프라고 한 거니까."

오마르는 고개를 끄덕이며 아주 천천히 몸을 일으켰다. 수술이 워낙 잘된 덕에 운신하는 데 크게 지장이 없었다.

'대단한 의사긴 해.'

오마르는 이렇게 자신의 몸이 뜻대로 움직인다는 것을 확인할 때마다 자연스레 강혁을 떠올렸다. 물론 그렇다고 해야 할 일을 잊진 않았다. 아니, 오히려 더 명확하게 해낼 수 있었다. 어차피 지금 할 일도 강혁이 부탁한 것이었으니까.

"자네도……. 아프게 하는데 일가견이 있다고 들었는데."

오마르는 어느새 사내 앞에 우뚝 서 있었다. 비록 상처 때문에 기민하지는 못했지만 그렇다고 위압감이 어디 가는 건 아니었다.

"무슨……. 무슨 말씀이신지……. 으, 으아!"

사내는 고개를 조아린 채 중얼거리다 또다시 비명을 내질렀다. 이번엔 오마르의 발뒤꿈치가 허벅지를 짓눌렀다.

"오늘 수술받은 사람, 몰라?"

오마르는 여전히 무표정한 얼굴로 질문을 던졌다. 그제야 사내는 자신이 왜 여기까지 끌려왔는지를 짐작할 수 있었다.

'설마……. 설마 탈레반 쪽에 아는 사람이 있었나?'

식은땀이 주르륵 등줄기를 타고 흘렀다. 지금까지 그가 아내에게 해왔던 짓을 죽 열거한다면 정말이지 죽어 마땅했기 때문이다. 전혀 힘이 없다고 생각하고 있었을 땐 아무 죄책감도 들지 않았는데, 보복당할 수 있단 생각이 들자마자 후회가 미칠 듯이 몰려왔다.

"몰라?"

"아, 압니다!"

오마르가 다시 같은 질문을 반복하면서 한쪽 발을 들자, 사내는 부리나케 고개를 끄덕였다. 그러자 오마르는 늘 강혁이 끌어다 앉던 그 의자를 끌어와 앉았다.

"그녀가 누군지도 알고 있나?"

사내는 고개를 저었다. 방금까지만 해도 다 알고 있었다고 생각했지만, 이렇게 끌려와보니 아는 게 하나도 없는 듯했다. 탈레반 병사 둘을 아무렇지도 않게 부릴 수 있는 사람이 챙길 정도로 주요 인사였다니. 지금까지 자신이 무슨 짓을 했나 싶었다.

'이게 지금의 탈레반이지.'

겁에 잔뜩 질린 사내를 바라보고 있는 오마르의 표정도 그리 좋지만은 못했다. 무언가 바꾸기 위해서는 공포가 효율적이라 생각하긴 하지만, 이런 식의 공포 정치가 과연 얼마나 오래갈 수 있겠는가. 적어도 오마르가 선진국에서 보아왔던 민중의 모습과 눈앞의 사내의 모습은 머나먼 괴리가 있었다. 하지만 오마르는 탈레반을 택한 몸이었다.

'다른 방법은 없어.'

그는 애써 이러한 고민을 저 멀리 던져버린 채 입을 열었다.

"그래. 그 태도 좋아. 이제 더는 그녀에게 신경 쓰지 마. 네가 버는 돈의 절반을 가져다주는 것 말고는 아무것도 신경 쓰지 마. 알아들어?"

이미 사내는 아내가 탈레반과 관련된 사람이라 믿게 된 상황이었다. 오마르가 그렇게 의도하고 대화를 이끌어왔으니 그럴 수밖에 없었다. 당연하게도 고개를 끄덕이는 것 말고는 할 수 있는 일이 없었다.

"네, 네. 그렇게 하겠습니다!"

"좋아. 그럼 이대로 병원 나가서, 내가 말한 대로만 해."

"아. 알겠습니다. 감사합니다."

사내는 그저 살려줬음에 감사하다는 뜻으로 고개를 숙인 후, 황급히 방을 빠져나갔다. 그때까지 복도 벽 뒤에 엉거주춤하게 서 있던 한유림이 안도의 한숨을 내쉬었다. 중간중간 비명이 들려서 죽는구나 했었는데, 의외로 멀쩡한 모습의 사내를 본 덕이었다.

"휴. 안 죽였네."

"도망가는 거 아닌가? 이제 저러다 뒤에 병사 나타나서 탕."

"그런 재수 없는 소리 하지 마."

"너무 뛰길래."

"아무튼……. 잘 된 거겠지? 그……. 임신부는 살 수 있는 거겠지?"

"아마도요."

강혁은 찰나의 순간에도 사내의 눈에 깃든 공포를 엿볼 수 있었다. 어떤 협박을 했는지는 알 수 없었지만 적어도 그 협박이 먹혔다는 건 알 수 있었다.

'이렇게까지 해야 환자가 살 수 있다 이건가.'

해도 너무한 현장이 아닌가 하는 생각이 들었다. 하지만 일단 온전히 한 사람의 생명을 살렸다는 보람이 더 컸다.

'그래, 뭐……. 점점 나아지겠지.'

그리고 그 보람은 강혁에게 또 하루 나아갈 힘을 주었다.

"잘됐네, 잘됐어. 이번 일은 잘했다, 정말."

한유림에게도 마찬가지였다. 환자를 의학적으로는 살려놓고도 내내 인상을 쓰고 있던 그가 이제야 비로소 웃고 있었다. 강혁은 그런 한유림의 어깨를 툭툭 두드렸다. 한유림으로서는 다시금 불안해질 수밖에 없는 미소를 띤 채였다.

"나만 믿으라니까 그러네. 내가 다아 알아서 할게요."

뜻밖의 공조

“그래서, 전화는 했어요?”

새벽부터 어제 수술한 환자들 회진을 돌고 온 강혁이 물었다. 커피를 호록거리면서였는데, 어쩐지 굉장히 높은 사람 같아 보였다. 한유림은 저도 모르게 ‘네’ 하려던 것을 간신히 멈추곤 입을 열었다.

“했지.”

“어때요?”

“내가 인마……. 그래도 나름 전설의 보건복지부 장관 아니었겠어?”

“뭐…….”

평소의 강혁이었다면 대번에 시비를 걸고넘어졌을 터였다. 하지만 한유림이 보건복지부 장관직을 걸고 얘기할 때만큼은 그게 좀 어려웠다. 장관으로 있을 당시 한유림이 얼마나 고생했는지 알고 있었기 때문이다. 그래서 그저 듣고만 있으려니, 한유림이 껄껄 웃으며 더더욱 으스대기 시작했다.

“나 있을 때 건보 재정도 어? 나름 건전해지고……. 중증외상센터는 딱 일어서고. 어?”

“네, 네. 알겠으니까……. 전화했냐고.”

강혁은 감히 한유림의 업적을 까 내리는 말은 하지 못했다. 모든 게 사실이었으니 어쩔 수 없는 일이었다. 물론 박성민 대통령이 워낙 확실하게 밀어줘서 가능한 일이기도 했지만, 아무리 그렇다고 해도 현장 경험이 풍부한 한유림의 역할이 가장 중요했더랬다.

"가만있어봐. 여기 이 친구들은 잘 모르잖아."

한유림 또한 자신이 이 얘기를 할 때면 강혁이 잠자코 있다는 걸 너무도 잘 알고 있었다. 어차피 오늘은 정기 휴일이라 외래도 없는 날 아니겠는가. 그래봐야 응급 환자가 오면 받긴 받아야겠지만, 일단은 마음 놓고 떠들어댈 수 있는 보기 드문 기회를 놓치고 싶진 않았다.

"오, 궁금해요. 사실 저도 장관 출신이…… 현장직에 오는 건 처음 봐서요."

게다가 팀장인 제인도 관심을 보였다. 그녀의 말마따나 장관 출신 봉사자는 극히 드물었다. 장관 출신자들이 봉사에 관심이 없어서라기보다는, 그만큼 장관 자체가 희귀한 직업이어서였다.

"저도. 우리나라 장관이 봉사 다니는 건 상상이 안 되는데……."

일본인 내과 의사 요다 또한 귀를 바짝 기울였다. 대한민국에 비해 정치적으로 훨씬 더 경직된 일본인으로서는 장관이 자신과 현장에서 함께 구른다는 건 감히 상상조차 하기 어려웠다. 그 높으신 양반이 이런 험지까지 와서 이런 음식을 싹싹 긁어먹는다고? 아마 동료 중 단 한 명도 믿지 못할 터였다.

"얘기해주세요."

마취과 댄 또한 흥미롭다는 얼굴이었다. 이 지역은 인터넷이 되기는 하지만 그야말로 참을 인을 몇 번씩 새겨야 겨우 이메일이나 열어볼 수 있을 정도로 느렸다. 게다가 이제 곧 무하람 시즌이라 바깥으로 나도는 건 위험했고……. 무료한 휴일에 이만한 이벤트도 드물었다. 그래서 한유림은 단 한 명, 강혁을 제외한 모두의 기대 속에 입을 열 수 있었다.

"일단 내가 장관이 됐을 땐 말이야. 정말……. 정말 할 일이 너무 많았어. 보건복지부에서만 한다고 될 일도 아니었고."

한유림은 먼눈을 하고 과거를 추억했다. 당시 박성민 대통령이 손수 서류 더미를 들고 와 책상 위에 늘어놓았을 땐, 정말이지 도망가고 싶은 심정이었다. 그런 그를 잡아준 것은 의외로 한지영이었다.

'아빠, 저도 여건만 된다면 외상 외과 전문의가 되고 싶어요.'

참으로 마음에 들지 않는 꿈이라 할 수 있었다. 사람들이야 의사면 다 같은 의사라고 생각하겠지만 막상 들어와보면 알 수 있다. 과마다 삶의 질이 천차만별인 것이 바로 의사들이었다. 한유림은 딸이 조금이나마 수월한 인생을 살기 원했기에 다른 진로를 권유했지만, 지영은 고집을 꺾지 않았다.

'제 목숨도 외상 외과에서 살려주신 거잖아요. 저도 그렇게 살고 싶어요, 아빠.'

딸이 이렇게까지 말하는데 어쩌겠는가. 그래서 한유림은 지영이 외상 외과 전문의가 되어 살아갈 미래에 조금이나마 도움이 될 수 있도록 최선을 다하기로 마음을 바꿔 먹었다.

"외상센터라는 게……. 대강 알고는 있겠지만, 사실 도시 공학부터 건물 설계, 도로 정비까지 거의 사회 인프라 전반이랑 연관이 있는 거거든."

상당히 특이한 분야라고 할 수 있었다. 물론 의료진들의 역할이 절대적이라고 할 수 있을 만큼 중요하긴 했지만, 의료진들만 있다고 해서 사람을 살릴 수 있는 건 결코 아니었다. 의료진들이 제시간에 환자에게 도달할 수 있는 시스템이 필요했다. 그리고 그 시스템은 도시 전반에 걸쳐 뻗어 있어야만 했다.

"그래서 행안부부터 해서……. 진짜 여러 부처 갈아 넣으면서 시작했어. 대통령께서 의지가 강하지 않았다면……. 아마 안 됐을 거야. 그나마 여론이 아주 호의적이라 부담이 적었기에 망정이지……."

강혁이 출연했던 다큐멘터리를 비롯한 여러 미디어 매체가 도움이 되어주었다. 워낙 강혁이 쌓아둔 이미지와 명성이 대단하기도 했고.

"진짜……. 국민적 합의가 있어서 된 거긴 해. 세부적인 거야 내가 엄청 고생하긴 했는데, 어찌 되었건 돈이 많이 들어가는 사업이라."

이 때문에 건보료가 한유림이 장관으로 재직했던 2년간 연 5% 이상 상승해야만 했더랬다. 말이 5%지, 물가 상승률을 상회하고도 남는 수치 아니던가. 그런데도 조세 저항이 적았던 건 국민의 배려가 있었기 때문이었다.

"아무튼, 그렇게 하다보니까 어떻게든 되긴 되더라."

한유림은 고생스러웠던 점을 하나하나 얘기해준 후, 현재 대한민국의 중증외상센터 시스템에 대해 설명해주었다. 제인이나 요다나 댄 모두 사회 현상에 관심 많은 의사들이었다. 그 때문에 한국의 외상 외과가 어떻게 자리 잡게 되었는지 대강은 알고 있었지만, 이걸 장본인에게 직접 듣는 건 처음이었다.

"와……. 정말 대단하네요."

"그러니까……. 진짜 한국은 한다면 하는 나라 같아요."

"이젠 영국에 비교해도 별 손색이 없겠는데요?"

셋은 저마다의 감상을 쉴 새 없이 토해냈다. 한유림은 잠시 뿌듯하다는 얼굴로 그들을 돌아보다가 재차 입을 열었다.

"사정이 그렇다보니 아무래도 영국이나 프랑스, 미국 등에 도움을 많이 받았어. 각기 나라마다 시스템이 미묘하게 다르긴 했는데, 그래도 도움이 되긴 되더라고. 실제로 같은 해역을 공동으로 경비하고 있기도 하고 해서 더 연락하게 된 것도 있고."

한유림이 말한 곳은 소말리아 모가디슈 근처 해역이었다. 해적이 극성을 부리고 있는 곳으로써 각국의 해군이 주둔하며 상선을 호위해주고 있었다. 그런데도 간간이 피랍되는 배들이 있을 정도로 치안 사정이 엉망이었다. 당연하게도 외상 외과가 필요한 곳이었고, 한국도 당당한 선진국 중 하나로서 그곳의 의료를 얼마간 돕게 되었더랬다. 그 일을 당시 국방부 장관과 함께 담당했던 사람이 한유림이었다.

"그중에서 정치에 뜻이 없었던 건 나뿐이더라고."

한유림은 헛헛한 미소를 지으며 강혁을 돌아보았다. 강혁 또한 희미한 미소를 띤 채 고개를 끄덕였다. 한유림이 말한 것처럼, 당시 한유림과 공조했던 외국의 인사 중 지금 정치판에 뛰어들지 않은 건 오직 한유림 뿐이었다. 권력을 한번 쥐게 되면 중독과 같은 수준으로 탐하게 된다던데……. 한유림은 미련 하나 없이 할 일을 마치자마자 훌훌 털고 나와버렸더랬다.

'내가 그래서 이 노인네를 좋아하지.'

강혁은 그날을 아직도 기억했다.

'야, 이제 나 진짜 할 만큼 했어. 나갈 거야.'

'총선 안 나가요? 국회의원은 따놓은 당상일 텐데.'

'안 해, 안 해. 머리 아파 그런 거. 이제 다시 의사로 돌아갈 거야.'

금배지. 국회의원. 남들 다 선망하는 자리 아니겠는가. 한유림은 그 누구보다 그 자리에 가까이 있던 인물이었다. 인지도도 그렇지만 호감도 또한 넘사벽이었으니까. 하지만 그는 그 자리를 마다하고 자연인으로 돌아왔다.

"그 말은 곧, 그때 나랑 친하게 지냈던 사람들이 다들 한자리씩 하고 있다는 뜻이지."

한유림은 그때 그 결정에 후회는 없다는 듯 밝게 웃어 보였다.

"그중엔 제법 영향력 있는 사람도 있거든. 어제 통화를 해봤는데, 우리……."

하지만 강혁을 돌아볼 때는 아주 밝은 표정을 짓지 못했다. 워낙에 사고 쳐놓은 것이 많은 인간 아닌가. 따지고 보면 장관직도 강혁이 벌여놓은 일 수습하기 위해 맡았다고 해도 과언이 아닐 지경이었다. 이번에도 마찬가지였으니 얼굴이 어두워질 만도 했다.

"백 교수가 이 한구를 탈레반하고 자경단, 정부가 싸우지 않는 중립 도시로 만들겠다고 하지 않았습니까?"

"네, 그랬죠."

"그 얘기를 했더니 아주 비상한 관심을 보이더라고요."

한유림은 이 말을 하면서 어제의 통화를 떠올렸다.

'그거 진심이었군요.'

주한 미대사였던 스미스는 한유림이 중립 도시 얘기를 꺼내자마자 대뜸 이렇게 말했더랬다. 대강은 내용을 알고 있었다는 뜻인데, 그 말은 이 병원이 도청당하고 있다는 것을 의미했다. 원래 그럴 거라고 전달받기는 했지만, 막상 그걸 확인했을 땐 간담이 서늘했더랬다.

"그…… 래요? 그래서요?"

반면 제인은 속없이 좋아하기만 했다. 지난 1년간 한구에서 버텨온 그녀는 진심으로 이곳 한구가 보다 살 만한 곳이 되기를 소망하고 있었다.

"여러 얘기가 있었지만……."

스미스는 이제 중동 지역을 총괄하는 위치에 올라 있었다. '주한 대사였던 사람이 어떻게 그런 자리에?' 하는 의문이 들 수도 있겠지만, 생각보다 대한민국은 상당히 주요한 위치에 있는 국가였다. 특히 미국에게는 그랬다. 세계에서 가장 강력한 나라들이 몰려 있는 동북아 내 동맹국이었으니까.

"한구가 중립 도시가 되는 게 미국에도 이득이 되는 모양이에요."

"어, 그럼?"

"도와주겠다고 합니다."

"아……."

"그뿐만 아니라, 프랑스 또한 돕겠다고 했습니다. 방법은 그쪽에서 먼저 제시하게 될 거 같아요. 사실 우리가 주최한 회동이긴 해도, 경험이 없으니까. 전문가들한테 맡기는 게 낫겠죠."

한유림의 말을 들은 제인은 거의 울 것 같은 표정이었다. 지난 1년간 얼마나 외로운 싸움을 해왔던가. 성과가 전혀 없는 건 아니었지만, 들인 노력에 비하면 형편없다는 말을 해도 좋을 지경이었다.

"그렇……. 그렇군요. 그럼 미군하고 프랑스군이 돕는 건가요?"

"꼭 군이 아닐 수도 있어요."

"그럼 더 잘됐네요."

"네, 뭐……. 잘만 되면 정말 한구가 이보다 훨씬 더 발전하게 될 수도 있어요."

한유림은 이 말을 하면서 다시 한번 강혁을 돌아보았다.

'거기 백강혁 교수도 가 있다면서요? 한구 병원을 미군도 쓸 수 있게 된다면 정말 좋겠군요.'

그러곤 스미스가 했던 말을 떠올렸다.

'역시 대단한 놈이야.'

저 미군이 의지할 생각이 들게 하다니. 아마 이럴 수 있는 의사는 세상천지에 백강혁 하나뿐일 터였다.

대외 연락은 한유림이 도맡아 하기로 했다. 애초에 그들과 알고 지냈던 것이 한유림이기도 하거니와 상대측에서도 한유림을 원하기 때문이었다.

'백 교수랑 연락하고 싶어 하는 녀석도 있긴 하지.'

한유림은 커피를 호록거리며 강혁을 바라보았다. 모처럼 얻은 휴일에 강혁은 옥상에 마련해둔 운동 기구를 들고 있었다. 쇠막대에 꽂아놓은 시멘트로 운동하는 강혁의 모습은 약간 공포스러울 정도였다.

'연락……, 안 하는 게 스미스를 위하는 길이야.'

어쩌면 스미스도 강혁에 대한 소문을 어느 정도 들었을 가능성이 있었다. 아무리 그렇다 해도 이런 놈인 줄은 꿈에도 모르고 있을 터였다.

"뭘 그렇게 봐요?"

강혁은 한참 벤치를 들어 올리다가 말고 말을 걸어왔다. 시멘트 무게가 상당한지, 봉 가운데가 약간 휘어 있었다.

"어? 어, 아니."

"아. 나 혼자만 해서 삐졌나? 이리로 와요. 누워봐. 내가 조져줄게."

강혁은 더없이 환한 미소를 지으며 말했다. 정말이지 악의라고는 단 하나도 없다는 표정이었다.

"아니……. 아냐. 난 안……. 아니……."

그래서 더 무서웠다.

"자, 누우시고."

"어……. 내가 언제 여기로."

"잠깐 들었다 놨어요. 어휴. 이거 팔뚝 가늘어진 거 봐……. 어? 이거 설마 펙토랄리스 메이저(Pectoralis major, 대흉근)인가? 하도 얇아서 마이너인 줄."

"지, 지랄 마. 나 정도면 내 나이에서……."

한유림은 자기 가슴 근육이 빈약하다는 말에 그만 울컥하고 말았다. 그도 그럴 것이 벌써 강혁에 의해 강제로 운동을 시작하게 된 것이 수년째 아니던가. 처음에는 강제로 시작한 만큼 정말 피 토할 정도로 힘들었지만 장관직에 있을 때는 나름대로 즐기며 했었다. 그래서 동년배 중에서는 상당히 수행 능력이 좋은 편이었는데, 그중에서도 벤치는 봉 무게를 더해 무려 90까지 칠 수 있었다.

"이야, 자부심 보소?"

"아니, 말이 헛나왔어. 나 약해, 백 교수……."

하지만 강혁에 비할 건 아니었다. 단순히 나이가 젊고 아니고의 문제는 결코 아니었다. 이 녀석은 그냥 괴물이었다.

"왜요? '나는 운동하는 장관'이라는 이름으로 인터뷰도 했잖아요."

"어, 어? 그건 어디서 봤어. 잡지 아예 안 보잖아?"

"TV고려랑 했던데 뭐. 알죠? 거기랑 나랑."

"아……."

생각해보니 백강혁은 무려 언론도 밑에 두고 있는 놈이었다. TV고려의 경우엔 자기들이 잘못한 게 있어서 그렇게 된 거긴 했지만.

"어?"

정신을 차리니 어느새 양손이 벤치를 잡고 있었다.

"어!"

아니, 묶였다고 보는 게 옳았다. 아무리 강혁이라 해도 없는 장갑까지 만들 수는 없지 않겠는가. 그래서 붕대를 감아 쓰고 있었는데, 그 붕대가 한유림의 손과 봉을 묶고 있었다.

"어어!"

"아, 이거 안 풀려요."

"뭐, 뭔데!"

"블랙 워터스 있을 때 배워둔 건데, 좋더라고. 난 가끔 써요."

방금 강혁이 쓴 매듭법은 에반스였다. 보통 교수형할 때 쓰는 매듭법으로 유명했는데, 지금처럼 사람 몸을 어디다 묶는 데 써도 꽤 유용했다. 구경하는 입장이었으면 꽤 신기하기도 했을 테지만, 당하는 입장인 한유림으로서는 그저 당황스러울 뿐이었다.

"이, 이런 매듭을 왜 의사가 써!"

"알고 싶어요?"

"아니……. 모르고 싶다 정말……."

"아무튼, 안 되겠어. 봉사 왔다고 퍼져서 몸 관리도 안 하고."

"야……. 나 정도면 관리 하는 편이지! 뱃살도 없는데! 너도 예순 먹어봐!"

“오우……. 옥상에서 이렇게 소리치다 이목 끌면 좋을 게 없을 거 같은데.”

역시 한유림의 항변은 별 소용이 없었다. 강혁은 그저 능청스러운 얼굴로 총 쏘는 시늉을 몇 번 해댐으로써 한유림의 입을 다물게 할 수 있었다.

“운동 시켜준다는데 왜 이렇게 말이 많아.”

“백 교수처럼 하는 운동은 운동이 아냐!”

한유림은 수년 전 강혁에게 강제로 병원 헬스장에 끌려갔던 때를 기억했다. 그땐 지금처럼 기초 체력이 있던 때도 아니었기 때문에 죽을 뻔했다. 절대 은유적인 표현이 아니었다. 정말 말 그대로 죽을 뻔했다. 당시 그와 함께 있던 재원이 얼마든지 증언해줄 수 있었다.

“조용히 하고, 뽑기나 해요.”

하지만 강혁은 아랑곳하지 않고 한유림의 머리맡에 선 채 그를 내려다보았다.

‘노인네같이 훌륭한 외과 의사는 아직 은퇴하긴 일러.’

처음엔 내심 걱정이 앞섰던 것도 사실이었다. 한유림이 비록 쓸 만한 의사인 건 맞았지만, 일단 현장을 2년이나 떠나 있었으니까. 하지만 와서 몇 번 써먹어보니 그건 다 기우였다는 걸 알 수 있었다. 수십 년 외과 의사로 구른 짬밥이 어디 간 게 아니라는 뜻이었다. 체력만 받쳐준다면 앞으로 10년은 더 수술할 수 있을 터였다.

“으.”

"뽑으라니까?"

"아, 안 되는데?"

"응? 이게 안 돼요?"

"며, 몇 kg인데, 이거? 나 힘센데."

"정확히는 몰라요. 대강 눈대중으로 맞춘 거라."

"대충 얼만데."

"봉까지 하면 뭐 한……, 180?"

"미친놈아."

"도와줄게. 도와준다, 도와줘."

"다, 당연히 그래야지."

한유림은 극한의 쥐어짬을 느끼며 벤치를 들어야만 했다.

"진짜 특이한 파트너죠, 저 둘?"

한편 제인은 옥탑에 마련된 작은 침상 위에 누워 있었다. 옆에는 댄과 요다 그리고 카심이 나란히 누워 있었다. 이맘때 한구의 오전 햇볕은 태닝하기 딱 적당해서, 다들 일광욕을 하나의 낙으로 삼고 있었다.

"그러니까요. 저런 거만 보면 괴롭히는 거 같은데."

사실 괴롭히는 게 맞긴 했다. 하지만 이들에게 강혁은 이미 영웅이 된 참 아니던가. 삐뚤어진 시각을 갖게 됐다는 말이었다.

"백 교수님이 속이 깊은 사람이잖아요. 한유림 교수님도 그걸 알아본 거지."

"하긴……. 한유림 교수님도 만만치 않게 훌륭하시죠. 그래서 둘이 같이 다니나?"

"그래서 우리한테는 잘된 거지요."

"정말……. 그렇죠."

댄은 고개를 끄덕이며, 제인의 옆얼굴을 바라보았다. 사실 나이로만 따지자면 댄이 제인보다 더 위였다. 제인이 학생 시절 아이티로 왔을 때, 댄은 이미 전문의였으니까. 하지만 댄은 한구에 오기 전까지는 단기로만 봉사를 해왔었고, 제인은 거의 쉬지 않고 긴급구호팀 일을 도맡아 해온 베테랑이었다.

'이렇게 힘든 현장을 쉬지 않고 돌아다녔다, 이건데.'

댄은 감히 상상조차 할 수 없는 일이었다. 일단 금전적인 면만 바라봐도 그랬다. 물론 월급을 받기는 받지만, 한화로 치면 한 달 세전 200에 미치지 못하는 금액 아니던가. 미국의 병원에서 일하는 의사들은 그 열 배도 가능하기에 이것만 해도 어마어마한 희생이었다.

'대단해…….'

그뿐만 아니라 가끔은 목숨까지 걸어야 하는 일이었다. 실제로 모가디슈 근처에 파견되었던 의사와 현지 로지스티션이 납치 살해되었다는 소식을 바로 얼마 전에 들었다. 제인은 이런 얘기를 본인 입으로 떠드는 타입이 아니라 자세히는 모르겠지만, 건너 들은 바에 따르면 제인 또한 만만치 않은 수라장을 겪어온 사람이었다. 의사 선배이자, 위 연배인 사람으로서 존경스럽지만 한편으로 안타깝다는 생각도 들었다.

'그래도 다행이야.'

댄은 제인의 보기 드문 미소를 바라보며 고개를 끄덕였다. 여기 와서 이렇게 편안한 미소는 거의 처음 보는 듯했다. 댄도 요다도 전심전력으로 도왔다고 자부했지만, 아무래도 제인에게 그리 의지가 되지는 못했던 모양이었다. 당연한 일이었다. 제인에게 이 둘은 챙겨야 할 팀원이지, 버팀목은 아니었으니까.

'저 둘은 달라.'

댄은 고개를 돌려 강혁과 한유림 쪽을 바라보았다. 지금은 어딘지 모르게 좀 모자라 보이는 둘이었지만 저만 한 의사들은 그 어디에서도 본 적이 없었다. 하나는 압도적인 실력자, 또 다른 하나는 장관 출신으로 어마어마한 인맥을 자랑하는 사람이었다. 저런 사람 둘이 한꺼번에 오다니. 댄으로서는 감히 지금 제인의 마음이 어떨지 상상이 가지 않았다.

모두가 여유를 즐기고 있는데, 1층 로비를 지키고 있던 카밀이 뛰어 올라왔다. 제일 먼저 반응을 보인 것은 의외로 계단에서 제일 멀리 떨어져 있던, 심지어 온 정신을 한유림에게 쏟고 있는 것처럼 보이던 강혁이었다.

"무슨 일이지?"

"야야! 딴 데 보지 마!"

물론 밑에 깔리게 생긴 한유림은 다급하게 외쳤지만, 강혁은 일단 이 친구가 왜 올라왔는지가 궁금했다. 혹 환자가 왔다고 한다면 뛰어 내려가야 했으니까.

'얼굴을 보니까 그건 아닐 거 같은데.'

카밀은 법대생 아니던가. 아픈 사람에게 익숙한 사람이 아니란 뜻이었다. 그런 사람이 환자를, 그것도 응급실로 온 환자를 봤다고 하기엔 지나치게 침착했다.

“아……. 그, 한 교수님 손님이라고 하면 알아들을 거라고 하던데요.”

“비, 비켜!”

한유림은 그렇지 않아도 팔이 달달 떨리고, 가슴은 오그라들고 있는 마당이라 자기 이름이 나오자마자 급히 벤치에서 벗어났다.

“거, 성질하고는.”

강혁은 도망치듯 뛰쳐나가는 한유림을 붙잡는 대신 혀만 츠츠 찼다. 한유림에겐 울화통이 터지는 일이었지만 일단은 살아남는 것이 급선무였다.

“누, 누구래?”

“그냥 손님이라고만…….”

“어떻게 생겼는데?”

“되게 평범한 백인이에요. 같이 온 사람들도 그렇고.”

“평범한 백인……?”

짐작 가는 사람이 있는데 선뜻 그 사람이라는 확신이 들진 않았다. 이런 곳까지 직접 왔다기엔 너무 거물이었으니까.

‘설마?’

한유림은 땀에 쫄딱 젖은 옷을 미처 갈아입지도 못한 채 거실 의자에 앉아 있었다. 거실이라고 해봐야 옹색한 크기였다. 스미스와 그가 데리고 온 사내 둘까지 들어오자 꽉 찬 느낌이 들었다.

"스미스."

"얼굴이 좋아졌군요, 한 장관님."

스미스는 제인이 내어준, 실제로는 요다가 탄 커피를 한 모금 머금었다. 한구에서 먹을 수 있을 거라 생각했던 맛은 아니었다. 그래서 그런지 미미한 미소를 띠었다.

"좋아졌다고? 진심인가?"

한유림은 믿을 수 없다는 표정을 지어 보였다. 와서 개고생만 하고 있는데 뭔 놈의 얼굴이 좋아진단 말인가. 장관도 힘들긴 했지만, 적어도 그건 제도권하에서의 힘듦이었다. 지금처럼 예측 못한 상황이 계속 벌어지지는 않았단 뜻이었다. 하지만 스미스가 보기엔 정말 훨씬 나아 보였다.

'천상 의사라니까.'

물론 장관직을 잘하긴 했더랬다. 보건복지부라서 미 대사관과 크게 업무적으로 엮일 일이 없을 것 같았는데도, 소말리아 인근 해역에서의 활약은 대단했었으니까. 거기에 더해 대사관 직원들, 특히 대사였던 자신에 대한 배려는 대단했다.

'그래도 안 맞는 옷을 입고 있는 느낌이었지.'

당시의 한유림을 떠올리면 정말이지 불편하다는 말이 딱 어울리는 몰골이었다. 분명 시키는 일을 잘하고 있을 뿐만 아니라 시키지 않은 일도 비전을 위해서라면 곧잘 했다. 역대 보건복지부 장관 중 최고라는 말을 들을 만했고, 그래서 총선이나 지방 자치단체 선거의 블루칩이라는 평가까지 받았지만……, 정작 한유림 자신은 별로 행복해 보이지 않았다.

'지금은……. 아주 평온해 보이는군.'

비록 행색 자체는 아주 남루했다. 얼핏 봐서는 전직 장관이 아니라, 전직 노숙자가 아닌가 하는 생각이 들 정도였다. 하지만 얼굴은 역대급으로 좋아 보였다. 적어도 사람 알아보는 것이 직업인 스미스의 눈에는 그게 보였다.

"진심입니다, 한 장관님. 아니……. 이제는 닥터 한인가요?"

"뭐, 좋을 대로. 근데……. 어떻게 여기까지 직접 왔지? 지금……."

한유림은 생각 없이 시리아를 입에 올리려다가 주변을 살폈다. 강혁이야 무슨 말이든 해도 좋을 만큼 믿음직한 녀석이었지만, 나머지는 글쎄였다. 여기까지 왔으니 다 좋은 놈들이라고 생각하기 쉽지만 국경없는의사회에 스파이가 있었다는 건, 그리고 종종 현직으로도 있다는 건 공공연한 비밀이었다.

"시리아에 있을 때죠. 네."

하지만 스미스는 한유림의 조심성이 아무 의미 없다는 듯, 제 입으로 말해버렸다.

"어?"

"말해도 되냐고요? 됩니다. 저희 정보력을……. 얕보시면 안 되죠."

"아……. 괜찮다 이거구나."

"네. 여기 있는 사람들은 괜찮습니다."

"근데……. 여기까지 올 만큼 뭐 중요한 일이 따로 있나?"

"아뇨. 그냥 여기 일이 중요합니다."

평범한 백인 관광객 행색인 스미스는 허허 웃으며 말했다. 표정과 얼굴만 봐서는 무슨 계약이라도 따내러 온 듯한 느낌이었다.

"여기 일이라?"

"요새 IS가 시끄럽긴 하지만……. 역시 탈레반은 골치입니다."

"그건 그렇겠지."

이미 아프가니스탄 탈레반은 박살이 났다고 해도 좋을 지경이었다. 제아무리 막강한 집단이라고 해봐야 테러 집단 아니던가. 반면에 상대인 미국은 별명이 천조국이었다. 상대가 되었다고 한다면 그게 더 이상한 일일 터였다. 하지만 파키스탄 탈레반은 상대적으로 온전히 남아 있었다.

'뭐……. 여기 탈레반이 있건 없건 그건 알 바 아니긴 하지만…….'

문제는 중국과 인도였다. 원래도 파키스탄과 인도가 사이 나쁜 건 유명한 일 아니겠는가. 파키스탄이라는 나라의 기원 자체가 인도에서 떨어져 나왔다고 해도 과언이 아니었으니까.

'중국…….'

거기까진 미국도 별 관심이 없었다. 둘 다 핵 보유국인 만큼 최소한의 중재야 하긴 해야겠지만, 설마 터뜨리겠나 하는 생각이 있었던 것이다. 그런데 최근 중국이 일대일로(一帶一路)의 일환으로 은근슬쩍 파키스탄에 영향력을 행사하려 하고 있었다. 이미 일대일로가 활성화되기 시작한 아프리카 일부 국가를 떠올리면 아주 큰일이었다. 도저히 그냥 두고 볼 수는 없는 일이다, 이 말이었다.

‘마침 한 장관이 여기 있다니, 이건 하늘이 준 기회야.’

하지만 명분이 없었다. 중국이야 국경이라도 맞닿아 있다는 핑계가 있지 않던가. 바다 하나를 두고 있는 미국으로서는 뭔가 끼어들기가 어려웠다. 하지만 인도적 차원에서 중립 도시를 만드는 데 관여하기 위해 왔다면 어떨까. 일단 그림이 예쁘지 않은가.

“그 탈레반을 퇴치하겠다는 얘기는 아닙니다. 적어도 파키스탄 탈레반은 미국과 대립하고 있지는 않으니까요.”

“그, 그랬나? 난 그런 부분은 잘 몰라.”

“다만 그 탈레반을 억제할 필요는 있겠죠. 적어도 한 도시에서라도 가능하다면 그건 의미 있는 일입니다. 미국이 이 도시를 사용할 수 있게 될 테니까요.”

“어…….”

한유림은 이게 잘된 일인지, 아닌 건지 감이 잘 잡히지 않았다.

“잠깐.”

끼어든 것은 강혁이었다.

“군 차원에서 사용하려고 들면, 중립 도시라는 말 자체가 성립하지 못할 텐데.”

잔뜩 우려하는 표정이었다. 스미스는 잠시 그런 강혁을 올려다보았다. 떡 벌어진 어깨에 잘생긴 얼굴. 그리고 뭐든지 꿰뚫어볼 듯한, 지나치다 싶을 정도로 날카로운 시선.

‘이 사람이 시리아의 난폭한 천사……. 백강혁이로군.’

스미스는 여기까지 오게 된 이유 중 하나인 강혁을 다시 한번 유심히 바라보았다.

"물론, 물론 아니죠. 기업이 들어올 겁니다. 미 정부에서 운영 중인……. 사회적 기업이 여러 개 있는데, 그중 하나가 파키스탄 커피와 모직에 관심이 있습니다."

"아……. 아하. 그런 식으로."

"네. 그렇게 되면 일단 이곳의 경제 상황이 좋아질 겁니다. 그 후로는 교육에 대한 지원도 시행할 겁니다. 물론 NGO 단체를 통해서요. 좋은 일이죠."

"흠."

좋은 일이긴 했다. 하지만 강혁은 마냥 웃지만은 못했다.

'우리 식으로 생각하면 그렇지.'

아마 그렇게 되면 이곳 한구 사람들의 삶의 질은 비약적으로 올라갈 터였다. 일단 안전해지고, 궁핍하지 않게 될 테니까. 대신 무언가 잃게 되긴 할 것이었다. 이를테면 그들 고유의 삶의 방식 같은 것을.

'거기까지 생각할…… 필요는 없겠지.'

가끔 생각이 너무 멀리 뻗어나갈 때가 있었다. 강혁은 그럴 때면 늘 떠올리는 생각이 하나 있었다.

'나는 의사야.'

의사의 본분은 사람을 살리는 것이라는 사실. 그거 말고 다른 어떤 것도 우선시되면 안 된다는 사실이었다.

"잘됐군요. 그렇게까지 해주신다면 저희는 더할 나위 없이 좋습니다."

"이해관계가 일치하니, 좋군요."

"다만 문제가 하나 있습니다."

"문제?"

"이건 각 단체가 이곳 한구를 중립으로 두기로 합의했을 때의 얘기입니다."

"아."

스미스는 아주 잘 알겠다는 얼굴로 고개를 끄덕였다. 그러곤 자신의 뒤에 서 있던 사내에게로 시선을 돌렸다. 스미스와 마찬가지로 여느 관광객과 별반 다를 것 없는 행색이었던 사내는 벌써 서류 하나를 들고 있었다.

"정부 쪽은 이미 협조하기로 말을 맞췄습니다."

"정부…… 가요?"

강혁은 상당히 놀란 얼굴을 하고 있었다. 협상이나 협박을 위해 연기할 때도 있긴 했지만, 이건 연기가 아니라 정말 놀란 것이었다.

'역시……. 대단한데, 미국.'

사실 제일 걸림돌이 될 것은 정부라 생각하지 않았던가. 그들 입장에서 서북부 지역은 탈레반에게 강탈당한 상황이었으니까. 그런데 그런 탈레반과 폭력이 아닌 방법으로 협상을 해? 있을 수 없는 일이었다.

"네. 거절할 수 없는 제안을 했습니다."

"어떤……?"

"그건 제가 말할 수 있는 게 아닙니다."

"아."

권한이 없다는 뜻일 터였다. 강혁은 몰라도, 한유림은 꽤 의외라는 얼굴이 되었다.

'스미스에게 권한이 없다는 건……. 더 높은 사람이 관여했다는 건데.'

대체 미국은 파키스탄에 얼마나 관심을 기울이고 있다는 걸까. 그 말은 곧 꿍꿍이가 있다는 얘기이기도 했다. 이제 더는 온전한 선의로 다른 나라를 돕는 국가는 없었으니.

"아무튼, 정부 쪽 설득은 저희가 맡겠습니다. 그건 걱정 안 하셔도 됩니다."

스미스는 화제가 그쪽으로 흘러가는 걸 원치 않는다는 듯, 황급히 주제를 닫아버렸다.

"혹시 탈레반과 자경단 쪽은 어떻게 되고 있습니까?"

그러곤 무척 능숙하게 다른 얘기를 시작했다. 당장 당면한 문제였기 때문에 효과는 대단했다.

"아……, 그건."

한유림은 자기가 직접 답하는 것보다는 강혁이 하는 게 좋을 거라 생각해 강혁을 바라보았다.

"일단 얘기 통하는 놈들이 있어요. 상당히 높은 놈들이고. 자경단 쪽이야……. 얘들이 유일한 놈들인지는 모르겠지만, 사실 정부랑 탈레반하고만 협정을 맺게 되면 나머지 놈들은…… 쉽지 않나요?"

'왜 탐내는지 알겠네. 이 사람은 그냥 의사가 아니야.'

스미스는 강혁이 자신과 아니, 미국과 같은 생각을 하고 있었다는 사실에 놀라며 고개를 끄덕였다.

"그렇지요."

"그러자면 당일이 제일 중요해요. 그때 방해하는 놈들이 있어서는 안 됩니다. 그걸 막아줄 수 있나요?"

강혁의 말에 스미스가 고개를 끄덕였다. 분명 지금까지와 별로 다를 것도 없는 얼굴이었으나 분위기는 완전히 달라져 있었다.

"물론이죠. 그래서 제가 온 겁니다. 제가 직접 막겠습니다."

그야말로 미국의 요원 같은 느낌이었다. 강혁은 저도 모르게 마음이 놓이는 것을 느끼며 스미스를 바라보았다. 스미스는 그런 강혁을 마주하며 말을 이었다.

"이미 요원들이 들어와 자리를 물색하고 있습니다. 그날 어떤 놈들에게 어떤 계획이 있다 하더라도, 막습니다."

'막겠습니다'가 아니라 '막습니다'였다.

강혁은 그 말이 아주 마음에 들었다.

"좋아, 아주 좋아. 믿죠, 그럼."

*

"일이…… 점점 커지네요."

스미스와 한유림이 대화를 마치고 자리를 정리할 때까지 가만히 있던 제인이 드디어 입을 열었다.

"다행히, 여기 한 장관님 덕에 안전해졌잖아? 설마하니 미국에서 하는 일이 어설프진 않겠지."

"뭐……."

다른 사람이라면 또 모르겠지만, 미국인인 제인으로서는 선뜻 고개를 끄덕이기가 어려웠다. 대신 나선 것은 의외로 요다였다.

"네, 기대가 됩니다. 여기가 정말 바뀌게 되면…… 모든 사람이 놀라지 않을까요? 그…… 그게 가능성이 있어 보여요."

약간은 흥분한 상태였다. 늘 조용하던 전형적인 내과 의사긴 했지만, 그 또한 현장에 올 생각을 했을 정도로 과감한 사람이 아니었던가. 단순히 병원에서 진료하며 당장 죽을 사람 살리는 것만 해도 어마어마한 경험인데 그걸 넘어서서 도시 전체를 바꿀 수 있다는 생각을 하니, 온몸이 덜덜 떨릴 지경이었다.

"그래. 그래야지."

강혁은 그런 요다의 어깨를 툭툭 두드려주고는 몸을 일으켰다. 그러곤 한유림을 내려다보았는데, 지레 겁을 먹고 경기를 일으켰다.

"뭐, 뭐. 또 운동하려고? 안 돼, 나는."

"운동? 아, 운동하고 싶어요?"

"아냐? 그럼 뭔데."

"탈레반한테 가려고."

운동도 싫지만, 이건 더 싫었다.

'뭐, 스미스가 왔으니까……, 죽진 않겠지.'

직접 미군의 위력을 본 적 있는 건 아니었다. 그저 건너건너 들었을 뿐이었는데, 그것만으로도 신뢰감이 팍팍 들었다.

"왜?"

"몰라서 물어요?"
"질문하는 것도 안 돼?"
"답답해서 그렇지. 일단 나와요."
한유림은 강제적으로 거실에서 끌려나갔다.
"앉아요, 여기."
"어?"
정신을 차려보니 어느새 탈레반 간부 앞이었다. 지금까지 한유림은 최대한 이 사람 앞에 서는 걸 피했기 때문에 굉장히 어색해했다. 그에 반해 강혁과 그는 친밀해 보이기까지 했다.
"아까도 봤는데……. 낮에 온 걸 보니까, 따로 할 말이 있는 모양이군."
심지어 둘만 통하는 코드도 있어 보였다.
'미친놈…….'
한유림은 강혁이 여기서 태어났으면 지금쯤 어떤 사람이 되어 있을까 하면서 둘을 바라보았다. 강혁은 쓸데없는 소리를 몇 마디 더 나누다가 본론으로 들어갔다.
"이제 대강 걸을 수 있지?"
"대강은 그렇지. 별로 불편한 건 없어."
"그럼 이제 약속을 잡지?"
"약속? 아."
"그래, 협정을 맺어."
"나만 준비되면 협정을 맺을 수 있는 건가?"
탈레반 간부 오마르는 좀 황당하다는 얼굴로 고개를 갸웃거렸다. 그러자 강혁이 그의 어깨에 손을 올렸다.

'하지 마……. 그런 거…….'

한유림은 진심으로 말리고 싶었지만, 생각과는 달리 손만 벌벌 떨릴 뿐, 움직이지는 않았다. 잔뜩 긴장한 데다가, 아까 운동을 심하게 하는 바람에 힘이 다 빠졌기 때문이다.

"정부 쪽은 내가 해결했어."

"정부를……?"

새빨간 거짓말이었다. 강혁은 정부 측에서 어떤 사람이 나오는지도 알지 못했으니까. 하지만 오마르는 이 말을 감히 의심하지 못했다.

"그래. 뭐, 여기까지 아무 생각 없이 와서, 이런 얘기를 준비도 없이 꺼냈겠어?"

강혁의 말이 그럴싸했기 때문이다. 물론 그걸 보고 있는 한유림으로서는 황당하기만 할 뿐이었다.

'아무 생각 없이 와서, 아무 준비도 없이 그런 얘기를 했잖아. 그러고 보니까…….'

좋은 녀석이긴 하지만 역시 오래 살려면 슬슬 관계를 정리하는 게 좋겠다는 생각이 들 때쯤,

'하긴, 그렇지 않고서야 정부 쪽을 해결했다고 이렇게까지 당당하게 나오진 못하겠지.'

오마르는 멋대로 강혁이 거물일 거라고 확정지어버렸다. 강혁은 그런 그의 눈빛을 확인하고는 허허 웃었다.

"그러니까, 니들 준비만 하면 돼. 언제 돼?"

"전권은 위임받았어, 이미. 한구 정도는…… 뭐, 나 혼자 결정할 수 있지."

그러자 오마르가 눈을 빛내며 답했다.

'전권을 위임받아? 직계인가?'

'내가 누군지도 대강 알고 있는 거 같은데…….'

"그럼 뭐, 당장 다음 주로 잡지. 그래도 되겠지?"

"아……, 뭐. 괜찮아, 나는."

만약 강혁이 미국인이자, 미국의 거물이었다면, 아마 얘기가 좀 달라졌을 터였다. 이들에게 미국은 적이었으니까. 하지만 한국은? 그저 배우고 싶은 나라일 뿐이었다. 적어도 대한민국이 이 나라에 피해를 준 적은 없었으니까.

"좋아. 한 장관님, 가시죠."

"어? 어, 응."

강혁은 만족스러운 답을 얻어내자마자, 내내 멍하니 앉아 있던 한유림을 끌고 밖으로 나왔다. 한유림은 너무 어이가 없는 나머지, 방에서 나온 후에도 한참을 말을 못하고 있었다. 그가 입을 연 것은 비로소 3층에 다시 올라와서였다.

"너 설마……."

그는 강혁의 무지막지한 완력에 저항하면서 말했다. 강혁은 이대로 끌고 갈까 어쩔까 하다가, 그냥 내버려두기로 했다.

"뭐요? 쓸데없는 거 묻지 말고, 이제 저 방 갑시다."

"뭐야, 뭐."

"자경단도 있잖아요."

나사르. 그러니까 한구 지역 자경단의 총수는 문을 벌컥 열고 들어오는 강혁을 바라보았다.

'아까 아침에도 봤는데?'

보통 환자들은 의사가 자주 찾아오는 게 좋을 거라 생각할 테지만 정말로 병원에 오래 있다보면, 그야말로 정해진 시간에만 의사를 보는 게 베스트라는 것을 알게 되는 법이었다. 이렇게 엑스트라로 찾아오는 건 뭔가 안 좋은 소식이 생겼을 가능성이 컸다.

'아닌데, 아무리 봐도…….'

하지만 나사르는 그의 오른팔이자, 오랜 친구였던 환자가 도저히 잘못될 거 같지 않았다. 총 맞은 사람이라기엔 믿기지 않을 만큼 빠른 회복세를 보였으니까. 방금도 혼자 일어나서 소변 보고 돌아온 참 아니던가.

"무슨 일이지?"

해서 나사르는 그다지 긴장하지 않은 얼굴로 강혁을 향해 물었다. 강혁 또한 어느 정도는 느슨한 태도로 손을 흔들어 보였다. 아무래도 탈레반을 대할 때와는 느낌이 다를 수밖에 없었다.

"아, 별거 아냐. 환자 얘기 아니니까 편히 들어."

"그럴 거 같긴 했는데."

강혁은 마치 오랜 친구라도 만나는 듯 희미한 미소를 지으며, 아무렇게나 놓여 있던 의자 둘을 끌어왔다. 그중 하나를 한유림에게 건네며 다시 입을 열었다.

"아직 정식으로 인사 나눈 적 없죠?"

"어? 어, 뭐 그렇지."

강혁은 몰라도 한유림은 총 든 사람이랑 안면 트는 데는 전혀 취미가 없었다. 당연히 나사르랑도 인사를 나눠본 기억이 없었다. 강혁이 피치 못할 사정으로 와보지 못할 때만 한정으로, 그것도 후다닥 들어와 환자만 살피고 나간 게 다였다.

"사람이 숫기가 없어그래."

강혁은 한유림이 마치 무슨 수줍은 10대 소년이라도 된다는 듯 껄껄 웃었다. 한유림은 이럴 때 숫기라는 말은 안 어울린다고 강변하고 싶었지만, 일단 잠자코 있었다. 강혁도 무서운 사람인데, 그 앞에 있는 건 더 무서운 사람이었으니까.

"자, 이쪽은 나사르. 케임브리지 대학……. 무슨 과 전공했다고?"

"경제학."

"아, 맞아. 경제학 전공하고 그 어디더라."

"골드만삭스."

"어, 맞아. 왜 영국 회사 안 가고 미국 회사 간 거야. 아무튼, 거기 몇 년 있다가 귀국해서 지금은 뭐, 알죠? 자경단 단장하고 있어요."

강혁의 말에 한유림은 퍽 의외라는 표정을 지어 보였다. 영국에서 대학을 나왔다는 것까지는 대강 알고 있었지만, 그 대학이 명문 중의 명문이라 할 수 있는 케임브리지라는 건 모르고 있었으니까.

'아니……. 경제학 공부한 놈이 왜 총을 들었어?'

사실 따지고 보면 어떤 과를 나와도 총을 들고 테러하는 건 어울리지 않았지만, 자본주의의 첨병이라 할 수 있는 경제학과는 정말 어울리지 않는다는 게 한유림의 생각이었다.

"그리고 이쪽은."

강혁은 한유림의 소개를 시작했다. 나사르는 강혁이 이런 식으로 누군가를 소개하는 것이 처음이었기에 자신도 모르게 귀를 기울였다. 생각해보니 강혁이란 놈은 아직 자기 자신도 제대로 소개한 적이 없었다.

'근데 난 뭘 믿고 이렇게 주절거렸지.'

그에 반해 자신은 출신 대학은 물론 이전 직장까지 말하지 않았던가. 딱히 같이 술을 마신 것도 아닌데……. 소름이 오소소 돋아날 지경이었다.

"이름은 한유림. 외상 외과 분과 전문의고, 한국대학교 출신……. 한국대학교 병원 기조실장 했었고."

아무튼, 여기까지 들었을 땐 그냥 그런가보다 했다. 한국대학이 뭔 대학인지 알 게 뭐란 말인가. 난 케임브리지인데. 하지만 다음 말이 튀어나왔을 땐 차마 놀라지 않을 수 없었다.

"대한민국 보건복지부 장관도 했었지. 2년."

"응?"

"그래, 장관. 겁나 높았던 양반이야, 이 양반."

강혁은 예상대로의 반응이 기분 좋은지 껄껄 웃으며 한유림의 어깨를 탕탕 두들기고 있었다.

"흐어."

신음이 절로 나올 정도로 아팠다. 그리고 그 광경을 보고 있는 나사르의 눈이 아까보다 더 휘둥그레졌다.

'장관 어깨를…… 두드려?'

나사르는 껄껄 웃고 있는 강혁을 다시 한번 유심히 바라보았다. 그러고 보니 정말 이상한 사람이었다. 첫 만남부터 무서울 정도로 당당하지 않았던가. 그때 자신은 총을 들고 있었는데도 불구하고.

'뭐 하는 놈이지……?'

감히 감을 잡을 수조차 없었다. 이런 인간은 아예 생전 처음 보았으니까.

"참, 정부는 우리가 설득했어. 너네만 탈레반하고 협상하면 되는 거야."

강혁은 그 날카로운 눈으로 나사르의 내면을 바라보다가, 아주 적절한 타이밍에 가장 중요한 얘기를 툭 하고 던졌다.

"뭐? 정부를?"

"그래. 그거야 뭐."

강혁은 다 알지 않느냐는 얼굴로 한유림을 턱으로 가리켰다.

"아……. 한국이……."

그때 나사르는 이 협상이 단지 국경없는의사회라는, 유명하지만 힘없는 단체가 주도하는 것이 아니라 한강의 기적을 경험했던 대한민국이라는 국가가 주도하는 것이란 생각을 하게 되었다. 매우 큰 착각이었지만.

"그렇군. 그럼……."

나사르는 이곳에 온 후 거의 처음으로 한구 지역에 대한 꿈을 다시 꾸게 된 기분이 들었다. 지금까지 탈레반을 몰아낸다는 기치를 높이 들고 싸워오긴 했지만, 솔직히 말하면 단 한 번도 그게 가능할 거란 생각이 들진 않았으니까. 그저 탈레반에게 모든 이들이 다 너희에게 굴복한 건 아니란 제스처를 보여주는 게 최선이라 생각했었으니까. 그런데 지금은 좀 달랐다.

'한구가 중립 도시가 된다…….'

아무도 싸우지 않는, 폭력에서 자유로운 도시가 된다. 지구 어딘가에서는 너무도 당연한 일을 이곳 한구에서도 당연하게 만든다…….

'그렇게만 되면……. 정말…….'

뭔가 달라질 수 있을 터였다. 더는 케임브리지 동문들에게 총을 살 돈을 받아오지 않아도 될 것이다. 대신 정말로 여기 사람들에게 도움이 될 만한 물건을 살 수 있게 되겠지. 강혁은 나사르의 눈동자에 묻어나는 희망을 지그시 바라보며 말을 이었다.

"그렇게 되려면 협상해야 해. 탈레반과."

"음."

쉽지 않은 일이었다. 탈레반은 적이었고, 악이었으니까. 적어도 나사르에게는 이 모든 고통의 원흉이었고.

"할 수 있겠지?"

하지만 나사르는 자신의 안온할 수 있었던 삶을 포기하고 여기까지 온 인간이었다. 고향 사람들에게 더 나은 미래를 줄 수 있다면, 뭐든 포기할 수 있었다. 그게 거대한 적에 대한 적개심이라 해도.

"해야지. 약속하지."

"좋아. 그럼 다음 주 중으로 약속을 잡지. 가능하겠나?"

"탈레반 측과는 얘기가 된 건가?"

"전권을 위임받은 사람이 있어."

"허."

나사르는 다시 한번 강혁을 바라보며 고개를 끄덕였다.

'역시……. 보통 놈이 아니야.'

대체 왜 이런 사람이 보잘것없는 한구를 도우려고 하는지는 알 수 없었지만 강혁이 여기 있는 동안 한구가 변하지 못한다면 앞으로도 영원히 변할 수 없을 거란 생각이 들었다.

"좋아. 그럼, 약속 잡히면 알려주지."

강혁은 나사르의 어깨를 위로라도 하듯 두드려준 후, 한유림과 함께 밖으로 나왔다. 그때까지도 한유림은 얻어맞은 어깨가 아픈지 연신 주무르고 있었다. 하지만 표정이 나쁘진 않았다. 적어도 탈레반과의 대화보다는 뭔가 더 생산적이었던 것 같아서였다.

"일이 잘 풀리네."

"그렇죠? 걱정하지 말라니까 그러네."

강혁은 손사래를 치며 대꾸했다. 그 얼굴이 어찌나 천연덕스러운지, 조금은 황당할 지경이었다.

"백 교수도 이렇게까지 잘될 거라 생각하고 저지른 건 아니잖아?"

"저지르면 뭐가 됐건, 잘될 거란 생각은 하고 있었죠."

"뭐야 그게."

"뭐……. 나나 교수님이나 보통 사람은 아니잖아요?"

"그건……. 음."

예전 같았으면 겸양이라도 떨었을 터였다. 하지만 지금은 달랐다.

'하긴 나 정도면 보통 사람은 아니지.'

그래서 고개를 끄덕이고 있으려니, 강혁이 말했다.

"전화해요. 스미스한테. 약속 곧 잡히니까, 준비 단단히 하고 있으라고."

'그래……. 이건 정말 한 번뿐인 기회야.'

그것도 천하의 강혁이 긴장할 정도로 중요한 기회였다. 한유림은 결코 이 기회를 허투루 날려 먹을 수는 없다고 생각했다.

"어, 스미스. 할 얘기가 있어서."

해서 최대한 진중한 태도로 통화를 하기 시작했다. 한구 지역의 미래가 걸려 있다고 해도 과언이 아닐 정도로 중요한 통화였다.

*

"조용하네."

한유림은 땀을 삐질삐질 흘리며 밖을 내다보았다. 실로 오랜만에 정장을 입고 있었는데, 그렇다고 에어컨을 틀어놓지는 못했다. 그러니 더운 건 당연한 일이었다.

"뭐 하러 그런 걸 입어요?"

반대로 강혁은 반소매에 반바지 차림이었다.

"너 정말 그러고 있을 거야?"

"내가 협상하는 것도 아닌데 뭐."

강혁은 별게 다 걱정이라는 얼굴로 들고 있던 커피를 홀짝거렸다. 한유림은 그 여유롭고도 평화로운 강혁의 표정이 마음에 들지 않는지 고개를 가로저었다. 그사이 강혁은 커피를 한 모금 더 쪼록거리고는 옆에 앉아 강혁과 거의 비슷한 얼굴로 있는 스미스를 돌아보았다.

"준비는 된 거죠?"

"음?"

스미스 또한 반소매에 반바지 차림이었는데, 강혁보다도 더 격이 없어 보였다. 어떻게 이런 사람이 중동 지역 첩보를 총괄하고 있는지가 의문일 정도로. 하지만 그 느슨함에는 다 근거가 있었다.

"물론이지."

그는 정말이지 완벽하게 준비를 해놓은 참이었다. 주민 협조가 거의 불가능하다고 할 수 있는 중동 지역이라는 것을 고려하면, 말이 안 될 정도의 준비라고 보면 됐다. 물론 그건 다 제인 덕분이었다.

"저기, 닥터 제인이 인망이 아주 두텁던데."

한구 지역의 난산이란 난산은 죄다 제인이 해결하지 않았는가. 말하자면 제인에게 목숨을 빚진 가구가 곳곳에 있다는 뜻이었다. 그리고 그들 중에는 종교적인 신념보다도 제인에 대한 감사를 높이 치는 사람들도 있었다. 덕분에 그들의 집 옥상마다 미 특수부대 저격수들이 자리할 수 있었다. 만약 오늘 병원 근처 또는 병원 안이라 해도, 누군가 수상한 짓을 하는 순간 벌집으로 만들 수 있다는 뜻이다.

"아하."

스미스는 내막에 대해서 자세히 말하지 않았지만. 강혁은 다 알겠다는 눈으로 고개를 끄덕였다. 미군들이 일을 어떻게 하는지는 블랙 워터스에 있을 때 익히 보지 않았던가. 세상에서 가장 강력한 힘을 가져놓고, 제일 약한 군대처럼 철저히 준비하는 녀석들이었다.

'그래서 진짜 무섭지.'

강혁은 아까보다 더 여유로워진 얼굴로 스미스를 향해 미소를 지어 보였다. 스미스는 이미 강혁에 대해 어느 정도 들은 바가 있었기에, 이 사람이 왜 이런 표정을 짓고 있는지도 알고 있었다.

'천천히 꼬셔보지 뭐.'

특히 군의관들에게나 블랙 워터스 관계자들에게 강혁에 대해 들을 기회가 정말 많았다. 그 얘기 중에는 무용담도 섞여 있었고, 수술에 관한 얘기도 섞여 있었다. 한 가지 공통된 의견이 있었다.

'무조건 모실 수 있으면 모셔라……, 이건가.'

"어, 옵니다."

한유림과 마찬가지로 양복을 입은 카심이 창밖을 바라보다가 이내 뒤를 돌아보았다. 방금 마당 안으로 들어선 고급 SUV 차량을 가리키면서였다. 마음 같아서야 세단을 타고 싶겠지만, 이곳 도로 사정을 고려하면 세단은 도저히 무리였다.

“정부 쪽이네. 제가 갈게요.”

카심의 동생이자, 법대생인 카밀이 아래쪽으로 달려 내려갔다. 나름대로 이 지역 정치인들과는 안면이 있다고 했다. 그래서 정부 측 인사는 카밀이 맞이하기로 약속했었다. 곧 오래된 계단이 삐걱대는 소리가 요란하게 울려 퍼졌다. 한둘이 아니라 거의 대여섯은 온 모양이었다.

“이쪽으로 오시면 됩니다.”

카밀은 정부 측 인사들을 옥탑방으로 안내했다. 원래 일광욕을 위한 의자들이 놓여 있던 그 방엔 어렵게 공수해 온 원탁이 대신 자리하고 있었다.

“아, 오셨군, 그래.”

그리고 한쪽 구석엔 오마르가 앉아 있었다. 딱히 얼굴이 유명한 녀석은 아니었지만 탈레반 표식을 드러내놓고 있었기 때문에 정부 측 인사는 모두 이놈이 바로 그 전권을 위임받고 온 놈이라는 걸 알 수 있었다. 마음 같아서는 여기서 당장 죽이고 싶었지만, 그럴 수는 없었다.

“반갑네, 나는 뤼크만일세.”

“나는 오마르.”

오마르라고 해서 딱히 정부 측 인사가 마음에 드는 건 아니지 않겠는가. 둘의 악수는 지극히 형식적이고 짧았다.

"모두 와 계셨군요."

그다음 들어선 건 제인의 에스코트를 받은 나사르였다. 탈레반이나 정부 측에 비하면 너무 작은 단체의 수장이었지만 한구 지역에 한정 짓는다면 영향력이 적은 건 아니라, 당당히 둘 사이에 자리할 수 있었다.

"그럼 시작할까요."

모두 모인 걸 확인한 한유림이 입을 열었다. 정신 차려보니 반바지만 입고 있던 강혁과 스미스는 간곳없이 사라진 상태였다.

'망할 놈들.'

한유림은 넘치는 중압감에 한숨을 토하고는 말을 이었다.

"일단……. 이 협정의 참석자분들을 확인하겠습니다. 파키스탄 탈레반의 대리인은……, 오마르. 맞습니까?"

"맞습니다."

"정부 대리인은 뤼크만이시고요?"

"네."

"자경단은 나사르."

"그렇습니다."

"좋아요."

한유림은 각기 이름을 확인한 후, 탁자 위에 놓여 있던 문서를 톡톡 두드렸다. 같은 내용의 문서가 총 2부 놓여 있었는데, 하나는 우르두어로 되어 있었고 다른 하나는 한글로 되어 있었다. 파키스탄인들끼리의 협상에 다른 언어도 아닌 한글이 들어간다는 게 어찌 보면 좀 이상한 일이긴 했지만.

'떡하니 영어가 적혀 있는 것보다는 낫지, 뭐.'

일단 미국은 뒤로 숨은 상황 아니던가. 그들이 바지 사장으로 내놓은 것이 바로 한국의 한유림인 셈이었다. 들러리를 서는 느낌이라 좀 기분이 그렇긴 했지만, 또 한편으로는 뿌듯하기도 했다.

'아무래도 미국보다는 한국을 압도적으로 선호한다 이거지.'

심지어 탈레반이나 자경단뿐만 아니라, 정부도 그러했다. 국민들이 미국이라고 하면 적개심을 갖지만, 한국이라고 하면 일단 부러워하기만 한다는 것을 잘 알았다.

"여기……. 이 내용은 이미 1부씩 전달받았을 겁니다. 그렇죠?"

"네. 그렇습니다."

이미 전달했을 뿐 아니라, 물밑에서 다 구체적인 협의까지 마친 상황이었다. 즉 지금 이루어지고 있는 협상은 그간 나누었던 대화가 진짜인지 확인하는 시간일 뿐이었다.

"골자는 이렇습니다. 한구, 여기서 한구는 칼람 지역의 일부를 포괄합니다. 그 어떤 피해도 한구에 끼쳐서는 안 된다는 원칙 때문에 결정된 겁니다. 이의 있습니까?"

"없습니다."

"네. 한구 내에서는 그 어떤 폭력 행위도 이루어져서는 안 됩니다. 그저 수동적인 개념이 아니라, 능동적인 예방까지 포함하는 개념입니다."

능동적인 예방이란 각 단체에서 알아서 치안 유지에 힘써야 한다는 뜻이었다. 물론 각 단체끼리의 사이가 별로인 만큼, 절대 그 지역이 겹치지 않도록 장치가 되어 있었다. 애초에 한구로 파견되는 인원에 대해서는 각별한 선별이 있어야 한다는 조약도 있었고.

"이렇게 해서 한 달 이상 폭력 행위 없이 지속되면 한구 지역에 고용을 창출할 수 있는 사업체들을 천천히 진출시키도록 하겠습니다."

한유림은 먼저 정부 측을 바라보며 말을 이었다. 로컬에서 고용을 창출할 수 있는 사업체라니. 이것이야말로 구미가 당기는 제안 아니겠는가.

"한국의 기업입니까?"

"한국인들로만 이루어진 건 아닙니다. 하지만 자본은 한국 자본입니다."

한유림은 정부 측 인사인 뤼크만의 말에 쓴웃음을 지으며 답했다. 저쪽도 다 알면서 물어보는 것 아니겠는가. 다른 둘을 속이기 위해. 미국이 뒤에 있다는 걸 알게 되면 난리가 날 테니까.

"좋군요."

"괜찮군."

정보가 부족한 둘은 그대로 속아 넘어갔다. 이제 그 사업체라는 곳에 미국인 요원들이 오게 될 줄은 꿈에도 모르고 있었다. 한유림은 비록 좋은 뜻에서 하는 일이긴 해도, 마음 한편이 불편했기에 서둘러 화제를 바꾸었다.

"또한, 한구 병원에 대한 지원을 더 받도록 하겠습니다. 아, 이를 위해서 각 단체에서도 힘을 써주셔야 합니다."

쉽게 말하면 뇌물 같은 거 요구하지 말라는 뜻이었다. 뤼크만은 벌써 지역 정치인들의 눈총이 느껴지는 듯 뒤통수를 매만지면서도 고개를 끄덕였다.

"책임지고 돕겠습니다."

"감사합니다. 병원의 발전으로 인한 혜택은 여러분 모두 받으실 수 있을 겁니다. 이 자리에 오신 단체에서 보내는 분들은 모두 VIP 대우를 받게 될 것을 약속드립니다."

한유림은 이 VIP 대우란 말이 참 마음에 들지 않았다. 하지만 감히 성을 내지는 못했다.

'그 녀석도 어쩔 수 없다고 한 거야.'

무려 저 성질 더러운 백강혁도 받아들인 조건이지 않은가. 그렇게라도 해서 이곳을 변화시킬 수 있다면 감수하겠다는 뜻이었다.

'그래, 백 교수를 믿어보지, 뭐.'

한구 병원에서의 VIP 대우. 정부 입장에서 사업체의 진출과 도시에 대한 투자가 가장 탐나는 거래 조건이었다고 한다면, 이건 탈레반 측에서 가장 바라던 조건이었다고 할 수 있었다.

'내가 살아난 것이 아주 큰일이었지.'

오마르는 아까 반소매와 반바지를 입고 있다가 어디론가 사라져버린 강혁을 떠올렸다. 이름을 말해준 적이 없어서 아직도 누군지 탈레반 측에서는 알지 못했다. 하지만 오마르는 알고 있었다.

'백강혁이라…….'

한유림을 검색하니, 이 이름이 딸려 나왔기 때문이었다. 만약 오마르가 강혁을 공격하고자 했다면 상당히 유의미한 성과였을 테지만, 지금 오마르에게 강혁이란 생명의 은인 외에 다른 의미가 있지는 않았다.

'실력이 어마어마한 사람이야.'

백강혁이란 이름엔 상당히 다양한 수식어가 붙어 있었다. 세계 최고의 외상 외과 전문의라거나, 대한민국 중증외상센터의 아버지라거나 하는.

"아주 좋군요."

해서 오마르는 고개를 크게 끄덕였다.

"저희도 좋습니다."

당연히 나사르 또한 고개를 끄덕였다. 그 또한 기적을 눈앞에서 체험한 몸 아니겠는가. 이런 치료를 포기한다는 건 실로 멍청한 일이었다.

"그래요."

한유림은 만족했다는 얼굴로 원형 테이블에 둘러앉은 사람들을 돌아보았다. 모두 한 번쯤은 따로 본 적이 있는 사람이었다. 이에 관한 얘기도 나눈 뒤였다.

'정말……. 이렇게 되는 건가?'

하지만 막상 협상이 이루어지니, 조금은 믿기지 않는 기분이 들었다. 제인에게 숱하게 들어온 바에 따르면 이곳 한구는 그야말로 엉망이지 않았던가.

물론 한유림의 얼떨떨한 기분은 제인에게 비할 바는 아니었다. 아까 나사르와 함께 안쪽으로 들어왔던 그녀는 아예 입을 쩍 하고 벌리고 있었다.

'그 사람은……. 이걸 예상했을까?'

제인은 끝없는 감탄을 속으로 늘어놓다가 한유림과 눈이 마주쳤다. 한유림 또한 비슷한 얼굴이었기에 둘의 표정은 한동안 지속되었다.

"자, 그럼 사인할까요?"

협상은 매우 순조롭게 진행되었다. 먼저 정부 측에서 나온 뤼크만이 가지고 온 만년필로 사인을 했다. 잠시 한유림을 바라본 뒤였다.

'스미스의 대리인이지.'

뤼크만에게 한유림은 그런 존재로 각인되어 있었다. 뤼크만은 예의 바른 미소를 띠며 한 자 한 자 또박또박 서명했다.

"자, 다 됐습니다."

"그럼 이쪽으로 주시죠."

다음은 오마르였다. 탈레반을 대신해서 온 그는 잠시 그가 서명해야 할 협정서를 내려다보았다. 그가 미리 알고 있던 것과 다른 내용은 단 하나도 없었다. 방금 나눈 대화도 그랬고.

"흠."

오마르는 옅은 한숨과 함께, 뤼크만이 그랬던 것처럼 한유림을 바라보았다.

'백강혁의 전권을 위임받았다, 이거지.'

오마르는 그가 본 강혁의 실물과 함께, 인터넷에 쏟아졌던 그에 관한 기사를 떠올렸다.

'UN 사무총장의 은인에……. 현직 대통령 박성민의 친우라고 되어 있던데. 그런 사람에게 진료를 보게 된다는 건 행운이겠지.'

행운이라는 말로도 좀 부족할 거 같았다. 그전에 아예 다치지 않게 된다면 더 좋긴 하겠지만 글쎄, 그런 날이 오기는 올까? 오마르는 회의적이었다. 그래서 미련 없이 사인했다.

"자, 저도 다 됐습니다."

"그럼 저에게 주시죠."

다음은 나사르였다. 그 또한 바로 사인을 하는 대신 한유림을 바라보았다.

'이 새끼들은 왜 자꾸 날 째려봐?'

한유림에게 썩 마음에 드는 상황은 아니었다. 솔직히 다들 인상들이 험악하기 이를 데 없는데, 그들이 모두 자신을 흘겨보고 있으니 당연한 일이었다.

'대한민국의 대리인이다, 이거지?'

한유림의 개인적인 감정과는 관계없이, 나사르 또한 한유림에 대한 착각을 멋대로 이어나가는 중이었다.

'안전해지고…… 사업체가 들어온다면…… 미래가 바뀐다.'

아이러니하게도 정부 인사보다 나사르가 한구 지역의 미래를 걱정하고 있었다.

'꿈을 꿀 수 있다는 게 이렇게 가슴 뛰는 일이었나.'

그에 반해 나사르는 눈물이 나올 것 같은 기분이었다. 아직 바뀐 건 단 하나도 없었지만 단지 더 나은 미래를 떠올릴 수 있다는 것 하나만으로도 가슴이 벅차올랐다. 그래서 그는 정말로 최선을 다해 사인했다.

"다 됐군요."

조금은 지루한 얼굴로 그가 사인하는 것을 지켜보고 있던 한유림이 고개를 끄덕이며 문서를 받아 들었다. 모두 6개의 사인이 기재되어 있었다. 협정서가 우르두어로 된 것 하나, 한글로 된 것 하나 해서 모두 2개였기 때문이다.

'살다 살다 파키스탄에서 한글로 된 협정서를 보게 될 줄이야.'

순전히 스미스와 정부 그리고 강혁의 필요 때문이었다. 한유림은 애써 황당함을 감춘 채 협정서를 높이 들어 올렸다. 그러자 정부 측에서 온 뤼크만을 필두로 박수가 시작되었다. 짝짝짝. 스미스가 미리 준비한 사진기사가 허허 웃으며 사진을 찍었다.

"좋은데?"

모두가 각자의 자리로 돌아가고도 남았을 무렵에서야 어기적어기적 나타난 강혁이 입을 열었다.

"태평하시네. 태평하셔."

물론 한유림은 전혀 놀란 기색이 없었다. 강혁이 이렇게 불쑥 나타나서 뭔가 가져가는 건 거의 일상이나 다름없었기 때문이었다.

"왜 또, 노인네 왜 심통 나셨어."

"심통? 인마……. 아까 어? 얼마나 조마조마했는지 알아? 협정이 잘돼서 망정이지……."

"협상하기 전부터 이미 다 말 됐던 건데 뭐."

"이봐라……, 이봐."

한유림은 강혁의 그야말로 태평하기 짝이 없는 말에 고개를 절레절레 저어댔다.

"왜요. 왜."

"협상이라는 게……. 어휴, 해봤어야 알지. 어? 원래 얘기 다 된 것처럼 하다가 휙 하고 말 바뀌는 게 협상 테이블이에요. 내가 얘기를 안 하고 싶은데, 우리 백 교수랑 얘기하다 보면 꼭 장관 시절 얘기를 하게 된다니까? 안 그래, 스미스? 자네도 정치해봤잖아."

한유림은 강혁을 공격할 수 있다면 조금의 통증은 두렵지 않다는 듯 말을 이었다.

"뭐……. 그래도 이번엔 상황이 달랐죠."

스미스는 자네 왜 그러나 하는 한유림의 눈빛을 애써 외면하며 말을 이었다. 강혁을 향해 환한 미소를 지으면서였다.

"저기 백 교수님께서……. 나사르와 오마르를 설득해주시지 않았습니까? 허허……. 저는 의사가 수술만 잘하는 줄 알았는데, 이제 그게 아니라는 걸 알게 됐습니다."

"이, 이봐. 왜 그래……."

"물론 한유림 전 장관님도 잘 해주셨고요. 허허. 백강혁 교수님만큼은 아니지만."

"야이……."

한유림은 배신당한 기분에 욕설을 내뱉고 싶었지만, 이런 상황에 익숙한 스미스가 그의 불만을 충분히 덮고도 남을 만큼 크게 웃고는 제인에게 말을 걸었다.

"닥터 제인. 기분이 어떻습니까? 이제 한구는 명실공히 파키스탄 서북부의 중심지가 될 겁니다."

"아."

거기서 제인이 눈물을 보였기 때문에 한유림은 더 말을 잇지 못했다. 원래 남 우는데 뭐라 말할 수 있는 성격도 못 될 뿐더러, 지금 제인의 심정이 어떠할지 감히 상상이 가지 않았기 때문이기도 했다.

"저는……. 저는 정말……."

제인도 자신의 마음이 어떤지 잘 모르는 듯했다. 그녀는 아주 오랫동안 말을 제대로 잇지 못하다가, 이내 고개를 돌렸다. 여느 때처럼 어둡기만 한 한구 시내가 눈에 들어왔다. 아직은 달라진 것이 하나도 없었다. 하지만 당장 수 시간 전까지만 해도 보이지 않던 것이 보였다.

"이제……. 이제 희망을 품게 되었어요."

단순한 오해

협정을 맺은 지 며칠이 지나자 오마르도 나사르도 병원을 떠났다. 오마르야 사실, 벌써 예전부터 멀쩡해져 있었으니 당연한 일이었다.

"종종 찾아오지."

가면서 이런 말을 남겼는데. 그 말에 진심으로 고개를 끄덕인 사람은 오직 강혁뿐이었다.

"좋지. 손님 데리고 오라고."

"미쳤어?"

한유림을 포함한 나머지는 모두 제발 다시는 안 왔으면 하고 있었다. 그도 그럴 것이 탈레반 아니던가. 아마 강혁이 말한 손님이라고 하는 것도 죄 탈레반일 테고. 그렇다면 아예 안 오는 것이 최선일 터였다.

"종종 뵙겠군요."

그에 반해 나사르의 인사는 비교적 많은 사람이 받아주었더랬다. 아무래도 나사르가 탈레반보다는 훨씬 인간적인 모습을 보여주었기 때문일 것이다. 아무튼, 그렇게 두 거물이 떠나간 병원은 어쩐지 썰렁하다는 느낌마저 들 지경이었다.

"겨우 둘 나간 건데 이상하네."

한유림은 빈 병실을 돌아보며 고개를 갸웃거렸다. 오마르가 무려 몇 주간 뭉개고 있던 병실이었다.

“환자 있을 때 별로 와보지도 않고서는 뭐.”

“네가 이상한 거야. 네가. 뭔 탈레반이랑 그렇게 웃고 떠들고…….”

“나라도 그렇게 해야 협상이 되지. 다들, 어? 눈만 마주치면 벌벌 떨고. 그래서 얘기가 되겠어요?”

“아……. 그러니까 네 말은, 네가 희생을 했다?”

“그렇지. 딱 알아듣네, 그래도. 괜히 장관 한 건 아니라니까.”

카심이 급한 일이 있는 듯 달려왔다.

“뭔데.”

“환자……. 온다고 연락이 왔어요.”

“연락? 환자가 온 게 아니고?”

“네. 아직 오는 중인 거 같아요.”

“어떤 환잔데?”

“일단 다친 지는 며칠 된 거 같습니다.”

“며칠이 됐다고?”

“네. 도시 밖에서 다친 거 같아요. 아마도…….”

한구 지역은 파키스탄 서북부에서도 낙후된 지역에 속하는 곳이었다. 그나마 평화로울 때는 살기가 훨씬 나았다고는 하지만, 지금은 팍팍함을 넘어서 척박할 지경이었다.

“뭐……. 양 치나?”

“네, 그럴 거예요.”

"양 치다 다칠 일이 뭐가 있어?"

"네?"

카심은 무슨 이런 무식한 말이 다 있나 하는 얼굴로 강혁을 바라보았다. 하지만 이내 그가 진심으로 몰라서 하는 말임을 깨달았다.

'하긴……. 한국에서 왔지.'

한국은 극도로 도시화된 나라 아니던가. 살아 있는 양을 본 적이나 있을지가 의문이었다.

"다치죠. 양한테 다치는 경우는 드물겠지만……. 이동하다보면 다칠 일투성이에요."

"이동을…… 하는구나?"

"그럼요. 풀 먹이려면 돌아다녀야죠. 근데 요사이 이 근처는 돌아다니는 거 자체가 위험하죠."

"흠. 하긴 그것도 그렇긴 하네."

한구는 이제 중립 지역이 된 참이었다. 물론 겨우 2주 남짓한 시간이 흘렀을 뿐이지만, 도시 내의 폭력 사태는 거의 사라졌다고 봐도 좋을 정도였다. 우선 각 단체에서 가정마다 비치되어 있던 총기를 수거한 것이 주효했다. 대들거나 항의하는 사람들이 아주 없는 건 아니었으나 탈레반 병사들 앞에서도 계속 소리 지를 수 있는 사람은 없었다. 하지만 한구 밖은 여전히 무법 지대나 다름없었다.

"그래서 어떻게 다친 거래?"

"그건 사실 잘 모릅니다. 전화 음질이 형편없어서…… 다친 사람이 있다는 거, 그 사람이 오고 있다는 것만 알아들었어요."

"언제 오는데?"

"아마 내일?"

"어?"

강혁은 황당하다는 표정으로 카심을 바라보았다. 황당함 속에 얼마간 분노가 뒤섞여 있었기 때문에 카심은 밖으로 물러났다.

"이게 무슨 소리야! 외상 환자가 있는데, 내일 온다니!"

한유림 또한 분노를 금치 못했다.

"왜요? 데리러라도 가시게요?"

하지만 카심의 뒤로 제인이 나타나자 강혁도 한유림도 고개를 돌릴 수밖에 없었다.

"아니……, 그……. 내일 오는 환자를 왜 지금 말하냐 이런 거지."

"아시다시피 이 주변 도로 사정이 안 좋잖아요."

사실 말이 도로지, 도로가 없다고 하는 게 더 옳을 지경이었다. 특히 서북부 지역에서 더 위로 올라가는 방향의 도로는 거의 전무했다. 아프가니스탄과 미군이 전쟁을 벌이는 통에 거의 모든 도로가 폭파되었기 때문이었다. 어차피 미군 차량은 궤도 차량이거나 험비여서 하나 마나 한 짓이었지만. 아무튼, 그 때문에 전쟁이 마무리된 지금도 도로망은 엉망이었다.

"그나마 근처 사람들에게 도움을 받아 트럭으로 이동 중인 거 같긴 한데……. 아마 8시간 정도는 걸릴 거예요."

"8시간이라."

강혁은 시계를 들여다보았다.

"새벽 3시 정도 되겠네."

"네. 그쯤?"

"상태도 모르고?"

"네. 근데 가벼운 상태는 아닐 거예요."

"하긴, 그렇겠지."

이곳 사람들은 어지간해서는 외국인에게 몸을 맡기려 들지 않았다. 너무 사정이 어려운 사람들이야 이것저것 가리지 않기도 했지만, 대개는 죽기 직전이 되어서야 오곤 했다. 그나마 테러 시에 얼마간 도움이 되어주면서 신뢰를 쌓기도 했으나, 아직까지 가벼운 질환으로 한구 병원에 오는 사람이 많지는 않았다. 새벽 3시에 도착할 예정이라면 아마 반드시 그래야 할 만큼 상태가 나쁠 것이라 예상할 수 있었다.

*

인간이 제일 피곤하다는 시각, 새벽 3시. 오래된 차 하나가 덜컹거리며 마당 안으로 들어섰다. 워낙에 소리가 요란했기에 병원 사람들이 아니라, 주변 집에서도 '뭐야, 뭐야' 하는 소리가 들려왔다.

"왔구나."

2시 50분쯤 알람을 맞춰놓고 있던 강혁이 몸을 일으켰다. 창밖을 내다보니, 들어선 트럭 뒤에 환자가 실려 있는 듯했다. 워낙 깜깜해서 잘 보이진 않았지만, 도저히 앞 좌석에는 환자가 탈 수 없을 것 같았다.

"일어나요. 왔어."

"아……. 죽겠다, 진짜……."

쌩쌩한 강혁과는 달리 한유림은 그야말로 오만상을 다 쓰고 있었다.

"죽을 거 같아……."

한유림은 정말 진심을 담아 한숨을 내뱉었다. 하지만 강혁에게는 통하지 않았다. 적어도 그에게 죽는다는 표현은 정말 죽을 사람이 써야 효과가 있는 법이었다. 그 외에는 다 엄살이었다.

"뭘 죽을 거 같아. 활력징후 멀쩡하구만."

한유림은 자신의 맥박과 혈압을 재고 있는 강혁을 보며 고개를 절레절레 저었다.

"너는 정말……."

"정말 뭐요. 지금 환자 왔다니까? 카심은 벌써 나갔어."

"아우……."

한유림은 정말이지 침대 위로 다시 뛰어들고 싶은 마음뿐이었다. 하지만 환자가 왔다지 않는가. 강혁만큼 환자에 미쳤다는 말을 들을 정도는 아니었지만, 적어도 온 환자를 외면할 수 있는 의사는 아니었다.

"에이, 시발."

해서 한유림은 겨우겨우 자신의 욕망을 끊고 몸을 움직였다. 거의 무슨 마라톤 선수가 경기 끝내기 위해 남은 힘을 쥐어짜는 듯한 얼굴이었다.

"환자 보는 게 그렇게 억울하고 분해요?"

"억울하고 분하긴. 이 새꺄."

"근데 왜 이렇게 욕을 해."

"절로 나오는 거야. 절로."

"나이 먹으면 사람이 순해진다는데, 어째 우리 한 교수님은 독기가 생겨."

"너랑 있어서 그래, 너랑."

"나랑 있어서 젊어진다고?"

"그런 말이 아…… 아니다, 됐다."

어차피 말을 더 섞어봐야 점점 더 말려들어가지 않겠는가. 그간의 경험으로 미루어볼 때 그냥 무조건이라고 보면 되었다. 그래서 한유림은 다시 한번 고개를 가로젓고는 당당히 몸을 일으켰다. 예상하기로는 온몸이 비명을 지를 거 같았는데, 의외로 가뿐했다.

'하긴 내 나이에 나만큼 건강하기도 쉽지는 않지…….'

하도 백강혁 때문에 강제 간헐적 단식과 더불어 생존 운동을 하다보니 군살이 거의 없었다. 조금만 더 하면 배에 식스팩도 보일 듯도 했다. 그렇다고 형편없이 마른 몸도 아니라 완력도 유지되고 있었고, 일단 약을 먹으며 관리해야 하는 만성 질환도 없었다.

"또, 또 거울 보고 저러고 있네. 못생긴 얼굴 보는 거 안 지겨워요?"

"모, 못생겼다니!"

"솔직히 잘생긴 건 아니잖아. 내가 아무리 우리 한 교수님이랑 친해도 그 말은 도저히 못 하겠는데."

"나, 나도 멀쩡히 결혼해서 애도 낳고 잘 살았어!"

"그럼 지영이가 교수님 닮았으면 좋겠어요?"

"어……?"

우리 지영이. 눈에 넣어도 아프지 않을, 정말로 이쁜 지영이. 그 이름 앞에서 거짓부렁을 늘어놓을 수는 없었다.

"그건 아니지. 이미 제 엄마 쏙 빼닮았는데."

"그래, 그렇다니까. 일단 나와요. 거울 깨져, 그러다. 우리 거울 생각도 좀 하고 삽시다."

"이, 이런 망할."

한유림은 뭔가 더 반항하고 싶었지만, 그런 그의 마음과는 관계없이 발은 이미 달리고 있었다. 차가 완전히 멈추어 섰기 때문이었다. 이제부터는 한시도 허투루 보내서는 안 될 터였다. 강혁과 한유림은 최선을 다해 아래쪽을 향해 달렸다. 가뜩이나 전기가 부족한 상황이라 불은 어스름했지만, 그렇다고 발을 못 디딜 정도는 아니었다.

"여기요!"

1층에 도착하니, 카심이 손을 번쩍 들며 외쳤다. 보아하니 아직도 환자를 내리지 못한 모양이었다. 당연한 일이었다. 일손이 하도 부족해서 카심만 와 있었으니까.

"어, 좀 어때?"

강혁은 나는 듯이 그쪽으로 달려들었다. 그러자 카심은 들것을 트럭 뒤편으로 기대 놓으면서 환자를 가리켰다.

"종아리 쪽 부상인데……."

뭐 어디 치였나 했는데, 직접 보니 그게 아니었다. 뭔가 작업이라도 하는 중에 다친 모양이었다. 무언가 단단한 것이 안에 박힌 듯했는데, 주변의 살이 이미 검붉게 변해 있었다.

'음.'

강혁은 코를 뚫고 들어오는 악취에 신음했다.

'잘라야 하나?'

고개를 돌려 보니 한유림 또한 비슷한 생각을 하는 듯했다. 당연한 일일 터였다. 이런 상처를 보고서 절단을 생각하지 않는 건 외과 의사가 아니었으니까. 하지만 이곳은 파키스탄에서도 한구 지역이었다. 노인과 여자, 아이들에 대한 인권이 개판일 뿐 아니라, 장애인에 대한 인권은 거의 전무한 수준이었다.

"일단, 일단 옮기자."

"아, 네!"

그 때문에, 강혁은 당장 자르자는 말을 입 밖에 내지는 않았다. 그저 한유림, 카심과 함께 들것에 환자를 실을 따름이었다.

"어우."

환자는 퍽 건장한 축에 속하는 사람이었다. 한유림의 입에서 헉 소리가 나올 지경이었다.

"좋아. 가자."

"어, 응. 그래."

강혁은 말없이 들것을 같이 옮기고 있는 카심을 돌아보았다. 늘 그러하듯 참 성실한 녀석이었다. 장미보단 아직 못했지만……. 아무튼, 마음에 들었다.

"카심은 설명 좀 해줘. 죽지는 않을 거라고."

"어……. 죽지는 않는다고 해요?"

카심은 다시 한번 환자를 내려다보았다. 다리만 문제가 아니었다. 고열에 몸을 떨며 이까지 딱딱 부딪치고 있었다.

'패혈증인데……, 죽지는 않을 거라고?'

어떻게 그럴 수가 있지? 이런 상태로 오면 죽는 거 아닌가? 머릿속이 복잡해지는 환자 상태였다. 하지만 강혁은 완고했다.

"내가 집도하는 이상 죽게 두지는 않아. 부상 자체가 심각한 건 아니잖아?"

"어……. 그건…… 그건 그렇지만."

"근데 다리 잘라야 할 수는 있어. 그런 건 일단 말하지 말고. 난리 피울 수도 있으니까."

"아, 네."

"그냥 살리겠다고, 그렇게만 전해. 시간 없어."

"어……, 네. 알겠습니다."

카심은 여전히 '이 사람을 살릴 수 있는 건가' 하는 생각이 들었다. 하지만 강혁의 말을 듣고 보니, 어느 정도는 신뢰가 가는 것도 사실이었다. 지금까지 강혁이 맡았던 거의 모든 수술의 결과는 기적이나 다름없었으니. 이번에도 그렇지 않을까 하는 기대가 들었다.

"자, 우리는 빨리!"

"어, 어!"

강혁은 카심이 쭈뼛거리며 설명을 하는 동안 환자를 들고 뛰었다. 보호자 중 일부가 따라붙으려 했으나, 가드들에게 막혔다. 보호자인 척하고 들어와서 난동 부리는 사람들도 있기에 어쩔 수 없는 조치였다.

"댄!"

그렇게 병원 안으로 들어온 강혁은 일단 댄부터 찾았다. 병원 내 유일한 마취과 의사 아니던가. 무조건 깨어 있어야 한다는 뜻이었다.

"어, 네……."

상당히 지친 얼굴이었다.

"마취 좀 준비해줘! 환자 무게는……. 84kg 정도?"

"아, 네."

댄은 그걸 대체 어떻게 알았느냐고 묻지 않았다. 지금까지 강혁의 눈대중이 틀린 적이 없었기 때문이었다. 그저 곧바로 몸무게에 맞춰서 약을 잴 따름이었다. 그사이 강혁과 한유림은 환자를 수술대 위에 올려다 놓았다.

"음."

올려놓고 보니, 환자 상태를 더 확실하게 알 수 있었다.

"의식은 불명확…… 하고."

한유림 또한 예전과는 달리 그저 넋 놓고 있지만은 않았다. 자기가 알아서 환자의 가슴골 사이를 주먹으로 꾹 눌렀다. 애초에 건장한 체구를 지닌 데다가, 강혁 덕에 힘도 세져서 상당한 압력을 줄 수 있었다.

"끄으."

"오, 통증에는 반응하네, 좋아."

한유림은 고통에 신음하는 환자를 보며 손뼉을 쳐댔다. 강혁은 그런 한유림을 보면서 살짝 소름이 돋았다.

'언제 이렇게 나랑 닮아졌지.'

근묵자흑이라더니. 쫘아악. 잠시 고민하는 동안 한유림은 맨손으로 환자의 바지를 찢어놓고 있었다. 점점 더 강혁과 비슷한 모습이 되어갔다.

"여기…… 여긴 썩었는데?"

아까보다도 훨씬 더 자세하게 상처를 볼 수 있었다.

"자, 마취됐습니다."

둘이 머리를 맞대고 있으려니, 댄이 귀신같이 삽관을 마쳤다. 워낙에 건장한 성인이다보니 문제될 것이 없었던 모양이었다. 물론 활력징후는 출렁이고 있긴 했지만.

"혈압 떨어지니까, 그것만 좀 잘 봐줘."

"네. 맡겨주세요."

강혁은 여태껏 보아온 댄의 실력을 믿었다. 비록 경원보다는 못했지만, 이만하면 훌륭한 마취과 의사였다. 덕분에 강혁은 활력징후에 어느 정도 신경을 끈 채, 환자의 상처만 볼 수 있게 되었다. 꾹. 일단 손가락으로 환자 상처 부근을 눌러보았다. 단단했다. 근육의 단단함과는 조금 달랐다.

'부었어. 안에…… 뭐가 들어차기도 했고…….'

염증이 잔뜩 생겼단 뜻이었다.

"영 안 좋은데……. 역시 잘라야 할까?"

한유림 또한 강혁과 비슷한 부위를 꾹꾹 누르며 입을 열었다. 아무리 봐도 절단 외에 다른 선택지가 떠오르지 않는 상황이었다. 하지만 쉬이 자르겠단 말이 나오지는 못했다.

'이곳에서 장애인은…….'

장애가 없는 사람들도 일자리가 없어서 허덕이는 지역 아니던가. 당연하다는 말이 조금 슬프게 느껴질 정도로 장애인에 대한 배려가 없었다.

"아니……. 잠시만……."

해서 강혁은 조금 무리하는 느낌으로 안력을 집중했다. 원래도 날카로운 그의 눈이 더더욱 날카로워졌다.

'여기……, 여기부터 여기까진 도저히 살릴 수 없어.'

좌측 정강이 외측은 이미 죽은 지 오래였다. 이런 걸 살리려고 했다간 환자를 죽일 게 뻔했다. 범위가 작으면 그냥 자르고 당겨 꿰매든지, 아니면 열어놓고 회복을 시키든지 할 텐데, 그러기엔 범위가 너무 넓었다. 만약 절단이 아니라 썩은 부위만 자르고 방치한다면, 그건 그것대로 환자를 죽음에 이르게 할 수 있었다.

'어쩐다…….'

다리를 자르면 앞으로의 인생이 걱정이었고, 그렇다고 다리를 살리자니 그 인생이라도 유지할 수 있을지가 의문이었다. 그때 한유림이 강혁의 어깨를 흔들었다.

"돌릴까?"

괴상한 말을 하면서였다. 하지만 강혁은 바로 그 말뜻을 알아들을 수 있었다.

"오? '돌린다'라……. 흠."

강혁은 환자의 상처와 한유림을 번갈아 바라보며 연신 고개를 끄덕였다. 확실히 그동안의 경험과 연륜이 어디 간 건 아니었는지, 상당히 그럴싸한 의견이었다.

여기서 '돌린다'라는 건 위쪽의 멀쩡한 살을 돌려다 붙이겠다는 뜻이었다. 강혁이 간혹 시행하던 유리피판술, 즉 아예 살을 떼다 붙이는 것과는 조금 다른 개념이었다. 오히려 그보다 훨씬 번거로울 수 있는 술기였는데, 그래도 효과는 굉장한 편이었다.

"여기서……. 여기. 어때? 가능할 거 같지 않아?"

강혁이 고민에 빠진 사이, 한유림이 환자의 바지를 허벅지 쪽까지 쭉 찢어버렸다. 그러곤 대강 손바닥 뼘을 이용해서 길이를 쟀는데, 아무래도 꽤 길긴 길었다. 하지만 불가능할 정도로 길진 않았다.

"음……. 되긴 될 거 같아. 이 사람 다리 근육이 좋네."

"그치? 여기 사람들이 그렇더라고. 하도 걸어 다녀서 그런가."

따로 운동할 필요가 없겠다고 여겨질 지경이었다. 자동화된 곳이 거의 없으니 그럴 수밖에 없었다.

"어차피 최악의 경우엔 자르면 되니까……. 상처부터 보죠, 그럼."

"좋아. 소독은 위까지 다 해?"

"네. 소변줄은……."

"네가 꽂아. 전에 내가 했어."

"그걸 또 일일이 세고 앉았네."

"그럼 안 세? 안 세면 맨날 내가 하게 생겼는데?"

"알았어요, 알았어."

전신 마취 수술에 있어서, 특히 오래 걸릴만한 수술에서 소변줄은 그 자체가 상당히 중요한 술기였다. 일단 수액이나 수혈을 통해 물을 얼마나 주는지는 다 계산이 되지 않는가. 그게 제대로 나오고 있는지 확인하기 위해서는 소변줄이 필수였다. 마취된 상황에서 안에 물이 쌓여 있으면 그것만으로도 신장에 무리가 갈 수 있었다. 그래서 대부분 소변줄을 꽂았는데, 인턴이 없는 이곳에서는 뭐가 어찌 되었건 강혁이나 한유림 둘 중 하나가 이를 담당해야만 했더랬다.

"에이."

여태 한유림이 하길래 그렇게 정해진 건가 했는데, 이제 보니 다 세고 있던 모양이었다. 강혁은 인상을 찌푸린 채, 그러나 한 치의 오차도 없이 소변줄을 쑥 하고 집어넣었다. 둘은 투닥거리면서도 각기 할 일을 해냈다. 강혁은 소변줄을 넣고, 한유림은 소독을 마쳤다. 한유림 또한 수술을 거의 끝까지 떠올릴 수 있는 사람이 된 지 오래라, 소독 범위는 완벽했다.

"좋아. 그럼 손 닦고……. 일단 상처로."

"알았어."

"댄은 활력징후 좀 잘 봐줘요. 패혈증으로 진행 중이라…….

언제 어떻게 될지 몰라."

강혁은 한유림을 먼저 손 닦는 곳으로 보낸 후 댄을 바라보았다. 그렇지 않아도 댄은 수액과 여러 약을 열심히 조절하는 중이었다. 딱히 미세 조정되는 기계가 없어서 일일이 손으로 재야만 했다. 심지어 숙련된 마취과 간호사도 없어서 모두 직접 하고 있었다.

"아, 네. 그……. 그래도 좀 서둘러주십쇼. 아무래도 감염원이 계속 남아 있으면……."

"그건 걱정 마요. 30분 안에 상처 정리는 끝낼게."

"네. 네?"

댄은 무심결에 고개를 끄덕이다가 시선을 강혁 쪽으로 홱 하고 돌렸다. 이 무시무시한 상처를 30분 안에 처리하겠다는 미친 소리를 내뱉은 그는 이미 손을 닦고 있었다.

'이걸 30분……. 흠.'

아무리 봐도 불가능해 보였다. 아까 '돌리네, 어쩌네' 하는 말까지 갈 것도 없이, 그냥 상처 정리 자체가 어려운 일이었다.

'하지만 저 인간…….'

댄은 강혁이 보여주었던 여러 수술을 떠올렸다. 미쳤다는 말로밖에 표현할 수 없는 수술이 대부분이었다. 심지어 어떤 총상 환자는 미처 수술실에 들어오기도 전에 거의 마무리를 한 적도 있었다.

'일단……. 일단 나는 환자 활력징후에나 신경 쓰자.'

적어도 강혁이 나선 이상 수술 자체에 신경 쓸 필요는 없을 터였다.

먼저 손을 닦고 온 한유림이 카심에게 타월을 받아 물기를 닦고는 소독 천을 덮었다. 일회용 천처럼 부착할 수 있는 종류가 아니라 어딘지 어설퍼 보이는 드랩이었다. 어차피 소독 부위만 드러나게 하면 되었으니 별 상관은 없었다.

"에이, 후져."

물론 기분이 좀 그런 건 어쩔 수 없긴 했지만.

"좀 참어. 하루 이틀도 아니고. 여기 온 지 한 달 내내 이러면 어떡해."

그래도 한유림이 강혁보다는 성질이 훨씬 나은 편이라 위로의 말을 건넸다. 강혁도 지금은 어쩔 수 없다는 걸 잘 알고 있었기에, 일단 모자란 대로 시작하기로 마음먹었다.

"에이, 칼."

"여깄습니다."

그나마 다행인 점은 카심의 실력이 조금씩 늘고 있다는 것이었다. 이젠 말하기 전에 탁탁 기구를 준비할 수 있는 수준이 된 것이다. 비록 수술이 중반을 넘어가기 시작하면 좀 버벅대긴 했지만 그래도 이게 어디란 말인가. 덕분에 강혁의 얼굴에 희미한 미소가 번져나갔다.

강혁이 손을 움직이는 동시에 딱딱해진 환자의 상처에서는 피가 주르륵 흘러나왔다.

"우리 피 있나?"

한유림은 강혁의 절개가 잘 이루어지도록 보조하면서 댄을 바라보았다. 댄은 환자가 들어오자마자, 수액을 연결하면서 혈액 검사를 시행한 마당이었다. 비록 죄다 간이 검사밖에 안 되는 검사실이긴 했지만, 혈액형 하나만큼은 제대로였다.

“네. 그……. 미국 쪽 협조로 피는 꽤 들어왔어요.”

“아, 맞아. 그거 도와준댔지, 참.”

생각보다 미국에게 있어 이곳 한구 지역의 전략적 중요성이 대단한 모양이었다. 중동 지역에서 커져만 가고 있는 반미 정서를 생각해보면 무리도 아니긴 했다. 최근 셰일 가스로 인해 중동 오일에 대한 중요도가 상대적으로 떨어졌다고는 하지만, 그런데도 이 지역 석유의 매장량이 무시할 만한 양은 아니었다.

“그럼 피 좀 내도 된다 이건가?”

강혁은 시선을 환부에 고정한 채 껄껄 웃었다. 피가 튀는 현장에서 짓기엔 너무 밝은 표정이라 조금은 소름이 끼칠 지경이었다. 댄은 애써 자신의 팔뚝을 비벼대며 고개를 끄덕였다.

“네, 근데……. 그래봐야 아주 많지는 않아요. 여유분 생각하면 3개 정도……?”

“3개? 3개면 충분하지.”

“3개가 충분하다고요?”

“잊었어? 나 여기 와서 수혈 한 번인가밖에 안 했을걸?”

“아……. 아?”

댄은 ‘정말 그런가?’ 하는 얼굴이 되었고, 강혁은 그런 댄을 뒤로 한 채 아까보다 더 과감해진 손놀림을 보여주기 시작했다. 절개의 목표는 환부에 틀어박힌 정체불명의 이물질을 제거하는 데

초점을 두고 있었다. 동시에 환부에 들어찬 고름을 제거했다.

"어어, 피 많은데. 괜찮아? 보여?"

"석션."

"석션? 안 돼, 그건. 그건 안 돼."

"사람 살려야지. 지금 안 보여요? 지금이 제일 중요해."

"으……."

"대신 이따 내가 할게. 이따가는 내가 한다. 절개는 어쩔 수 없잖아, 이거."

"시발, 미국 놈들……. 이거부터 어떻게 좀 사 오지."

한유림은 애꿎은, 정말이지 아무 잘못도 없는 미국 욕을 해대며 카심을 돌아보았다. 카심은 말없이 그에게 석션을 건네주었다. 한유림이 건네받은 석션을 물고 상처에서 잔뜩 흘러나오고 있는 피와 고름을 빨아내기 시작했다.

"옳지. 이야, 이제 뭐 기계여. 기계."

"어말? 아 알애?"

"말하려고 하지 말고요. 힘 빠지잖아. 어차피 나 못 알아들어요. 그거 물고 뭐 하는 짓이여."

"이알."

"욕은 하지 말고."

한유림은 핀잔을 늘어놓으며 동시에 절개를 이어나가는 강혁을 잠시 노려보았다.

'망할 놈이 욕은 찰떡같이 알아들으면서……. 칭찬 좀 해주면 덧나냐?'

하지만 계속 그러고 있을 여유는 없었다. 피도 있겠다, 석션도 되겠다. 강혁에게 망설일 이유가 없어진 참 아니던가. 실로 오래간만에 한국대학교 병원에 있을 때처럼 호탕한 절개가 이어지고 있었다. 그리고 그 절개의 효율은 대단한 것을 넘어 거의 완벽에 가까웠다. 그렇게 길지는 않은 절개였으나, 흘러나오는 고름의 양은 어마어마했다. 딱 소켓, 즉 주머니가 형성되거나 형성되려는 부위를 칼이 지나간 까닭이었다. 그 효과는 대번에 활력징후로 이어졌다.

"오……. 혈압 올라갑니다."

피가 나고 있는 것을 감안하면 정말이지 대단한 일이라 할 수 있었다. 댄은 자신이 직접 말을 하고 있으면서도 잘 믿기지 않았다.

'그냥 절개만으로…… 환자 상태가 변하다니.'

물론 강혁에게는 이제 막 시작일 따름이었다.

"실."

"아, 네."

우선 강혁은 방금 자신이 짼 곳 중 혈관과 인접해 있던 절개면에 수처 타이를 시행했다. 혈관이 잘 보이지는 않지만 뻔히 있을 만한 곳에 주로 사용하는 술기라고 보면 되었다. 지금 이 환자는 절개 면 전체가 그냥 염증 덩어리였기 때문에 바늘을 찔러 넣을 때도 피가 줄줄 새어 나왔다. 하지만 매듭을 딱 짓자마자 출혈이 거의 80% 이상 줄어들었다.

"푸후."

그걸 보자마자 한유림이 바닥으로 석션을 내뱉었다. 땅바닥에 널브러진 석션을 바라보는 한유림의 눈이 더없이 착잡했다.

'이거……. 이거부터 산다.'

후원금이 얼마가 들어오건, 석션 기기 들여오는 게 얼마나 힘이 들건 관계없었다. 무조건 이거부터 사야 한다는 생각만 들었다.

"자, 이거 잡아봐요."

"어, 알았어."

물론 수술에 소홀하진 않았다. 집도의인 강혁만큼이나 집중하고 있었다. 덕분에 강혁의 말이 끝나기가 무섭게, 환자의 다리에 깊이 틀어박혀 있던 어떤 물체를 집을 수 있었다.

"이거 뭐야?"

한유림은 딱딱한, 그러나 매끈하지는 않은 물체를 바라보며 물었다. 강혁이라고 확실히 알 수는 없었지만 날카로운 눈으로 인해 대강은 알 수 있었다.

"못……? 녹이 슬었는데. 이런 게 박히니 이렇게 썩지. 근데……. 이거……."

"덜그럭거리는데. 뼈에……. 박혔나, 설마?"

물체 끝을 잡은 채 흔들어대던 한유림의 얼굴에 그늘이 졌다. 그냥 근육에 박히기만 해도 지옥이 눈앞에 보이는데 뼈까지? 차라리 자를까 하는 생각이 눈앞을 번쩍 스치고 지나갔다. 하지만 강혁은 여전히 무표정했다.

"밖에서 확인했어요. 당황하지 말고, 너무 흔들지 말고 그냥 수직으로 당겨."

"이렇게?"

"아니, 아니. 조금 틀어요. 21도 정도?"

"아니, 21도가……."

"어, 지금. 지금!"

"지금? 내가 맞췄어? 나도 천재네."

"지랄 말고 그냥 당겨요, 일단!"

한유림의 나름대로 우람한 상체가 완전히 뒤로 젖혀졌다. 그와 동시에 뼈까지 박혀 있던, 못보다는 훨씬 굵은 무언가가 튀어나왔다.

'다행히 부러지진 않았어.'

강혁은 그 물체가 튀어 나가자마자 일단 환부부터 살폈다. 부러져서 끝이 뼈 안에 남게 된다면 거의 최악이었다. 그땐 뼈를 부숴서 빼내야 할 테니까. 가뜩이나 염증 때문에 약해졌을 텐데, 그런 충격까지? 그러느니 그냥 잘라버리는 게 나았다.

"어후, 넘어질 뻔."

한유림은 그 상태로 몇 걸음인가 더 뒤로 물러선 후 한숨을 내쉬었다. 그의 말대로 거의 넘어질 뻔한 위기 상황이었지만, 그럼에도 불구하고 손을 허리 아래로 보내진 않았다. 수술실에서 오염을 피하기 위한 수칙이 몸에 완전히 밴 모양이었다.

"거봐요. 하체 하길 잘했지? 하체가 생명이야."

"어제 벤치 했거든?"

"벤치도 하고 스쿼트도 했지."

"아무튼……. 이거 뭐야? 대체?"

한유림은 더 입씨름해봐야 남는 게 없을 거란 생각에 화제를 돌렸다. 집게에 물려 있던 물체를 카심의 기구대 위에 올려놓으면서였다.

"텐트……. 아니지, 천막 고정하는 철 같은데."

"이게 왜 다리에 박히지?"

"알 수 없죠. 중요한 건 이미 박혔다는 거지. 아까 얼마나 됐다고 했지?"

강혁은 여전히 고름과 피가 묻어 있는 철 조각을 바라보다가 카심을 향해 고개를 돌렸다. 그나마 보호자들과 대화를 나누다 온 게 카심 아니던가. 문진 하나만큼은 정확히 되어 있었다.

"5일 정도 됐습니다."

"5일……. 근데 왜 이제 온 거야, 이거 괜히 일 크게 만들었잖아."

5일이라니. 아마 다치고 바로 왔으면 그 자리에서 뽑고 소독 좀 하다가 나중에 닫았으면 정말 아무 문제없었을 상처였다. 하지만 5일간 꾸역꾸역 썩어들어간 상처 때문에 환자는 사경을 헤매고 있었다.

"일단 유목 생활 중이니까……. 근처 병원에 가는 거 자체가 어려웠을 겁니다. 아, 여기 있습니다."

카심은 강혁이 내민 손에 일단 베타딘을 건네주었다. 강혁은 뼈까지 틀어박혔던 것을 확인한 후에도 우선 소독부터 할 생각이었다. 그가 그렇게 상처 곳곳을 한유림과 함께 꼼꼼하게 닦아내는 동안 카심은 계속 말을 이었다.

"그리고 뭐……. 아시잖습니까? 도착한 병원이……. 제대로 되었을 리가 없죠."

어딜 가나 의사는 중산층 이상은 가는 법이었다. 이렇게 치안이 불안정한 동네에 과연 얼마나 남아 있겠는가. 모조리 남동부 쪽으로 가거나 아예 외국으로 가버린 마당이었다.

"그제야 이쪽으로 올 생각이 들었을 텐데……. 오는 데만 꼬박 이틀 정도 걸렸다고 합니다."

"이틀이라."

"그나마 중간에 차라도 얻어 탔으니 망정이지, 그렇지 않았다면……. 아직도 여기 못 왔을 겁니다."

그 말은 곧 환자가 아무 처치도 받지 못하고 길바닥에서 죽었을 거란 것과 같은 말이었다.

"총체적 난국이로구만."

여기 오고 얼마 지나지 않았을 때까지만 해도, 설마하니 대한민국보다 힘들겠나 했더랬다. 조금만 제대로 생각해보면 정말 얼토당토않은 생각이었다. 대한민국과 파키스탄은 비교가 어려울 만큼 인프라나 소득 수준의 차이가 심했으니까. 그중에서도 한구 지역이 속한 서북부 쪽은 거의 전쟁터라고 봐도 좋을 정도로 낙후되고 위험한 곳이었다.

"그렇죠."

"병원도 없어……. 의사도 없어……. 도로도 없어……. 그렇다고 환자들이 여기 오려고도 안 해……."

"죄송합니다."

"네가 죄송할 일은 아니지. 넌 제대로 하고 있잖아."

카심과 같이 전도유망한 사람이 여기 남아주었다는 것 자체가 그냥 감사할 일이었다. 그만큼 이 지역은 희망이 보이지 않는 곳이었다.

'오는 길에……. 거의 반 죽었다고 봐도 좋을 지경이로구만.'

강혁은 상처를 꾹꾹 눌러 닦으며 고개를 가로저었다. 그나마 절개도 완벽했고, 이제 막 원흉마저 뽑아낸 참이라 활력징후는 아주 빠르게 좋아지고 있었다. 여기서 완전히 깔끔하게 끝내려면 역시나 다리를 자르는 게 답일 터였다. 그렇게 되면 적어도 환자가 죽고 사는 문제를 겪진 않을 터였다.

'다치기 전에도 험악한 삶인데…….'

다쳐서 장애를 안게 된 후에는 어떠할까. 어쩌면 차라리 죽느니만도 못한 삶이 될 공산이 컸다. 적어도 강혁이 겪은 이곳의 삶은 그러했다. 다들 먹고 살기가 너무 팍팍해서 남에 대한 배려는 없었다.

"아무튼, 좋아. 미래는 나중에 걱정하고. 수술이나 마무리하지."

강혁은 애써 미래와 현실을 머릿속에서 털어낸 후, 환자의 환부를 들여다보았다. 방금 그가 쏟아부었던 베타딘 액과 그 액에 뒤섞여 나온 고름이 그득 차 있었다. 한유림 또한 그걸 보고 있다가, 말없이 석션 호스를 강혁에게 건네주었다.

"기억하지?"

"하."

그 순간 한유림이 카악 하더니, 댄의 도움을 받아 마스크를 내리곤 고름을 내뱉었다. 저게 한유림의 폐에서 나왔을 리는 없겠지.

"해."

"네."

강혁은 고개를 숙인 채 석션을 물었다. 그러곤 안에 들어찬 액체를 빨아들이기 시작했다. 어찌나 거세게 빨아들이는지 앞에 있던 한유림이 다 불안해질 지경이었다.

"어어, 미친놈아. 그러다 삼켜 이거!"

"퉤."

"아니네. 어어, 이번엔 진짜 삼킨다!"

"퉤."

"어떻게 하는 거야? 뭐 이렇게 아슬아슬해?"

"퉤."

어떻게 된 놈인지 심지어 석션마저 잘했다. 그냥 잘 하는 게 아니라, 거의 무슨 기계로 하는 것보다도 나을 지경이었다.

'안에 든 물을 빨아들이는 거야 그렇다 치는데…….'

심지어 소독할 때 미처 빨아내지 못했던 고름까지도 쭉쭉 뽑아내는 중이었다. 대체 어떻게 이런 게 가능할까.

'옛날에는 따라다니다보면 어느 정도는 배울 수 있을 거라 생각했었는데…….'

비록 한유림은 어느 정도 선에서 실력이 거의 멈춰버렸지만, 양재원, 그러니까 현재 한국대학교 병원 중증외상센터장은 거의 스펀지처럼 강혁의 실력을 흡수했더랬다. 여기 오기 직전에는 혼자서 대형 재난까지 도맡아 처리했을 정도 아니었던가. 당시 강혁은 다른 수술 때문에 현장에는 아예 가보지도 못했는데, 나와서 얘기를 전해 듣고는 크게 웃었다는 소문이 돌았더랬다. 그거 하나만 봐도 재원의 실력이 얼마나 뛰어나게 성장했는지 알 수 있었다.

'그래도 이놈만큼은 아냐…….'

"뭐 해요?"

한유림이 잠시 그의 오랜 제자이자, 이제는 동료가 된 재원을 떠올리는 사이 강혁은 귀신같이 석션을 끝마쳤다. 정신을 차리니 상처는 몰라보게 깨끗해져 있었다. 거의 이대로 닫아도 되지 않나? 하는 생각이 들 정도로.

"어? 어. 오."

"뭘 그렇게 놀래. 이제 시작이구만. 자, 봐요. 이만큼……. 이만큼이나 떨어져 나갔다고."

역시 현실은 생각과 같지 않았다. 강혁의 절개는 절개에서 끝나지 않고, 절제로 이어져버렸으니까. 그 결과, 종아리 쪽에 거의 20cm가 넘는 결손이 발생해 있었다. 심지어 뼈까지 드러나 보일 정도의 결손이라, 그냥은 절대로 꿰맬 수 없었다.

"아, 그렇지. 이거 그럼……."

"돌려야지. 아까 말했잖아요?"

"응. 되겠지?"

"되지. 나는 할 수 있어. 솔직히 한 교수님 혼자서도 되지 않나?"

"어……."

한유림은 가만히 자신의 실력을 가늠해보았다. 건방지다고 할 수도 있겠지만, 스스로 평가하기에 일류라 생각했다. 물론 강혁이나 양재원 정도는 아니긴 했다. 그러나 그건 누구나 인정하듯 그 두 놈이 괴물인 거지, 자기가 부족해서는 아니었다.

"아니, 난 유리피판술은 돼도……. 돌리는 건 안 될 거 같은데?"

"아, 아직은 그런가?"

유리피판술이 더 어려운 거 아닌가 싶을 수도 있었다. 아예 혈관도 조직도 떼어내다가 새로 연결해줘야 하는 거니까. 하지만 그건 오히려 떼어낸 후에 잇는 거라 봉합 자체는 수월했다. 하지만 국소피판, 즉 돌려다 붙여주는 건 방향이며 길이며 고려해야 할 것이 대단히 많았다.

"어, 아직은……."

"그럼 잘 보고 배워요."

"나 예순인 건 알고 하는 소리지?"

"여든까지 할 거 아냐?"

"어, 음. 이게 칭찬인지 저주인지 모르겠네."

"허튼 소리하지 말고 위로 와요. 돌려야지."

"아, 응."

지금은 어려운 수술을 앞둔 상황이었다. 다른 사람에게만 어려운 게 아니라, 강혁에게도 어려운 수술이었다. 여유가 있을 턱이 없었다.

"칼."

"네."

"음……. 그래."

강혁은 메스를 손에 쥐고 잠깐 고민하는가 싶더니, 이내 환자의 허벅지에 절개를 넣기 시작했다.

"근데 CT도 안 찍고 그냥 막 째도 되는 거야?"

한유림은 그런 강혁에게 우려의 표시를 보냈다. 이게 어떻게 가능하냐는 질문에 가까운 말이었다.

"해부는 대강 알잖아요. 어차피 작은 혈관 건드릴 것도 아니고……. 뭐, 또……."

강혁은 이젠 자신의 눈에 대해 말해줄까 하는 얼굴로 한유림을 잠깐 돌아보았다. 하지만 한유림은 이미 고개를 끄덕이며 수술 자체에 집중하고 있었다. 이미 집도의가 칼을 움직이고 있는 상황 아니던가. 보조의에게 여유가 남아 있다면, 그게 이상한 일이라고 보면 되었다.

'하여간 내가 사람 하난 제대로 데려왔지.'

상황이 어떻건 간에 최선을 다하는 사람이 어디 흔하겠는가. 강혁은 한유림이 눈치채지 못할 정도로 미미한 미소를 지은 채, 메스를 보다 힘 있게 쥐었다.

강혁은 메스를 이용해 환자의 허벅지에 절개를 넣었다. 아직 종아리 뒤편의 염증이 위로 번지진 않아서, 이쪽은 거의 정상 조직이 자리하고 있었다. 자연히 칼을 댈 때마다 흐르는 피의 양도

적었고, 그 색도 붉기만 했다.

"좋네, 여긴."

한유림은 '그래, 이게 절개지' 하는 얼굴로 고개를 끄덕였다. 아까 반쯤 죽은 조직을 절제할 때도 물론 훌륭하긴 했지만, 그건 아무래도 피와 고름이 난무하다보니 정상적인 절제로 보이진 않았다.

"끝까지 좋을지는 의문인데."

하지만 강혁은 딱 한마디로 흐뭇해하고 있던 한유림의 기분에 초를 탁하고 쳤다.

"그건 또 무슨 뜻이야?"

"아까 신나게 절제하다보니까 좀 오버한 거 같아서. 척 보기에도 좀 크지 않아요?"

강혁은 메스 쥔 손을 잠시 멈춰둔 채 종아리 뒤편을 가리켰다. 강혁의 넓은 손바닥 하나가 다 들어가고도 남을 정도의 결손이 보였다. 그나마 남은 조직의 상태가 깨끗하다면 좀 나을 텐데, 여전히 감염의 흔적이 진하게 남아 있었다.

"음. 크긴……. 큰데."

"크긴 큰 정도가 아니라, 이 정도면 어마어마하지."

강혁은 자신도 모르게 혀를 찼다. 다른 사람들이라면 대수롭지 않게 넘길 수도 있는 반응이었지만 한유림으로서는 도저히 그럴 수가 없었다.

'전에 언제 이놈이 이랬더라.'

한 가지 확실한 건 그날 수술했던 환자는 다시는 걷지 못했다는 점이었다. 사고로 철로 위에 떨어졌던 장년의 사내였는데, 그나마 열차가 다리를 치고 지나가진 않아 다행이라 여겼던 건 정말 잠시뿐이었다. 옆으로 으스러진 다리는 무릎 아래도 아니고 고관절 근처에서 잘라내야만 했더랬다.

'제기랄.'

그때 생각을 하니 또다시 속이 울렁거리는 기분이었다. 응급의학과 의사들끼리는 그런 종류의 손상을 두고 스파게티가 됐다고 한다던데, 그 말을 듣고 보니 묘하게 적절한 묘사인지라 두고두고 기억이 났다.

"그래도 뭐 해봐야지. 모자라면……. 시간 두고 치료하든지, 뭐."

한유림이 옛 기억에 몸서리치고 있을 때쯤, 정작 얘기를 먼저 꺼냈던 강혁은 고개를 털어낸 후 재차 메스를 쥐었다. 그러곤 절개를 위쪽으로 죽 이어 올라갔다. 그 흔한 마커도 없이 그저 칼만으로 진행하는 수술이었다.

"여기까지?"

그런 수술이 쉬울 리는 없지 않은가. 그래서 한유림 또한 끔찍했던 과거에서 벗어나 강혁의 보조에 돌입했다. 강혁의 말을 듣고 보니, 절개는 거의 허벅지 위쪽 끝까지 이어져야 할 것 같았다. 한유림은 자신이 예상한 지점을 짚으며 강혁을 바라보았다.

"어, 거기요."

강혁은 그런 한유림을 향해 존댓말인지 반말인지 모를 말로 대꾸하고는 연신 메스를 놀려대었다. 지이익. 순식간에 타원형의 절개가 완성되었다. 암만 봐도 아래쪽의 상처와는 모양이 좀 달라 보였지만 한유림은 강혁에 대한 굳은 믿음을 가지고 있었다.

"벌려봐요."

"어, 이렇게지?"

"음……. 그래, 그게 낫겠다. 일단 거기부터 찾아봐야지."

"오."

한유림은 강혁보다 자신의 선택이 더 좋았나 하는 생각에 씨익 미소를 지어 보였다.

"에휴."

강혁은 그런 한유림을 향해 한숨을 쉬며 고개를 절레절레 저었다. 기대했던 반응은 아니었지만 한유림은 결코 실망하지 않고 계속 웃었다.

"확실히 아까 염증 있는 데 하다가 여기 하니까 훨씬 낫네."

"그렇지? 시야가 좋네. 역시 정상 해부가 좋다니까."

"하긴 아무래도 그렇죠. 딱 봐도 이쁘잖아?"

"응. 신경에 혈관에 근육에, 얼마나 선명해. 이 환자 다리가 참 좋네."

둘은 자기들이 얼마나 소름 끼치는 대화를 나누는 중인지 인식하지 못한 채, 방금 절개한 부위를 먹여 살릴 혈관을 찾아냈다. 동맥과 정맥 한 쌍이었는데, 허벅지 동맥과 허벅지 정맥에서 나오는 부위부터 찾아냈더니 길이가 제법 되었다. 그래봐야 아래로 돌리면 겨우겨우 종아리 뒤편에 닿을 정도의 길이이기는 했지만, 여기서 중요한 건 어떻게 해서든 닿는다는 것이었다.

"된다. 돼."

"근데 역시 좀 작네."

강혁은 휙 하고 허벅지 살을 종아리 뒤편에 돌려보고는 투덜거렸다. 결손 면적이 좀 넓다 싶더니만 완전히 커버가 되진 않았다.

"당겨서 봉합하면 안 돼?"

"가뜩이나 안에 곪았는데 당겨서 압력 주면 잘도 살겠다."

"아, 그런가."

생각해보니까 그렇긴 했다. 애초에 괴사성 근막염이라는 병명도 있지 않은가. 주로 허벅지에 생기는 병이긴 했지만, 안쪽으로 압력이 너무 쏠리면서 조직이 죽게 되는 병이었다. 지금 이 환자의 종아리는 툭 치면 죽을 정도로 약해져 있는 상황이니, 압력이 올라가는 일은 절대적으로 피해야만 했다.

"'아, 그런가'는 무슨 놈의 '아, 그런가', 당연히 그렇지."

강혁은 납득했다는 얼굴로 고개를 끄덕이고 있는 한유림을 향해 빽 하고 성질을 부렸다. 예전 같았으면 아마 꽤 상처를 받았겠지만 이젠 아니었다.

"너 요새 수술 안 되면 꼭 나한테 성질내더라?"

"안 되긴 뭐가 안 돼, 또."

"지금 약간 생각대로 안 되는 거 아냐?"

"아니……."

게다가 이젠 강혁의 패턴도 어느 정도는 파악하고 있었다. 온 세상에서 오직 한 사람, 한유림만이 가지고 있는 아주 희귀한 능력이었다.

"거봐, 이거. 어? 내가 화받이야?"

"아니, 그런 뜻으로 한 말은 아니지."

"새꺄. 듣는 사람이 기분 나쁘면 아무 소용없는 거야."

"새끼란 말은 좀 심한데."

"네가 방금 그랬어."

"알았어요, 미안해. 미안해."

강혁의 입에서 무려 사과가 나오게 만든 한유림은 흐뭇하게 웃으며 재차 환자의 종아리를 가리켰다. 그 위로 방금 위에서 돌려 내린 허벅지 살이 있었는데, 아무리 봐도 작긴 작았다.

"그럼 이거 어떻게 고정할 거야?"

"안쪽 살로 이어야지 뭐. 위쪽에 살짝 봉합하고."

"그럼 이 옆으로는 열어?"

한유림은 좌우 합치면 무려 5cm 정도나 되는 결손을 가리켰다. 아까보다야 비할 수 없을 만큼 좁아지긴 했지만, 그래도 결손은 결손이었다.

"일단은 두긴 둬야죠. 젖은 거즈로 소독하면서."

"우리 거즈……. 얼마나 있지?"

원래 같았으면 거즈가 웬 말인가. 진공 상태의 일회용 멸균 비닐 포를 이용한 감압 드레싱을 24시간 유지해야 할 터였다. 적어도 한국대학교 병원에 있을 때는 그러했다. 하지만 이곳은 한국이 아니라 한구였다.

"어……. 한 번에 얼마나 쓰실진 모르겠는데, 한 일주일은 될 거예요."

일주일이라. 감염이 해결되고 그 자리에 새살이 돋아나길 바라기엔 너무 촉박한 시간이었다. 게다가 그냥 거즈만 있다고 될 일은 아니지 않던가. 강혁은 일단 봉합 기구로 살을 고정하면서 질문을 이어나갔다.

"후라시닐 도포한 거즈는?"

"네? 그건 없죠."

"없구나."

"네."

카심은 '후라시닐 같은 소리 하고 있네' 하는 얼굴로 대꾸했다.

"어디서 공수해 올 곳이 없나?"

카심은 잠시 고개를 갸웃거리긴 했으나 입을 열진 못했다.

"후라시닐 도포 거즈는……. 공수해오려면 군 쪽에 요청해야 할 거 같은데요."

답을 해준 것은 댄이었다. 평소에도 그리 말이 많은 사람은 아니었지만, 수술할 땐 더더욱 과묵한 사람 아니던가. 그야말로 묻는 말이 있어야 답하는 종류의 인간이라고 보면 되었다.

"군에 그게 있을 거라는 건 어떻게 안 거야?"

"아……. 얘기 안 드렸었나요? 저 군에 잠깐 있었어요. 아직도 계약은 되어 있는데."

"응? 군의관으로?"

"아뇨. 그건 아니고……. 그냥 위탁의로요."

"아……. 하긴 이 일만 하진 않겠지."

국경없는의사회 소속 의사라고 해서 평생 이렇게 현장만 돌아다니는 건 아니었다. 어지간한 부자가 아니고서야 어떻게 의사까지 되어서 계속 최저 시급만 받을 수 있겠는가. 다만 이 일이 워낙 기간이 불안정하다보니 제대로 된 직장을 따로 잡기는 꽤 어려웠는데, 그나마 구할 수 있는 게 응급실 당직 또는 군 위탁 의사였다.

"네. 뭐……. 어쩌다보니 이번 프로젝트가 정말 길어지고 있기는 한데……."

"근데 위탁의로 있다고 해도……. 이 근처 사정은 어떻게 알지?"

이번 질문은 강혁이 아니라 한유림이 던진 것이었다. 그가 알기로 가장 가까운 미군 군부대는, 그중에서도 군의관이 상주하고 있을 정도로 큰 부대는 거의 100km 이상 떨어져 있었다. 그저 한구에 있다고 해서 알 수는 없다는 얘기였다.

"아, 위탁의로 근무하는 건 본토예요. 거기 응급실 당직으로……. 거기 일하다보면 주워듣는 게 많죠."

"아. 그럼 직접 아는 사람이 있는 건 아니겠네?"

"저야 그렇죠. 하지만……."

댄은 한유림을 빤히 바라보았다. 너는 있지 않냐 하는 얼굴이었다.

'그 스미스라는 사람……. 아무리 봐도 어마어마한 거물이던데.'

"그래, 뭐……. 기왕 손 벌리기로 한 거 또 부탁해보지. 근데…….

아무리 나랑 좀 알던 사이라고 해도……. 이렇게 자잘한 걸 도와줄지 어떨지 모르겠는데."

하지만 자신이 막 넘치진 않았다. 사실 스미스가 왜 이렇게까지 잘해주는지 좀 궁금할 정도였으니까.

"그거, 내가 하죠."

그러나 강혁이 있지 않은가. 자기에게 필요할 때만이긴 하지만 눈치가 비상할 정도로 빠른 그는, 스미스의 속내를 아주 잘 알고 있었다.

'뭐……. 언젠가는 미군이랑 일하는 것도 나쁘지 않지.'

그리고 그 속내를 들어줄 생각도 있었고.

"어? 백 교수가……?"

"그래요. 이따 내가 직접 전화 걸게. 일단 이거나 마무리합시다."

"어……."

한유림은 강혁의 제안에 뭐라 말을 해야 할지 모르겠다는 얼굴이 되었다.

'이 녀석이 전화하는 거……. 좋아하던가?'

딱히 생각해볼 것도 없었다.

'진짜 싫어하잖아?'

"왜……, 왜 전화를 해?"

장관이고 나발이고 도통 전화를 하지 않는 위인이었다. 심지어 대통령한테도 그랬다. 그랬던 놈이 갑자기 알아서 전화하겠다고 나서? 뭔가 꿍꿍이가 있는 게 분명했다.

"왜요. 전화하지 마요?"

물론 강혁이 그러한 사실을 말해줄 리는 만무했다.

"아니, 이상하잖아."

"여기 온 일이 이상한 일이지, 뭐."

"그건……. 그렇게 말하니까 또 할 말 없어지네."

"아무튼, 거즈고 뭐고 수술이 잘돼야 가능한 거예요. 아니면 잘라야 해. 지금도 봐요. 이거."

아까보다는 확실히 나아진 상황이었다. 활력징후야 말할 것도 없었고, 상처도 훨씬 깨끗해져 있었다. 하지만 상대적인 개념에서 말하는 것일 뿐 실제로 깨끗하진 않았다.

"하긴……. 흠. 그래. 봉합하자."

"그래야 한 장관이지. 위에 좀 부탁해요. 허벅지도 너무 열어두는 거 부담이야, 이 사람한테는."

"어, 알았어. 여긴 나 혼자 할게."

"좋아요."

강혁은 마침내 집중하기 시작한 한유림과 함께 상처 봉합에 들어갔다.

'중요한 건 여기지.'

강혁은 허벅지에 돌려 온 근육 조직과 종아리 뒤편 조직을 봉합을 통해 이어 붙이는 중이었다. 아무래도 양쪽 조직은 바늘 들어가는 느낌부터가 달랐다.

'흐물흐물한데……. 흠.'

겉으로는 티를 전혀 내지 않았지만 속으로는 여전히 이걸 자르는 게 옳았을까 하는 고민이 있었다.

'아냐. 환자의 미래를 생각하면…….'

가뜩이나 한구 병원에 대한 여론이 그리 좋지는 않았다. 그나마 제인의 눈물겨운 헌신으로 인해 일부에서는 호의적인 시선을 보내고 있긴 했지만, 그야말로 일부일 뿐이었다.

'한구 병원 가서 멀쩡한 다리 잘랐단 소리가 나와선 안 되지.'

멀쩡한 다리가 아니긴 했지만 원래 삐딱한 시선으로 보다보면 뭐든지 그렇게 보이는 법 아니던가. 이미 한국에서도 숱하게 겪어본 일이었다. 그래서 강혁은 이를 악물고 봉합에 들어갔다. 눈을 부릅뜬 채였다.

'어디냐……. 어디가 제일 위험하지?'

허벅지에서 온 살은, 이를테면 영양 공급처라고 보면 되었다. 허벅지 동맥에서 건강한 피가 펑펑 쏟아져 나올 테니 말이다.

'일단 여기.'

강혁은 제일 흐물거리는, 즉 제일 위험해 보이는 조직에 허벅지살을 바짝 붙여주었다. 피에는 영양뿐 아니라 균과 싸울 수 있는 백혈구와 여러 림프구가 뒤섞여 있었다. 그 면역 세포들에게 힘을 북돋아줄 수 있는 산소도 풍부했고. 그냥 이대로 두는 것보다 훨씬 수월하게 상처를 회복시킬 수 있다는 얘기였다. 가장 건강한 부위와 가장 약한 부위가 접하게 되는 장면은 흡사 마법이라 해도 좋을 지경이었다. 이걸 알아볼 수 있는 사람이 이 방에 딱 둘뿐인 데다가, 나머지 하나는 허벅지에 집중하느라 보지 못하고 있는 게 아쉬울 정도였다.

"거긴 다 되어가요?"

놀라운 솜씨로 봉합을 얼추 마친 강혁은 고개를 한유림에게로 돌렸다. 예전 같았으면 그저 너무 빠른 속도에 혼비백산했을 그였지만, 이젠 제법 여유가 있었다.

"어, 거의 다 됐지."

"오. 압력은?"

"거의 없어. 백 교수가 떼어갈 때 근육을 꽤 파가서. 한번 눌러봐."

"알았어요."

강혁은 역시 하는 얼굴로 손가락을 펴 들고는 환자의 허벅지 부근을 꾹 하고 눌렀다. 아주 부드럽다고 하긴 어려웠지만, 아무튼 손가락 끝이 들어가는 느낌이 있었다. 압력이 강하게 쏠려 있다면 절대 이렇진 않을 터였다.

"좋네."

"좋지?"

"확실히 늘었어."

미숙한 사람이 처음 절제된 허벅지 봉합을 맡게 되면 어떻게든 이어 붙이려는 생각만 하게 되기 마련이었다. 강혁 또한 레지던트 시절 실수했던 기억이 있었다.

-미쳤어? 이렇게 하면 환자 다리 썩어!

그저 봉합할 생각만 하다보니 저질렀던 실수였다. 새하얗게 탈색되어버린 환자의 발가락이 아직도 잊히질 않았다. 워낙에 압력이 올라간 나머지 안쪽의 동맥까지 죄 눌려서 발생했던 일이었다.

"늘긴? 이 정도는 원래 하지."

"음? 하긴 그런가?"

강혁은 예전처럼 무턱대고 한유림을 깔아뭉개진 않았다. 이미 그럴만한 수준은 넘어간 지 오래 아니던가. 양재원만 아니라면 수제자 타이틀을 줘도 될 정도였다.

"하긴 그런가? 이놈은 하여간."

"아무튼, 잘했어요. 이제 슬슬 마무리합시다. 댄, 깨우려면 얼마나 남았죠?"

강혁은 투덜거리는 한유림의 어깨를 두드려주었다. 손이 오염될 게 뻔한데 어깨를 두드려준다는 건 할 일이 끝났다는 뜻이나 마찬가지였다. 웬일로 넋을 놓고 있던 댄은 화들짝 놀라며 답했다.

"끄, 끝났어요?"

"외상 환자 보면서 정신 놓으면 어떡해."

"아니……. 활력징후는 빈틈없이 보고 있었어요."

"자기 입으로 빈틈없었대."

강혁은 고개를 가로저었다.

"어……. 그……. 어차피 저희 벤틸레이터 하나 사용 중이라……. 완전히 깨워서 나가야 하거든요?"

"그거? 그거 사용 중이야?"

강혁은 고문 용도로나 쓰면 딱이겠다 싶었던 벤틸레이터를 떠올렸다. 일반인을 대상으로 써야겠단 생각은 단 한 번도 해본 적이 없었다. 일단 전기 수급이 턱없이 부족한 곳이지 않은가. 그나마 병원 내에 따로 비치된 발전기가 있어서 아직 정전을 겪은 적은 없었지만, 만약 벤틸레이터 사용 중에 툭 하고 전기라도 나가면 어찌 되겠는가.

"아, 네. 얘기 못 들으셨구나. 제인이 수술했던 산모가 사용 중이에요."

"아, 산모…….'

그렇다면 얘기가 좀 달라지긴 했다.

"네. 그래서 깨워서 나가야 해요."

댄은 환자를 걱정스럽다는 눈으로 바라보았다. 물론 다리를 절단한 것보다는 의학적으로 훨씬 나은 상황이긴 했지만, 허벅지에 있던 살을 돌려다 정강이 뒤로 봉합해준 모양이 썩 정겹지만은 않았다. 아마 모르는 사람이 본다면 훨씬 끔찍하다고 생각하지 않을까?

"완전히 깨우면 안 될 거 같은데."

다행히 강혁도 상식이 있는 위인이었다. 이 상태를 환자가 보게 된다면 발작할 거란 생각을 떠올릴 정도는 된다는 얘기였다. 해서 역시나 걱정스러운 얼굴이 되어 댄을 마주 보았다. 하지만 그런다고 없던 벤틸레이터 기기가 툭 하고 나오는 건 아니었다.

"그……. 고장 난 게 하나 있긴 있어요."

대신 고장 난 기기가 나왔다.

"산소 공급은 돼요. 멸균으로. 근데……."

"설마 호흡 불어 넣는 게 안 된다는 소리를 하려는 건 아니겠지?"

"어, 그거 맞아요."

"허……."

그 말은 곧 사람 손으로 쥐어짜야 한다는 뜻이었다. 언제까지? 환자가 깰 때까지.

"안, 안 돼."

운명을 직감한 한유림이 손사래를 쳤다. 이 상처를 미루어 짐작하건대, 환자를 깨우려면 적어도 2, 3일은 필요할 터였다. 그때는 되어야 정서적으로나, 의학적으로나 안정적으로 깨울 수 있을 거란 얘기였다. 그 말은 곧 2, 3일가량 손으로 쥐어짜야 한다는 얘기이기도 했고.

"안 되긴……. 방법이 없는데."

"안 돼, 시발 놈아. 이걸 어떻게 사람이 짜."

"나랑 한 교수님이 둘이 돌아가면서 하죠. 2교대로."

"안 된다고! 네 멋대로 정하지 마!"

한유림은 절규하듯 외쳐댔다. 강혁은 정말로 귀가 안 들리는 사람이라도 된 것처럼 싹 무시했고.

"어……."

당연히 난처한 입장이 된 댄이 강혁과 한유림을 번갈아 바라보았다. 어떻게 된 게 둘 다 아주 기세가 등등했다. 나름 뚜렷한 입장이기에 그러했다.

"이……. 이놈아. 12시간 동안 어떻게 이걸 짜!"

"1분에 6번인데. 그것도 못 하나?"

"하, 1시간에 360번이야!"

"이참에 운동도 하고 좋지 뭐. 우리 한 교수님 전완근이 좀 딸리잖아. 벤치 더 들 수 있는데 그거 때문에 못 드는 거 같아."

"그 전에 죽어. 죽는다고!"

"자, 나갑시다."

하지만 결론은 아까와 다르지 않았다. 강혁은 정확히 같은 말로 대화를 마무리하면서 수술실을 벗어나고 있었다. 아까 수술 한창 할 때까지만 해도 석션부터 마련하겠다는 생각은 까맣게 잊은 채였다.

'무조건……. 무조건 벤틸레이터부터 산다…….'

그걸 돌릴 수 있는 전기가 있는지는 지금 걱정할 게 아니었다.

'무조건이야…… 무조건 산다.'

그저 벤틸레이터만이 머릿속에 가득할 따름이었다.

*

병실로 이동해 고장 난 벤틸레이터를 연결한 뒤였다.

"전화기 줘봐요."

강혁은 환자의 앰부(Ambu), 즉 인공호흡 주머니를 쥐어짜고 있는 한유림의 어깨를 두드렸다.

"지금……. 지금 이거 짜고 있는 거 안 보이냐?"

원래대로라면 기계가 해줘야 하는 일 아니던가. 그걸 사람이, 그것도 상당한 경력이 있는 의사가 하게 된 것에 대해 한유림은 지극한 불만을 품고 있었다.

"사람 하나 살리는 일이 그렇게 원통하고 분한가."

물론 강혁에게는 씨알도 먹히지 않았다.

"그런……. 그런 게 아니잖아!"

"아무튼, 전화기 줘봐요."

"백 교수도 스미스 번호 받지 않았어?"

"받긴 받았는데, 저장을 안 했어요."

"명함은? 아니, 미쳤어? 그런 사람 명함 받기가 얼마나 힘든데 그걸 저장을 안 해?"

스미스는 중동 지부 미 대외 활동을 총괄하는 사람이었다. 여기서 대외 활동이란 비단 합법적인 일만 뜻하는 것이 아니었다. 즉 그는 CIA였고, 그중에서도 어마어마한 거물이었다.

"나야 뭐……. 알잖아요. 대통령 번호도 저장하는 데 3개월 걸렸어."

"자랑이다. 자랑이야. 그거 때문에 장미랑 재원이가 얼마나 고생했는데."

"어쨌요. 전화하기가 싫은데."

"근데 왜 이번에는 하겠다고 나서서 지랄이야, 지랄이. 그냥 내가 할 테니까. 이거나 좀 짜."

한유림은 아직은 버틸 만한 자신의 전완근을 내려다보며 중얼거렸다. 인정하긴 싫지만, 그래도 그간 강혁과의 수련이 효과가 있기는 한 모양이었다. 어지간한 청년도 수동으로 30분 이상 앰부를 짜면 나가떨어질 텐데, 한유림은 까딱없었다.

"이번엔 하고 싶어졌어."

"하."

어처구니가 없었다.

"에이, 여깄어. 이름은 알지? 스미스."

따라서 한유림은 몇 번인가 무용한 눈총을 쏘다가 그만 자신의 휴대폰을 건네주고 말았다. 강혁은 그 휴대폰에서 어렵지 않게 스미스를 찾아내고는, 다시 한번 한유림의 어깨를 두드려주었다.

"오케이. 이따 봐요."

"후……."

그러곤 한유림의 한숨 소리를 뒤로 한 채 밖으로 나가버렸다. 전화를 걸었더니 상당히 특이한 연결음이 들려왔다. 머지않아 수화기 너머로 아주 친근한 백인 목소리가 들려왔다.

"음, 한 장관님?"

그렇게 반갑다는 투는 아니었다. 예전에야 한유림이 장관이었고, 스미스는 주한 대사였으니 긴밀했겠지만 지금은 둘 다 위치가 달라지지 않았는가. 특히 한유림은 이제 그냥 민간인이었다. 전화를 받아주는 것만 해도 다행이라고 보면 되었다.

"아, 저 백강혁입니다."

"오. 백 교수님. 어쩐 일로 전화를 다 주셨습니까?"

하지만 백강혁이라는 이름 석 자를 듣자마자 스미스는 태도를 달리했다. 머릿속으로는 얼마 전 워싱턴에서 걸려왔던 전화를 떠올리면서였다.

-백강혁 교수를 초빙하고 싶다는 기관이 아주 많더군요.

상대는 무려 국무장관이었다. 국무장관이 일개 의사를, 그것도 외국인 의사를 잘 봐주라는 청탁을 해올 줄이야.

'후원회에서 누가 입김을 넣었나본데…….'

아주 낯선 일은 아니었다. 실력 있는 의사는 꽤 많았지만, 최고인 의사는 하나뿐이니까. 얼마 전 유태인계 재단이 운영하는 뉴욕 의료원에서 백지 수표를 주고 무려 러시아 의사를 데려온 일도 있지 않던가. 그 사람은 심지어 영어도 할 줄 몰랐다.

'백강혁이라면 이럴 수 있지.'

중증외상센터가 돈이 안 되는 건 한국에서나 통용되는 일이었다. 적어도 미국에서는 어마어마하게 비싼 몸값을 자랑했다. 아마 유수의 보험 회사들은 백강혁을 간판 의사로 내세우길 원하고 있을 터였다. 그가 UN 사무총장을 살렸던 일이 아직도, 수년째 전설처럼 회자되고 있었으니까.

"아, 스미스. 부탁드릴 일이 있어서요."

"부탁이요? 말씀하시죠. 제 재량껏 돕겠습니다."

그래서 스미스는 뭐가 되었건 간에 강혁을 돕기로 작정했다. 중동이라는 위험한 곳까지 지원한 몸 아니던가. 당연히 그 위를 바라볼 수밖에 없었고, 그 위를 바라보기 위해서는 이미 위에 있는 분들의 비위를 맞춰줘야만 했다.

'역시 이렇구나.'

한 가지 문제가 있다면 강혁이 그러한 사실을 너무도 잘 알고 있다는 점이었다.

'아단 컨트……. 이럴 때 도움이 되네.'

UN 사무총장을 고쳐줄 때 우연히 불려 왔던 강혁의 제자 아단 컨트. 당시에는 소령이었으나, 뛰어난 수술 실력과 위험 지역으로의 파견을 두려워하지 않는 대범한 성격으로 인해 지금은 벌써 대령이었다. 그것도 워싱턴 D.C. 백악관에서 근무하는 주요 보직 중의 주요 보직을 맡고 있었다.

-미국에서 일하실 생각 있으신가요? 여기선 엄청 원하고 있습니다.

강혁은 아까 스미스가 그랬던 것처럼, 백악관에서 걸려왔던 전화를 떠올렸다.

-이용하는 건 좋은데……. 너무 악마처럼 그러진 마세요…….

아단 대령은 당부의 말을 잊지 않았다. 자신보다 어린, 하지만 자신의 스승이자 세계 최고의 의사인 강혁의 성격이 어떠한지를 너무도 잘 알기 때문이었다. 강혁은 거기에 대고 걱정할 필요 없다고, 알아서 하겠다는 말을 남겼다. 강혁은 스미스가 모르는 패를 쥐고 있게 된 셈이었다. 거의 악마에게 날개를 달아준 꼴이라고 보면 되었다.

"여기 전력 수급 개판인 건 그때 봐서 알고 있죠?"

"알고 있죠."

"그래서 발전기 하나만 좀 줬으면 좋겠어요. 기왕이면 태양열로. 아닌가? 바람이 너무 부나?"

강혁은 스스로 생각하기에도 좀 너무 뻔뻔한가 싶을 정도의 말투로 입을 열었다. 스미스는 잠깐 어안이 벙벙했으나, 이내 침착해졌다.

'발전기……. 큰일은 아니잖아?'

비록 말하는 투가 좀 싸가지 없긴 하지만 백강혁 하나 잘 꽂아두고 국장이 될 수 있다면 남는 장사였다. 심지어 강혁은 외국인인 데다가, 외상 외과 전문의 아니던가. CIA 협력자로도 활용하기가 아주 용이했다.

"그……. 태양열 판넬은 우리도 기지에 시도해봤는데, 여기 바람이 너무 거세서 효율이 좀 떨어집니다. 차라리 기름 발전기가 나을 거예요."

"근데 기름은……. 기름 들여올 때마다 난리 날 텐데."

"정부에서도 협조하기로 했으니까……. 아주 그렇진 않을 텐데. 그래도 대량은 어렵죠."

"그럼 뭔가 대안 없습니까?"

강혁의 말에 스미스는 잠시 더 고민했다. 사실 미국 시설에서 기름 걱정할 일은 없지 않던가. 감히 미국한테 대고 기름이 어쩌고저쩌고할 놈들은 없었으니까. 하지만 언제나 기름 발전기를 펑펑 쓸 수 있는 건 또 아니었다.

"그……. 자전거처럼 발전기 돌릴 수 있는 게 있긴 있어요. 효율은 꽤 좋습니다."

"자전거……?"

강혁은 설마 하며 물었고, 스미스는 고개를 끄덕이며 대답했다.

"네. 사람의 힘으로 전기를 일으키는 건데……. 조금 개조하면 뭐 동물을 이용할 수도 있고 그렇습니다."

"호오……. 발전기 용량은요?"

"의료기기 한두 개 정도는 돌릴 수 있습니다. 애초에 군용으로 만든 거라."

"괜찮네. 그거 그럼 하나만 좀 보내줄 수 있나요?"

"하나 정도는 제 재량껏 보낼 수 있습니다. 그거면 될까요?"

스미스는 제발 그러길 바라면서 물었다. 하지만 강혁은 그의 바람을 이루어줄 생각 따위는 추호도 없었다. 전화를 그토록 싫어하던 인간이 건 전화. 이걸로 뽕을 뽑아야겠다는 생각만 가득했다.

"아뇨, 아뇨. 여기 상황 아시면서……. 여기 좋아지면 나중에 다 미국도 사용하고 하지 않겠습니까? 아무래도 미국 시설로 들어가는 거보다 NGO 단체로 들어가는 게 장비 들여오기도 쉽고요."

"그건……. 그건 그렇죠."

스미스는 이놈의 백강혁이 비단 의사로서 훌륭할 뿐 아니라, 다른 잡지식도 많다는 점에 탄식했다. 도대체 왜 블랙 워터스 같은 곳에서 일은 해가지고 이렇게 머리를 아프게 할까. 하지만 맞는 말은 맞는 말인 데다가, 지금은 일종의 을의 입장인지라 고개를 끄덕이는 수밖에 없었다.

"지금 우리 한 장관님이 손으로…… 1시간 째 인공호흡 주머니 짜고 있거든요. 그거 기계 하나만 좀 가져다줘요."

"기계?"

"벤틸레이터라고 하면 알아먹을 거예요. 거기……. 천 명 이상 주둔하고 있죠? 그럼 있을 거예요, 한 서너 개."

"허."

어떻게 이놈은 미군의 편제 시스템에 대해서도 알고 있는 걸까.

"하나 정도는……. 어떻게 드릴 수 있을 겁니다. 더는 좀……."

"알죠, 다 알죠. 그럼 그렇게 2개랑……. 우리 소모품. 뭐 약이랑 거즈랑 이런 것도 좀 보내주십쇼."

"어……. 보내드릴 수는 있는데."

"스미스 씨. 절대로 이 은혜는 잊지 않습니다. 스미스라는 이름도요. 저 한 입으로 두 말하는 사람 아닙니다."

"음."

스미스는 그동안 강혁에 대해 들었던 말을 떠올렸다. 솔직히 말하면 수술 실력을 제외하고는 거의 욕이었다. 하지만 단 하나 칭찬 같은 말이 있다면, 그건 의리였다. 한 번이라도 긍정적인 관계로 묶인 사람이라면 무조건 보답을 해준다는 뜻이었다. 지금까지는 대개 생명으로 보답해줬지만, 스미스는 그게 출세와도 얼마든지 치환될 수 있을 거라고 생각했다.

"알겠습니다. 그럼 보내드리죠."

"네. 최대한 빨리 부탁드립니다. 여기 현지인들 자극하지 않는 방향으로."

"어……. 네. 그거야 저희 전문이죠."

"감사합니다."

수월하게 삥을 뜯어낸 강혁은 껄껄 웃으면서 전화를 끊었다.

강혁은 의기양양하게 한유림이 있는 병실 안으로 들어섰다. 한유림은 여전히 쉬지 않고 앰부를 쥐어짜는 중이었다. 아무래도 좀 힘든지, 이마에 땀이 송글송글 맺혀 있었다.

"자, 전화 잘 썼어요."

"어디. 야……. 야!"

한유림은 통화 내역을 보더니 질겁했다.

"이거……. 이거 국제 전화를……. 30분을 했어?"

그것도 그냥 국제 전화도 아니지 않은가. 무려 해외에서 해외로 거는 국제 전화였다.

"아, 맞네."

한유림은 기가 막히고 코가 막혔지만, 강혁이 이런 짓 하는 게 하루 이틀 일은 아니지 않은가. 게다가 강혁이 방금 은근슬쩍 앰부를 받아가는 바람에 화가 훅 누그러지고 말았다.

'그래……. 그래도 이놈이 아주 개새끼는 아니야…….'

어떻게 보면 좋은 사람일 수도 있었다. 그 각도가 상당히 좁아서 문제지만.

"어우."

한유림은 뻐근해진 손을 휘휘 내저어댔다. 그나마 운동을 꾸준히 해왔기에 망정이지, 그렇지 않았다면 지금쯤 팔이 떨어져 나갔을지도 모르겠단 생각이 들었다.

"전화해서……. 대체 뭐라고 한 거야? 거즈 준대?"

자연히 시선이 환자의 다리 쪽으로 향했다. 살짝 굽힌 채 허공에 매달아놓은 종아리 뒤편엔 베타딘을 적신 거즈가 푹푹 들어가 있었다. 그게 밖으로 빠져나오지 않도록 붕대도 감아놨는데, 이미 어느 정도는 젖어버린 상황이었다. 젖은 붕대의 색이 완전히 갈색이 아니라 조금 누런기를 띠고 있는 것이 마음에 들지 않았다. 안쪽에 남은 염증이 새어 나왔단 뜻이었으니까.

'적어도 하루 2번은 갈아야 할 거 같은데…….'

"거즈요?"

반면 강혁은 그 질문이 아주 하찮다는 듯한 반응이었다. 한유림은 순간 속이 확 상했지만, 어찌 되었건 앰부를 가져간 마당인지라 화가 나진 않았다.

"거즈야 당연히 주죠. 나랑 스미스랑 어떤 사인데."

"아무 사이도 아니잖아? 그날 처음 보고 지금까지 연락도 안 해놓고?"

한유림은 스미스가 다른 아주 거대한 물품도 보내게 되었다는 사실을 차마 상상하지도 못했다. 그저 몇 박스 분량의 거즈라도 보내줬으면 참 감사하겠다는 생각만 들었다.

"그럼……. 직접 갖다주나? 거즈를……?"

한유림은 도통 이해가 가지 않다는 얼굴이 되었다. 미군씩이나 되는 사람들이 거즈 따위를 여기까지 직접 배달한다고? 여기 따로 죽일 만한 사람이 있지 않고서야 그럴 리가 없지 않나 하는 생각만 들었다.

"직접 주죠. 누굴 믿겠어요, 걔들이."

"뭐……. 원래 올 일이 있나?"

"아뇨. 여기 한구가 그만큼 중요하다는 뜻이죠, 뭐."

"으음……."

한유림은 믿기 어렵다는 얼굴로 사방을 둘러보았다. 어딜 봐도 허름하기만 한 벽뿐이었다. 여기가 '주요 지역이 된다'라.

"아무튼, 올 때까지 이거 열심히 짜고 있읍시다."

"아, 그거 말인데요."

강혁의 말에 옆에 있던 제인이 나섰다.

"다 같이 돌아가면서 하죠. 둘이 그거 하다가……. 병날 거 같아요."

"아, 그럴래요? 좋지, 우리야."

강혁으로서도, 한유림으로서도 절대 거절할 이유가 없는 일이었다. 분위기를 보아하니 제인 혼자만의 생각도 아닌 거 같았다. 심지어 수술 때문에 혼자 외래를 봐야만 했던 요다도 고개를 끄덕이고 있었다.

"그럼……. 1시간 이따가 올게요. 그때 바꿔드릴게요."

"음. 고마워."

강혁은 제인을 향해 살짝 고개를 숙였다. 한유림은 그런 강혁을 보면서 입을 쩍 하고 벌렸다.

'이놈 입에서 고맙다는 얘기가 이렇게 술술 나와?'

강혁이라고 해서 아예 고맙다는 말을 안 하는 건 아니었다.

'보통 센터라도 지어줘야 저 소리가 나오던데.'

"일단 가서 좀 쉬어요. 물품이 언제 올지……, 모르겠는데. 아무튼, 그때까지는 우리 진짜 빡세."

"아, 응. 그래. 음."

한유림은 앞으로 자신이 이걸 몇 번 더 해야 하나를 가늠하다가 이내 한숨을 쉬었다. 그러곤 재빨리 방을 빠져나갔다. 그제야 방 안에는 침묵이 감돌았다. 강혁은 말없이, 약에 취해 잠들어 있는 환자를 내려다보았다.

'이 모든 고생이……. 의미가 있어야 될 텐데.'

이 한 생명을 살린다면 그것만으로도 의미가 있긴 하겠지만, 이후에도 똑같은 현실이 계속된다면 보람이 덜할 거 같았다. 그때 아주 희미한, 그렇지만 아주 이질적인 소리가 강혁의 귓가에 맴돌았다.

'벌써…… 와?'

헬기 소리였다. 그것도 군용. 상당히 조용한 모델이었다.

'나도 감 많이 떨어졌구만.'

강혁은 한창 블랙 워터스에 있었을 당시라면 딱 모델명까지 맞췄을 텐데, 생각하며 고개를 가로저었다.

정확히 그 시간 한구 외곽으로 대략 2km 떨어진 지점으로 헬기가 날아들었다. 조용한 기동이 가능해 기습 작전에서도 쓰이는 MH-60 모델이었는데, 한구 지역 근처에 있던 미군 넷이 착륙을 인도하고 있었다. 워낙에 소음이랄 게 없는 지역이라 이 정도의 소음도 이목을 끌 수 있었지만, 스미스의 지시하에 미리 정리된 지역이었기에 현지인들은 전혀 없었다.

"대체 뭔 물건인데……. 이게 직접 왔어?"

한스 대위는 이제 서서히 프로펠러를 멈추고 있는 MH-60을 통통 두드렸다.

"몰라요, 나도. 엉클 지시예요."

"엉클……. 엉클 샘?"

"네."

"그럼 들여다볼 생각은 말아야겠네. 목적지는?"

"한구 병원이라는데……."

코드명 엉클. 스미스의 활동명이라고 보면 되었는데, 어지럽고 복잡한 동북아시아부터 해서 이곳 중동까지 오게 된 일종의 전설 같은 사람이었다.

"어이구……. 이거 뭐가 이렇게 무거워?"

"괜찮을 겁니다. 정부 측하고…… 협의가 되어서. 우리 쪽 차량 2대 정도는 아무 검문 없이 넣을 수 있는 루트가 있어요."

"정부……? 파키스탄 정부하고 협의가 돼요?"

직접 치고받은 적은 없었지만, 바로 옆에 있는 국가를 거의 때려잡다시피 하지 않았던가. 당연하게도 미국에 대한 감정이 좋을 턱이 없었다.

"뭐, 나도 자세히는 몰라요."

한스는 전혀 영문을 모르겠다는 요원의 얼굴을 보고서야 아차 싶었는지 대강 둘러댔다. 한스는 점점 더 복잡해져만 가는 머리를 훌훌 털어냈다. 비록 가슴 한편엔 여전히 의구심이 남아 있었지만 지금 그에 대해 묵상한다고 해봐야 뭐가 나오는 것도 아니지 않은가.

"다 실었습니다."

한스는 헬기를 떠나보내는 즉시 트럭 앞 좌석에 올라탔다.

*

'벌써 보냈다니, 이건 좀 부담되는데? 뭐……. 나중에 갚으면 되지.'

강혁은 상대가 너무 잘해준다는 생각에 잠시 가슴 한편이 무거워졌지만, 원래 이런 종류의 감정을 쉽게 극복하는 편이었다. 아까부터 단 한시도 쉬지 않고 앰부를 쥐어짜던 강혁은 홀가분해진 마음으로 창밖을 바라보았다. 고요하다 못해 짜증스러운 적막감이 감돌던 골목길에 차 하나가 들어섰다. 늘 볼 수 있는 고물 트럭이 아닌, 조용하진 않아도 절제된 엔진 소리를 뽐내는 트럭이었다.

'왔네.'

강혁은 트럭의 위용을 보면서 '밖에 있는 사람 중엔, 오늘 본 저 트럭이 평생 본 자동차 중 가장 좋은 것일 사람도 꽤 많겠지' 하는 생각을 했다. 그만큼 트럭은 꽤 좋았고, 한구는 낙후되어 있었다. 곧 트럭은 병원 입구로 들어섰다. 아니, 들어서려다 가드들에게 막혀 잠깐 멈춰 섰다. 그냥 걸어 다니는 행인들도 몸수색을 받아야 안으로 들어갈 수 있는 지역 아닌가. 트럭을 그대로 둘 수는 없는 노릇이었다.

"정지."

"음, 안에 볼일이 있어서 그런데요?"

"어……. 음."

하지만 가드들은 트럭 안에 타고 있는 사람들이 백인, 그것도 미국인이라는 사실에 아주 강경하게 나가진 못했다. 그도 그럴 것이, 이 병원 팀장도 미국인 아니던가. 그래서 이러지도 저러지도 못하고 있으려니, 로비에 있던 카심이 제인과 함께 뛰어나왔다. 아무리 봐도 이놈의 차가 이 지역 차는 아닌 것 같았기 때문이었다.

"어……. 무슨 일이시죠?"

제인은 차 안에 탄, 앞 좌석의 두 사내가 이상할 정도로 긴장하다는 사실에 긴장하며 입을 열었다. 운전석 옆자리에 앉은 한스는 제인이 필요 이상으로 떨고 있다는 생각에 미소를 지어 보였다.

"아, 사람 하나를 찾아왔는데요."

물론 그렇다고 해서 긴장이 곧장 풀리거나 하지는 않았다. 아니, 오히려 머릿속만 더 복잡해졌다.

'한유림 장관님을 찾아온 건가……?'

지금 이 병원 내에 있는 사람 중에 미군과 직접적인 연관이 있는 사람은 그 사람뿐이지 않은가.

'아냐, 그럴 리가 없어.'

한유림은 강혁과는 달리 사려 깊은 사람이었다.

'대체 뭐야?'

제인은 여전히 영문을 모르겠다는 눈으로 한스를 바라보았다. 한스는 부연 설명이 필요하겠단 생각이 들어 재차 입을 열었다.

"닥터…… 백이라고 있지 않습니까?"

"아."

백이라. 백강혁을 의미하는 것일 터였다. 중동 지역 미군 중에 연이 닿는 사람이 있던가?

'블랙 워터스는……. 이제 완전히 시리아 쪽으로 집중하고 있을 텐데.'

"어…… 있기는 한데."

"그럼 내려오라고 해주시겠습니까? 인계해드릴 물건에 대한 확인이 필요합니다."

"음."

제인은 뭐라 말해야 할지 모르겠단 얼굴로 카심을 돌아보았다.

'백 교수님은……. 이런 일이 있으면 당연히 말해줘야 되는 거 아닌가?'

하지만 다시 생각해보니, 오히려 백강혁다웠다. 그 인간이 갑자기 세심해지면 좀 이상할 거 같았다.

"제가 다녀오겠습니다."

카심 또한 제인의 황망한 눈을 마주하며 같은 생각을 이어가

다가 병원 건물을 향해 뛰었다.

"어, 왔어?"

강혁은 마치 다 알고 있다는 눈으로, 벌컥 문을 열고 들어선 카심을 바라보았다.

"어……. 안 놀라세요?"

"네가 놀란 거 같은데. 밖에 누구 왔지?"

"아……. 연락하고 온 거예요?"

"아니, 그건 아냐."

그건 아니지만 다 아는 수가 있다고, 강혁은 눈으로 말했고 카심은 단 한마디도 알아먹지 못했다.

"잘 모르겠으면 이거나 짜."

"어……. 네."

"분당 6회. 흐트러지지 마. 환자 완전히 재워놨고, 호흡도 전혀 없어. 잘못되면 큰일 나."

"아……. 네. 알고 있습니다."

"좋아."

강혁은 그런 카심에게 일일이 설명해주려 하는 대신, 그저 앰부를 넘겨주었다. 카심은 무언가에 홀린 듯이 앰부를 받아다가 쥐어짜기 시작했다. 정신을 차렸을 무렵엔, 강혁은 이미 내려가고 없었다.

"흠."

강혁은 마당으로 나가며 트럭을 바라보았다. 대강 자신이 말했던 물품들을 실어 나르기에 적합한 크기였다. 그만한 물건들을 불과 수 분 내에 수배해서 여기까지 보내올 줄이야.

'대단한데.'

최근 CIA 내부에서도 떠오르는 스타라더니. 이 정도로 수완이 좋을 줄은 몰랐더랬다.

"반갑습니다. 백강혁입니다."

강혁은 감탄하는 것을 잠시 멈추고, 한스에게 인사를 건넸다. 딱히 군복을 입고 있진 않았지만, 군인임이 여러모로 티 나는 사람이었다. CIA 요원은 아니란 뜻이었는데, 그럼 좀 더 믿을 만하다는 뜻이기도 했다. 사람을 장기말로 쓰는 법부터 배우는 조직의 사람들을 믿는 건 좀 이상한 일이었으니까.

"아, 한스입니다."

강혁은 나이로 미루어볼 때 대위 정도 되었겠거니 하고 짐작했다. 좀 더 예측해본다면, 아마도 사관 학교 출신이 아닐까 싶기도 했고. 거기서 미식축구를 했을 거 같았다.

"학창 시절 미식축구 하셨습니까?"

그래서 물었더니,

"오? 어떻게 아셨습니까?"

아주 반가워하며 되물어왔다. 강혁은 역시 군인들은 단순해서 좋다는 생각을 하며 고개를 끄덕였다.

"코뼈가 여러 번 부러진 흔적이 있는데, 귀도 그렇고……. 주먹도 그렇고 별로 흔적이 없어서요. 아마 라인맨이나 라인배커를 했을 거 같은데."

"오……. 원래 라인맨이었다가, 몸이 둔하면 작전 수행에 문제가 있을 거 같아서 라인배커로 포지션을 바꿨습니다. 백…… 선생님도 미식축구를 하시나요?"

"전 뭐……. 러닝 백이었습니다."

"오……."

사실 미식축구에 대해 아는 건 블랙 워터스에서 용병들과 맥주 마시며 TV를 통해 본 게 전부였다. 하지만 뭐 나중에 같이 미식축구 할 것도 아니지 않은가. 해서 거짓말을 술술 늘어놨는데, 한스는 술술 속아 넘어갔다. 기분이 좋아진 그는 껄껄 웃으며 차에서 내렸다. 손에 아무것도 없음을 모두에게 내보이면서였다.

"안에 짐이 있는데, 매우 무겁습니다. 차로 가지고 들어가서, 원하시는 곳에 놓도록 하죠. 저희가 돕겠습니다."

"들어갑시다."

강혁은 '다 됐지?'라는 얼굴로 뒤를 돌아보았다. 제인과 가드들은 그런 강혁을 마주하다가 얼떨결에 고개를 끄덕였다.

"자, 안으로!"

한스는 트럭이 천천히 이동하는 사이, 강혁과 어깨를 나란히 하고 병원을 향해 걸었다.

"그래도 어떻게…… 이런 도시 안에 건물을 마련하셨습니다."

그 말을 들으면서 강혁은 몇 가지 새로운 사실을 떠올릴 수 있었다.

'얘 뭔가 좀 착각하고 있는 거 같은데.'

우선 아까 미식축구 얘기했던 것이 주효한 거 같았다. 이 충직하고 순진한 군인은 강혁에게 호감을 품고 있었다. 그리고 강혁이 미군이거나 적어도 미국에 협조하는 사람이라고 생각하고 있었다. 가령 CIA 고문이나 자문 요원과 같은.

'그럼 좀 더 이용해볼까.'

"네, 쉽지 않았죠. 많이 들었습니다."

손을 살랑살랑 흔들어대면서였다. 요컨대 돈이 많이 들었단 뜻이었고, 한스는 알 만하다는 표정을 지었다.

"그렇죠. 여긴 모든 게 다 돈이죠."

"아무튼, 그래도 다행입니다. 이제 성공적으로 자리 잡았습니다."

"자리를…… 잡아요?"

강혁은 어리둥절한 얼굴의 한스를 바라보았다.

"요사이 이 근처 좀 이상하지 않았습니까?"

"아……."

한스는 잠시 뒤 따르고 있는 부하들을 돌아보았다. 병사 둘에 상사 하나. 모두 베테랑들이었는데, 그런데도 이 지역에서 이동하는 중간에는 긴장의 끈을 놓기 어려웠다. 하루가 멀다고 폭탄 테러가 벌어지는 곳 아니던가. 총기 관련 사고는 그 수가 너무 많아서 제대로 집계도 어려울 지경이었다.

'요새 조용하지.'

정확히 말하면 거의 1주에서 2주 정도 전부터였더랬다. 사실 1주에서 2주 정도 폭탄 테러가 없던 적이 있긴 있었다. 한스가 여기서 이런저런 일을 맡아 하게 된 것이 벌써 6개월은 되었으니까. 하지만 지금은 무하람 기간이었다. 딱히 외국인, 그러니까 미국인을 대상으로 한 테러가 아니라 자국민끼리의 테러도 심심하면 벌어지는 기간이라는 뜻이었다. 그런데 조용했다.

"그렇습니다. 이상하긴 합니다."

"뭐……. 자세히 말씀드리고 싶지만."

"아, 말씀하지 않으셔도 됩니다."

한스는 이제 강혁이 자기보다 훨씬 윗줄일 거라 지레짐작하고 있었다. 한번 이렇게 오해하게 만들기만 해도 큰 성공이었다. 점조직 형태를 띠고 있는 정보 조직 특성상, 이제 강혁에 대한 오해를 풀긴 어려울 터였다.

'뭐……. 가끔 부탁할 거 있을 때 써먹으면 좋겠지.'

강혁은 속으로는 이런 섬뜩한 생각을 하면서도 겉으로는 웃었다.

"이 건물이……. 아주 중요한 역할을 하고 있다는 것 정도만 말씀드리죠."

"아, 그렇군요."

"아마 앞으로 이런 수송 작전을 여러 차례 하게 될 겁니다."

말하자면 계속 스미스에게 삥을 뜯을 거란 얘기였다. 속뜻을 알 리 없는 한스는 연신 고개를 끄덕였다.

"네. 영광입니다. 이 지역에……. 영향력을 행사할 수 있게 되다니……. 어마어마하군요."

한스는 그걸 강혁이 혼자 해냈다고 굳게 믿었다. 옆에서 걷고 있는 강혁을 보고 있으면 정말 그런 게 다 가능할 거 같은 인상이었다. 날카롭다는 말이 무디게 느껴질 만큼이나 깊고 정제된 눈. 우뚝한 콧날에 약간은 고집 있어 보이는 입술까지.

"아, 그거 둘 다 2층으로."

강혁은 한스가 감탄해 마지않는 동안, 무거운 물건을 들고 안으로 들고 온 병사들과 상사 및 가드들에게 지시를 내렸다. 자신도 한몫 거들면서였는데, 그걸 본 한스는 또다시 감탄했다.

'미친……. 힘이 나보다도 센 거 같은데?'

저런 러닝 백이라니. 라인맨들이 막다가 다 나가떨어질 거 같았다. 왜 미식축구계로 가서 돈을 쓸어 담지 않았는지가 궁금해지는 순간이었다.

"자, 위로 갑시다."

아무래도 강혁이 가세한 앞쪽 박스는 이동이 훨씬 수월했다. 강혁 혼자서 어지간한 장정 두셋 분량을 하고 있으니 당연한 일이었다. 그에 반해 뒤쪽, 그러니까 제인과 한스가 달라붙은 곳은 죽을 맛이었다.

'으아. 뭐가 들었길래…….'

하지만 한스는 군인 체면이 있어 차마 힘들다는 말을 꺼내진 못했다.

'아냐, 아냐! 여기에 조국의 미래가 걸려 있어!'

게다가 조국의 미래가 걸려 있는 물건을 옮기고 있다고 생각하니, 기운이 절로 났다. 아까 강혁이 솔직하게 말해주지 않은 덕에 한스는 망상을 해가면서 물건을 옮길 수 있었다. 한스는 혼자 무진장 뿌듯해하며 강혁의 뒤를 따랐다. 어찌나 감정의 동요가 컸는지, 앞서가던 강혁은 굳이 뒤를 돌아보지 않고도 한스가 어떤 표정을 짓고 있을지 예상이 될 지경이었다.

"자, 이제 멈춰요."

"여기서요?"

"네. 여기다 내려요. 이제……."

"알겠습니다."

강혁은 한스가 전혀 엉뚱한 미래를 꿈꾸고 있는 동안, 문을 슬쩍 밀어젖혔다. 각도가 절묘했기에 뒤에서는 강혁의 뒤통수와 널따란 등 말고는 볼 수 있는 게 아무것도 없었다.

"자, 이제 나머지는 내려가세요."

강혁이 축객령을 내렸기 때문에 한스와 나머지 군인들은 하릴없이 1층으로 갈 수밖에 없었다. 강혁은 그들이 완전히 사라진 후에야 다시 방 안쪽으로 고개를 돌렸다.

"어?"

그런 강혁의 눈에 들어온 것은 의외로 한유림이었다. 기껏 쉬라고 했더니 여긴 왜 내려왔을까. 이유는 직접 들을 수 있었다.

"느낌이 갑자기 세하더라고. 누가 날 부르는 느낌적인 느낌? 아무튼, 그래서 내려왔는데……. 뭔 일이 벌어지긴 했구만……."

반기는 어투는 아니었다. 트럭이 오고, 군인이 오가는 상황이니 그럴 만도 했다. 강혁은 미리 기쁜 소식을 말해줄까 어쩔까 하다가 일단 불렀다.

"일이 벌어졌죠. 일로 와봐요. 이것 좀 옮기게."

"어? 아 뭘 또 가……."

"안 와요?"

"아니, 갈게. 알았어."

한유림이 나가는 사이, 한스는 계단 사이에 서 있었다. 방 안쪽이나 물건이 궁금하다기보다는 설마 강혁과 제인 단둘이서 저걸 옮길 수 있나가 궁금해서였다.

"제인, 여기 들어요. 한 교수님이 그쪽 모서리."

"너는 혼자야?"

"혼자지 그럼. 분신술 써요?"

"걱정을 해줘도 지랄이야."

"아무튼, 듭시다."

"읏차. 음? 나도 혼자서 되는 거 아닐까?"

"아니, 안 돼요."

한스는 웬 노인 하나가 날렵하게 나타나더니, 물건을 가볍게 들고 안쪽으로 들어가는 걸 똑똑히 보았다.

'대체 어떤 괴물들이 여기 온 거야…….'

탈레반이 괴멸돼서 폭탄 테러가 없어졌나 하는 생각까지 들었다.

"여기 놔? 여기?"

한유림은 나이치고 굵은 게 아니라, 그냥 굵은 팔뚝을 뽐내며 물었다.

"아니, 음."

"야……. 빨리. 이거 무거워."

한유림은 이놈이 과연 나랑 같은 물건을 들고 있는 게 맞나 하는 표정을 지었다. 그도 그럴 게 강혁은 너무도 태평한 얼굴로 병실 안을 둘러보고 있었기 때문이었다.

"야, 팔 떨어져!"

하지만 강혁은 한유림의 입에서 비명도 아닌 신음이 나올 때쯤이 되어서야 입을 열었다. 사실 아까부터 이미 적당한 자리를 물색했음에도 그랬다. 그냥 심술이었다.

"저기다 놓죠."

"환자 옆? 아니 그럼 들어올 때부터 정해져 있던 거 아냐?"

"아무튼, 여기다 내려놔요. 여기."

"어, 어."

한유림은 박스를 내려놓았다. 과도하게 주어져 있던 무게가 사라지자 비로소 팔로 쏠린 피가 머리로 향하기 시작했다. 그러자 한 가지 의문이 들었다.

'이게 대체 시발 뭐야?'

대체 뭔데 군인들이 배달하고, 이렇게까지 무겁단 말인가. 당연하게도 같은 의문을 제인 역시 품고 있었다. 아니, 그녀가 한유림보다도 훨씬 더 심각한 표정을 짓고 있었다. 아무래도 한유림보다는 제인이 이곳에 훨씬 오래 있었을 뿐 아니라, 주인 의식 또한 가지고 있었으니까.

"이거……. 이거 뭐죠?"

국경없는의사회 일을 하다보면 의심이 늘기 마련이었다. 마냥 좋은 뜻만 가진 사람이 생각보다도 더 적다는 것을 알게 되기 때문이었다. 큰 후원금을 약조하고 와서 사진이니 뭐니 다 찍어갔던 사람이 사라지는 건 예사였고, 또 양반이었다. 벼룩의 간을 빼먹지, 이런 NGO 단체만 골라 털어먹는 사기꾼도 있었다. 하지만 제인이 생각하기에 그중에서 최악을 고르라면 역시나 군이었다. 특히 이런 위험한 현장에서는 더더욱 그러했다.

"아, 이거."

반면 강혁은 여전히 태평한 얼굴이었다. 아까와 한 가지 달라진 것이 있다면 손에 가위를 들고 있다는 점이었다. 분명, 이 근처에는 그 비슷한 것도 없었는데 대체 어디서 빼 든 걸까. 한유림은 역시 강혁과 신체적으로 엮이는 일은 절대 피해야겠다는 생각을 하며 그의 손끝을 바라보았다. 강혁은 박스를 둘러싼 테이프를 자르는 중이었다. 수술할 때 뛰어난 손이 어디 가지는 않아서 상당히 빠르고 정확했다. 이것도 새로운 재능 낭비란 생각이 들 때쯤, 강혁이 박스를 훅 열어젖혔다.

"어?"

"이거…… 이거……?"

동시에 한유림과 제인의 입에서 탄성이 터져 나왔다. 안에 든 것은 벤틸레이터였다. 그것도 상당히 최신 모델의. 일단 지금 여기 있는 고장 난 놈하고는 비교도 할 수 없었고, 그나마 돌아가고 있는 다른 모델과도 비할 수 없이 좋았다. 아니, 1층 수술실에 있는 것보다도 훨씬 좋았다.

"받았어요. 선물로."

"이걸……. 이걸 준다고?"

"아……. 이거……. 이거 비쌀 텐데."

제인은 머릿속으로 벤틸레이터 가격을 셈해보았다. 국경없는

의사회에서 쓸 거라는 말을 아주 열심히 했다는 가정하에 계산을 해보아도 돈 천은 족히 넘어갔다. 물론 중고라는 가정도 더했을 경우였다. 의료기기는 그 수요가 크게 폭발할 수 없는 물건인 데다가, 사고라도 나면 큰일 나는 물건이라 대부분 고개가 갸웃거려질 정도로 비싼 법이었으니까.

"주던데? 스미스, 그 사람 진짜 착해."

"착하다……. 음."

한유림은 가만히 스미스에 대한 이미지를 떠올려 보았다. 물론 그가 누구 뒤통수를 쳤다거나 하는 얘기는 듣지도, 보지도 못했더랬다. 하지만 하나 확실한 건, 속을 알 수 없다는 것이었다. 그런 사람을 강혁이 착하네, 어쩌네 하고 있으니까 좀 불안했다.

'근데 이놈이……. 만만한 놈이 아니거든?'

적어도 어디 가서 사기당할 놈은 아니지 않은가. 오히려 쳤으면 쳤지.

'준 게 아니라……. 뺏은 거 아냐? 이 새끼, 이거?'

해서 여기까지 생각을 뻗어나갈 수 있었다. 하지만 강혁과 같이 보낸 시간이 적은 제인으로서는 아무래도 불안할 수밖에 없었다.

"줘요? 거기…… 그런 집단이 아닌데."

제인의 목소리에는 불안이 담겨 있었다. 그도 그럴 것이 제인은 이미 여러 차례 이용당해본 경험이 있었다. 특히 중동 지역이나 아프리카처럼 이권이 첨예하게 얽혀 있으면서도 서방 언론의 관심이 적은 곳에서는 더더욱 그러했다. 심지어 제인과 가장 친하게 지내던 활동가가 스파이였던 적도 있었더랬다.

"뭐……. 이상한 뜻으로 받은 건 아니니까, 걱정 마요."

강혁은 자신이 원할 때면 세상에서 가장 눈치 빠른 사람이 되지 않던가. 당연하게도 제인의 불안을 다 이해할 수 있었다. 그래서 그는 제인의 가늘게 떨려오는 어깨를 잡아주었다. 그러곤 한마디 덧붙였다.

"혹 이용당한다고 해도, 대상이 국경없는의사회는 아니니까, 그것도 걱정 말고."

"그건 또 무슨……."

"아무튼, 이거나 마저 싹 풉시다."

"아, 네. 어……. 이거……. 좋긴 좋은 물건이네요."

제인은 영문을 모르겠다는 얼굴을 하면서도 손은 쉬지 않고 박스를 풀어냈다. 강혁은 그 와중에 기기 구석쯤 무언가 벗긴 흔적을 찾아냈다. 아예 뭔가 있었는지도 모를 정도로 빡빡 긁혀 나가 있었다. 하지만 강혁은 거기 뭐가 있었는지 정확히 알고 있었다.

'미군 마크를 지웠구나.'

확실히 스미스는 일 잘하는 사람이었다. 보내주는 입장에서 이런 것까지 신경을 써줄 줄이야.

'하긴……. 이 지역에서 미군 마크는…….'

미군에 알레르기 반응을 보이는 곳이라고 보면 되었다. 어쩌면 멀쩡히 치료받던 사람도 그걸 보면 튀어나갈 가능성도 있을 지경이었다.

"휘유. 근데……. 이거 전압이 높은데? 여기서 제대로 돌아갈까?"

"이거요? 안 돌아가지. 돌릴 수야 있겠지만……."

"그럼 불 다 꺼야겠지? 이거……. 음."

한유림은 아쉬움에 입맛을 다셨다. 물건은 참 좋은데, 발전기를 업그레이드하거나 바꾸기 전에는 어려울 터였다. 물론 지역 전력 수급 사정이 좋아지면 참 좋겠지만 그건 정말이지 요원한 일이었다.

"아뇨. 돌릴 거예요."

강혁은 아쉬워하는 한유림의 어깨를 두드려주었다. 아무래도 제인의 어깨를 잡아줄 때와는 조금 온도 차가 있었다. 아까는 쓰다듬어준다는 느낌이었다고 한다면, 이건 때리는 거랑 비슷했다.

"아파!"

"이게 아파요? 근육 좀 더 둘러야겠네."

"결론이 왜 그리로 튀어? 때리질 말아야지."

"늙을수록 근육량이 중요한데, 몰라요?"

"나 정도면 이미 충분히 많아. 차고 넘친다고!"

강혁은 한유림의 말에 대답해주는 대신 발걸음을 옮겼다. 잠깐 닫아둔 문을 열고 밖으로 나간 그는, 그 상태 그대로 방 쪽을 바라보았다.

"이것도 옮겨요. 이게 약간 더 무거워."

아주 자연스럽게 화제를 돌리면서였는데, 한유림은 늘 여기에 당했다.

"아……. 또 있지. 근데 그것도 이 방으로 옮겨?"

"네. 연관된 물건이라."

"연관이…… 있어?"

벤틸레이터와 연관이 있는 물건이라. 한유림은 즉각 무언가를 떠올리지 못했다. 제인도 마찬가지였다.

"뭔데요?"

그래서 둘은 동시에 질문을 던졌고,

"발전기."

강혁은 끙 소리와 함께 대꾸했다. 무려 혼자서 물건을 어느 정도 들어 올린 후였다. 그때까지도 완전히 계단에서 내려가지 않고 있던 한스 대위는 저도 모르게 숨을 멈추었다. 강혁의 힘은 고릴라 수준의 완력이라고 보면 되었다. 저런 사람이 의사라고? 말도 안 되는 얘기였다.

'여기…… 여긴 CIA 새 지부구나.'

그는 그렇게 확신하고 있었다. 문제는 그걸 강혁도 알고 있다는 점이었다.

'쟤는 진짜 계속 저기서 놀라고 있네.'

자기 딴에는 감쪽같이 숨었다고 생각하고 있겠지만, 강혁은 그가 계단으로 내려갈 때부터 다 눈치채고 있었다.

'뭐……. 착각은 자유지.'

강혁은 속으로 허허 웃으며, 한유림과 제인의 도움을 받아 안쪽으로 나머지 짐을 옮겼다. 그가 방금 말해줬던 것처럼 벤틸레이터보다 더 무거운 박스였다. 강혁은 아까처럼 시간을 끄는 대신 바로 벤틸레이터 옆을 가리켰다.

"저기……. 저기다 놔요."

"어, 응. 와, 이건 대체 뭐냐. 왜 이렇게 무거워……."

"진짜……. 저 팔 떨어지겠어요."

한유림과 제인은 호들갑을 떨며 쿵 소리와 함께 박스를 내려놓았다. 여전히 여유가 있던 강혁은 가위를 꺼내 들고는 슥 하고 박스를 개봉했다. 그렇게 모습을 드러낸 물건은 자전거처럼 보였다. 아니, 어떻게 봐도 자전거였다.

"이건…… 뭐야. 헬스장이야?"

"이걸 왜…… 여기다 둬요? 아, 재활?"

제인은 환자의 다리 쪽을 바라보았다. 허벅지 근육을 돌려 종아리 결손을 막은 모습이 상당히 기괴했다. 아마 재활이 필요하긴 할 터였다. 정답은 아니었지만.

"일단 올라타봐요."

"나? 내가 타?"

"네."

"이걸…… 왜……."

한유림은 왜냐고 물으면서도 일단 강혁이 시키는 대로 했다. 그러곤 페달을 밟았는데, 생각보다 쉽지가 않았다.

"이거……. 이거 왜 이렇게 무거워?"

"발전기거든요."

"어?"

"밟아요. 1시간만. 그럼 이거 4시간에서 6시간은 돌아갈 거야."

"어?"

"밟으라고. 전기 노예."

30분 뒤,

"으."

한유림은 얼얼해진 다리를 부여잡았다. 원래 목표는 1시간이었으나, 불과 30분 만에 널브러지고 말았다. 애초에 한 사람이 그렇게 오래 돌릴 수 있게끔 설계된 물건이 아니었다.

"욿지. 여기 봐요. 그래도 이만큼 충전된 거야."

반면에 강혁은 아주 밝은 표정을 짓고 있었다. 심지어 제인도 그랬다. 눈앞에 반짝거리는 배터리 표시등 때문이었다. 자동차에 들어가는 배터리보다 훨씬 큰 배터리 전면에 건전지 모양이 그려져 있었다. 그리고 지금은 건전지의 표시등이 대략 10% 정도 충전되었다는 걸 알리고 있었다.

"이게 전압이……."

"480까지 돼요. 저 이거 본 적 있어요. 아이티에서."

의외로 강혁의 말에 답해준 것은 제인이었다. 그녀는 벌써 10년도 더 전에 이러한 형태의 발전기를 본 적이 있었다. 바로 20세기 최악의 재앙이라고 불렸던 아이티 지진 때였다. 당시 무려 50만 명의 사상자가 발생했고, 100만 명이 넘는 이재민이 발생했었는데 사회 인프라가 거의 다 사라졌다는 말이 나올 정도의 대재앙이었다.

"아……. 거기 갔었다고 했지, 참."

"네. 뭐……. 그때는 학생이었죠."

강혁 또한 레지던트였던 시절이었다. 그 정도로 아주 머나먼 옛날이었다.

"그때……. 음."

하지만 아직도 눈을 감으면 당시 현장이 너무도 선명하게 떠올랐다. 사방에서 울부짖는 소리가 들려왔고, 곳곳에 절망스러운 탄식이 있었다. 전 세계에서 온정을 베풀었으나 지진을 극복할 수 있는 정도는 아니었더랬다. 제인은 그때 처음으로 인력의 한계를 느꼈었다. 또 처음으로 사람이 사람에게 아무 대가를 바라지 않고 선행을 베풀 수 있다는 것도 알게 되었고.

"뭐, 그 얘기는 천천히 들어보도록 하고."

강혁은 먼눈을 한 제인에게서 시선을 돌린 채, 벤틸레이터 코드를 발전기에 연결했다.

"돼요? 됩니까?"

그때까지 강혁을 대신해서 앰부를 짜던 카심이 다급한 목소리로 외쳐댔다. 거의 살려달라는 비명 같은 소리였다. 워낙 여기서 고생을 하다보니 팔뚝이 비쩍 말라붙은 상태인데, 그걸 죽으라고 쥐어짜고 있었으니 얼마나 힘들었겠는가.

"기다려봐. 왜 이렇게 보채."

"아니……. 백 교수님……."

카심은 자신이 안 보채게 생겼냐고, 양심이 있으면 말해보라고 외치고 싶었지만 차마 입이 떨어지지 않았다. 일단 강혁의 문신이 너무 선명했고, 팔뚝은 굵었으며, 손에는 가위가 들려 있었다.

"어디……."

물론 강혁은 카심의 말에는 별로 신경을 쓰지 않았다. 대신 벤틸레이터 코드를 연결했을 따름이었다. 꾹. 코드를 꽂고 잠시 후, 웅 하는 반응이 있었다.

"오. 되네. 이거 용량이 꽤 크네, 진짜."

"되, 되는 겁니까?"

카심이 다시 한번 애타는 목소리로 부르짖었다. 강혁은 말없이 그의 손에서 앰부를 빼앗아 들고는, 환자 목 안에 들어가 있는 튜브에서 분리해냈다. 동시에 벤틸레이터를 연결해주었는데, 기기는 아주 잘 돌아갔다.

"오……. 된다."

"휴. 허유."

카심은 비로소 살았다는 생각에 손을 붕붕 털어댔다. 아까 한유림이 하고 있을 땐 그냥 노인네도 할 수 있는 일인가보다 했는데, 막상 해보니까 사람이 해서는 안 되는 일이었다.

"어디……."

강혁은 카심의 감동을 공유하는 대신 고개를 배터리 쪽으로 돌렸다. 미군에서 채택하고 사용하고 있을 정도로 아주 잘 만들어진 물건이 아니던가. 여러모로 사용자 편의성에 대해 신경 쓴 티가 났다. 그중 하나가 바로 지금 수준으로 전력 소모를 유지할 때 남은 시간을 계산해주는 기능이었다.

"2시간. 음. 괜찮네. 20분 돌리고 2시간이면."

단순 계산해보면 효율이 무려 6배지 않은가. 거의 뭐 극강의 에너지 효율이라고 할 수 있었다.

"아냐, 안 괜찮은 거야."

하지만 한유림은 고개를 처절하다 싶을 정도로 열심히 저어댔다. 아직도 양측 허벅지가 모두 얼얼했다. 도저히 2시간 안에 회복될 거 같지 않았다.

"뭐……. 혼자 다 하라고 안 하니까, 걱정 마요."

"백 교수가 할 거야?"

"다들 매가리가 없으니, 내가 하는 수밖에. 비켜봐요."

"어, 어. 그래."

한유림은 도망치듯 옆으로 물러났다. 강혁은 마치 말이라도 타는 것처럼 아주 멋들어지게 자전거 위에 올라탔다. 그러곤 페달을 밟았다.

"음."

생각보다 쉽진 않았다. 최선을 다해 아무렇지도 않은 듯 밟기는 했지만, 한유림은 찰나의 그 표정을 귀신같이 읽어 냈다.

"당황했다. 당황했는데, 지금?"

"아니, 아닌데?"

"다리 약간 떨리는 거 아냐? 남자는 하체라더니. 이거 힘들어하는데?"

"아뇨, 아닙니다."

"존댓말 하는 거 보니까, 확실히 당황했어. 어, 가위는 언제 뽑았어. 어어."

한유림은 이때다 싶어서 놀려대다가, 그 대가로 생명의 위협을 당하곤 뒤로 빠르게 물러섰다. 강혁은 그런 한유림 뒤쪽에 우두커니 서 있는 제인을 바라보았다. 여전히 가위를 들고 있었기에 상당히 위협적으로 느껴졌다.

"왜, 왜요?"

"30분 이따가 댄 오라고 해요."

"댄? 아."

"안 오면 내가 간다고 전해요."

가위를 들고 찾아가는 강혁의 모습이 너무도 선명하게 그려졌다.

"알았어요."

"오케이. 그럼 다 나가."

"나가라고……?"

"나가라고."

"음."

한유림은 '이놈이 왜 혼자 있고 싶어 할까'에 관한 의문을 품었다.

"지금 힘드니까 인상 쓰고 싶은데, 우리 때문에 못 써서 나가라는……."

그리고 그간의 경험에 따른, 상당히 그럴싸한 이론을 내뱉었다. 완전히 말을 마치지 못한 건, 강혁이 들고 있던 가위가 정확히 한유림의 입을 스치고 지나갔기 때문이었다.

"허."

"나 가위 하나 더 있어요."

"나, 나갈게. 나간다!"

이런 상황에서 누가 감히 더 뭉개고 있을 수 있을까. 한유림은 제인과 앞서거니 뒤서거니 하면서 방에서 나갔다. 강혁은 제인의 뒤통수에 대고 소리쳤다.

"30분, 댄이야! 안 오면 알지?"

"아, 알았어요!"

방금 가위가 허공에 날아다니는 걸 봤는데 어찌 그러겠다고 답을 안 하겠는가. 제인은 필사적으로 고개를 끄덕이며 밖으로 빠져나왔다. 문을 너무 빨리 닫는 바람에 잠깐 안쪽에 갇히는 형국이 된 카심은 문을 쾅쾅 두드려댔다.

"사, 살려줘요!"

뒤를 돌아보니 강혁이 진짜로 다른 가위를 든 채 바라보고 있었다. 하지만 제인과 한유림은 이미 다른 층으로 올라가는 중이었다.

'대체 안에서 무슨 짓을 하고 있길래…….'

한스는 그걸 보면서 또 상상의 나래를 마음껏 펼치고 있었다. 얼마 후, 겨우 문을 열고 나온 카심이 1층으로 뛰어 내려갔다. 그 와중에 문을 닫아주기까지 했는데, 역시나 강혁에 대한 공포 때문이었다.

"후."

모두가 나간 후, 강혁은 나지막한 한숨을 쉬었다. 시선은 잠시 환자의 다리에 머물고 있다가 이내 자신의 다리로 향했다. 아닌

게 아니라 다리가 조금씩 떨려오고 있었다.

'내가 이 정도로 힘들 정도면…….'

일반인 중에는 거의 돌리지도 못하는 사람도 있을 거란 얘기였다. 자만에 찬 소리가 아니라, 충분히 객관적으로 판단한 결과였다.

'역시 충전은 밖에서 동물 이용해서 해야겠는데.'

지금이야 당장 사용해야 하는 처지니 어쩔 수 없지만, 언제까지나 이렇게 할 수는 없을 거 같았다. 미군처럼 장정들이 넘쳐나는 것도 아니지 않은가. 게다가 거긴 훈련이니 뭐니 하는 명목이라도 있지. 이들은 의료진이었다. 치료하는 것만 해도 충분히 힘든 이곳에서 다른 부담을 줄 수는 없는 노릇이었다.

'동물은 또 어디서 구해온담.'

그렇다고 스미스한테 동물을 좀 보내달라고 할 수도 없는 노릇이었다. 솔직히 오늘 받은 것만 해도 어마어마하지 않은가. 거기에 동물까지 달라고 해? 아무리 강혁이 착취에 능한 사람이라고 해도 그건 좀 아니었다.

'아, 그래.'

하지만 역시 착취에 능한 사람이다보니, 스미스 말고 다른 사람을 찾아낼 수 있었다. 동물을 구해다 들여오기에 아주 적합하면서도, 의심을 사지 않을 만한 사람.

"읏차."

강혁은 일단 자전거에서 내려왔다. 한유림이 낑낑대던 시간의 절반도 안 되는 동안 페달을 돌렸지만, 충전된 양은 오히려 더 많았다. 배터리 표시등이 20%를 넘어가고 있었고, 남은 시간도 4시간에 육박했다. 시간 여유가 있다는 소리였고, 강혁은 그 시간을 허투루 쓸 생각일랑 없었다. 강혁은 즉시 문을 열고 밖으로 걸어 나왔다. 가위를 든 채였는데, 시선은 2층에서 1층으로 내려가는 계단 중간 어디엔가를 향하고 있었다.

"어이, 한스."

강혁은 볼 수 있었다. 그 안에 누가 있다는 걸.

'뭐야……. 어떻게 알았지?'

한스는 무척 놀란 얼굴로 입을 틀어막았다.

"나와봐. 안 잡아먹어."

그러곤 강혁이 그냥 지레짐작으로 떠드는 것일 거라 굳게 믿었다. 한스가 막 무시하고 도망가자고 생각하던 그때 무언가 날아와 벽에 박혔다. 뺨을 스치고 지나갔는데, 지나간 자리가 살짝 쓰라린 것으로 미루어볼 때 그 무언가는 상당히 뾰족한 것이었다.

"나와, 뒤지기 싫으면."

"어……. 네."

죽는다는데 어쩌겠는가. 한스는 벌벌 떨면서 빛을 향해 걸어 나왔다. 하필 그 빛이 강혁의 등 뒤에서부터 비춰 오고 있어서 후광처럼 느껴졌다. 강혁은 자신의 얼굴을 똑바로 보지 못하고 있는 한스를 향해 이렇게 말했다.

"너, 나하고 일 하나 하자."

"허."

한스는 쓰라린 뺨을 쓰다듬으며 한숨을 토해냈다. 아프긴 한데, 그렇다고 피가 흘러나오거나 하지는 않았다. 그야말로 딱 스치고 지나간 모양이었다.

'살살 던진 건 아닌데…….'

오래되고 삭은 건물이긴 해도 벽에 가위가 박혀버리지 않았던가. 아마 얼굴을 노리고 던졌다면, 지금쯤 산목숨이 아닐 수도 있었다.

"일단 옥상으로 가자고."

"어……. 네."

죽을 수도 있었다는 생각이 들자, 고개가 절로 끄덕여졌다. 강혁을 적이라 인지했다면 그나마 이렇게까지 순순히 따라나서진 않았을 텐데, 한스는 어쩐지 강혁을 자신의 상사쯤으로 여기고 있었다. 어쩌면 엉클이 중동 지역으로 오면서 데리고 온 동양의 비밀 병기일 수도 있겠단 생각도 하고 있었다. 사관 학교 출신으로 대위까지 됐지만, 은근슬쩍 CIA와 얽힌 부서에 대체 왜 자원했겠는가. 다 환상이 있어서였는데, 그걸 강혁이 어느 정도 충족시켜주는 듯한 기분이었다.

"너무 두리번거리진 말고."

강혁은 계단을 오르면서, 심지어 뒤도 돌아보지 않은 채 이렇게 말했다. 그의 말마따나 사방을 둘러보고 있던 한스는 바짝 얼어붙었다.

"네, 네."

강혁은 그저 때려 맞춘 것뿐이었지만, 한스는 점점 강혁이 정말 대단한 사람이란 생각을 하게 되었다. 한스가 혼자만의 착각에 단단히 사로잡혀 있을 때쯤 강혁은 옥상으로 향하는 문에 도달했다. 오래된 철문이 내는, 삐걱거리는 소리가 고요한 옥상으로 울려 퍼졌다. 그렇게 올라간 옥상은 허름하기 짝이 없었다.

"저기 앉지."

"아, 네."

한스는 그중 강혁이 한유림을 단련시키는 용도로 사용하는 벤치 프레스 위에 앉았다.

'이건……. 이건 뭐지?'

한스는 철봉 끝에 시멘트가 달린 기묘한 기구를 돌아보았다. 나름대로 산전수전 다 겪은 몸인데도 불구하고 이런 건 정말이지 처음 보는 상황이었다.

"한스…… 대위."

"아, 네."

강혁은 한스 앞으로 오래된 철제 의자를 끌어다 앉으며 입을 열었다. 한스는 마치 직속 상관을 마주한 것처럼 빠릿빠릿하게 답했다.

"대충 봐서 알겠지만……. 여긴 파키스탄 서북부……. 페샤와르의 가장 중요한 거점이야."

맞는 말이긴 했다. 국경없는의사회의 입장에서 보면. 미국 입장에서 볼 때는 그저 많은 군소 도시 중 하나일 뿐이었지만.

"네."

한스는 짧고 간결한 답을 했다. 강혁은 그런 반응이 마음에 들어서 껄껄 웃었다.

"이 거점이 얼마나 변하느냐에 따라……. 페샤와르의 미래가 변해. 아니, 어쩌면 파키스탄 전역이 변할지도 모르지."

강혁은 진짜 이 지역이 변할 거라고만 말했지만, 한스는 제멋대로 이 지역에 대한 미국의 통제력이 변할 거라고 알아먹었다. 자신이 이 근처에서 계속하던 일의 목표이지 않던가. 파키스탄은 인도, 중국이라는 초강대국과 국경을 맞대고 있는 나라였다. 파키스탄 자체도 인구 2억이 넘는 대국이었고. 문제는 이 세 나라 모두 핵보유국이라는 것이었는데, 그래서 미국에서는 당연히 관심을 기울일 수밖에 없었다.

'인도랑 중국은 너무 커……. 하지만 파키스탄은 다르지.'

해서 요원 꿈나무인 한스는 나름대로 이런 판단을 내리고 있었다.

"그래서 말이야……. 내가 개인적으로 부탁을 좀 하려고 해."

강혁은 아까부터 하고 싶었던 말을 꺼내서 푹 하고 찔러 넣었다.

"개, 개인적인 부탁 말입니까?"

한스처럼 충직하고 순진한 군인 입에서 이런 말이 나왔다는 건, 아주 긍정적인 사인이라고 보면 되었다. 원래 같았으면 개인적이라는 말을 듣자마자 자리를 박차고 일어났을 테니까.

"오해는 말고. 개인적인 부탁이라고 해서 날 위한 부탁은 아냐."

애초에 강혁은 여기 봉사하러 온 사람이 아니던가. 강혁은 이런 식의 자기 합리화에 상당히 능한 사람이라 얼마 지나지 않아 정말 한 톨만큼 남아 있던 양심의 가책마저도 훌훌 털어버릴 수 있었다.

"아……. 네."

그렇게 조성된 진심 어린 분위기에 감화된 한스는 연신 고개를 끄덕였다. 개인적이고 나발이고 이 사람이 하는 말이라면 무조건 들어줘야겠다는 생각이 들었다. 그게 나라를 위한 길이라 굳게 믿게 되었다.

"좋아. 조금 이상한 부탁이 있을 순 있지만……. 위험하거나 어려운 건 없을 거야."

원래 일이란 건 어떤 사람이 하게 되느냐에 따라 그 난이도가 획획 바뀌는 법이었다. 강혁은 아주 결연한 얼굴로 한스를 바라보았다. 한스 또한 비장한 표정이 되어 있었다.

"뭐든지 맡겨주십시오. 위험해도 괜찮습니다."

"'위험해도 괜찮다'라."

"네. 그렇습니다."

"그래, 그럼 맡겨볼까."

"영광입니다."

반응이 이쯤 되니 아무리 양심 없는 강혁이라 해도 조금은 미안한 기분이 들었다. 혼자 무슨 블랙호크다운 구출 작전 펼치는 사람처럼 들떠 있지 않은가. 하지만 할 말은 해야 했다.

"염소 네 마리. 네 마리만 좀 구해 줘."

"네! 네?"

7권에서 계속

중증외상센터
골든 아워 VI

초판 1쇄 인쇄 2021년 8월 17일
초판 1쇄 발행 2021년 8월 27일

지은이 한산이가(이낙준)
펴낸이 김선식

경영총괄 김은영
책임편집 한나래 **디자인** 박수연 **책임마케터** 박태준
콘텐츠사업6팀장 이호빈 **콘텐츠사업6팀** 임경섭, 박수연, 한나래, 정다움
마케팅본부장 이주화 **마케팅3팀** 이미진, 박태준, 유영은
미디어홍보본부장 정명찬 **홍보팀** 안지혜, 김재선, 이소영, 김은지, 박재연, 오수미, 이예주
뉴미디어팀 김선욱, 허지호, 염아라, 김혜원, 이수인, 임유나, 배한진, 석찬미
저작권팀 한승빈, 김재원
경영관리본부 허대우, 하미선, 박상민, 권송이, 김민아, 윤이경, 이소희, 이우철, 김재경, 최완규, 이지우, 김혜진
웹 콘텐츠 작가컴퍼니

펴낸곳 다산북스 **출판등록** 2005년 12월 23일 제313-2005-00277호
주소 경기도 파주시 회동길 490
전화 02-704-1724 **팩스** 02-703-2219
이메일 dasanbooks@dasanbooks.com
홈페이지 www.dasan.group **블로그** blog.naver.com/dasan_books
용지 IPP **인쇄 및 제본** 갑우문화사 **코팅 및 후가공** 평창피앤지

ISBN 979-11-306-4053-2 (04810)
979-11-306-4052-5 (세트)

· 책값은 뒤표지에 있습니다.
· 파본은 구입하신 서점에서 교환해드립니다.